햄닛

HAMNET
by Maggie O'Farrell

HAMNET

햄닛

매기 오패럴
장편소설
홍한별 옮김

문학동네

일러두기

1. 주석은 모두 옮긴이주이다.
2. 본문 중 고딕체는 원서에서 이탤릭체 등으로 강조한 부분이다.

윌에게

차례

역사적 사실

1580년대 스트랫퍼드 헨리 스트리트에 살던 부부에게 세 아이가 있었다. 큰딸 수재나, 그리고 쌍둥이 남매 햄닛과 주디스.

남자아이인 햄닛은 1596년 열한 살 나이로 세상을 떠났다.

사 년 정도 지난 뒤 아이의 아버지는 『햄릿』이라는 희곡을 썼다.

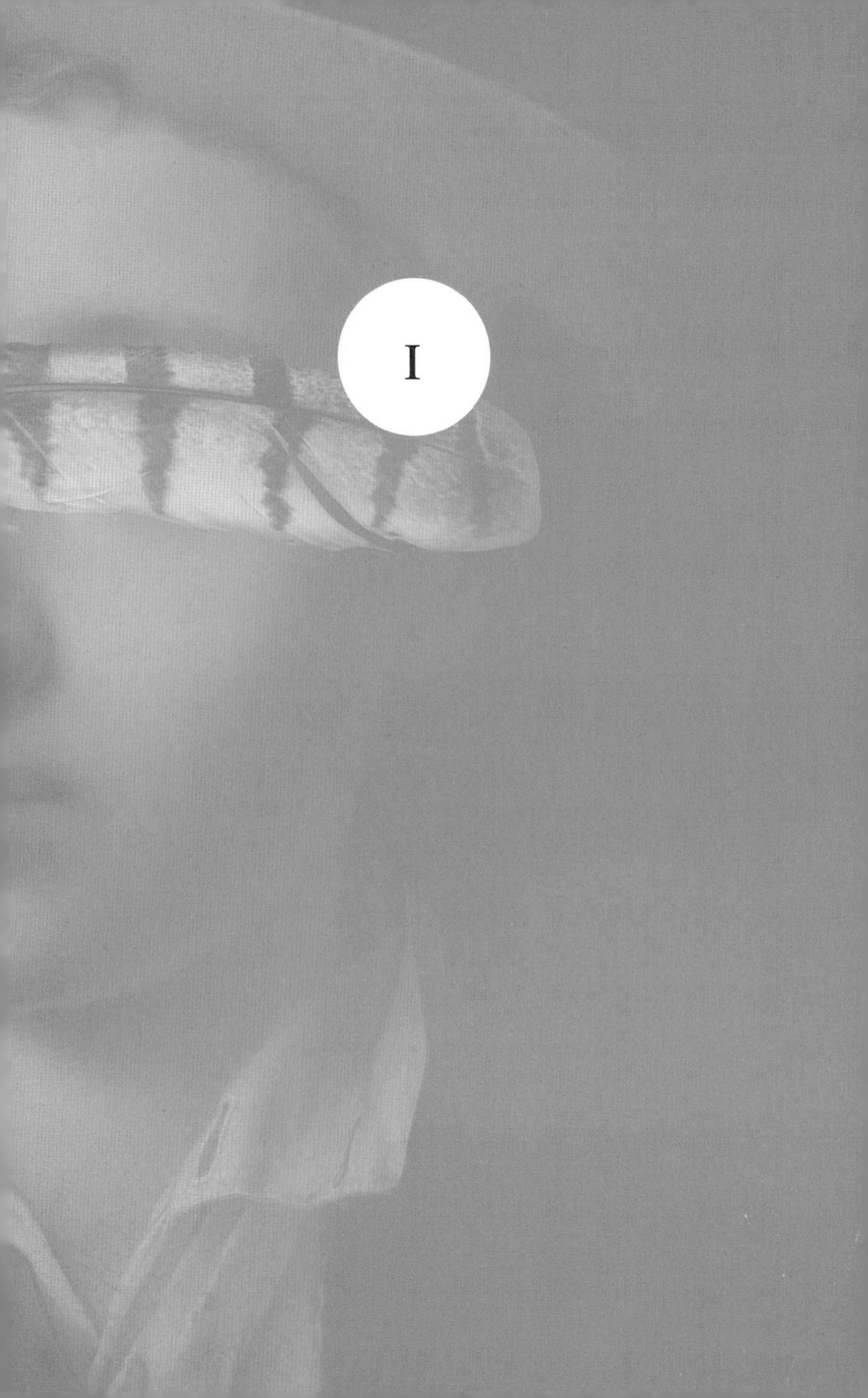

I

그는 죽어서 떠나갔어요,

그는 죽어서 떠나갔어요.

머리맡은 푸른 떼로 덮이고,

발치에는 돌이 놓였죠.

『햄릿』 4막 5장

햄닛과 햄릿은 사실 같은 이름이다. 16세기 말에서 17세기 초 스트랫퍼드의 기록 문서에서는 보통 혼용되었다.

스티븐 그린블랫, '햄닛의 죽음과 『햄릿』의 탄생'
<뉴욕 리뷰 오브 북스>(2004년 10월 21일)

소년이 계단을 내려온다.

좁고 구불구불한 계단이다. 벽에 몸을 대고 미끄러지며 천천히 한 발씩 딛는다. 한 걸음 디딜 때마다 신발 바닥에서 탁탁 소리가 난다.

거의 다 내려왔을 때쯤 걸음을 멈추고 뒤를 돌아본다. 그러더니 문득 결심을 굳힌 듯 마지막 세 계단을 한번에 뛰어내려간다. 늘 하는 버릇이다. 아이는 발이 땅에 닿는 순간 중심을 잃고 판석이 깔린 바닥에 무릎을 찧는다.

후덥지근하고 바람도 없는 늦여름 날이다. 긴 빛살이 아래층 방을 가른다. 창밖에서 해가 아이를 노려본다. 회벽에 난 창이 누런 격자무늬 널판 같다.

아이는 무릎을 문지르며 일어선다. 계단 쪽을 돌아본다. 반대 쪽으로 고개를 돌린다. 어느 쪽으로 가야 할지 마음을 정할 수가 없다.

방은 텅 비었고 쇠살대 안에 잠든 주황색 불잉걸에서 연기가 느릿느릿 소용돌이 모양으로 피어오른다. 심장이 뛸 때마다 다친 무릎이 욱신거린다. 아이는 계단으로 통하는 문빗장에 한 손을 얹고, 달릴 채비를 하듯 닳아 해진 가죽신 코를 들어올린 채 서 있다. 금빛에 가까운 밝은색 머리카락이 이마에서 다발처럼 솟았다.

여기에는 아무도 없다.

아이는 한숨을 내쉰 뒤 탁하고 더운 공기를 들이마시며 방을 둘러보고 현관문을 나와 거리로 나선다. 외바퀴 손수레, 말, 행상이 내는 소음, 사람들이 서로 부르는 소리, 위쪽 창문에서 자루를 내던지는 소리는 아이의 귀에 와닿지 않는다. 아이는 집 앞에서 서성이다 옆집 문간으로 들어선다.

할아버지 집의 냄새는 늘 똑같다. 나무 탄내, 광택제, 가죽, 양모의 냄새. 이 집과 붙어 있는 두 칸짜리 집의 냄새하고 비슷하면서도 어딘가 다르다. 할아버지 집 옆 좁은 틈새에 지은 그 집이 아이가 어머니와 누이들과 같이 사는 곳이다. 왜 이렇게 다른지 의아할 때도 있다. 두 집 사이에는 욋가지를 엮어 만든 얇은 벽

하나뿐인데 두 집안의 공기는 느낌도, 냄새도, 온도도 다르다.

이 집은 외풍이 들어 실내에서 맴도는 바람소리, 할아버지 작업장에서 나는 치고 두드리는 소리, 손님들이 창문을 두드리며 부르는 소리, 뒷마당에서 나는 부산한 소리, 삼촌들이 드나드는 소리로 떠들썩하다.

그런데 오늘은 아니다. 아이는 복도에 서서 인기척에 귀를 기울인다. 그 자리에서 오른쪽에 있는 작업장이 텅 빈 게 보인다. 작업대 앞 의자는 비어 있고, 도구는 작업대 위에서 놀고 있고, 쟁반 위에는 장갑이 손자국처럼 널브러져 있다. 장사용 창문은 닫힌 채 빗장이 질려 있다. 왼쪽에 있는 식당에도 아무도 없다. 긴 식탁 위에 냅킨이 쌓여 있고 불 꺼진 초 한 자루, 깃털 한 무더기가 있다. 그 밖에는 아무것도 없다.

아이는 소리를 내본다. 인사 같기도 하고 물음 같기도 한 소리. 한 번, 두 번 소리를 낸다. 고개를 갸웃하고 응답이 있는지 귀를 기울인다.

아무 대꾸도 없다. 햇볕을 받은 서까래가 살살 부풀어오르며 삐걱거리는 소리, 문 아래로 방 사이를 지나가는 바람의 한숨소리, 아마포 커튼이 휘날리는 소리, 불이 타닥거리는 소리, 텅 비어 고요히 쉬고 있는 집의 뭐라 말하기 어려운 소리뿐.

아이의 손이 철제 문고리를 꼭 쥔다. 늦은 오후지만 아직 한낮의 열기가 남아 이마와 등에 땀이 솟는다. 무릎의 통증이 찌릿하게 느껴졌다가 다시 사라진다.

아이가 입을 연다. 이 집에 사는 사람의 이름을 하나씩 부른다. 할머니. 하녀. 삼촌들. 고모. 도제. 할아버지. 한 명씩 전부 불러본다. 순간 아버지의 이름을 외쳐 부르고 싶은 생각이 머리를 스치지만 아버지는 멀고 먼 곳에, 몇 날 며칠을 가야 있는 런던에 있다. 아이는 한 번도 가보지 못한 곳.

그런데 어머니는, 누나는, 할머니는, 삼촌들은 어디에 있지? 하녀는 어디 있고? 낮에는 보통 집밖에 안 나가고 작업장에서 도제를 닦달하거나 번 돈을 계산해 장부에 기록하는 할아버지는? 다들 어디에 있는 걸까? 어떻게 두 집이 다 비어 있을 수 있나?

아이는 복도를 따라 걷는다. 작업장 문간에서 멈춘다. 누가 없는지 얼른 뒤돌아본 다음 안으로 들어간다.

할아버지가 장갑을 만드는 작업장은 함부로 들어가면 안 되는 곳이다. 문간에 서 있기만 해도 안 된다. 게서 얼쩡거리지 마, 할아버지가 호통을 칠 것이다. 사람이 먹고살려고 일하는 게 뭔 구경거리야? 빈들거리면서 파리나 잡는 것 말고 할일이 그렇게도 없나?

햄닛은 이해가 빠르다. 학교 수업을 따라가는 데 아무 문제가 없다. 들은 것의 이치와 의미를 금세 알아차리고 외우기도 잘한다. 동사 활용, 문법, 시제, 수사, 숫자, 계산 따위를 금세 깨쳐서 더러 다른 아이들의 시샘을 산다. 하지만 정신이 쉽게 딴 데로 흩어지기도 한다. 그리스어 수업 도중에 거리를 지나가는 수레가 눈에 들어왔다가는 석판에 집중해야 할 정신이 저 수레는 어디로 무얼 싣고 가는 걸까 하는 궁금증으로 튀었다가, 삼촌이 건초 수레에 누이들과 같이 태워주었을 때로 이어지고, 갓 벤 건초의 냄새와 따끔거리는 느낌과 지친 암말의 발굽 장단에 맞춰 굴러가는 바퀴가 얼마나 좋았던가 하는 생각에 빠진다. 최근에 학교에서 집중하지 않는다고 회초리를 맞은 게 한두 번이 아니었다(할머니는 그런 일이 한 번, 단 한 번만 더 일어나면 아버지한테 알리겠다고 으름장을 놓았다). 선생님들은 이해하지 못한다. 햄닛이 빨리 익히고 바로 외우지만 공부에 집중하지는 못한다는 것을.

하늘에서 새가 지저귀는 소리만 들려도 아이는 말하던 도중에 말을 멈춘다. 하늘에서 떨어진 날벼락을 맞고 순간 벙어리가 되기라도 한 듯 정지해버린다. 곁눈으로 누가 집안으로 들어오는 모습을 보면 아이는 먹던 중이든 읽던 중이든 숙제하던 중이든 하던 일을 멈추고, 중요한 일로 자기를 만나러 온 사람을 보듯 빤히 쳐다본다. 아이는 현실의 테두리, 주변 물질세계의 반경을 벗어나 다른 곳으로 가는 버릇이 있다. 몸은 방안에 앉아 있는데 정신은 자기만 아는 다른 곳에서 다른 사람이 되어 있다. 정신 차려, 할머니는 얼굴 앞에서 손가락을 탁 튕기며 소리친다. 뭐하니, 누나 수재나는 귀를 당기며 쏘아붙인다. 집중해, 선생님들은 호통을 친다. 어디 갔었어? 마침내 햄닛이 다시 세상으로 돌아와 정신을 차리고 주위를 둘러보며 자기가 집에, 식탁에, 식구들 사이에 돌아와 있다는 걸 깨달을 때 주디스가 이렇게 속삭인다. 어머니는 보일 듯 말듯 웃으며 마치 햄닛이 어디에 갔다 왔는지 훤히 아는 것처럼 바라본다.

그리고 지금, 금지된 장소인 장갑 작업장으로 들어가면서 햄닛은 또 자기가 무얼 하려고 했는지 잊는다. 순간 자기 목표를 놓쳐버린다. 주디스가 아파서 누군가 돌봐줄 사람이 필요하다는 사실, 어머니나 할머니나 그 밖에 어떻게 할지 아는 사람을 찾아야 한다는 사실을 깜박한다.

가로대에 가죽이 걸려 있다. 햄닛도 적갈색 바탕에 흰 점이 있는 사슴가죽, 연하고 부드러운 새끼염소가죽, 손바닥만한 다람쥐가죽, 거칠고 뻣뻣한 수퇘지가죽을 구분할 정도는 안다. 가까이 가자 가로대에 걸린 가죽이 살짝 흔들리고 들썩인다. 아직도 생명이 남아 있는 듯이, 아주 조금은, 햄닛이 다가오는 소리를 들을 수 있는 만큼은 남아 있다는 듯이. 햄닛은 손가락을 뻗어 염소가죽을 만진다. 형언할 수 없이 부드럽다. 무더운 날 강에서 헤엄칠 때 다리에 스치는 물풀 같다. 부드럽게 흔들리며 다리를 벌리고 하늘을 나는 듯 날개를 펼치는 물풀. 새처럼 혹은 식시귀食屍鬼처럼.

햄닛은 몸을 돌려 작업대 앞 의자 두 개를 본다. 할아버지 엉덩이에 닳아 반들거리는 푹신한 가죽 의자와 도제 네드가 앉는 딱딱한 나무의자. 작업대 위쪽 고리에 걸린 도구들을 본다. 햄닛은 자르는 도구, 늘이는 도구, 고정하는 도구, 꿰매는 도구를 구분할 수 있다. 손가락 부분을 늘이는 데 쓰는 도구 중 더 가는 것, 그러니까 여자 장갑용 늘이개가 제자리에 있지 않다. 네드가 고개를 푹 숙이고 구부정하게 앉아 불안한 듯 급하게 손을 놀리며 일하는 작업대에 놓여 있다. 햄닛은 할아버지가 아무것도 아닌 일로 네드에게 소리를 지르고 그 이상도 한다는 걸 알기 때문에 장갑 늘이개를 집어 나무의 온기와 묵직함을 느끼며 고리에 건다.

꼰사와 단추 상자가 들어 있는 서랍을 삐걱거리는 소리가 날까봐 아주, 아주 조심스럽게 열어보려는데 무슨 소리가, 뭐가 살짝 움직이거나 끌리는 소리가 들린다.

순식간에 햄닛은 작업장 밖으로 뛰어나간다. 복도를 달려 마당으로 나간다. 해야 할 일이 다시 떠오른다. 대체 무얼 하고 있었던 거지? 작업장에서 꾸물거리면서. 누이가 아픈데. 도와줄 사람부터 찾아야 한다.

햄닛은 문을 하나씩 연다. 부엌채, 양조장, 세탁장. 전부 텅 비어 있고 실내는 어둡고 서늘하다. 다시 불러본다. 이번에는 약간 쉰 목소리로, 소리를 질러대서 걸걸해진 목으로 부른다. 부엌채에 기대어 호두 껍데기를 발로 차 마당 저편으로 보낸다. 어쩌면 이렇게 아무도 없을 수 있는지 당황스럽다. 누군가가 있어야 하는데. 늘 누군가는 있는데. 다들 어디에 있지? 어쩌지? 어떻게 전부 다 나갔을 수가 있지? 평소 같으면 어머니나 할머니가 집에서 화덕 문을 여닫거나 불 위에 올린 냄비 안을 젓고 있을 텐데, 어떻게 두 분 다 없을 수 있지? 아이는 마당에 서서 주위를 둘러본다. 큰집 복도로 이어지는 문, 양조장 문, 자기 집 문. 어디로 가야 하나? 누구한테 도움을 청하나? 다들 어디에 있나?

삶에는 어떤 알맹이, 핵심, 중심이 있어서 모든 게 거기서 비롯되고 다시 거기로 돌아가기 마련이다. 이 순간은 부재한 어머니의 순간이다. 아이, 빈집, 텅 빈 마당, 듣는 사람 없는 외침. 아이는 뒷마당에 서서, 아이를 먹이고 입히고 얼러 재우고 첫걸음을 뗄 때 손을 잡아주고, 숟가락을 어떻게 쓰라고, 먹기 전에 수프를 후후 불라고, 길 건널 때 조심하라고, 잠자는 개를 깨우지 말라고, 물을 마시기 전에 컵을 헹구라고, 깊은 물가에 가지 말라고 일러주었던 사람들을 하나하나 불러본다.

이 순간은 어머니의 중심 바로 그 자리에, 평생 남을 것이다.

햄닛은 뒷마당 모래에 신발 바닥을 문지른다. 조금 전에 주디스와 같이 하던 놀이의 잔해가 보인다. 솔방울에 기다란 삼끈을 묶어 까불며 부엌 고양이의 새끼들하고 놀았다. 팬지꽃 같은 얼굴에 발바닥이 말랑한 작은 새끼들이다. 어미가 광에 있는 통 안으로 기어들어가 새끼를 낳고 몇 주 동안 숨겨놓았다. 햄닛의 할머니는 늘 그러듯 물에 빠뜨려 죽이려고 새끼를 찾아다녔지만 어미가 몰래 숨겨서 안전하게 지켰고, 이제 절반쯤 자란 두 마리가 온 집안을 돌아다니며 자루에 기어오르고 깃털과 솜털과 나뭇잎을 쫓아다닌다. 주디스는 도무지 새끼들하고 떨어지지 못한다. 보통 한 마리를 앞치마 주머니에 넣고 다니는데, 주머니가 불룩하고 귀 두 개가 뾰족 튀어나와 있는 걸 할머니가 보고는 고양이를 빗물통에 넣어버리겠다고 으름장을 놓는다. 그러나 햄닛의 어머니는 새끼가 너무 자라서 이제 할머니도 물에 빠뜨릴 수 없다고 안심시킨다. "할머니도 이제 못해." 어머니는 겁이 나서 우는 주디스의 눈물을 닦아주면서 조용히 말한다. "차마 그렇게 못해. 새끼들이 살려고 몸부림칠 테니까."

햄닛은 다져진 뒷마당 흙바닥에 굴러다니는 끈과 솔방울을 밟으며 서성인다. 새끼 고양이들이 보이지 않는다. 햄닛이 발끝으로 건드리자 솔방울이 불규칙한 호를 그리며 굴러간다.

햄닛은 집을 올려다본다. 큰집의 무수히 많은 창문과 자기 집의 컴컴한 현관. 평소 같으면 주디스와 햄닛은 자기들끼리만 있다는 걸 알고 신이 났을 것이다. 햄닛은 당장 부엌채 지붕 위로 올라가자고 주디스를 꼬드겼을 것이다. 거기 올라가면 담장을 넘어온 이웃집 자두나무 가지에 손이 닿을지도 모른다. 가지에 가득 달린 자두가 붉은 금빛 껍질이 터질 듯 익었다. 햄닛은 할아버지 집 위층 창문에서 자두를 눈여겨봐두었다. 오늘이 평소와 다름없는 날이라면 햄닛이 주디스를 지붕 위로 밀어올려주고 주디스가 과일을 훔쳐 주머니에 가득 담아올 것이다. 처음에는 그러면 안 된다며 싫다고 할 테지만. 주디스는 워낙 착해서 조금이라도 정직하지 않은 짓이나 금지된 일은 안 하려 하지만 그래도 햄닛이 조르면 대개는 넘어온다.

하지만 오늘은, 이른 죽음을 피한 새끼 고양이들을 데리고 둘이 놀던 중에 주디스가 머리가 아프다고, 목이 아프다고, 춥다고, 덥다고 하더니 누워야겠다며 집안으로 들어갔다.

햄닛은 다시 큰집으로 들어가 복도를 따라 걷는다. 바깥 거리로 나가려는 순간 무슨 소리가 들린다. 뭐가 딸깍거리거나 움직이는 작은 소리가 난 걸로 보아 분명 집안에 사람이 있다.

"저기요?" 햄닛이 부른다. 기다린다. 아무 대꾸도 없다. 식당과 그 너머 거실에서 적막이 다시 밀려와 아이를 덮친다. "누구 있어요?"

잠깐, 아주 짧은 동안 아이는 아버지일지도 모른다고, 아버지가 우리를 놀래주려고 예고 없이 런던에서 돌아왔을지 모른다고 생각한다. 전에도 그런 적이 있었으니까. 아버지가 저기, 문 뒤에 장난꾸러기처럼 숨어 있을지 모른다. 햄닛이 방안으로 들어가면 아버지가 와락 튀어나올 것이다. 아버지 배낭에, 가방에 선물이 있을 것이다. 아버지한테서 말과 건초 냄새, 길 위에서 보낸 여러 날의 냄새가 날 것이다. 아버지는 아들을 두 팔로 끌어안을 것이고, 햄닛은 아버지 조끼의 뻣뻣하고 깔끄러운 잠금 장식에 뺨을 댈 것이다.

햄닛은 그게 아버지가 아니란 걸 안다. 그냥 안다. 아버지라면 이렇게 여러 차례 부르는데 대꾸가 없지도 않을 것이고 빈집에 마냥 숨어 있지도 않을 것이다. 그런데도 거실로 들어가 낮은 탁자 옆에 있는 할아버지를 보는 순간 실망감으로 가슴이 내려앉고 싸한 느낌이 다가온다.

방안은 캄캄하다. 창문이 거의 전부 천으로 덮여 있다. 할아버지는 등을 돌리고 구부정한 자세로 서서 무언가를 뒤적인다. 서류, 천가방, 계수기 같은 것들. 탁자 위에는 물병과 컵이 있다. 할

아버지의 손이 물건들 사이를 오가고 수그린 머리에서는 씩씩거리는 숨이 터져나온다.

햄닛이 예의바르게 헛기침을 한다.

할아버지가 홱 돌아선다. 거칠고 성난 얼굴로 덤비는 사람을 물리치듯 팔을 허공에 휘두른다. "누구냐?" 소리친다. "누구냐고?"

"저예요."

"누구?"

"저요." 햄닛은 창문으로 비스듬히 드는 좁은 빛살 안으로 걸어들어간다. "햄닛이오."

할아버지가 털썩 자리에 앉는다. "간 떨어지는 줄 알았다." 그가 소리친다. "대체 왜 그렇게 살금살금 돌아다니는 거냐?"

"죄송해요. 계속 부르고 불렀는데 아무도 대답을 안 해서요. 주디스가—"

"다 나갔어." 할아버지가 손목을 뚝뚝 소리가 나게 홱 꺾으면서 햄닛의 말을 끊고 말한다. "여자들은 왜 찾아?" 할아버지는 물병 목을 쥐고 컵 쪽으로 기울인다. 액체가—햄닛은 에일일 거라고 생각한다—벌컥 흘러나오며 일부는 컵으로 들어가고 일부는 탁자 위 종이로 쏟아지자 할아버지는 욕설을 내뱉으며 소매로 훔친다. 할아버지가 취했을지 모른다는 생각이 든다.

"어디 갔는지 아세요?" 햄닛이 묻는다.

"뭐?" 할아버지는 계속 종이를 훔치며 말한다. 종이가 젖은 것에 대한 분노가 가느다란 검처럼 칼집에서 빠져나와 날카롭게 뻗는다. 햄닛은 분노의 칼끝이 방안을 더듬으며 상대를 찾고 있음을 느낀다. 수맥이 있는 쪽으로 뻗치는 어머니의 개암나무 가지가 문득 떠오른다. 햄닛은 땅속 수맥이 아니고 할아버지의 분노도 파르르 떨리는 수맥 탐지봉이 아니지만. 날카롭고 뾰족하고 예측할 수 없는 분노가 다가온다. 햄닛은 다음에 무슨 일이 일어날지 어떻게 행동해야 할지 알 수 없다.

"게 그렇게 멍하니 서 있지 마." 할아버지가 쏘아붙인다. "거들어."

햄닛은 조심스레 한 걸음 또 한 걸음 다가간다. 더럭 겁이 나면서 아버지가 한 말이 머릿속을 맴돈다. 할아버지 기분이 안 좋을 때는 가까이 가지 마라. 절대로 손닿는 거리에 있지 마. 멀찍이 있으라고, 알았니?

지난번 아버지가 왔을 때, 무두장이가 보낸 수레에서 짐을 내리던 날 아버지가 햄닛에게 그렇게 말했다. 할아버지 손이 가죽한 무더기를 진흙바닥에 떨어뜨리더니 갑자기 성질이 폭발해 작은 칼을 벽으로 던졌었다. 아버지는 얼른 햄닛을 끌어당겨 할아버지 손이 닿지 않도록 자기 뒤에 숨겼다. 할아버지는 말없이 두 사람을 지나쳐 쿵쾅거리며 집으로 들어갔다. 아버지는 햄닛의 얼굴을 두 손으로 잡고 손가락으로 목덜미를 감싼 채 햄닛의 눈을 똑바로 들여다보았다. 네 누이들은 안 건드릴 테지만 네가 걱정이다, 아버지는 미간에 주름을 잡으며 말했다. 어떤 기분일 때를 말하는 건지 알지? 햄닛은 고개를 끄덕였지만 한편으로는 이 순간이 끝나지 않았으면 했다. 아버지가 자기 머리를 이렇게 잡고 있는 순간이. 따스하고 안전한 느낌, 이해받는 느낌, 소중히 여겨지는 느낌이었다. 그러면서 동시에 뱃속에서 불편한 느낌이 엉기기도 했다. 먹은 것을 뱃속에서 받아들이지 않을 때처럼. 아버지와 할아버지 사이에서 날카로운 말이 오가며 공기를 가르던 일이 떠올랐다. 할아버지 할머니와 같이 식탁에 앉아 있을 때 아버지가 계속 손으로 목깃을 느슨하게 풀곤 하던 것도. 약속해, 마당에서 아버지가 쉰 목소리로 말했다. 약속해라. 내가 여기 없을 때도 네가 안전하리란 걸 알 수 있게.

햄닛은 아버지와의 약속을 지키고 있다고 생각한다. 할아버지에게서 멀찍이 떨어져 있다. 벽난로를 사이에 두고 있다. 할아버지가 손을 뻗어도 여기까지는 닿지 않는다.

할아버지는 한 손으로 잔을 들고 벌컥벌컥 비우며 다른 손으로는 종이를 흔들어 물방울을 떨군다. "이거 받아." 할아버지가 종이를 내밀며 명령한다.

햄닛은 발을 떼지 않고 몸을 숙여 손끝으로 종이를 받는다. 할아버지가 눈을 가늘게 뜨고 지켜본다. 혀가 입가 한끝으로 나온다. 할아버지는 구부정한 자세로 의자에 앉아 있다. 바위 위에 앉은 늙고 처량한 두꺼비처럼.

"이것도." 할아버지가 다른 종이를 내민다.

햄닛은 거리를 유지하면서 다시 몸을 숙인다. 아버지가 이 모습을 보면 대견해하며 고개를 끄덕일 거란 생각을 한다.

여우처럼 날래게 할아버지가 달려든다. 너무 순식간에 일어난 일이라 나중에도 햄닛은 이 일이 어떤 순서로 일어났는지 복기할 수 없을 것이다. 종이가 두 사람 사이 바닥으로 팔랑이며 떨어지고, 할아버지의 손이 아이의 손목을 잡아채고, 이어 팔꿈치를 잡아당기자 아버지가 꼭 지키라고 했던 거리가 사라지고, 컵을 쥐고 있던 다른 손이 빠른 속도로 내려온다. 햄닛은 눈초리로 빨간색, 주황색, 불길과도 같은 온갖 색이 줄줄이 번쩍 스치는 것을 보고 이어 아픔을 느낀다. 날카롭고 묵직하고 찌르는 듯한 아픔. 컵 가장자리가 햄닛의 눈썹 바로 위를 쳤다.

"이제 사람한테 살금살금 다가가면 안 된다는 걸 알겠지." 할아버지가 차분한 목소리로 말한다.

눈에서 눈물이 솟구친다. 다친 눈뿐 아니라 양쪽 눈에서.

"우냐? 계집애처럼? 넌 네 아비랑 똑같구나." 할아버지가 손을 놓으며 역겹다는 듯 말한다. 햄닛은 뒤로 물러서다 간이침대 옆면에 정강이를 찧는다. "늘 징징거리고 앵앵거리고 투덜거리지." 할아버지가 내뱉듯 말한다. "근성도 없고. 생각도 없고. 항상 골칫덩이였어. 뭐 하나도 끈덕지게 못해."

햄닛은 다시 밖으로 뛰어나가 눈물을 훔치고 소매로 피를 닦으며 달린다. 자기 집 현관문으로 들어가 계단을 올라가서 위층 방으로 간다. 커튼이 드리운 부모님의 큰 침대 옆 짚요에 누운 주디스한테로. 주디스는 옷을 입은 채 홑이불 위에 누워 있다. 갈색 드레스 차림에 흰색 보닛은 끈이 풀려 목 아래로 늘어졌다. 벗어놓은 신발은 뒤집힌 채 텅 빈 콩깍지 한쌍처럼 옆에 놓였다.

"주디스." 소년이 말하며 손을 잡는다. "좀 어때?"

여자아이의 눈꺼풀이 살짝 들린다. 아이는 아주 멀리서 보듯 잠시 오라비를 바라보더니 다시 눈을 감는다. "잤어." 웅얼거린다.

여자아이는 남자아이와 똑같이 얼굴은 하트 모양이고, 눈썹은 치켜올라가고, 머리카락은 담황색에 위로 비쭉 솟았다. 잠깐 남자아이의 얼굴에 머물렀던 눈도 똑같은 색—금빛 얼룩이 진 따스한 호박색—에 똑같은 모양이다. 까닭이 있다. 두 아이는 생일이 같고 어머니의 자궁에도 같이 있었다. 남자아이와 여자아이는 몇 분 간격으로 태어난 쌍둥이다. 마치 같은 양막을 쓰고 태어난 양 쏙 빼닮았다.

햄닛이 주디스의 손을 꼭 잡는다. 손톱도 손마디도 둘이 똑같이 생겼다. 남자아이의 손이 더 크고 폭이 넓고 지저분하지만. 주디스의 손이 뜨겁고 땀이 차 있어 불안감이 솟지만 햄닛은 꾹 누른다.

"어때?" 햄닛이 묻는다. "괜찮아?"

주디스가 뒤척인다. 손가락으로 햄닛의 손을 쥔다. 턱이 올라갔다가 다시 내려간다. 목 아래쪽에 부풀어오른 혹이 보인다. 어깨와 목이 만나는 부분에 하나가 더 있다. 햄닛은 그걸 빤히 본다. 메추리알 두 개가 주디스의 피부 아래에 있다. 하얀 알 모양의 무엇이 부화되길 기다리듯 피부 아래에 자리잡고 있다. 목 언저리에 하나, 어깨에 하나.

주디스가 무슨 말을 한다. 입술이 벌어지고 입안에서 혀가 움직인다.

"뭐라고 했어?" 햄닛이 몸을 숙이며 묻는다.

"네 얼굴." 주디스가 말한다. "얼굴이 왜 그래?"

햄닛은 이마에 손을 대고 부풀어오른 혹과 새로 흘러나온 피를 만진다. "아니야. 아무것도 아니야. 있잖아." 햄닛이 한층 다급하게 말한다. "의사를 찾아올게. 금방 올게."

주디스가 또 무슨 말을 한다.

"엄마?" 햄닛이 되묻는다. "엄마—엄마는 오고 있어. 멀리 안

갔어."

사실 엄마는 1마일도 더 떨어진 곳에 있다.

휼랜즈에 애그니스가 남동생한테 빌린 땅이 있다. 애그니스가 태어난 집에서 숲까지 이어지는 땅이다. 애그니스는 그곳에 삼끈을 엮어 만든 벌통을 놓고 벌을 친다. 벌집은 분주하고 활기찬 소리로 웅웅거리고, 밭에는 약초, 꽃, 푸성귀, 나뭇가지 지지대를 감고 올라가는 덩굴식물이 줄줄이 심겨 있다. 애그니스의 마녀 텃밭이지, 새어머니는 눈을 흘기며 이렇게 부른다.

애그니스는 거의 매주 이 식물들 사이를 돌아다니며 잡초를 뽑고 둥근 벌통에 손을 얹어보고 이 나무 저 나무 가지를 치고 어떤 꽃송이, 잎, 꼬투리, 꽃잎, 씨앗을 따서 허리에 찬 가죽 가방에 넣는다.

오늘은 동생이 보낸 전갈을 받고 왔다. 동생이 양치기네 아들을 보내 벌들이 이상하다는 소식을 전해주었다. 벌이 벌집을 떠나서 나무에 모여 있다고.

애그니스는 벌통을 돌아보며 벌들이 무슨 말을 하는지 귀를 기울인다. 벌떼가 과일밭으로 몰려가서 나뭇가지 사이에 성난 듯 진동하고 흔들리는 검은 덩어리를 이루었다. 무엇 때문인지 흥분한 상태다. 날씨 때문일까, 기온 변화 때문일까, 아니면 누가 벌집을 건드린 걸까? 아이들 중 하나가, 혹은 무리를 벗어난 양이, 혹은 새어머니가?

애그니스는 손을 벌통 입구로, 아직 남아 있는 벌들 사이로 집어넣는다. 시프트드레스 차림인데다 어두운 강물빛 나무 그늘이 드리워 시원하다. 굵게 땋은 머리는 감아올려 정수리에 핀으로 고정하고 하얀 두건으로 가렸다. 양봉꾼이 쓰는 얼굴 가리개는 안 썼다. 애그니스는 그런 것을 한 번도 쓴 적이 없다. 가까이 다가간 사람은 애그니스의 입술이 움직거리며 웅얼웅얼 작게, 머리 주위를 맴돌고 소매에 내려앉고 얼굴로 달려드는 벌들에게 말을 건네는 소리를 들을 수 있을 것이다.

애그니스는 벌통에서 벌집 하나를 꺼내 쭈그려앉아서 살핀다. 벌집 표면이 와글거리며 한덩어리처럼 움직이는 무언가로 덮여 있다. 갈색에 금색 줄무늬가 있고 아주 작은 하트 모양의 날개가 있다. 수백 마리의 벌이 한데 모여 자기들의 보물이자 노동의 결과인 벌집에 매달린다.

애그니스는 연기를 내며 타는 로즈메리 한 다발을 벌집 위에서 살살 흔든다. 고요한 8월의 대기에 연기가 꼬리를 남긴다. 벌들이 동시에 날아올라 애그니스의 머리 위에서 맴돈다. 가장자리가 없는 구름처럼, 계속해서 허공에 던져지고 또 던져지는 그물처럼.

하얀 밀랍을 살살 조심스레 긁어내 바구니에 담는다. 꿀이 벌집에서 아주 조금씩 망설이듯 흘러나온다. 수액처럼 천천히, 붉은 기 도는 황금색 꿀이 백리향의 알싸한 향과 라벤더의 달콤한 꽃냄새를 머금고, 애그니스가 들고 있는 항아리로 떨어진다. 가는 꿀 줄기가 벌집에서 항아리로 뻗으며 퍼지고 맴돈다.

문득 공기 중에 어떤 변화와 동요의 기운이 느껴진다. 새 한 마리가 소리 없이 머리 위를 지나가기라도 한 것처럼. 애그니스는 쭈그려앉은 채 하늘을 본다. 그러다가 손을 움직이는 바람에 꿀이 손목에 떨어져 손가락을 타고 항아리 옆으로 흐른다. 애그니스는 눈살을 찌푸리며 벌집을 내려놓고는 손가락을 핥으며 일어선다.

애그니스는 오른쪽에 있는 휼랜즈의 초가지붕을, 머리 위에 자갈길처럼 펼쳐진 구름을, 왼쪽 숲에서 쉼없이 흔들리는 나뭇가지를, 사과나무에 몰려 있는 벌떼를 본다. 저멀리 들판 끝에서 둘째 남동생이 손에 회초리를 들고 양떼를 몰고 간다. 개가 양떼한테 달려들었다 물러섰다 하면서 양을 모은다. 모든 게 평소와 다르지 않다. 애그니스는 들쑥날쑥 움직이는 양떼, 양의 잰 발과 흙이 말라붙은 지저분한 털을 본다. 벌 한 마리가 뺨에 앉는다. 애그니스는 손으로 벌을 날려보낸다.

나중에, 남은 평생, 애그니스는 그때 그 순간 그 자리를 떴다면, 가방과 풀과 꿀을 챙겨 집으로 출발했다면, 급작스레 닥친 알 수 없는 불안감에 귀를 기울였다면, 이후에 일어날 일을 바꿀 수 있었을까 생각할 것이다. 집 나온 벌들을 달래서 다시 집으로 들어가게 하는 대신 알아서 하라고 내버려두었다면, 다음에 일어날 일을 막을 수 있었을까.

그러나 애그니스는 그렇게 하지 않는다. 이마와 목덜미에 맺힌 땀방울을 닦아내고 바보 같은 생각이라고 마음을 다독인다. 꿀이 가득한 항아리에 뚜껑을 닫고, 벌집을 큰 잎으로 싸고, 그 옆 벌통에 손을 얹고 그것이 무슨 말을 하는지 듣고 이해하려 한다. 애그니스는 몸을 숙인 채 웅웅대며 떨리는 벌통의 내부를 느낀다. 그 힘, 다가오는 폭풍 같은 잠재력을 느낀다.

햄닛은 길을 따라 모퉁이를 돈 뒤 수레 손잡이 사이에 인내심 있게 서 있는 말을 피해 길드 집회소 밖에 모여 심각한 얼굴을 맞댄 남자들을 지나쳐 달린다. 아기를 안고 다른 아이한테는 빨리 걸으라고, 어서 따라오라고 다그치는 여자를 지나치고, 당나귀 엉덩이를 때리는 남자를 지나치고, 먹던 것에서 고개를 들고 달려가는 햄닛을 쳐다보는 개를 지나친다. 개는 꾸지람하듯 날카롭게 한 번 컹 짖고는 다시 물어뜯던 것으로 고개를 돌린다.

햄닛은 의사의 집에 다다라—아기를 안은 여자에게 길을 물어 찾았다—문을 두드린다. 잠시 자기 손가락, 손톱이 눈에 들어오고 그걸 보자 주디스가 다시 떠오른다. 햄닛은 더 세게 두드린다. 쿵쿵 때리고 쾅쾅 두들기고 소리를 친다.

문이 홱 열리고 얼굴이 긴 여자가 나와 짜증을 낸다. "뭐하는 짓이야?" 여자가 마치 벌레를 쫓듯 햄닛의 얼굴 앞에 천을 휘두르며 외친다. "어찌나 소란한지 죽은 사람도 깨겠다. 꺼져."

여자가 문을 닫으려 하자 햄닛이 앞으로 튀어나간다. "안 돼요. 제발요. 죄송합니다. 의사가 필요해요. 우리집에요. 누이가—아파요. 오실 수 있어요? 지금요?"

여자는 벌게진 손으로 문을 꽉 붙잡고 있지만 햄닛에게 걱정스러운 눈길을 준다. 햄닛의 얼굴에서 사태의 심각함을 읽기라도 한 듯이. "지금 없어." 여자가 마침내 말한다. "왕진 갔어."

햄닛은 침을 꿀떡 삼킨다. "언제쯤 돌아오시는지 알 수 있을까요?"

문을 잡은 힘이 느슨해진다. 햄닛은 한 발을 집안으로 내디디고 한 발은 집밖에 둔다.

"나도 모르겠다." 여자는 햄닛을 위아래로 훑어보고는 현관 안에 내디딘 발을 본다. "누이가 어디가 아픈데?"

"모르겠어요." 햄닛은 주디스를 떠올린다. 홑이불 위에 눈을 감고 누워 있는 모습, 상기되었지만 창백한 피부. "열이 나요. 자리에 누웠어요."

여자가 눈을 찌푸린다. "열이 나? 혹시 멍울 있어?"

"멍울요?"

"혹 같은 거. 피부 아래에. 목이랑 겨드랑이에."

햄닛은 여자를 빤히 본다. 주름진 미간, 모자 가장자리에 쓸려 까진 귀 옆의 상처, 뒤쪽으로 흘러내린 뻣뻣하고 구불구불한 머리카락. 햄닛은 '멍울'이라는 단어를 생각한다. 어쩐지 식물 이름처럼 들리기도 하지만 무시무시한 느낌을 주는 단어다. 차가운 공포가 가슴을 쓸고 내려가 순식간에 심장에 성에가 덮이고 얼어붙는다.

여자의 미간 주름이 더 깊어진다. 여자는 햄닛의 가슴팍에 손을 얹고 햄닛을 뒤로, 집밖으로 밀어낸다.

"가." 여자가 얼굴을 일그러뜨리며 말한다. "집으로 가. 지금. 어서." 여자는 황급히 문을 닫으면서도 좁은 틈새로 야박하지는 않은 투로 말한다. "의사 선생님한테 가보라고 말할게. 네가 누군지 알아. 장갑집 아이지? 그 집 손자. 헨리 스트리트에. 의사 선생님이 돌아오면 너희 집에 들르라고 할게. 어서 가. 가는 길에 딴 데로 새지 마." 그러고는 뒤늦게 생각난 듯이 덧붙인다. "하느님의 가호가 있길."

햄닛은 다시 달린다. 세상이 더 이글거리고, 사람들은 더 시끄럽고, 길은 더 멀고, 하늘은 사정없이 꿰뚫어보는 파란색이다. 말은 아직 수레 앞에 서 있다. 개는 이제 문가에 웅크리고 있다. 멍울, 아이는 다시 생각한다. 전에도 그 말을 들어본 적이 있다. 그게 무슨 뜻인지, 무얼 암시하는지 안다.

아닐 거야, 아이는 자기 집이 있는 거리로 들어서며 생각한다. 그럴 리 없어. 그럴 수 없어. 그건—아이는 그 말을 입에 올리지 않으려고, 머릿속에서조차 그 단어를 떠올리지 않으려 한다— 몇 년 동안 이 동네에 없었잖아.

집에 돌아가면 누군가가 와 있을 것이다. 현관문을 여는 순간. 문간을 넘는 순간. 누구를, 누구든 소리쳐 부르는 순간. 응답이 있을 것이다. 누군가가 있을 것이다.

햄닛은 몰랐지만 의사의 집으로 가는 길에 하녀, 할아버지, 할머니와 누나를 지나쳤다.

할머니 메리는 강 근처 골목길을 따라가며 장갑을 배달했다. 성깔 있는 수탉이 덤비면 막으려고 지팡이를 앞으로 들고 걸었고 그 뒤를 수재나가 따랐다. 수재나는 장갑이 든 바구니를 들라고 끌려왔다. 사슴가죽 장갑, 새끼염소가죽 장갑, 다람쥐털을 두른 장갑, 양모를 덧댄 장갑, 자수를 놓은 장갑, 아무 장식 없는 장갑. "암만 생각해봐도 네가 왜 그러는지 당최 모르겠다." 메리는 바람처럼 달려 골목길 끝을 지나가는 햄닛을 보지 못한 채 이렇게 말하고 있었다. "사람들이 인사하면 눈이라도 맞춰야 할 것 아니니. 그 사람들이 네 할아비의 큰 고객인데 조금이라도 예의를 갖추면 큰일이라도 나는 거냐? 이젠 진짜 무슨 생각이 드냐면……" 수재나는 장갑이 가득 든 바구니를 들고 할머니 뒤를 따라가며 입을 삐죽거린다. 잘린 손 같아, 수재나는 생각하면서 할머니의 목소리를 자기 한숨소리로, 높은 건물 사이를 가르는 잘린 하늘 조각의 모습으로 밀어낸다.

햄닛의 할아버지 존은 길드 집회소 밖에 모인 남자들 사이에 있었다. 햄닛이 자기 집 이층에서 주디스와 함께 있는 동안 존은 돈 계산을 그만두고 집밖으로 나왔고, 의사에게 달려가는 햄닛을 등지고 서 있었다. 아이가 지나가면서 고개를 돌렸다면 할아버지가 사람들 무리로 밀고 들어가 몸을 기울이고 팔을 붙잡고 같이 한잔하러 가자며 곤란해하는 사람들을 부추기고 구슬리고 재촉하는 걸 보았을 것이다.

존은 길드 회합에 초대받지 못했지만 오늘 모임이 있다는 말을 들었고, 그래서 사람들이 흩어지기 전에 집회소에 왔다. 다시 중요하고 영향력 있는 사람이 되는 것, 이전의 지위를 회복하는 것만큼 존에게 간절한 일은 없다. 존은 그렇게 될 수 있다고 믿는다. 이 사람들이 자기 말에 귀기울여주기만 하면. 오랜 세월

친분을 쌓았고 존을 잘 알며 존이 얼마나 성실하고 이 타운에 충성하는지 보증해줄 수 있는 사람들이다. 아니면 길드와 타운 당국자들이 사면해주거나 눈감아주기만 하면 될 일이다. 존은 전에 집행관이었고 한때는 부시장 자리까지 올랐다. 교회에서 가장 앞줄 신도석에 붉은 법복을 입고 앉았다. 이 사람들이 그걸 잊어버린 것인가? 어떻게 이 모임에 존을 부르지 않을 수 있지? 존은 힘있는 사람이었다. 이 사람들 모두를 다스리는 사람이었다. 중요한 사람이었다. 그런데 지금은 큰아들이 런던에서 보내오는 돈으로 생활하는 지경이다(그것도 시장 광장에서 싸돌아다니며 허송세월하던 못난 놈팡이였던 녀석이. 그놈이 사람 구실을 하리라고 누가 상상이나 했겠나?).

존의 사업은 지금도 어느 정도 잘된다. 장갑은 늘 필요하니까. 존이 양모 밀매를 한다는 사실, 교회에 가지 않아서 소환을 당했다는 사실, 길에 쓰레기를 버려서 벌금을 맞았다는 사실을 이 사람들이 안다고 하더라도, 뭐 그러든가 말든가. 못마땅한 눈길이나 벌금을 내라 어째라 하는 요구나 집안의 몰락을 비웃는 말이나 길드 회합에서 배제되는 것 따위는 아무렇지 않게 받아들일 수 있다. 존의 집이 타운에서 가장 좋은 집 가운데 하나란 사실은 변하지 않으니까. 존이 참을 수 없는 건 그자들 가운데 누구도 존과 술 한잔 같이 하지 않고, 식사 초대도 받아들이지 않고,

존의 집 불가에서 불도 쬐려 하지 않는다는 것이다. 길드 집회소 밖에서도 존과 눈을 마주치지 않고 자기들끼리 얘기를 나눈다. 존이 장갑 사업이 꾸준하다느니, 이런저런 성공을 거두었다느니 준비한 말들을 하며 한잔하자고, 저녁식사에 초대하겠다고 해도 흘려듣는다. 거리를 두고 고개만 끄덕이며 돌아선다. 어떤 사람은 존의 팔을 두드리며 말한다. 어, 존, 그래.

그래서 존은 혼자 술집에 간다. 일단은. 남자가 혼자 술을 마시는 게 잘못된 일은 아니니까. 존은 해질녘처럼 어둑한 구석자리에 앉아 짧은 양초가 하나 놓인 탁자를 마주하고, 길 잃은 파리 한 마리가 불빛 안에서 맴도는 걸 지켜볼 것이다.

자리에 누운 주디스는 벽이 부풀어올랐다가 다시 뒤로 밀려나는 것처럼 보인다. 들어왔다, 나갔다, 들어왔다, 나간다. 구석에 있는 부모님 침대의 기둥이 뱀처럼 몸부림치고 뒤틀린다. 위쪽 천장에 호수면 같은 잔물결이 인다. 손이 너무 가까운 것처럼 보이다가 또 너무 멀게 보인다. 흰 회벽과 짙은 색 나무 들보가 맞닿은 선이 아른거리며 일그러진다. 얼굴과 가슴은 타는 듯 뜨겁고 끈적한 땀으로 범벅이지만 발은 얼음장처럼 차다. 주디스는 한 번, 두 번, 경련하듯 몸을 떨고, 벽이 자기 쪽으로 구부러져 다가오다가 다시 멀어지는 걸 본다. 다가오는 벽, 뱀 같은 침대 기둥, 일렁이는 천장을 지우려고 주디스는 눈을 감는다.

눈을 감는 순간 주디스는 다른 곳에 가 있다. 동시에 무수히 많은 곳에 가 있다. 누군가의 손을 꽉 잡고 풀밭 위를 걷는다. 수재나 언니의 손이다. 손가락이 길고 네번째 손마디에 점이 있다. 붙들린 게 못마땅한 듯 주디스의 손을 감싸쥐지 않고 손가락을 뻣뻣하게 펴고 있다. 주디스는 언니의 손을 놓치지 않으려고 온 힘을 다해 매달린다. 수재나는 길게 자란 풀 사이로 성큼성큼 걸어가고, 한 걸음 디딜 때마다 주디스의 손이 홱홱 당겨진다. 손을 놓치면 주디스는 풀숲에 파묻히고 말 것이다. 실종되어 영영 발견되지 않을 것이다. 이 손을 붙잡는 게 주디스에게는 매우 중요하고 중요한 일이다. 절대 놓치면 안 된다. 주디스는 저 앞에 오라비가 있다는 걸 안다. 햄닛의 머리가 풀숲 위로 보였다 사라졌다 한다. 잘 익은 밀 이삭 같은 색깔의 머리카락이다. 햄닛은 풀숲 앞쪽에서 겅중겅중 나아간다. 토끼처럼, 혜성처럼.

그러다 주디스는 군중 속에 있다. 밤이고 공기가 차다. 초롱불이 얼음 같은 어둠 속에서 점점이 빛난다. 성촉절* 축제 같다. 주디스는 군중 속에 있지만 군중 위에 있기도 하다. 튼튼한 어깨 위에 올라와 있으니까. 아버지다. 주디스는 다리로 아버지 목을

* 매년 2월 2일, 예수의 성전 봉헌을 기념하는 축일. 촛불 행렬을 한다.

붙들고 아버지는 주디스의 두 발목을 잡는다. 주디스는 아버지의 머리카락에 손을 묻는다. 수재나 언니처럼 굵고 짙은 머리카락이다. 주디스는 새끼손가락으로 아버지의 왼쪽 귀에 달린 은 귀고리를 건드린다. 그러자 아버지가 웃는다. 그 웃음이 천둥처럼 우르르 아버지의 몸에서 주디스의 몸으로 전달된다. 아버지가 머리를 흔들자 귀고리가 주디스의 손톱 끝에 닿아 짤랑거린다. 어머니도 거기에 있고, 햄닛과 수재나, 할머니도 있다. 그런데 아버지가 어깨에 태운 사람은 주디스다. 오직 주디스만.

불이 활활 타오른다. 나무단상 주변에 놓인 화로가 맹렬히 타오르며 밝은 빛을 낸다. 아버지 어깨에 올라탄 주디스는 단상과 같은 높이에 있다. 단상 위에는 남자 둘이 있는데 술과 리본이 잔뜩 달린 금색과 붉은색 옷을 입었다. 머리에 운두 높은 모자를 쓰고 분필처럼 하얀 얼굴에 눈썹은 검게 입술은 붉게 칠했다. 한 사람이 높고 날카로운 비명을 지르며 금색 공을 다른 사람에게 던진다. 그 사람은 몸을 뒤집어 물구나무를 서더니 발로 공을 받는다. 아버지가 발목을 놓고 손뼉을 치자 주디스는 아버지의 머리를 꼭 붙든다. 주디스는 아버지 어깨에서 뒤로 떨어져 감자 껍질, 젖은 개, 땀과 밤 냄새를 풍기며 와글거리고 들썩이는 인파 속으로 빠질까봐 겁이 난다. 남자의 비명이 주디스의 가슴에 두려움을 심었다. 주디스는 활활 타는 화로가 싫다. 남자들의 삐죽

삐죽한 눈썹이 싫다. 이 모든 게 다 싫다. 주디스는 소리 없이 울기 시작하고, 눈물이 뺨을 타고 흘러내려 아버지 머리카락에 진주처럼 맺힌다.

수재나와 할머니 메리는 아직 집에 도착하지 않았다. 메리가 도중에 걸음을 멈추고 같은 교구의 여자와 얘기를 나눈다. 두 여자는 서로 추어올리고 아니라고 사양하는 말을 주고받으며 팔을 두드리지만 수재나는 속지 않는다. 여자가 할머니를 좋아하지 않는다는 것을 안다. 여자는 추문을 일으킨 장갑 장인의 아내와 말을 섞는 모습을 누가 볼까봐 계속 뒤를 흘긋거린다. 한때는 친구였으나 지금은 그들 가족과 마주치지 않으려고 길을 건너가버리는 사람이 많다는 걸 수재나는 안다. 몇 해 전부터 그런 일이 있었지만, 할아버지가 교회에 가지 않아 벌금을 맞은 이후에는 아예 사람들이 예의를 차리는 척도 않고 못 본 척 지나쳐 간다. 수재나는 할머니가 동네 여자의 앞길을 가로막고 한두 마디 나누기 전에는 지나가지 못하게 붙들어 세우는 것을 본다. 수재나에게는 훤히 보인다. 이런 일들이 머릿속에 불탄 자국을 남기며 검게 탄다.

주디스는 홀로 짚요에 누워 눈을 떴다 다시 감는다. 오늘 일어난 일들을 이해할 수가 없다. 아까는 햄닛과 같이 끈을 가지고 새끼 고양이들하고 놀고 있었는데. 할머니가 주디스에게 햄닛이 숙제를 하는 동안 불쏘시갯감을 해놓고 식탁에 윤을 내놓으라고 시켰기에 할머니가 들이닥치지 않는지 눈치를 보면서 놀고 있었다. 그런데 갑자기 팔에서 힘이 쫙 빠지고 등이 욱신거리고 목이 근질거렸다. 몸이 이상해, 주디스가 말하자 햄닛이 새끼 고양이에게서 눈을 떼고 주디스를 보았다. 햄닛의 눈이 주디스의 얼굴을 살폈다. 지금 주디스는 침대에 누워 있고 자기가 어떻게 여기에 있는지, 햄닛은 어디에 갔는지, 엄마는 언제 오는지, 왜 아무도 여기 없는지 알 수가 없다.

오후에 갓 짠 우유를 사러 시장에 간 하녀는 가판대에서 낙농장 주인과 시시덕거리며 시간을 끌고 있다. 어어, 어어, 낙농장 주인이 들통을 잡은 손을 놓지 않는다. 어머, 하녀는 손잡이를 잡아당긴다. 이거 안 줄 거예요? 뭘 달라고? 낙농장 주인이 눈썹을 치키며 말한다.

애그니스는 꿀을 다 모은 뒤 연기가 나는 로즈메리 다발과 자루를 들고 벌떼가 있는 곳으로 간다. 벌떼를 자루에 모아서 다시 벌집에 데려다놓을 것이다. 아주 부드럽게, 살살 달래서.

아버지는 말을 타고 달리면 이틀 거리인 런던에 있고, 지금 이 순간 비숍스게이트를 통과해 강 쪽으로 걸어가고 있다. 강가 노점상에서 파는, 이스트를 안 넣은 납작한 팬케이크 한 장을 사 먹을 생각이다. 오늘 엄청나게 배가 고프다. 일어나서부터 배가 고팠는데, 아침으로 에일과 오트밀을 먹고 점심으로 파이를 먹었는데도 배고픔이 가라앉지 않았다. 그는 돈을 아껴 쓴다. 돈주머니를 꽉 조이고 불가피한 일이 아니면 열지 않는다. 그것 때문에 같이 일하는 사람들에게 놀림을 많이 받는다. 사람들은 그가 금이 든 자루를 방 마룻널 아래에 감춰두었다고 말하곤 한다. 그걸 듣고 그는 말없이 웃었다. 물론 사실이 아니다. 그는 번 돈을 모두 스트랫퍼드의 집으로 보내거나 아니면 집에 갈 때 꽁꽁 싸서 안장주머니에 넣어 직접 가져간다. 어쨌거나 반드시 써야 할 데가 아니면 단 한 푼도 헛되이 쓰지 않는다. 오늘 늦은 오후의 팬케이크가 바로 그런 것이다.

그의 옆에서 한 남자가 걷고 있다. 집주인의 사위다. 집에서 나선 이래로 계속 무어라 떠들고 있다. 햄닛의 아버지는 남자가 하는 말을 띄엄띄엄 듣는다. 무언가 장인에 대한 불만, 부족한 지참금, 지키지 않은 약속 따위에 관한 얘기다. 햄닛의 아버지는 남자의 말을 듣는 대신 해가 건물 사이 좁은 틈으로 사다리처럼 내려앉으며 비로 촉촉이 젖은 거리를 밝히는 모습, 강가에서 기다리고 있을 팬케이크, 머리 위쪽에서 비누 냄새를 풍기며 펄럭이는 빨래, 그리고 잠시 아내의—묵직한 머리채를 틀어올릴 때 어깨뼈가 모였다가 다시 벌어지는—모습, 바늘땀이 풀린 자기 부츠의 앞코를 생각한다. 수선공에게 다녀와야겠다고, 아마 팬케이크를 먹은 다음에나 내내 투덜거리는 주인집 사위를 떼어내고서 바로 가봐야겠다고 생각한다.

그리고 햄닛은? 햄닛은 틈새에 지어진 좁은 집에 다시 들어온다. 이제는 다들 돌아와 있을 거라고 믿으면서. 더는 주디스와 단둘이 아닐 거라고. 누군가 어떻게 해야 할지 아는 사람이, 알아서 문제를 처리할 사람이, 햄닛에게 괜찮으니 걱정하지 말라고 말해줄 사람이 있을 것이다. 햄닛이 집안으로 쑥 들어가자 현관문이 등뒤에서 닫힌다. 햄닛은 외친다. 자기가 돌아왔다고, 집에 왔다고. 햄닛은 대답을 기다리지만 아무 소리도 들리지 않는다. 오직 정적뿐이다.

휼랜즈의 창가에 서서 고개를 옆으로 길게 빼면 숲의 가장자리를 볼 수 있다.

그러면 숲이 가만있지 못하고 변덕을 부리는 신록의 광경이 보일 것이다. 바람이 무성한 잎을 어루만지고 훑고 흩뜨린다. 나무는 바람의 손길에 저마다 조금씩 다른 박자로 반응하며 가지를 굽히거나 떨거나 흔든다. 바람에서 벗어나려는 듯이, 양분을 공급해주는 땅을 훌훌 떠나려는 듯이.

어느 이른봄 오전, 햄닛이 의사의 집으로 달려가기 열다섯 해쯤 전, 라틴어 가정교사가 바로 여기 창가에 서 있다. 왼쪽 귀에 달린 귀고리를 무심히 당기면서. 나무를 보고 있다. 줄줄이 늘어서 농장 가장자리를 두른 나무를 보며 극장의 무대배경을 떠올린다. 일종의 눈속임 그림을 순식간에 펼치면 이전 장면의 도시나 거리는 사라지고 관객들은 이제 숲속에 와 있음을, 사람 손이 닿지 않은 숲, 어쩌면 불안정한 땅에 와 있음을 알게 된다.

그는 눈살을 살짝 찌푸린다. 여전히 창가에 서서 손끝을 유리에 대고 있다. 아이들은 등뒤에 있다. 아이들이 동사의 활용형을 읊고 있지만 지금 새파란 봄하늘과 녹색 잎이 새로 돋은 숲의 대조에 정신이 팔린 선생의 귀에는 들리지 않는다. 녹색과 파란색이 서로 압도하려고, 더 강렬하게 빛나려고 경쟁하는 듯 보인다. 아이들이 읊는 라틴어 동사가 나무 사이를 지나가는 바람처럼 그를 지나 흘러간다. 농가 어딘가에서 종소리가 들린다. 처음에는 짧게, 다음에는 더 고집스럽게. 길을 따라 걷는 발소리, 문이 쾅 닫히는 소리. 두 아이 중 하나가—선생은 돌아보지 않고도 동생인 제임스라는 걸 안다—한숨을 쉬고 헛기침을 하더니 다시 읊기를 계속한다. 선생은 옷깃을 바로잡고 머리카락을 가다듬는다.

라틴어 동사가 계속 이어진다. 습지의 안개처럼 주위를 감싸고 발 사이를 지나 어깨로 기어오르고 귀를 지나쳐 창살 틈으로 새어나간다. 아이들이 외우는 단어가 엉겨 소리 덩어리가 되어서 방을 채우고 천장 높이 올라가 새카매진 서까래까지 닿도록 내버려둔다. 굴뚝 없는 벽난로 쇠살대에서 흘러나온 부옇고 구불구불한 연기와 함께 천장 높은 곳에 단어들이 고인다. 그는 아이들에게 '잉카르케라레'*라는 단어를 활용하라고 시켰다. 반복해서 나오는 격음이 벽을 긁는 것 같다. 마치 그 단어들이 이 방을 탈출하려는 것처럼.

선생은 일주일에 두 번 이곳에 와야 한다. 장갑 장인인 선생의 아버지가 훌랜즈의 농장주와 맺은 무슨 계약인가가 틀어지면서 부채가 생겼기 때문이다. 농장주는 어깨가 넓고 허리에 곤봉처럼 생긴 양몰이 지팡이를 차고 다니던 사람이었다. 표정이 어딘가 솔직하고 자연스러워서 선생은 그 사람을 꽤 좋아했다. 그런데 농장주가 작년에 넓은 땅과 양떼, 아내와 여덟인가 아홉인가 되는(선생은 정확히 몇 명인지는 몰랐다) 자식들을 남겨두고 급작스레 세상을 떴다. 농장주의 죽음에 선생의 아버지는 기쁨을 감추지 못했다. 두 사람 사이에 어떤 계약이 있었는지는 장갑 장인 말고 아무도 몰랐다. 라틴어 선생은 아버지가 늦은 밤 아무도 못 들을 거라고 생각해 신나서 떠드는 소리를 엿들었다(선생은 몰래 엿듣는 데 선수였다). 안 그래? 부인은 계약이 있었는지도 모를 거고, 설령 안다 해도 감히 나한테 찾아와서 따지진 못할걸. 그 덩치만 큰 얼뜨기 큰아들도 마찬가지고.

---

* incarcerare. '투옥하다'라는 뜻.

그렇지만 결국 죽은 농장주의 부인인지 큰아들인지는 모르겠지만 누군가가 와서 따진 모양이었다. 그 계약이란 것은(라틴어 선생이 부모님 방 문 뒤에서 오가는 대화를 듣고 알게 된 사실이다) 농장주가 생산한 양가죽을 아버지가 어떻게 한 일과 관련이 있는 듯했다. 아버지는 농장주에게 그 가죽을 무두장이에게 보낼 거라고 말했고 농장주는 그 말을 믿었다. 그런데 아버지가 양털을 벗기지 말고 남겨두어야 한다고 주장해 농장주의 의심을 샀고, 그러다가 어째서인지 이 모든 괴로운 상황에 이르렀다. 라틴어 선생은 자기와 관련이 있는 마지막 부분이 어떻게 된 건지 확실히 몰랐는데, 아버지와 작은 소리로 얘기를 나누던 어머니가 막내아들 에드먼드가 째지듯 울음을 터뜨리는 바람에 대화를 멈추고 자리를 떴기 때문이다.

라틴어 선생의 장갑 장인 아버지는 새로이 무언가 불법적인 사업에 손을 댔는데 그 사실은 아무도 모르는 것으로 되어 있다. 선생이 아는 것은 그 정도뿐이다. 부모님은 자식들에게 누가 물으면 양가죽은 장갑을 만드는 데 쓸 거라고 말하라고 시켰다. 라틴어 선생과 동생들은 그 말을 듣고 어리둥절했다. 가죽이 장갑 말고 다른 데 쓰이리라고 생각한 적은 한 번도 없기 때문이었다. 아버지가 타운에서 가장 잘나가는 장갑 장인인데 장갑 만드는 데 말고 다른 무엇에 양가죽을 쓰겠는가?

아무튼 아버지가 지불하지 못하는—않는?—빚인지 벌금인지가 있고, 농장주의 부인인지 아들인지가 그걸 포기하지 않으니, 그가 몸으로 빚을 때워야 하는 듯했다. 그의 시간, 그의 라틴어 문법 실력, 그의 두뇌로. 일주일에 두 번 타운 밖으로 나가 1마일 남짓 강을 따라 시골로 가서 이 야트막한 집에서 양떼에 둘러싸여 그 집 아들들을 가르치라고 아버지가 말했다.

이런 계획이 있다는 것, 자기를 옭아매는 거미줄이 쳐지고 있다는 것을 그는 전혀 짐작도 못했다. 어느 날 저녁, 식구들이 잘 준비를 할 때 아버지가 작업장으로 그를 부르더니 휼랜즈에 가서 '거기 애들한테 공부를 좀 가르치라'고 말했다. 라틴어 선생은 문가에 서서 아버지를 노려보았다. 언제 결정된 일이에요? 아버지와 어머니는 다음날 작업을 위해 도구를 닦고 윤을 내고 있었다. 네가 알 바 아니야, 아버지가 말했다. 넌 가야 한다는 사실만 알면 돼. 만약에 제가 싫다면요? 아들이 대꾸했다. 아버지는 긴 칼을 가죽 칼집에 밀어넣었다. 아들의 말이 들리지 않는 것처럼 보였다. 어머니는 남편을 흘긋 보고 아들을 돌아보면서 아주 작게 고개를 가로저었다. 가는 거야, 아버지가 마침내 걸레를 내려놓으며 말했고 그것으로 끝이었다.

아들의 마음속에서 이 사람들에게서 벗어나고 싶은 욕구, 방에서 성큼성큼 걸어나가 현관문을 열어젖히고 거리로 뛰어나가고 싶은 충동이 나무에서 수액이 솟듯 울컥울컥 솟았다. 그리고 아버지를 치고 싶은 생각, 저 몸을 해치고 싶은 생각, 주먹과 팔과 손가락으로 그동안 받은 것을 모두 되갚아주고 싶은 생각도. 아버지의 성질이 폭발하면 여섯 남매 모두 때때로 주먹질을 당하고 팔을 붙들리고 따귀를 맞았지만 아무도 큰아들만큼 심하게 꾸준히 맞지는 않았다. 이유는 알 수 없지만 큰아들의 어떤 점 때문에, 말편자가 자석에 끌리듯 아버지의 분노와 실망감은 늘 큰아들을 향했다. 아버지가 굳은살 박인 손으로 위팔 무른 살을 움직이지 못하게 붙들고 더 힘센 다른 쪽 손으로 쏟아지듯 강타를 날릴 때의 느낌이 늘 그를 떠나지 않고 남아 있다. 위쪽에서 급작스럽고 매섭게 날아오는 손바닥의 충격, 나무연장으로 종아리를 후려칠 때 거죽이 벗겨지는 듯한 느낌. 어른 손의 뼈는 얼마나 단단하고 어린아이의 살은 어찌나 여리고 무른지. 덜 여물고 덜 자란 뼈를 꺾고 누르기는 어찌나 쉬운지. 온몸을 흠뻑 적시는 분노와 무기력한 굴욕감, 끝나지 않을 듯 계속되는 매질.

아버지의 분노는 느닷없이 나타나 돌풍처럼 빠르게 지나갔다. 어떤 공식도 어떤 조짐도 어떤 이유도 없었다. 뭐가 아버지를 폭발하게 만드는지는 매번 달랐다. 아들은 어린 나이에 폭발의 조짐을 감지하는 법을 배우고 아버지의 주먹을 피하기 위한 속임수와 책략들을 익혔다. 천문학자가 미세하게 변화하고 이동하는 행성과 항성의 위치를 읽어 앞일을 예측하듯이, 큰아들은 아버지의 기분과 심기를 읽는 데 도사가 되었다. 아버지가 밖에서 집으로 들어올 때 현관문 열리는 소리만 듣고도, 판석 바닥에 울리는 발소리만 듣고도 그가 주먹질할 기분인지 아닌지 알 수 있었다. 국자에서 쏟아진 물, 제자리에 놓여 있지 않은 신발 한 짝, 공손하지 않은 얼굴 표정—그 어떤 것이라도 아버지가 찾는 구실이 될 수 있었다.

지난 한 해 동안 아들이 부쩍 자라 아버지보다 더 커졌다. 이제 아들이 더 세고 더 젊고 더 재빨랐다. 가죽이나 장갑이 든 등짐을 메고 여러 동네 시장, 멀리 떨어진 농장, 무두질 공장을 걸어서 오가다보니 어깨와 목이 굵어지고 근육이 생겼다. 아들도 최근 아버지의 주먹질이 줄었다는 걸 느낀다. 몇 달 전, 아버지가 저녁 늦은 시간에 작업장에서 나오다가 복도에 서 있는 아들을 보고는 한마디 말도 없이 달려들어 손에 들고 있던 포도주 가죽 부대로 얼굴을 내리친 일이 있었다. 따끔한 통증이 일었다. 멍을 만드는 무지근한 충격이 아니라 날카롭고 찢어지는 듯 짜릿한 통증. 아들의 얼굴에 붉은 자국이 남았을 것이다. 아버지는 그 자국을 보니 더 화가 나는지 다시 치려고 팔을 들었으나 아들이 손을 뻗었다. 아버지의 팔을 잡았다. 온 힘을 다해 아버지를 밀었고 놀랍게도 아버지의 몸이 자기 몸 아래서 굴복했다. 아들은 이 남자를, 이 거인을, 어린 시절의 괴물을 힘들이지 않고 벽에 밀어붙일 수 있었다. 그리고 그렇게 했다. 팔꿈치로 아버지를 찍어눌렀다. 꼭두각시 인형의 팔을 흔들 듯 아버지의 팔을 흔들어 가죽 부대를 바닥에 떨어뜨리게 만들었다. 아들은 아버지의 얼굴에 자기 얼굴을 들이밀며, 아버지를 내려다본다는 걸 의식하며 말했다. 이제 다시는 날 치지 마요.

휼랜즈의 창가에 서 있는 그는 떠나고, 들고 일어서고, 벗어나고 싶은 욕구가 너무 강렬해 터질 것 같은 심정이다. 수업을 받는 아이들의 어머니가 두고 간 접시 위의 음식에는 손도 대고 싶지 않다. 떠나고, 달아나고, 다리를 놀려 여기서 최대한 멀리 가고 싶은 충동으로 뱃속이 가득차 있으므로.

라틴어가 계속 이어진다. 대과거시제에서 현재시제로 동사가 다시 돌아간다. 이제 돌아서서 다시 학생들을 마주하려는데, 나무 사이에서 어떤 형체가 나타난다.

순간 라틴어 선생은 젊은 남자를 보았다고 생각한다. 모자, 가죽 조끼, 목이 긴 장갑을 낀 차림에 남자처럼 태평하고 당당하게 성큼성큼 걸어 숲에서 나온다. 앞으로 죽 내민 팔 위에 새 같은 것이 있다. 몸통은 밤색이고 가슴팍은 크림처럼 희고 날개에 검은 점이 있는 새다. 새는 얌전히 움츠리고 앉은 채 자기가 올라탄 사람의 익숙한 움직임에 따라 몸을 흔든다.

라틴어 선생은 매를 길들인 젊은이가 농장 잡부일 거라고 생각한다. 아니면 집안의 친척이 농장에 와 있다거나. 그때 어깨를 지나 허리께까지 내려간 긴 머리채가 눈에 들어온다. 끈으로 조인 조끼가 수상하게도 굴곡진 모양이다. 그때 젊은이가 말아올려진 치맛자락을 서둘러 끌어내리는 모습이 보인다. 모자 아래로 하얀 타원형 얼굴, 둥근 눈썹, 도톰하고 붉은 입술이 보인다.

그는 창턱을 짚고 몸을 유리에 바짝 붙인 채 여자가 창틀 오른쪽에서 왼쪽으로 움직이는 것을 본다. 새는 주먹 위에 올라앉아 있고 치맛자락은 부츠 언저리에서 일렁인다. 그러다가 여자는 마당으로 들어가 닭과 거위 사이를 지나 집안으로 사라진다.

그는 몸을 편다. 찌푸렸던 얼굴이 풀어지고 듬성한 수염 아래 웃음이 떠오른다. 등뒤의 아이들은 조용해졌다. 수업, 학생들, 동사 활용이 다시 생각난다.

그는 돌아선다. 가정교사는 보통 그렇게 하리라고 상상한 대로, 얼마 전까지 다닌 학교의 선생님이 그랬듯이 손가락을 구부려 모은다.

"잘했다." 그가 말한다.

아이들은 식물이 해를 돌아보듯 선생님을 돌아본다. 선생은 아이들의 여리고 덜 여문 얼굴을 본다. 창문으로 들어오는 빛을 받은 얼굴이 아직 부풀지 않은 반죽처럼 허옇게 보인다. 선생은 책상 아래서 동생이 막대로 찔리고 있다는 사실, 형이 석판에 소용돌이 모양을 잔뜩 그려놓았다는 사실을 못 본 척한다.

"자, 이제 다음 문장을 번역해봐라. 친절한 편지에 감사드립니다, 선생님." 그가 말한다.

아이들은 석판을 붙들고 끙끙대기 시작한다. 형은(더 멍청한 쪽이라는 걸 선생은 안다) 입으로 씩씩 숨을 쉬고 동생은 한쪽 팔에 머리를 대고 누워 글씨를 쓴다. 사실 이 아이들에게 이걸 가르쳐봐야 무슨 의미가 있나? 이 아이들도 결국 자기 아버지처럼, 형처럼 농부가 될 것 아닌가? 하긴 이 지식이 그에게는 무슨 쓸모가 있었나? 수년이나 학교를 다녔지만 결국 어떻게 되었나 보라—부연 연기가 가득한 방에서 농장주의 아들들을 구슬려 활용과 어순을 가르치는 꼴이니.

선생은 아이들이 연습 문제를 절반 정도 풀 때까지 기다렸다가 묻는다. "저 하녀 이름은 뭐지? 새를 데리고 있는 여자?"

동생이 선생을 거리낌없이 똑바로 쳐다본다. 선생도 마주보고 웃는다. 선생은 시치미떼기 선수인데다 남의 생각을 잘 읽고 상대가 어디로 뛸지 무얼 할지 추측하는 데 능하기로 자부한다. 성미가 불같은 아버지와 같이 살다보니 어린 나이에 이런 재주를 습득했다. 형은 질문의 의도를 못 알아챌 테지만 아홉 살밖에 안 된 동생은 간파하리란 걸 선생은 안다.

"새요?" 형이 묻는다. "하녀한테는 새 없는데요." 형이 동생을 본다. "아냐?"

"없어?" 선생이 아이들의 멍한 얼굴을 본다. 순간 매의 얼룩덜룩한 황갈색 깃털이 다시 떠오른다. "내가 착각했나보구나."

동생이 얼른 말한다. "헤티가 돼지하고 암탉을 돌봐요." 눈을 찡그린다. "닭도 새죠?"

선생이 고개를 끄덕인다. "그렇지."

선생은 다시 창문으로 몸을 돌린다. 밖을 내다본다. 아까와 달라진 게 없다. 바람, 나무, 잎, 한데 옹기종기 모여 있는 지저분한 암양, 숲 가장자리까지 뻗은 길이 들고 경작된 땅. 여자의 모습은 보이지 않는다. 죽 뻗은 팔 위에 얹힌 게 닭이었을까? 그랬을 것 같지는 않다.

그날 늦게, 수업이 끝난 다음 선생은 집 뒤쪽으로 나간다. 타운으로 가는 길로 들어서서 집으로 돌아가는 먼 걸음을 시작해야 하겠지만 그전에 그 아가씨를 한번 더 보고 싶다. 자세히 보고 어쩌면 한두 마디 나누어보고 싶다. 새를 가까이서 구경하고 어떤 울음소리를 내는지 듣고 싶다. 묵직한 머리채를 들어보고 손가락에서 미끄러지는 부드러운 감촉을 느껴보고 싶다. 선생은 벽을 따라 돌면서 집 창문을 올려다본다. 당연하지만 선생이 농장 마당에 있을 핑계는 전혀 없다. 아이들 어머니가 보면 무슨 수작인지 바로 알아차리고 그를 쫓아낼 것이다. 가정교사 자리를 잃을지도 모르고 아버지가 과부와 맺은 잠정적 합의도 깨질 수 있다. 그런 생각도 그를 멈춰 세우지는 못한다.

선생은 웅덩이와 똥덩이를 피해 마당을 가로지른다. 아까 가정법을 가르칠 때 비가 내렸다. 높은 지붕에 똑똑 물방울이 떨어지는 소리를 들었다. 하늘이 어둑해지고 있다. 해가 물러가는 길이고 아직도 공기 중에는 겨울의 찬 기운이 남아 있다. 닭 한 마리가 부지런히 땅을 긁으며 나지막이 꾸룩꾸룩 소리를 낸다.

선생은 아가씨, 땋은 머리, 매를 생각한다. 짓누르는 듯한 노예계약의 무게를 덜 방법이 떠오른다. 이 음울하고 끔찍한 곳에서 아이들을 가르치는 일이 어쩌면 참을 만해질 수도 있을 것 같다. 선생은 수업이 끝난 뒤 아가씨와 연애를 하고 같이 숲을 산책하거나 헛간이나 별채 뒤에서 만날 수도 있을 거란 상상을 한다.

한순간도 자기가 본 여자가 이 집안의 큰딸이라는 생각은 해보지 못한다.

이 집 큰딸은 동리에서 악명이 높다. 여자가 이상하다고, 좀 맛이 갔다고, 유별나다고, 어쩌면 미쳤다고들 한다. 그 여자가 홀로 자유롭게 한적한 오솔길과 숲을 돌아다니며 수상한 약물을 만드는 데 쓸 식물을 채집한다는 얘기를 선생도 들었다. 그 여자를 거스르는 건 현명하지 않은 일인데, 왜냐하면 약을 만들고 실을 잣고 눈빛으로 아기를 죽일 수 있는 노파한테서 술법을 배웠기 때문이라는 것이다. 여자의 새어머니는 이제 남편도 죽고 없으니 그 의붓딸이 자기에게 저주를 걸까봐 떨면서 산다고도 했다. 그래도 여자의 아버지는 딸을 사랑했던 모양이다. 상당한 지참금을 유산으로 남겨주었다. 물론 여자와 결혼할 사람은 없을 테지만. 너무 과격해서 어떤 남자도 감당하지 못할 거라고들 한다. 여자의 어머니는—편히 잠드소서—집시였다고도 하고 마녀였다고도 하고 숲의 정령이었다는 말도 떠돈다. 라틴어 선생은 그 밖에도 허황한 얘기를 많이 들었다. 선생의 어머니는 그 여자 얘기만 나오면 고개를 저으며 혀를 찬다.

선생은 여자를 직접 본 적은 없지만 머릿속으로 반은 여자이고 반은 짐승이고 눈썹은 시커멓고 비틀비틀 걷고 머리는 잿빛으로 세고 진흙과 나뭇잎이 들러붙은 옷을 입고 다니는 모습을 상상했다. 죽은 숲속 마녀의 딸이니까. 절뚝절뚝 걸으며 혼잣말을 웅얼거리면서 병도 주고 약도 주는 가방을 뒤적이겠지.

선생은 주위를 흘긋 본다. 돼지우리 뒤편 그늘, 마당 가장자리의 울타리 너머로 구부러진 사과나무의 헐벗은 가지가 눈에 들어온다. 그 무서운 여자와 느닷없이 마주치는 일만은 피하고 싶다. 선생은 울타리 문을 통과해 오솔길을 따라 걷는다. 집 창문을 돌아보았다가 소들이 되새김질하며 고개를 주억거리는 외양간 문 안을 흘긋 본다. 어디에 있으려나?

왼쪽에서 어떤 움직임이 느껴져 미치광이 마녀의 딸 생각을 잠시 놓는다. 문이 열리고, 치맛자락이 출렁이고, 경첩이 삐걱거린다. 새를 데리고 있던 아가씨다! 바로 그 사람이다. 날림으로 지은 별채에서 나와 문을 닫는다. 바로 여기에, 그가 생각만으로 불러낸 것처럼 눈앞에 나타났다.

선생은 주먹에 대고 헛기침을 한다.

"안녕하세요." 그가 말한다.

여자가 돌아본다. 잠시 그를 쳐다보고, 그의 생각이 펼쳐지는 것을 본 듯이, 그의 머릿속이 물처럼 투명하기라도 한 듯이 눈썹을 살짝 치킨다. 여자는 선생을 머리부터 발끝까지 죽 훑어보고 다시 올려다본다.

"네." 여자가 잠시 뒤 별 공손한 기색 없이 대꾸한다. "휼랜즈에는 어떻게 오셨습니까?"

여자의 목소리는 또렷하고 고르고 분명하다. 그 목소리가 선생에게 바로 영향을 미친다. 심장이 빨리 뛰고 가슴이 뜨거워진다.

"여기서 아이들을 가르치고 있습니다. 라틴어요." 그가 말한다.

그는 여자가 감탄하기를, 공손히 고개를 끄덕이기를 기대한다. 그가 배운 사람이며 학식과 교양이 있는 사람이라는 것에.

지금 당신 앞에 서 있는 사람은 시골뜨기, 무지렁이가 아니라오.

그러나 여자의 표정은 변함이 없다. "아. 라틴어 선생요. 그래요."

여자의 무미건조한 대답에 선생은 당황한다. 도무지 알 수 없는 여자다. 나이도 짐작하기 어렵고, 집안에서 어떤 위치인지도 모르겠다. 어쩌면 그보다 조금 연상인 것도 같다. 하인처럼 투박하고 지저분한 옷을 입었지만 귀부인처럼 말한다. 자세가 꼿꼿하며 키는 그와 거의 비슷할 정도고 머리카락도 그처럼 짙은 색이다. 남자처럼 똑바로 눈을 마주치지만 조끼 안의 몸매는 뚜렷하게 여성적이다.

선생은 대담하게 나가는 게 최선이라고 결정을 내린다. "당신의 그…… 새를 볼 수 있을까요?"

여자가 눈살을 찌푸린다. "내 새요?"

"아까 숲에서 나오는 걸 봤습니다. 팔 위에 새를 얹고, 아닌가요? 매요. 참으로 신기한—"

처음으로 여자의 얼굴에 감정이 드러난다. 걱정, 불안, 두려움의 기색이. "저기, 말하지 않을 거죠." 여자가 농가 쪽을 손짓하며 말한다. "네? 오늘은 밖에 데리고 나가면 안 되는 날이지만 하도 들썩거리고 배고파해서 마냥 가둬둘 수가 없었어요. 말 안 할 거죠? 날 봤다는 거? 나갔었다는 거?"

선생이 웃음을 짓는다. 여자에게 한 걸음 다가간다. "절대 말하지 않을게요." 제법 위엄 있고 믿음이 가는 목소리가 나온다. 여자의 팔을 잡는다. "걱정 마요."

여자는 눈을 들어 선생과 마주친다. 가까이서 마주본다. 선생은 거의 황금빛으로 보이는 짙은 호박색 눈동자를 본다. 눈동자 안의 녹색 반점. 짙고 긴 속눈썹. 코와 광대뼈에 주근깨가 얹힌 하얀 얼굴. 그런데 여자가 이상한 행동을 한다. 자기 팔을 잡은 선생의 손 위에 자기 손을 얹는다. 선생의 엄지와 검지 사이의 살을 잡는다. 단단하게, 고집스럽게, 뜻밖에도 친밀하게, 거의 아플 정도로. 선생은 헉하고 숨을 들이마신다. 머리가 빙빙 돈다. 어찌나 확고한 손짓인지. 여기를 이런 식으로 붙들린 적은 한 번도 없었던 것 같다. 손을 빼려고 해도 세게 당기지 않고는 뺄 수 없을 듯하다. 여자의 힘에 놀라고, 또 이상하게 달아오른다.

"난……" 선생은 무슨 말을 할지, 무슨 말을 하고 싶은지 모르는 채 말을 시작한다. "당신은……"

여자가 느닷없이 손을 놓는다. 잡힌 팔을 빼낸다. 여자에게 잡혔던 손이 뜨겁고 벌거벗겨진 느낌이다. 그는 손을 원래 상태로 되돌리려는 듯 이마에 대고 문지른다.

"내 새를 보고 싶다고요." 여자는 이제 사무적인 태도로 자신 있게 말하며 치맛자락에 감춘 사슬에서 열쇠 하나를 들어 잠긴

문을 따고 열어젖힌다. 여자가 안으로 들어가고 그도 홀린 듯 따라간다.

어둑하고 좁고 길쭉한 공간에서 무언가 말린 것의 익숙한 냄새가 난다. 숨을 들이마신다. 목재와 석회 냄새, 달콤한 식물냄새. 거기에 백묵 같기도 하고 사향 같기도 한 미묘한 냄새도 깔려 있다. 그리고 옆에 있는 여자의 냄새. 희미하게 로즈메리 향이 감도는 머리카락과 살결 냄새를 맡을 수 있다. 손을 뻗어 여자를 잡으려는 순간—유혹적인 어깨와 허리가 가까이에 있고 그를 여기로 데리고 들어온 걸 보면 여자도 마음이 있는 게 아니겠나—

"저기 있어요." 여자가 낮고 다급한 목소리로 속삭인다. "보여요?"

"누가요?" 허리, 로즈메리 향, 눈이 어둠에 적응하면서 보이기 시작한 주위의 선반에 정신이 팔린 그가 말한다. "뭐가요?"

"내 매요." 여자가 말하며 앞으로 나아가자 라틴어 선생은 별채 끝쪽 높은 나무말뚝 위에 앉아 있는 맹금을 본다.

매는 머리에 쓰개를 쓰고 날개를 접은 채 비늘투성이 갈색 발톱으로 홰를 쥐고 있다. 마치 비라도 맞는 듯 구부정하게 어깨를 움츠렸다. 날개 깃털은 짙은 색이지만 가슴은 희고 나무껍질 같은 무늬가 있다. 명백하게 다른 세상에, 바람이나 하늘이나 어쩌면 신화에 속한 것처럼 느껴지는 생명체와 이렇게 가까이 있을 수 있다니.

"맙소사." 선생이 자기도 모르게 말하자 여자가 돌아보며 처음으로 웃는다.

"황조롱이 암컷이에요." 여자가 작은 소리로 말한다. "아버지 친구인 사제께서 새끼일 때 나한테 줬어요. 거의 날마다 데리고 나가서 날려줘요. 지금 쓰개를 쓰긴 했어도 당신이 여기 있는 걸 알아요. 당신을 기억할 거예요."

선생은 그 말을 전혀 의심하지 않는다. 가죽으로 만든 작은 쓰개로—선생은 양가죽 아니면 새끼염소가죽일 거라고 생각하다가 그런 생각을 했다는 사실에 짜증이 난다—눈과 부리가 덮여 있지만 두 사람이 말을 하거나 움직일 때마다 새의 머리가 갸웃하며 돌아간다. 선생은 새의 얼굴을 보고 눈을 들여다보고 쓰개 안에 무엇이 있는지 알고 싶다.

"오늘은 생쥐 두 마리를 잡았어요." 여자가 말한다. "들쥐 한 마리하고요." 남자를 돌아본다. "아무 소리도 없이 날아요. 쥐는 매가 다가오는 걸 전혀 느낄 수 없죠."

여자의 눈길에 대담해진 선생은 손을 내민다. 여자의 소매, 조끼, 그리고 허리에 손을 얹는다. 여자가 자기를 잡았던 것처럼 단단히 허리를 감싸 자기 쪽으로 끌어당기려 한다.

"이름이 뭐예요?" 그가 말한다.

여자가 몸을 빼려 하지만 그는 손에 더 세게 힘을 준다.

"말할 수 없어요."

"말할 거예요."

"놔요."

"먼저 말해요."

"그럼 놓을 거예요?"

"네."

"약속을 지킬지 아닐지 어떻게 알죠, 라틴어 선생님?"

"난 언제나 약속을 지켜요. 내가 한 말을 반드시 지키는 사람이에요."

"손이 앞서는 사람이기도 하고요. 이거 놓으세요."

"이름부터 말해줘요."

"그럼 놓을 거예요?"

"네."

"좋아요."

"말해줄 거예요?"

"그래요. 그게……"

"뭐예요?"

"앤"이라고 말한 것 같았다. 그가 "알아야겠어요"라고 말함과 동시에.

"앤?" 그는 충격을 받고 따라 한다. 입에서 그 단어가 익숙하면서도 기묘하게 울린다. 여동생의 이름, 죽은 지 이 년도 채 안 된 동생의 이름이다. 동생이 흙에 묻힌 날 이후로 그 이름을 한 번도 입에 올리지 않았다는 사실이 퍼뜩 떠오른다. 언뜻 비에 젖은 교회 묘지, 물방울을 떨구는 주목나무, 어두운 구덩이, 흰 천에 싸인 너무 작고 여린 몸뚱이를 받아들이려고 벌어진 틈을 본다. 그렇게 홀로 땅속으로 들어가기엔 너무 조그마한 몸이었다.

선생이 잠시 혼란에 빠진 틈을 타 매부리 여자가 그를 밀어낸다. 선생은 벽에 둘러진 선반으로 넘어진다. 수천 개의 산가지인가 공인가가 제자리를 찾아가는 듯한 희한한 소리가 울린다. 주위를 더듬어보자 둥글고 탱탱하고 차갑고 가운데가 뾰족하게 튀어나와 있는 것이 손에 잡힌다. 문득 이 안에 감도는 익숙한 냄새가 무엇인지 알아차린다.

"사과네." 그가 말한다.

여자는 저 건너에서 짤막한 웃음소리를 낸다. 여자의 손이 뒤쪽 선반에 얹혀 있고 옆에는 매가 있다. "사과 창고예요."

선생은 사과 하나를 집어 특유의 선연한 신 냄새를 들이마신다. 별 관련이 없는 다른 이미지들이 줄줄이 떠오른다. 낙엽, 젖은 풀밭, 나무 타는 연기, 어머니의 부엌.

"앤." 그가 사과를 깨물며 말한다.

여자가 웃자 구부러지는 입술 모양이 그를 미치게 하는 동시에 기쁘게 한다. "그거 내 이름 아닌데." 여자가 말한다.

선생은 성난 척하면서, 조금은 안도하면서 사과를 입에서 내린다. "그거라고 했잖아요."

"안 그랬어요."

"그랬어요."

"잘 안 들었나보네요."

선생은 반쯤 먹은 사과를 집어던지고 여자에게 다가간다. "이제 말해요."

"싫어요."

"말할 거예요."

선생은 여자의 어깨에 손을 얹었다가 손끝으로 건듯이 팔을 타고 내려오며 그의 손길에 몸을 떠는 여자를 본다.

"말할 거예요. 우리가 키스할 때." 그가 말한다.

여자가 고개를 돌린다. "뻔뻔하네요." 여자는 말한다. "우리가 키스를 안 하면요?"

"할 거예요."

다시 여자가 선생의 손을 잡는다. 손끝으로 엄지와 검지 사이의 살을 잡는다. 선생은 눈썹을 치키고 여자의 얼굴을 들여다본다. 여자는 특히 이해하기 힘든 글을 읽는 듯한, 무언가를 해독하고 알아내려는 듯한 표정이다.

"으음." 여자가 말한다.

"뭐하는 거예요?" 선생이 묻는다. "왜 내 손을 그렇게 잡는 거예요?"

여자가 눈살을 찌푸린다. 선생을 똑바로 탐색하듯이 바라본다.

"뭐예요?" 그는 갑자기 여자 때문에, 여자의 침묵과 여자의 집중, 여자가 손을 잡은 것 때문에 불안하다. 주위의 사과는 제자리로 돌아가 있다. 새는 홰 위에 꿈쩍 않고 앉아 귀를 기울인다.

여자가 몸을 숙인다. 손을 놓아주는데 이번에도 손이 아리고 벌거벗겨지고 유린당한 느낌이다. 여자가 느닷없이 자신의 입술을 선생의 입에 포갠다. 도톰한 입술, 단단하게 누르는 치아, 믿을 수 없게 부드러운 얼굴의 살결이 느껴진다. 그때 여자가 물러선다.

"애그니스예요." 여자가 말한다. 선생은 이 이름도 안다. 이런 이름을 가진 여자를 만나본 적은 없지만. 애그니스. 종이 위에 쓰인 철자와 다르게 발음되는 이름. 거의 감춰진 듯 비밀스러운 g라는 글자. 혀가 그 소리를 내려고 구부러지지만 소리에 닿을 듯 말 듯 하고 만다. 애-니스. 애-녜즈. 첫번째 음절에 깊이 들어갔다 다음 음절로 건너뛰어야 한다.

애그니스는 선생의 몸과 선반 사이 공간에서 빠져나온다. 문을 열자 그 너머에서 빛이 눈부시고 희게 압도하듯 비춘다. 여자의 등뒤에서 문이 닫히고 선생은 혼자 남는다. 매, 사과, 나무와 가을의 냄새, 새의 깃털과 살로 이루어진 냄새와 함께.

선생은 입맞춤에, 사과 창고에, 여자의 어깨를 잡았던 손의 느낌에, 다음에 훌랜즈에 가면 어떻게 할지 어떻게 그 하녀가 혼자 있을 때 다시 만날지 하는 생각에 넋이 나간 채 걷는다. 타운까지 절반쯤 갔을 때에야 어떤 생각이 떠오른다. 그 집의 큰딸이 매를 기른다고 하지 않았나?

이 동리에는 숲 가장자리에 사는 여자아이에 관해 전해오는 이야기가 있었다.

사람들은 이렇게 수군대곤 했다. 숲 가장자리에 사는 여자애 얘기 들었어? 밤에 불가에 둘러앉아서, 반죽을 치대거나 물레에 돌릴 양털을 빗질하면서 누군가가 얘기를 시작했다. 이런 얘기는 밤을 빨리 지나가게 하고 투정 부리는 아이를 얌전하게 만들고 걱정거리를 잠시 잊게 해준다.

숲 가장자리에, 여자애가.

이렇게 운을 띄우면, 주머니에 찔러넣은 종이쪽지처럼 무언가가 있을 거라는 암시가 건네졌다. 주위에 있는 사람 모두가 고개를 돌리고 귀를 쫑긋 세우고 머릿속으로 벌써 여자아이의 모습을 떠올렸다. 숲 사이를 돌아다니는 모습이나 푸른 숲을 배경으로 서 있는 모습.

이 숲이 어떤 숲인가. 빽빽하고 울창하고 나무딸기와 담쟁이가 미친듯이 얽히고 나무가 어찌나 조밀한지 빛이 전혀 들지 않는 데도 있다고들 했다. 그러니 그곳에서 길을 잃으면 큰일이다. 숲에서 빠져나오지 못하고 빙빙 맴돌게 하는 길, 여행자들이 길을 잃고 목적지를 잃고 헤매게 만드는 길이 있다고 했다. 난데없이 바람이 불어온다고도 했다. 어느 빈터에 들어서면 음악소리, 속삭이는 소리, 자기 이름을 부르는 소리가 들린다고 했다. 이리와, 여기로, 이쪽이야.

숲 근처에 사는 아이들은 요람에서부터 혼자 숲에 들어가면 안 된다는 말을 들었다. 처녀들에게도 숲에는 얼씬하지 말라고, 저 시퍼렇고 빽빽한 수풀에 뭐가 도사리고 있을지 모른다고 했다. 저 안에 사람을 닮은 존재가—숲 사람이라고 부르기도 했다—있는데, 돌아다니고 말도 하지만 숲 밖으로 나온 적은 단 한 번도 없다. 평생을 나무 그늘에서, 둥글게 에워싼 가지 아래서, 축축하고 울창한 숲속에서 살았다. 사냥개 한 마리가, 몸통이 매끈하고 송곳니가 번뜩이는 아주 훌륭한 개였는데, 사슴을 쫓아 수풀에 뛰어들었다가 영영 사라져버렸다고 한다. 언뜻 나타난 짐승을 쫓아갔는데 숲이 가두어버리고 다시는 놓아주지 않았다고 한다.

숲을 통과해야만 하는 사람들은 걸음을 멈추고 기도를 드렸다. 제단과 십자가가 있어 그 앞에서 하느님께 안전한 여행을 빌었다. 하느님이 기도를 들어주시길 빌고, 하느님이 돌보아주시리라 믿고, 숲에서 숲 사람이나 나무 정령이나 살아 움직이는 나뭇잎과 마주치지 않게 해달라고 기도했다. 담쟁이가 십자가를 실타래처럼 친친 감고 뒤덮어 숨통을 조인다고 말하는 사람도 있었다. 어느 여행자들은 어두운 힘에 의지했다. 숲 가장자리 여기저기에 제단이 있어 사람들이 나뭇가지에 천조각을 묶고 에일 한 잔, 빵 한 덩이, 돼지 껍질 한 조각, 반짝이는 구슬 목걸이 따위를 바치고 나무 정령의 노기를 누그러뜨려 안전히 숲을 지나갈 수 있기를 빌었다.

그런데 숲 가장자리에 있는 집에 그 여자아이와 남동생이 살았다. 바람 부는 날이면 집 뒤 창문으로 나무가 쉼없이 머리를 흔들고 겨울에는 헐벗은 주먹을 휘두르는 걸 볼 수 있었다. 여자아이와 동생은 숲이 끌어당기고 손짓하는 힘을 느끼며 태어났다.

이 마을에 오래 산 사람들은 여자아이의 어머니가 숲에서 나왔다고 믿었다. 어디서 왔는지는 아무도 몰랐다. 길을 잃고 자기 무리에서 떨어져나온 숲 사람일 수도 있고, 아니면 또다른 무엇일 수도 있다고 생각했다.

아무도 몰랐다. 전하는 이야기에 따르면 어느 날 여자가 수풀을 헤치고 어스레한 녹색 세상에서 밖으로 나왔다. 우연히 그 자리에서 양을 지키고 있던 농장주는 그 순간부터 여자에게서 눈을 뗄 수 없었다. 농장주는 여자의 머리카락에 붙은 잎사귀를 떨고 치맛자락에 붙은 달팽이를 떼어주었다. 잔가지와 이끼가 붙은 소매를 솔질해주었다. 발에 묻은 흙을 씻어주었다. 농장주는 여자를 집으로 데려가 먹이고 옷을 입히고 혼인을 했고, 얼마 지나지 않아 여자아이가 태어났다.

얘기하던 사람은 이 대목에서 대개 이 여자만큼 아이를 애지중지한 사람은 세상에 없다고 강조했다. 여자는 어딜 가든 아이를 등에 업고 다녔다. 추운 겨울에도 맨발로 집밖에 나와 걸어다녔다. 밤이 되어도 요람에 누이지 않고 짐승이 그러듯 품고 있었다. 아이를 데리고 몇 시간이고 한없이 숲속에 있다가 어두워진 다음에 집에 돌아왔다. 앞치마에 알밤을 그득 담은 채, 불도 없고 먹을 것도 없고 남편의 저녁 준비도 전혀 되어 있지 않은 집으로 돌아왔다. 이웃 부인네들이 쑥덕거리기 시작했다. 저런 꼴을 남자가 어떻게 참아주겠느냐고. 여자들은 아이 엄마한테 (아마도) 어머니가 없으니 자기들이 살림하고 젖떼고 질병을 피하고 바느질하는 법을 알려주어야겠다고, 또 이제 결혼했으니 두건으로 머리카락을 감춰야 한다는 사실도 일러줘야겠다며 집으로 찾아갔다.

여자는 멍한 웃음을 띠고 고개를 끄덕이며 전부 들었다. 그랬는데도 머리카락을 가리지 않고 풀어헤친 채 돌아다니는 모습이 종종 보였다. 여자는 집 뒤에 텃밭을 만들어 괴상한 식물들을 키웠다. 숲에서 나는 고사리, 땅을 기는 풀, 알싸한 냄새가 나는 꽃, 못생기고 납작한 관목. 여자가 얘기를 나누는 유일한 상대는 마을 끄트머리에 사는 늙은 과부뿐인 듯했다. 과부의 집 담장 안에 있는 작은 밭에서 두 사람이 얘기를 나누는 모습이 종종 보였다. 늙은 과부는 지팡이에 기대어 서 있고 젊은 여자는 아이를 등에 업고 여전히 맨발로, 여전히 머리카락을 다 드러낸 채 허리를 숙이고 과부의 약초를 돌보았다.

머지않아 여자는 다시 자리에 누웠고, 이번에는 아들을 낳았다. 첫 숨을 들이쉰 순간부터 우렁찬 아기였다. 손도 크고 당장이라도 걸을 만큼 발도 큼직한 우량아였다. 여자는 지난번처럼 아기를 들쳐업었고, 출산한 지 하루이틀 만에 다시 숲으로 갔다. 여자아이는 엄마 옆에서 아장아장 걸었다.

배가 세번째로 부풀었을 때는 여자의 운이 더는 남아 있지 않았다. 셋째를 낳으러 자리에 누웠는데, 이번에는 다시 일어나지 못했다. 마을 여자들이 와서 죽은 여자를 씻기고 염해서 다음 세상으로 보낼 준비를 했다. 그러면서 여자들은 울었다. 죽은 사람, 숲에서 나와 자기들 중 한 명과 결혼한 사람, 나무의 이름으로 불리던 사람, 자기들에게 말을 걸지 않던 사람, 벗이 되어주겠다는데도 거부했던 사람을 아껴서가 아니라, 여자의 죽음이 자신도 그렇게 될 수 있다는 사실을 일깨웠기 때문에 울었다. 여자들은 시신을 씻기고 머리를 빗기면서 같이 울었다. 손톱 밑 때를 빼내고 머리 위로 흰 천을 덮고, 죽은 채 태어난 작은 아기를 천으로 싸서 시신의 팔에 안기며 울었다.

어린 여자아이는 벽에 기대어 바닥에 책상다리를 하고 앉아 아무 소리도 내지 않고 보고 있었다. 아이는 울지 않았다. 눈물을 떨구지 않았다. 한마디도 하지 않았다. 어머니의 시신에서 잠시도 눈을 떼지 않았다. 무릎에 앉힌 어린 동생이 낑낑거리고 훌쩍이며 누나 옷에 눈물을 닦았다. 이웃 사람들이 좋은 마음으로 다가가도 여자아이는 고양이처럼 할퀴고 침을 뱉었다. 사람들이 동생을 데려가 돌보려고 무진 애를 썼지만 여자아이는 절대로 동생을 놓아주지 않았다. 저런 애를 어떻게 도와주겠어, 가엾단 생각도 안 드네, 사람들이 말했다.

아이들에게 가까이 갈 수 있는 사람은 어머니의 친구였던 늙은 과부뿐이었다. 과부는 음식이 든 그릇을 들고 아이들 옆 의자에 가만히 앉아 있었다. 가끔씩 아기에게 죽을 떠먹일 수 있게 여자아이가 허락했다.

이웃 중 한 사람이 결혼 안 한 자기 여동생 조운이 아직 어리긴 해도 동생들을 돌본 경험이 많고 돼지도 많이 돌보았고 힘든 일에 익숙하다는 걸 떠올렸다. 그애더러 이 집 일을 맡아보라고 하면 어떨까? 누군가는 살림을 하고 아이들을 돌보고 불을 지키고 냄비를 저어야 할 테니. 그러다가 또 어떻게 될지 누가 알겠는가? 농장주가 재산이 있는 사람이라는 건 알려진 사실이었다. 번듯한 집이 있고 토지도 넓었다. 애들도 적절히 다루기만 하면 잘 따르도록 만들 수 있을 테고.

하여 조운이 농장에서 살게 되었는데, 사실인지 아닌지는 모르지만 한 달도 되기 전에 조운이 사람마다 붙들고 여자아이에 대한 불평을 했다고 한다. 계집애 때문에 미치겠다고. 밤에 깼는데 그애가 옆에 서서 자기 손을 잡고 있었던 적이 두 번이나 된다고. 자기 주머니에 뭔가를 집어넣는 걸 보고 꺼내보니까 나뭇가지에 닭털을 묶은 것이었다. 베개 아래서 담쟁이 잎을 발견하기도 했는데, 대체 누가 그걸 거기 넣었겠나?

마을 여자들은 그런 말을 들으면 뭐라고 해야 할지, 이 말을 믿어야 할지 말아야 할지 몰랐다. 하지만 조운의 얼굴이 얼룩덜룩해지고 얽은 게 눈에 들어왔다. 손에는 사마귀가 돋았다. 조운이 물레질해 뽑은 실 가닥은 엉키고 너덜너덜했고 빵은 부풀어 오르지 않았다. 하지만 그 아이는 어린애인데, 그처럼 어린애가 어떻게 그런 일을 할 수 있단 건가?

조운이 진저리를 내고 농장을 떠나 제집으로 돌아갔겠거니 생각할지도 모르겠다. 그러나 고집 세고 말 안 듣는 어린애 하나 때문에 물러날 인물은 아니었다. 조운은 사마귀에 돼지기름을 바르고 잿물에 적신 천으로 얼굴을 닦으면서 꿋꿋하게 버텼다.

결국에는 으레 그렇듯 조운의 끈기에도 보상이 있었다. 농장주가 조운을 아내로 맞고 조운은 아들딸 여섯을 낳았다. 전부 조운처럼, 아비처럼 금발에 얼굴이 동그랗고 발그레한 아이들이었다.

결혼식 이후 조운은 여자아이에 대해 불평하는 일이 없어졌다. 마치 입을 꿰맨 것처럼 딱 다물어버렸다. 그애한테는 아무 문제 없어요, 쏘아붙이듯 말했다. 전혀요. 걔가 남의 속마음을 들여다본다 어쩐다 하는 건 말도 안 되는 헛소문이에요. 우리 가족, 우리집에는 이상한 일 따윈 전혀 없어요.

그래도 여자아이의 특별한 능력에 대한 말이 퍼졌다. 사람들이 어둠을 틈타 찾아오곤 했다. 여자아이가 자라면서 사람들을 만날 방법이 생겼다. 인근에선 여자아이가 오후 늦게 초저녁쯤이면 숲 가장자리를 따라 걷고, 여자아이의 매가 나무 사이를 가르고 날아와 목 긴 가죽 장갑 위에 내려앉는다는 사실을 다 알았다. 여자아이가 해 질 무렵에 새를 데리고 밖으로 나오니 만나고 싶은 사람은 그 근방을 걷다보면 그애를 만날 수 있었다.

부탁을 받으면, 이제 어른이 된 여자는 목 긴 장갑을 벗고 손을 잠깐 잡았다. 엄지와 검지 사이, 손의 힘이 전부 집중된 그 부분을 누르고 어떤 느낌인지 말해주었다. 그러면 아찔하고 진이 빠지는 느낌이 든다고, 여자가 몸에서 기운을 빼내는 것 같다고 하는 사람도 있었다. 시원한 소나기가 내릴 때처럼 기운이 솟고 활기가 생긴다고 말하는 사람도 있었다. 여자의 매는 머리 위 하늘에서 깃털을 펼치고 마치 경계하듯 울부짖으며 맴을 돌았다.

사람들은 그 여자의 이름이 애그니스라고 했다.

이게 그 얘기, 애그니스의 어린 시절에 얽힌 설화다. 애그니스 본인은 다른 얘기를 들려줄 것이다.

집밖에는 무슨 일이 있어도 먹이고 물을 주고 돌보아야 하는 양떼가 있었다. 이 들판 저 들판으로 데려갔다 데려와야만 했다.

집안에는 꺼지면 안 되는 불이 있었다. 땔감을 계속 넣어주고 불씨를 돌보고 쑤석여야 했고, 어머니는 가끔 입술을 내밀고 불씨를 후후 불기도 했다.

그 어머니라는 사람은 알 수 없는 존재이기도 했다. 전에 어머니가 있었고, 늘 맨발에 발목은 가늘지만 튼튼한 사람이었다. 발바닥이 새카맸고, 판석 무늬를 따라 이쪽 혹은 저쪽으로 걸었고, 가끔 집밖으로 나가 양떼를 지나 숲으로 가서 잎과 가지와 이끼를 밟았다. 손도 있었다. 애그니스가 넘어지지 않게 잡아주는 따스하고 힘있는 손이었다. 숲속에서 어머니의 등에 업히면 애그니스는 망토 같은 그 머리카락에 파묻혔다. 짙은 머리카락 사이로 보는 숲은 신기한 공연장 같았다. 봐, 다람쥐야. 어머니가 말하면 불그스름하고 탐스러운 꼬리가 나무줄기를 타고 달려갔다. 마치 어머니가 나무껍질에서 그걸 불러낸 것 같았다. 봐, 물총새야. 보석 빛깔의 화살이 은빛 수면을 꿰뚫었다. 봐, 개암이야. 어머니가 나뭇가지 위로 올라가 힘센 팔로 가지를 흔들면 갈색 껍데기로 덮인 진주알이 후드득 떨어졌다.

남동생 바살러뮤, 사이가 벌어진 눈을 놀란 듯 뜨고 손가락을 벌리면 하얀 별이 되는 동생은 어머니의 앞에 매달렸고, 걸어가는 동안 두 아이는 마주보며 어머니의 둥근 어깨뼈 위에서 손깍지를 꼈다. 어머니는 골풀을 잘라 말린 뒤 엮어서 인형을 만들어주었다. 애그니스와 바살러뮤는 똑같이 생긴 인형 두 개를 나란히 상자 안에 뉘었다. 표정 없는 녹색 얼굴이 안심한 듯 천장을 올려다보았다.

그런데 이 어머니가 사라지고 그 자리에 다른 어머니가 나타나 불가에서 불을 지피고 불씨를 후후 불고 냄비를 바닥돌에서 쇠살대로 옮기며 말했다. 만지지 마, 뜨거워. 이 두번째 어머니는 더 펑퍼짐하고 색은 옅은 머리채를 틀어올려 손때 묻은 두건으로 가렸다. 몸에서 양고기와 기름 냄새가 풍겼다. 얼굴이 붉고 주근깨투성이여서 수레가 진창을 지나가며 얼굴에 흙탕물을 뿌린 것 같았다. 이름이 '조운'이었는데 개 짖는 소리가 생각나는 이름이었다. 이 여자가 칼로 애그니스의 머리채를 숭덩 끊고는 날마다 이 머리를 건사할 시간이 없다고 말했다. 골풀 인형을 집더니 악마의 꼭두각시라며 불에 던져버렸다. 애그니스가 불붙은 인형을 꺼내려다 손가락을 데자 웃으면서 꼴좋다고 말했다. 발에는 신을 신었다. 이 발은 농장을 벗어나 숲으로 가는 일이 없었다. 애그니스가 허락 없이 혼자 숲에 가면 이 어머니는 애그니스의 치마를 걷어올리고 신발 한 짝을 벗어서 그걸로 종아리를 찰싹찰싹 때렸는데 그 아픔이 너무 놀랍고 낯설어서 애그니스는 비명조차 내지 못했다. 대신 애그니스는 저 높은 곳의 들보를 쳐다보았다. 다른 어머니가 약초 한 다발을 가운데에 구멍이 뚫린 돌과 함께 묶어 매달아놓은 곳. 액운을 막아준단다, 어머니가 말했다. 애그니스는 어머니가 그걸 달던 모습을 기억했다. 애그니스는 입술을 깨물었다. 울지 않겠다고 마음먹었다. 돌의 검은 눈을 바라보았다. 어머니가 과연 돌아올까 생각했다. 애그니스는 울지 않았다.

새어머니는 애그니스가 당신은 내 엄마가 아니라고 말하거나, 바살러뮤가 개 꼬리를 밟거나, 애그니스가 수프를 쏟거나, 거위를 길에 내놓거나, 돼지 먹이통을 저멀리 여물통까지 나르지 않거나 해도 신발을 벗어 들었다. 애그니스는 빠릿빠릿하고 민첩하게 움직이는 법을 배웠다. 눈에 띄지 않는 것의 이점을 알게 되자 시선을 끌지 않고 방을 지나가는 법을 익혔다. 사람이 마시는 컵에 통발을 약간 넣으면 그 사람 내면에 감춰진 것이 겉으로 드러난다는 사실도 알게 되었다. 떡갈나무에서 떼어낸 담쟁이를 침구에 문대면 그 자리에서 자는 사람이 잠을 이루지 못한다는 것도 알았다. 아버지의 손을 잡아끌고 뒷문으로 데려가 조운이 숲 식물을 죄다 뽑아 텅 비어버린 텃밭을 보여주면 아버지는 말이 없어지고, 조운은 울면서 나쁜 뜻이 있어 그런 게 아니라고, 잡초인 줄 알았다고 아버지한테 말한다는 것도 알았다. 그러고 나면 조운이 식탁 아래서 손을 뻗어 애그니스를 세게 꼬집어 보라색 멍을 남긴다는 것도 알게 되었다.

혼란의 시기였다. 힘든 계절이 계속 이어졌다. 연기가 부연 방. 끝없이 울고 찡찡대는 양떼. 가축을 돌보느라 종일 집을 비우는 아버지. 집밖의 흙을 깨끗한 집안에 묻히고 들어오지 않아야 했다. 바살러뮤가 불가에, 조운 근처에, 물방아 연못 근처에, 도로의 수레 근처에, 말발굽 근처에, 개울 근처에, 낫질하는 근처에 못 가게 막아야 했다. 아픈 새끼 양을 바구니에 담아 불가에 두고 우유를 천에 적셔 먹이면 새끼 양의 가느다란 울음소리가 방안을 갈랐다. 아버지가 마당에서 두려운 얼굴로 하늘을 쳐다보는 암양을 다리 사이에 끼우고 가위로 털을 슥슥 잘랐다. 양털이 비구름처럼 바닥에 떨어졌고, 그러고 나면 전혀 다른 짐승이 그 자리에서 일어섰다. 새하얀 피부가 드러난 여위고 수척한 짐승.

모두가 애그니스에게 다른 어머니는 없었다고 했다. 대체 무슨 소리를 하는 거니? 그래도 애그니스가 고집을 부리면 말을 바꾸었다. 진짜 엄마는 기억 못할 거야, 기억할 수 없어. 애그니스는 사실이 아니라고 말했다. 발을 탕탕 굴렀다. 주먹으로 식탁을 쾅쾅 쳤다. 닭처럼 꽥꽥거렸다. 대체 무슨 소리일까? 왜 이런 거짓말을 우기는 걸까? 애그니스는 기억했다. 모든 걸 기억했다. 마을 끄트머리에 사는 약제사의 과부에게 얘기했다. 과부는 양털을 받아서 실을 잣는데, 애그니스가 아무 말도 안 했다는 양 멈추지 않고 계속 발판을 밟더니 이내 고개를 끄덕였다. 너희 어머니는 마음이 순수한 사람이었지. 네 엄마의 새끼손가락에 든—그러면서 노인은 옹이 진 손을 들어올렸다—사랑만 해도 다른 사람들 전부를 합한 것보다 컸어.

애그니스는 모든 걸 다 기억했다. 어머니가 어디로 갔는지, 왜 떠났는지만 빼고 전부.

밤에 애그니스는 자기들과 함께 숲에서 돌아다니길 좋아했던 사람, 구멍 뚫린 돌을 약초와 같이 묶어 달았던 사람, 골풀 인형을 만들어주었던 사람, 집 뒤에 텃밭을 꾸몄던 사람의 얘기를 바살러뮤에게 속삭였다. 애그니스는 전부 기억했다. 거의 전부.

그러던 어느 날 돼지우리 뒤에서 무릎으로 새끼 양의 목을 누르고 칼을 겨눈 아버지와 맞닥뜨렸다. 그 냄새, 그 광경, 그 색이 피로 물든 침대와 아수라장, 처참함, 끔찍한 붉은색의 기억을 불러일으켰다. 애그니스는 아버지를 뚫어져라 보고 있었지만 애그니스가 보는 것은 아버지가 아니었다. 대신 한가운데 붉은 꽃이 핀 침대와 이어 길쭉한 상자를 보았다. 그 안에 어머니가 있다는 걸 알았지만 원래 알던 어머니는 아니었다. 다른 어머니였다. 밀랍 같고 차갑고 말이 없었고, 품에는 슬프고 쪼글쪼글한 얼굴의 인형이 천에 돌돌 말려 안겨 있었다. 한밤중에 비밀스럽게 사제가 찾아왔다. 애그니스가 전에 한 번도 본 적이 없는 사제였다. 긴 예복을 입고 연기가 나는 향로를 관 위에서 흔들며 노래처럼 들리는 낯선 단어들을 웅얼거렸다. 아버지가 울면서 애그니스에게 말했다. 아무한테도 말하지 말라고, 이웃 사람한테도, 누구한테도 사제가 와서 밀랍 같은 여자와 슬픈 아기에게 마법의 단어를 읊었다는 얘기를 하면 안 된다고. 사제는 떠나기 전에 애그니스의 머리를 살짝 쓰다듬었다. 엄지로 이마를 누르면서 애그니스의 눈을 들여다보고 애그니스도 아는 언어로 말했다. 불쌍한 어린양.

애그니스는 이 모든 것을 아버지에게 말한다. 아버지가 다른 새끼 양을 누르고 목을 긋자 붉은 피가 솟아나온다. 애그니스가 외친다. 허파 바닥에서, 심장 깊은 곳에서 올라오는 숨으로 소리친다. 나 기억해요, 전부 알아요.

조용히 해라, 얘야, 아버지가 애그니스를 보며 말한다. 넌 기억 못해. 조용히 해. 그런 말 하지 마. 밤에 사제가 온 적 없어. 네 머리를 만진 적도. 다른 사람한테 절대 얘기하면 안 돼. 네 어머니가 들으면 안 돼.

애그니스는 아버지가 말하는 어머니가 집안에 있는 여자 즉 조운인지, 아니면 하늘에 있는 자기 어머니인지 모른다. 세상이 마치 달걀처럼 깨진 기분이다. 머리 위 하늘이 금세라도 갈라져 불과 재를 쏟아부을 것 같다. 시야 가장자리에 어둡고 흐릿한 형체가 떠다니는 것 같다. 농가, 돼지우리, 마당에 있는 동생들, 모두 너무 멀리 있으면서 참을 수 없이 가까이 있는 느낌이다. 애그니스는 사제가 왔었다는 걸 안다. 어떻게 아버지는 아니라고 할 수 있지? 그 사람 목에 걸려 있던 십자가, 그가 그 십자가를 들어 입을 맞추던 것, 향로에서 깃털 같은 연기가 피어올라 어머니와 아기 위에서 감돌던 것, 그리고 그가 어머니의 이름을 신비스러운 기도 도중에 반복해서 읊던 것, 로언, 로언*. 애그니스는 기억한다. 불쌍한 어린양, 그가 말했다. 아버지는 말한다. 쉬, 그런 말 하지 마. 그래서 애그니스는 아버지에게서, 피를 잃고 거죽과 내장과 뼈만 남아 축 늘어진 새끼 양에게서 달아나 아무도 들을 수 없는 숲으로 가서 나무에, 잎에, 가지에 대고 외친다. 나무딸기의 가시투성이 줄기를 손이 찢기도록 쥐고는, 일요일마다 단정한 차림으로 아기를 업고 가는 교회, 연기도 향로도 주문 같은 말도 없는 교회의 신에게 외친다. 신을 부르고 신의 이름을 내지른다. 당신, 당신, 내 말 들려요, 이제 당신하고는 끝이에요. 당신 교회에 가야 하니까 가긴 갈 테지만 지금부터는 거기에 있는 동안 한마디도 안 할 거예요. 죽은 뒤에는 아무것도 없으니까. 흙이고 시신이고 전부 다 없어지니까.

애그니스는 이 얘기를 약제사의 과부에게도 하는데, 그 말에 늙은 과부가 고개를 든다. 물레가 더 천천히 돌아가다 멈추고, 과부가 아이를 본다. 다른 사람한테는 절대 그런 말 하지 마라, 갈라진 목소리로 아이에게 말한다. 절대로. 안 그러면 일곱 가지 골치 아픈 일이 생길 거야.

---

* Rowan, 마가목. 장미과 식물.

애그니스는 신발을 신은 어머니가 당신이 낳은 금발에 통통한 아이들을 보듬고 쓰다듬는 걸 보면서 자란다. 갓 구운 빵과 맛좋은 부위의 고기가 동생들 접시로 가는 걸 본다. 애그니스는 자기를 이급의 존재, 어딘가 모자라고 사랑받지 못하는 존재로 여기며 살아야 한다. 애그니스는 바닥을 쓸고, 아기 기저귀를 갈고, 아기를 안아 재우고, 벽난로 재를 치우고, 불씨를 살리는 일을 해야 하는 사람이다. 어떤 불운한 사고도, 떨어져 깨진 접시든 금간 항아리든 풀려버린 뜨갯감이든 부풀지 않은 빵이든 그게 어째서인지 자기 잘못이 된다는 걸 안다. 애그니스는 바살러뮤가 다치지 않도록 자기가 지키고 감싸야 한다고 생각하면서 자란다. 자기 말고는 아무도 지켜주지 않을 테니까. 다른 누구와도 다르게 바살러뮤만은 온전한 자기의 혈육이니까. 애그니스는 이 비밀스러운 불꽃을 속에 간직하고 자란다. 이 불꽃이 애그니스를 핥고 덥히고 경고한다. 떠나야 해, 불꽃이 말한다. 반드시.

애그니스는 다른 사람의 손길을 받은 일이 없다. 애그니스는 자기 손을, 머리카락을, 어깨를, 팔을 쓰다듬어줄 손을 갈구하며 자란다. 다정함의 징표, 유대감. 새어머니는 애그니스 곁에 오지도 않는다. 동생들은 애그니스를 밀치고 할퀴지만 그건 전혀 다른 거다.

자라면서 애그니스는 다른 사람의 손에 마음을 뺏기고 그 손을 만져보고 싶어진다. 특히 엄지와 검지 사이 살을 만지고 싶다. 새의 부리처럼 닫혔다 펴졌다 하고 아귀힘이 집중된 곳이다. 거기서 사람의 재주, 능력, 본성을 알아낼 수 있다. 사람이 지니고 지켜온 모든 것, 붙잡고 싶어하는 모든 것이 그 자리에 있다. 그 자리를 눌러보기만 해도 그 사람에 대해 전부 알 수 있다는 걸 애그니스는 알게 된다.

일곱 살인가 여덟 살일 때, 어느 손님의 손을 이런 식으로 잡아보고 애그니스는 말한다. 아줌마는 한 달 안에 죽을 거예요. 그리고 그 말이 정말로 이루어지듯 그 사람이 학질에 걸려 쓰러지지 않았나? 애그니스는 양치기가 넘어져서 다리를 다칠 거라고, 아버지가 폭풍 때문에 오도 가도 못하게 될 거라고, 아기가 두 돌째 되는 날에 앓아누울 거라고, 아버지의 양가죽을 사겠다고 하는 사람은 거짓말쟁이라고, 뒷문에 얼씬거리는 행상이 부엌 하녀한테 흑심이 있다고 말한다.

조운과 아버지는 걱정한다. 이런 재주는 기독교도답지 않아. 애그니스에게 그만하라고, 다른 사람 손을 잡지 말라고, 그 괴상한 능력을 감추라고 애원한다. 하나도 좋을 게 없어, 불가에 쭈그려앉은 애그니스에게 아버지가 말한다. 전혀 좋을 게 없다고. 애그니스가 손을 잡으려 하자 아버지는 손을 홱 뺀다.

애그니스는 자기가 잘못되었다고, 정상이 아니라고, 너무 어둡고 너무 키가 크고 너무 제멋대로고 너무 고집 세고 너무 말이 없고 너무 이상하다고 생각하면서 자란다. 사람들이 자기를 겨우 참아주고 있다고, 거슬리고 쓸모없고 사랑받을 자격이 없는 존재라서 결혼이라도 하려면 환골탈태하고 자신을 완전히 바스러뜨려야 한다고 여기며 자란다. 그렇지만 애그니스는 진짜로 사랑받는다는 것, 어떻게 될 수 있어서가 아니라 있는 그대로 사랑받는 것에 대한 기억도 지니고 자란다.

애그니스는 이 기억이 계속 살아 있어서 다시 그런 사랑을 만났을 때 알아볼 수 있기를 바란다. 만약 만난다면, 망설이지 않을 것이다. 탈출 방법, 생존 방법이라 여기고 두 손으로 꽉 잡을 것이다. 다른 사람들이 뭐라고 하더라도, 아무리 반대하고 막더라도 듣지 않을 것이다. 그것이 애그니스의 기회일 테니까. 돌 한가운데 난 작은 구멍을 통과해 빠져나갈 방법일 테니까. 그 어떤 것도 애그니스의 앞을 가로막지 못할 것이다.

햄닛은 계단을 올라간다. 타운을 가로질러 달려온 탓에 숨을 헉헉 몰아쉰다. 한 발 앞에 다른 발을 놓으며 계단을 한 칸 한 칸 밟고 올라가는데 온몸의 기운이 다 빠지는 것 같다. 햄닛은 난간을 잡고 몸을 끌어올린다.

틀림없이, 분명히, 위층에 올라가면 어머니가 있을 거라고 믿는다. 몸을 활처럼 구부리고 침대 위의 주디스를 들여다보고 있겠지. 주디스는 새 홑이불을 단단히 덮고 있겠지. 주디스는 얼굴이 창백하긴 해도 깨어 있고 안심하고 있을 것이다. 어머니가 주디스에게 팅크제를 줄 것이다. 주디스는 쓰다고 얼굴을 찡그리면서도 약을 삼킬 거고. 어머니의 약은 어떤 병이든 낫게 한다. 누구나 아는 사실이다. 타운 곳곳에서, 워릭셔 사방에서, 심지어 그 바깥 지역에서도 사람들이 좁은 오두막집에 사는 어머니를 만나러, 창문 앞에 서서 증상을 설명하고 어떤 통증이 있는지 무얼 견디고 사는지 말하러 온다. 어머니는 이들 중 일부를 집으로 들인다. 손님은 대부분 여자인데, 어머니는 이들을 불가 좋은 의자에 앉히고 손을 잡아보고는 뿌리, 잎, 꽃잎 약간을 막자로 간다. 사람들은 천주머니나 종이와 밀랍으로 봉한 작은 병을 들고 한층 밝고 편해진 얼굴로 돌아간다.

어머니가 와 있을 것이다. 어머니가 주디스를 낫게 해줄 것이다. 어머니는 어떤 병도 어떤 질환도 몰아낸다. 어머니는 어떻게 해야 할지 알 것이다.

햄닛은 위층 방으로 들어간다. 누이가 혼자 침대에 누워 있다.

가까이 가자 그 사이에 주디스가 더 창백해지고 더 약해진 게 눈에 들어온다. 눈가 피부는 푸르스름한 잿빛이다. 숨이 얕고 가쁘며 눈꺼풀 아래 눈동자는 햄닛이 보지 못하는 걸 보듯 흔들린다.

햄닛의 다리가 푹 꺾인다. 짚요 옆에 주저앉는다. 주디스의 숨이 들어왔다 나갔다 하는 소리가 들린다. 그 소리가 조금 위안을 준다. 햄닛은 새끼손가락을 주디스의 새끼손가락에 건다. 눈물이 한 방울 흘러나와 홑이불 위에 떨어지고 그 아래 골풀 사이로 스민다.

눈물이 한 방울 더 떨어진다. 햄닛은 실패했다. 햄닛은 안다. 누군가, 부모님이나 조부모님이나 어른, 의사를 불러와야 했다. 그런데 이것도 저것도 실패했다. 햄닛은 눈물이 흘러내리지 않게 눈을 질끈 감고 머리를 무릎에 묻는다.

반시간 정도 지난 뒤, 수재나가 뒷문으로 들어온다. 수재나는 바구니를 의자에 올려놓고 식탁 앞에 털썩 앉는다. 암울한 심정으로 이쪽저쪽을 둘러본다. 난롯불이 꺼져 있다. 아무도 없다. 어머니가 돌아와 있겠다고 약속했는데 아직도 안 왔다. 어머니는 있을 거라고 말한 곳에 있을 때가 한 번도 없다.

수재나는 모자를 벗어 옆에 있는 긴 의자로 던진다. 모자가 미끄러져 바닥에 떨어진다. 허리를 숙여 집을까 하다가 그냥 내버려둔다. 대신 발끝에 걸어 더 멀리 차버린다. 한숨을 푹 쉰다. 수재나는 거의 열네 살이 다 되었다. 모든 게—식탁 위에 쌓인 냄비, 서까래에 매달린 약초와 꽃, 쿠션 위에 놓인 여동생의 옥수수 껍질 인형, 벽난로 옆에 놓인 물병—한없는 짜증을 유발한다.

수재나는 일어선다. 환기하려고 창문을 열자 거리에서 말과 분뇨 냄새, 무언가 썩는 고약한 냄새가 풍긴다. 쾅 하고 창문을 닫는다. 순간 위층에서 무슨 소리가 들린다. 누가 집에 있나? 수재나는 서서 잠시 귀를 기울인다. 아니다. 아무 소리도 안 난다.

수재나는 어머니를 찾아오는 사람들이 앉는 좋은 의자에 앉는다. 사람들은 주로 야음을 틈타 집에 찾아와서 통증, 월경, 월경중단, 꿈, 조짐, 쑤심, 곤경, 불편한 성관계, 성가신 성관계, 징조, 달의 주기, 길을 가로질러간 토끼, 집안에 들어온 새, 무감각한 팔다리, 어떤 부위에 너무 예민한 감각, 발진, 기침, 염증, 여기저기 혹은 귀나 다리나 폐나 심장 통증을 속삭이며 호소한다. 어머니는 머리를 숙이고 귀를 기울이며 고개를 끄덕이고 공감하는 듯 혀를 끌끌 찬다. 그러고는 그들의 손을 잡고, 손을 잡은 채 시선은 위로, 천장으로, 허공으로 향한다. 초점 없는 눈을 반쯤 뜬 채.

수재나에게 어머니가 어떻게 그런 일을 하는지 묻는 사람도 있다. 시장이나 거리에서 슬쩍 옆으로 다가와 몸에 뭐가 필요하고 뭐가 부족하고 뭐가 넘치는지 어떻게 알아맞히느냐고, 영혼이 동요하는지 갈망하는지 어떻게 느끼느냐고, 사람이 가슴 깊이 감춘 게 뭔지 어떻게 아느냐고 묻는다.

그러면 수재나는 한숨이 나오고 무언가를 집어던지고 싶어진다. 이제는 누가 어머니의 특별한 능력에 대해 물으려는 낌새가 보이면 미리 알아차리고 선수를 친다. 자리를 얼른 뜨거나 아니면 그 사람의 식구, 날씨, 작물에 대해 먼저 묻는다. 그 얘기를 꺼내기 전에 사람들이 보이는 특유의 망설임이나 표정, 호기심과 의심이 뒤섞인 기색이 있다는 걸 알게 되었다. 수재나가 그 얘기를 하기 정말 싫어한다는 걸 사람들은 왜 모르는 걸까? 약초니 잡초니 가루와 뿌리와 꽃잎이 든 병이니 방에서 두엄냄새가 나고 사람들이 웅얼거리고 울고 손을 잡는 것이니 전부 수재나하고는 아무 상관 없는 일이란 걸 왜 모를까? 어릴 때 수재나는 솔직히 대답했다. 모른다고. 그냥 마법 같은 것이거나 타고난 재능이라고. 요새는 퉁명스럽게 대꾸한다. 무슨 얘기를 하는지 모르겠어요. 수재나는 고개를 꼿꼿이 들고 공기 냄새를 맡듯 코를 치키고 말한다.

그런데 어머니는 어디 있는 거지? 수재나는 발목을 꼬았다가 반대로 다시 꼬았다. 시골에서 터덜터덜 돌아다니다 연못에 들어가 물풀을 뜯고, 또 무슨 식물을 채집한다고 울타리를 타넘느라 옷은 찢어지고, 신발은 흙투성이가 되었겠지. 다른 집 어머니들은 아이들한테 빵에 버터를 발라주거나 스튜를 퍼주고 있을 텐데. 그런데 수재나의 어머니는 늘 그러듯 괴상한 행동을 하며 눈길을 끌고 있을 거다. 걸음을 멈추고 구름을 올려다보거나 노새 귀에 무어라 속삭이거나 치마폭에 민들레를 따 모으면서.

수재나는 창문을 두드리는 소리에 흠칫 놀란다. 앉은 채 잠시 꿈쩍도 않는다. 두드리는 소리가 다시 들린다. 일어서서 창문으로 다가간다. 격자무늬 쇠창살과 흐린 유리 너머로 희미하게 두건과 적갈색 보디스가 보인다. 부유한 사람인 모양이다. 여자는 다시 창문을 두드리다가 수재나를 보더니 위엄 있게 명령하는 듯한 동작을 한다.

그래도 수재나는 문을 열지 않는다. "집에 없어요." 수재나는 몸을 곧게 세우며 외친다. "나중에 오세요."

수재나는 홱 돌아 창문에서 의자로 걸어간다. 창틀을 두드리는 소리가 두 번 더 나더니 잠시 뒤 멀어지는 발소리가 들린다.

사람들, 사람들, 항상 사람들, 오고 가고 도착하고 떠나고. 수재나와 쌍둥이 그리고 어머니가 수프라도 먹으려고 식탁에 둘러앉으면 숟가락도 들기 전에 문 두드리는 소리가 나고 어머니는 수프 그릇을 밀어놓고 일어선다. 수재나가 닭뼈하고 당근을 고아 수프를 만드느라 고생한 것도 몰라주고. 닦고 또 닦고 껍질을 벗기고 그것도 모자라 찜통 같은 부엌채에서 몇 시간이고 젓고 거르고 했는데. 가끔 수재나는 애그니스가 자기 어머니이기만 한 게 아니라, 쌍둥이 어머니이기만 한 게 아니라 온 동네 온 지역 사람의 어머니인 것 같다. 찾아오는 사람들의 한없는 행렬은 언제나 끝날까? 언젠가는 사람들이 우리 식구끼리 평온히 지내도록 내버려두는 날이 올까? 수재나는 할머니가 어머니에게 왜 이 일을 계속하는지 모르겠다고 말하는 걸 엿들은 적이 있다. 요즘 같으면 돈이 궁한 것도 아니니까. 별 돈벌이도 안 되는 일인데다가, 할머니는 이렇게 덧붙였다. 어머니는 아무 대꾸도 하지 않고 바느질감에서 고개를 들지도 않았다.

수재나는 구부러진 의자 팔걸이 끝을 손가락으로 감아쥔다. 수도 없이 많은 손바닥이 닿은 자리라 사과처럼 반들거린다. 수재나는 몸을 뒤로 기울여 등받이에 기댄다. 아버지가 집에 돌아오면 주로 앉는 의자다. 아버지는 한 해에 두 번, 세 번, 네 번, 다섯 번 집에 온다. 일주일쯤 머물 때도 있고 좀더 오래 머물 때도 있다. 낮에는 이 의자를 위층으로 가져가 탁자에 엎드려 일을 한다. 저녁이 되면 다시 아래층으로 가져와 불가에 놓고 앉는다. 틈이 날 때마다 오는 거야, 아버지가 지난번에 왔을 때 수재나에게 말했다. 손가락으로 수재나의 뺨을 쓰다듬으면서. 너도 그렇다는 거 알잖아, 아버지가 말했다. 아버지는 다시 떠나려고 짐을 싸는 중이었다. 글이 빽빽이 적힌 종이 두루마리, 여벌 셔츠 한 장, 장선腸線으로 제본하고 돼지가죽 커버를 씌운 책. 어머니는 어딘가로 나가고 없었다. 아버지가 떠나는 걸 보고 싶지 않기 때문이었다.

아버지가 편지를 보내면 어머니는 손가락으로 한 단어 한 단어 짚으며 입으로 소리를 내면서 힘겹게 읽는다. 어머니는 글을 조금 읽을 줄 알지만 쓰는 것은 잘 못한다. 단정하게 글을 쓸 수 있는 일라이자 고모가 대신 답장을 써주곤 했다. 그런데 요즘은 햄닛이 대신 쓴다. 햄닛은 일주일에 엿새를 동틀 때부터 해질녘까지 학교에 가 있다. 말하는 속도만큼이나 빨리 쓰고 라틴어와 그리스어도 읽고 숫자 계산도 한다. 깃펜이 서걱거리는 소리가 꼭 암탉이 발톱으로 흙을 헤집는 소리 같다. 할아버지는 자랑스럽게 말한다. 자기가 죽은 뒤에 장갑 사업을 물려받을 사람은 햄닛이라고, 햄닛은 머리가 좋고 문리가 트였고 타고난 사업가고 식구 중 유일하게 분별이 있다고. 햄닛은 들은 기색도 않고 교과서 위에 고개를 숙이고 숙제를 한다. 불가에 모여 앉은 식구들 쪽으로 정수리를 향하고 있어 시내처럼 구불구불한 가르마가 보인다.

아버지는 편지에 계약, 기나긴 나날, 연극이 마음에 들지 않으면 썩은 음식을 던지는 군중, 런던에 있는 거대한 강, 새 연극 첫 공연 날에 경쟁 극단주가 클라이맥스 장면에서 쥐 한 자루를 풀어놓은 일, 대사를 암기하고 암기하고 또 암기하는 일, 의상 분실, 화재, 배우를 밧줄로 무대에 내리는 장면 리허설, 순회공연을 다닐 때 음식 구하기의 고충, 무너진 무대배경, 사라지거나 도둑맞은 소품, 바퀴가 빠져 진창에 처박힌 수레, 여관에서 숙박을 거부당한 일, 저축한 돈, 애그니스가 해주었으면 하는 일, 그가 사고 싶은 땅과 관련해 애그니스가 얘기를 나눠야 하는 타운 사람, 내놓았다는 말을 들은 집, 구입해 소작을 줘야 하는 밭, 또 식구들이 얼마나 보고 싶은지, 식구들에게 사랑을 보내며 한 명 한 명씩 얼굴에 얼마나 입맞추고 싶고 한시바삐 집에 돌아가고 싶은지 등을 쓴다.

런던에 역병이 닥치면 아버지는 몇 달 동안 집에 와 있을 수 있다. 여왕의 명령으로 극장이 모두 폐쇄되고 사람들이 모이는 것이 금지된다. 역병을 바라는 건 옳지 않다고 어머니는 말하지만, 수재나는 밤에 기도를 마치고 난 다음 작은 소리로 그 소원을 빈 적이 몇 번 있다. 그러고 나면 늘 성호를 긋는다. 그렇긴 해도 그랬으면 좋겠다. 아버지가 몇 달 동안 집에 있었으면 좋겠다. 수재나는 엄마도 속으로 같은 것을 빌까 궁금하다.

뒷문이 덜컹 열리고 할머니 메리가 들어온다. 붉게 달아오른 얼굴로 씩씩거리는데 겨드랑이 아래가 땀에 젖어 짙은 색이다.

"그러고 앉아서 뭐하는 거야?" 메리가 말한다. 일없이 노는 사람이 메리에게는 무엇보다도 심각한 모욕이다.

수재나는 어깨를 으쓱한다. 의자의 닳아빠진 접합부를 손가락으로 쓴다.

메리가 방을 둘러본다. "쌍둥이는 어디 있어?" 메리가 묻는다.

수재나는 한쪽 어깨를 치켰다가 내린다.

"못 봤어?" 메리가 손수건으로 이마를 닦으며 말한다.

"네."

"내가 땔감 패놓고 부엌채에 불을 피워놓으라고 했는데." 메리가 씩씩거리며 허리를 숙여 수재나의 모자를 집더니 식탁에 올려놓는다. "해놓긴커녕. 집에 들어오기만 해봐라. 둘 다 매 좀 맞아야 해."

메리는 허리에 손을 얹고 수재나 앞에 선다. "그래서 네 엄마는 어디 있냐?"

"모르겠어요."

메리가 한숨을 쉰다. 무슨 말이 거의 튀어나올 뻔하다가 들어간다. 수재나는 그 모습을 보고 내뱉지 않은 단어가 두 사람 사이에서 삼각기처럼 일렁거리는 걸 느낀다.

"허, 그럼 어여 와." 메리가 앞치마를 수재나 앞에서 흔들며 대신 이렇게 말한다. "움직여. 저녁밥이 저절로 되니. 와서 거들어. 알 품은 닭처럼 그러고 있지 말고."

메리는 수재나의 팔을 잡고 일으켜세운다. 두 사람이 뒷문으로 나가자 문이 쾅 닫힌다.

위층에서 햄닛이 소스라쳐 깬다.

갑자기 세상에 라틴어 수업만큼 좋은 게 없다. 휼랜즈에 가는 날이면 선생은 한 번만 불러도 벌떡 일어나 이불을 개고 양동이에 물을 받아 빡빡 씻는다. 머리카락과 수염을 정성스레 빗는다. 접시에 아침을 담아놓고는 다 먹지도 않고 일어난다. 동생들이 책가방 싸는 걸 도와주고 학교 갈 때 문에서 배웅한다. 콧노래를 부르고 심지어 아버지에게 예의바르게 고개를 끄덕이기까지 한다. 여동생은 오빠가 휘파람을 불며 조끼를 이렇게 저렇게 여미어보고 창문에 자기 모습을 비추어보고 머리카락을 귀 뒤로 연신 넘기고 문을 쾅 닫은 뒤 집을 나서는 모습을 곁눈으로 본다.

라틴어 선생은 휼랜즈에 가지 않는 날이면 침대에 누워 있다가 아버지한테 당장 안 일어나면 가죽을 벗기겠다는 소리를 듣는다. 일어나더라도 축 처져서 집안을 돌아다니며 한숨을 푹푹 쉬고, 말을 걸어도 대꾸도 안 하고, 멍하니 빵 껍질을 씹고 물건을 들었다 놓았다 한다. 작업장에서는 작업대 앞에 몸을 숙이고 여자용 장갑의 봉제선과 힘없는 텅 빈 손가락에서 무슨 감춰진 의미라도 찾듯 만지작거리는 모습도 보인다. 그러다가 다시 한숨을 쉬고 장갑을 원래 있던 상자 안에 아무렇게나 집어넣는다. 매잡이 허리띠를 꿰매는 도제 네드한테 하도 바싹 붙어 구경하는 바람에 네드는 신경쓰느라 일을 잘 못하고, 존에게 문만 열면 길바닥인데 쫓겨나고 싶냐고 한소리 듣는다.

"그리고 너," 존이 아들에게 말한다. "나가. 뭔가 쓸모 있는 일을 해. 재주가 있으면." 존은 고개를 절레절레 저으며 다람쥐가죽을 가는 끈으로 자르는 일에 다시 집중한다. "그렇게 많이 배워놓고." 존은 다루기 힘든 긴 가죽에 대고 혼잣말을 한다. "분별이라고는 한 톨도 없으니."

어머니가 일라이자에게 오빠를 찾아오라고 시킨다. 일층과 마당을 돌아보고 일라이자는 위층으로 올라가 아들들 방, 자기 방, 부모님 방을 돌아본다. 오빠의 이름을 부른다.

한참 뒤에 대답이 들리는데 언짢고 짜증스러운 듯 맥없는 말투다.

"어디 있어?" 일라이자는 이쪽저쪽을 돌아보며 어리둥절해 한다.

이번에도 말하기 싫다는 듯 한참 만에 대답이 들린다. "여기 위에."

"어디?"

"여기."

일라이자는 부모님 방에서 나와 다락방으로 올라가는 사다리 아래에 선다. 다시 오빠를 부른다.

한숨. 알 수 없는 부스럭 소리. "왜 그러는데."

일라이자는 오빠가 남자애들, 젊은 남자들이 가끔 하는 그걸 하고 있을지 모른다고 생각한다. 남자 형제가 많아서 남자들이 몰래 하는 무언가가 있고 그걸 방해하면 성질을 낸다는 걸 안다. 그래서 사다리 맨 아래 칸에 한 발을 얹고 망설인다.

"올라가도…… 돼?"

침묵.

"어디 아파?"

다시 한숨. "아니."

"어머니가 무두장이한테 다녀오래. 또—"

위쪽에서 억눌린 듯 불분명한 탄성이 들린다. 부츠 한 짝이나 빵덩이 같은 무언가 묵직한 것이 벽에 부딪히는 소리, 부스럭거리는 소리, 이어 누군가 일어서다 머리를 서까래에 찧는 듯한 쿵 소리. "아!" 그가 소리를 지르고 욕을 쏟아붓는다. 어떤 것은 충격적이고 일라이자가 한 번도 들어본 적이 없는 말이다. 일라이자는 오빠가 기분좋을 때 그게 무슨 뜻인지 물어봐야겠다고 생각한다.

"올라간다." 일라이자가 사다리로 올라가며 말한다.

일라이자는 따뜻하고 먼지투성이인 공간에 머리부터 들이민다. 빛이라고는 양모 뭉치 위에 올려놓은 양초 두 자루의 불빛뿐이다. 오빠는 바닥에 주저앉아 두 손으로 머리를 감싸고 있다.

"좀 봐." 일라이자가 말한다.

오빠는 잘 들리지 않게 어쩌면 신성모독일 법한 말을 웅얼거리는데 무슨 뜻인지야 빤하다. 동생이 자기를 성가시게 하지 않고 가기를 원한다.

일라이자는 머리를 감싼 오빠의 손가락을 한 손으로 떼어낸다. 다른 손으로 양초를 들고 다친 곳을 살핀다. 이마 꼭대기가 붉게 부풀어 멍이 올라온다. 일라이자가 가장자리를 누르자 오빠가 움찔한다.

"음. 더 심한 것도 겪어봤잖아." 일라이자가 말한다.

오빠가 고개를 들고 두 사람은 잠시 마주본다. 오빠가 살풋 웃는다. "그건 맞아." 그가 말한다.

일라이자는 손을 떼고 양초를 든 채 바닥과 천장 사이 공간에 쟁여놓은 양모 뭉치 위에 앉는다. 이 양모가 여기 있은 지 몇 해가 되었다. 작년 겨울 어느 날엔가 마당에서 아마포로 장갑을 포장할 때였다. 손끝과 손목, 손끝과 손목, 이렇게 맞닿게 겹쳐 싸서 바구니에 담아 수레에 싣는데, 오빠가 갑자기 왜 다락에 양모 뭉치가 가득하냐고, 무엇에 쓸 거냐고 물었다. 아버지가 수레 위로 몸을 숙이고 아들의 조끼를 와락 움켜쥐었다. 이 집안에 양모 뭉치는 없어. 한 단어를 내뱉을 때마다 아들을 앞뒤로 흔들었다. 알았냐? 일라이자의 오빠는 눈도 깜박이지 않고 흔들림 없이 아버지의 눈을 응시했다. 알겠습니다. 마침내 오빠가 대답했다. 아버지는 아들이 무례하게 구는 것인지 아닌지 고민하는 듯 그 옷을 움켜쥔 채 놓지 않았다. 그러다가 손을 풀었다. 너하고 상관없는 일에 왈가왈부하지 마. 아버지가 말하더니 다시 장갑 싸는 일로 돌아갔다. 마당에 있던 사람들 모두 멈추었던 숨을 내쉬었다.

일라이자는 존재를 부인해야 하는 양모 뭉치에서 위아래로 몸을 튕긴다. 오빠는 일라이자를 보고 아무 말도 하지 않는다. 고개를 들어 서까래를 쳐다본다.

일라이자는 이 다락이 그들의 공간—일라이자와 오빠, 그리고 앤의 공간이었다는 사실을 오빠가 생각하고 있을까 궁금하다. 앤이 죽기 전에는, 오후에 오빠가 학교에서 돌아오면 셋이 여기로 올라와 동생들이 울며 조르거나 말거나 사다리를 위로 끌어당겨버렸다. 그때는 다락에 아버지가 알 수 없는 이유로 보관중인 망가진 가죽 몇 장 말고는 거의 아무것도 없었다. 여기에 있으면 아무도 성가시게 못했다. 일라이자와 오빠와 앤뿐이었다. 어머니가 일을 시키거나 동생들을 돌보라고 부르기 전까지는.

일라이자는 오빠가 아직도 여기 올라오는지 몰랐다. 아직도 여기를 피난처로 삼고 있는지 몰랐다. 일라이자는 앤이 죽은 뒤로 한 번도 다락에 발을 들여놓은 적이 없다. 일라이자는 다락 안을 둘러본다. 비스듬한 천장에 기왓장 밑면이 보인다. 눈에 뜨이지 않게 숨겨둔 양모 뭉치가 있다. 오래된 촛도막, 접이식 칼, 잉크병도 보인다. 글을 썼다가 선을 그어 지우고 다시 썼다가 또 지운 뒤 구겨서 던져버린 두루마리 종이 몇 장이 바닥에 나뒹군다. 오빠의 손가락과 손톱 주위에 검은 물이 들어 있다. 여기서 몰래 무슨 공부를 하는 걸까?

"무슨 일이야?" 일라이자가 묻는다.

"아무것도." 오빠는 일라이자를 쳐다보지 않고 대답한다. "아무것도 아냐."

"뭐 힘든 거 있어?"

"아무것도."

"그럼 여기서 뭐해?"

"아무것도."

일라이자는 두루마리 종이를 본다. '다시는'이라는 단어와 '불'이라는 단어 또 '날아'일 수도 '달아'일 수도 있는 단어도 보인다. 다시 눈을 들어보니 오빠가 눈썹을 치키고 일라이자를 보고 있다. 일라이자는 자기도 모르게 웃는다. 이 집에서, 사실 이 타운 전체에서 일라이자가 글을 안다는 사실을 아는 사람은 오빠뿐이다. 어떻게 아냐고? 일라이자와 앤에게 글을 가르쳐준 사람이 바로 오빠라서다. 매일 오후 학교에서 돌아오면 여기서 글을 가르쳤다. 바닥 먼지 위에 글자를 쓰고 말했다. 봐, 일라이자, 봐, 앤, 이게 'd'고 이건 'o'고 여기 끝에 'g'를 붙이면 'dog'가 돼. 알겠어? 소리를 섞어야 해. 하나로 합하면 머릿속에 단어 뜻이 떠오를 거야.

"'아무것도' 말고는 아무 말도 하기 싫어?" 일라이자가 묻는다.

입이 씰룩거리는 걸 보고 오빠가 이 질문에도 '아무것도'라는 말로 대답할 방법을 찾으려고 수사법과 논증법 수업에서 배운 지식을 총동원하는 중임을 눈치챈다.

"못하지." 일라이자가 고소한 듯 말한다. "'아무것도'라고 대답할 방법을 못 찾겠지? 아무리 생각해도? 안 된다고. 인정해."

"아무것도 인정 안 해." 오빠가 의기양양하게 말한다.

두 사람은 잠시 마주본다. 일라이자는 한쪽 신발 뒤꿈치를 다른 신발코에 얹는다.

"사람들이 말하더라." 일라이자가 조심스레 입을 뗀다. "오빠가 휼랜즈에 사는 아가씨랑 같이 있는 거 봤다고."

사람들이 오빠를 두고 하는 더 심하고 모욕적인 말은 입에 올리지 않는다. 돈도 없고 직업도 없는데다, 과년하고 지참금 많은 여자한테 집적거리기에는 너무 어리다는. 시장에서 한 여자가 등뒤에서 숙덕거리는 소리가 들렸다. 그 녀석한테는 아주 좋은 탈출구겠지. 돈 있는 여자랑 결혼해 아비한테서 벗어나려는 꿍꿍이야.

사람들이 그 여자에 대해 뭐라고 말하는지는 입에 올리지 말자고 다짐한다. 여자가 사납고 야성적이고 사람들한테 저주를 건다고, 어떤 병이든 낫게 하지만 또 어떤 병이든 일으킬 수 있다고 떠드는 얘기. 그 새어머니의 얼굴에 돋은 뾰루지는 새어머니가 여자의 매를 빼앗았다가 얻은 것이라고 누군가가 말하는 소리를 들었다. 여자가 손가락으로 건드리기만 해도 우유가 상한다는 말도.

거리에서 사람들이, 이웃들이, 장갑을 사 가는 사람들이 이런 얘기를 하는 걸 들으면 일라이자는 못 들은 척하지 않는다. 가다 말고 걸음을 멈춘다. 뒷얘기를 하는 사람의 눈을 똑바로 쳐다본다(일라이자는 자기 눈빛이 어쩐지 사람을 불편하게 만든다는 사실을 안다, 오빠가 그런 얘기를 자주 했다. 눈 색깔이 선명하고 홍채가 전부 보일 정도로 눈을 동그랗게 뜨기 때문이라고 오빠는 말한다). 일라이자는 열세 살밖에 안 되었지만 나이에 비해 키가 컸다. 빤히 쳐다보면 상대는 보통 시선을 떨구고 일라이자의 대담한 눈빛, 말없는 준엄함에 야단이라도 맞은 듯 자리를 뜨기 마련이다. 일라이자는 침묵에 엄청난 힘이 있다는 사실을 알았다. 오빠가 도무지 배우지 못하는 사실이기도 하다.

"같이 산책한다고 들었어." 일라이자는 아주 조심스럽게 계속 말한다. "수업 끝나고. 정말이야?"

오빠는 쳐다보지 않고 대답한다. "그게 뭐?"

"숲에서?"

긍정도 부정도 않고 어깨를 으쓱한다.

"그쪽 어머니도 알아?"

"응." 빨리, 너무 빨리 대답이 나온다. 다시 대답이 바뀐다. "모르겠어."

"하지만 만약에……" 일라이자는 묻고 싶은 걸 어떻게 물어야 할지 알 수 없다. 그 내용이랄까 어떤 행위랄까 위험에 대해 거의 아는 게 없다. 다시 시도한다. "만약에 걸리면? 산책하다가?"

오빠는 한쪽 어깨를 들었다가 떨군다. "그럼 걸리는 거지."

"걱정 안 돼?"

"왜?"

"그 동생…… 양 치는 농부 말이야. 그 사람 본 적 있어? 거인이잖아. 만약에 그 사람이—"

일라이자의 오빠가 손을 흔든다. "넌 걱정이 너무 많아. 그 사람은 늘 양떼를 몰고 나가 있어. 내가 홀랜즈에 그렇게 많이 갔는데 한 번도 마주친 적이 없어."

일라이자는 손을 모아쥐고 바닥에 흩어진 종이를 다시 보지만 뭐라고 적혀 있는지 알 수 없다. "오빠도 아는지 모르겠는데," 쭈뼛쭈뼛 말을 꺼낸다. "그 여자분에 대해 사람들이 뭐라고 하는지—"

"뭐라고들 하는지 나도 알아." 오빠가 날카롭게 말한다.

"사람들이 하는 소리가—"

오빠는 몸을 꼿꼿이 펴고 얼굴을 붉힌다. "그건 사실이 아냐. 하나같이 전부. 네가 그렇게 할일 없는 헛소리에 귀기울이다니 놀랐다."

"미안해." 일라이자가 코가 쑥 빠져 말한다. "난 그냥—"

"다 거짓말이야." 일라이자의 말을 무시하고 오빠가 계속 말한다. "새어머니가 퍼뜨린 소문이야. 의붓딸을 시샘해서 뱀처럼 뒤틀려서는—"

"—오빠 때문에 겁이 나!"

그는 놀란 듯 동생을 본다. "나 때문에? 왜?"

"왜냐면……" 일라이자는 생각을 정리하고 들은 얘기를 추려 본다. "왜냐면 우리 아버지가 절대 허락 안 할 테니까. 오빠도 알잖아. 우리가 그 집에 빚이 있는 거. 아버지는 그 사람들 이름도 입에 안 올리려고 해. 그리고 사람들이 하는 말도 있으니까. 나는 물론 안 믿지만." 일라이자가 얼른 덧붙인다. "당연히 안 믿어. 그래도 걱정이 돼. 사람들이 이 관계는 좋을 게 없다고 말하니깐."

그는 패배한 사람처럼 양모 뭉치에 쓰러지더니 눈을 감는다. 분노인지 무엇인지로 온몸을 떤다. 어떤 감정인지 일라이자는 알 수 없다. 긴 침묵이 흐른다. 일라이자는 치맛자락을 접어 자잘한 주름을 만든다. 그러다가 또 묻고 싶은 게 떠올라 몸을 앞으로 숙인다.

"정말로 매가 있어?" 일라이자가 다른 목소리로 속삭인다.

그가 눈을 뜨고 고개를 든다. 오빠와 동생이 잠시 눈을 맞춘다.

"응."

"정말? 듣긴 했는데 정말인지는 몰랐어—"

"황조롱이야. 매가 아니라." 오빠가 다급히 말한다. "그 사람이 직접 길들였어. 사제한테 배웠대. 새가 긴 장갑 위에 앉아 있다가 날아올라서 화살처럼 나무 사이로 날아가. 그런 건 나도 처음 봤어. 날 때는 전혀 다르게 보여서—거의 다른 동물 같아. 땅 위에 있을 때하고 공중에 있을 때. 그 사람이 부르면 다시 돌아와 공중에서 커다란 원을 그리며 돌다가 장갑 위에 엄청난 힘으로, 엄청난 기세로 내려앉아."

"오빠한테 하게 해줬어? 장갑을 끼고 매를 잡게 해줬어?"

"황조롱이야." 그가 바로잡더니 고개를 끄덕인다. 뿌듯함에 얼굴에서 빛이 난다. "그랬어."

"나도 보고 싶다." 일라이자가 속삭인다.

그가 일라이자를 보며 검은 물이 든 손가락으로 턱을 문지른다. "어쩌면." 거의 혼잣말처럼 말한다. "언제 널 데리고 갈게."

일라이자가 치맛자락을 쥔 손을 놓자 주름이 펴진다. 일라이자는 신이 나는 동시에 겁이 난다. "정말?"

"그럼."

"그분이 나도 매를 날리게 해줄까? 황조롱이를?"

"안 될 거 없지." 오빠가 동생을 잠시 뜯어본다. "너도 그 사람을 좋아할 거야. 둘이 어떤 면에선 비슷해."

일라이자는 이 말에 깜짝 놀란다. 사람들이 그렇게 끔찍하게 말하는 사람하고 비슷하다니? 바로 얼마 전에 교회에서 일라이자는 휼랜즈 여주인의 피부를 자세히 볼 기회가 있었다. 부스럼에 반점에 뾰루지에—사람이 다른 사람에게 그런 짓을 할 수 있다고 생각하니 무서워졌다. 하지만 오빠에게 그런 말을 하지는 않는다. 그리고 사실 마음 한편에 그 장본인을 가까이서 보고 눈을 들여다보고 싶은 생각도 있다. 그래서 일라이자는 아무 말도 하지 않는다. 오빠는 서두르거나 조르는 걸 좋아하지 않는다. 다루기 힘든 말처럼 측면에서 조심스레 접근해야 하는 사람이다. 살살 찔러보아야 더 많은 것을 얻을 공산이 크다.

"그럼 그분은 어떤 사람이야?" 일라이자가 묻는다.

오빠는 잠시 생각한 다음 대답한다. "네가 만나본 누구하고도 달라. 사람들이 자기에 대해 어떻게 생각하는지 하나도 신경 안 써. 그냥 자기가 하고 싶은 대로 해." 그는 몸을 앞으로 숙여 무릎 위에 팔꿈치를 괴고 마치 속삭이듯 목소리를 낮춘다. "사람을 보면 영혼을 들여다볼 수 있어. 냉정한 데라고는 조금도 없는 사람이야. 사람을 그저 있는 그대로 받아들여. 어때야 한다 이런 게 없고." 그가 일라이자를 쳐다본다. "그런 건 보기 드문 자질이지, 안 그래?"

일라이자는 고개를 끄덕이고 또 끄덕인다. 들은 얘기가 놀랍기도 하고, 오빠가 자기한테 이런 얘기를 해주었다는 것에 으쓱한 기분이다. "듣기에……" 일라이자는 적당한 말을 더듬어 찾다가 몇 주 전에 바로 오빠에게 배운 단어를 떠올린다. "……독보적인 분인 것 같아."

일라이자는 오빠가 웃는 걸 보고 그 단어를 가르쳐준 일을 기억한다는 걸 안다. "바로 그런 사람이야. 독보적이지."

"그리고 또," 일라이자는 조심스럽게, 오빠가 놀라 다시 입을 다물어버리지 않도록—지금 이만큼 말한 것도 정말 놀라운 일이다—한결 더 조심스레 말을 꺼낸다. "오빠가…… 마치 결심한 것처럼 들려. 정했다고. 그 사람이라고."

그는 아무 말도 하지 않고 손을 뻗어 옆에 있는 양모 뭉치를 손바닥으로 툭툭 친다. 일라이자는 자기가 너무 나갔나, 이제 오빠가 더 말을 안 하려나, 입을 다물고 일어서서 나가버리려나 생각한다.

"그 집 분들하고 얘기해봤어?" 일라이자가 대담하게 찔러본다.

오빠는 고개를 젓고 어깨를 으쓱한다.

"말할 거야?"

"그래야지." 고개를 숙이고 말한다. "하지만 보나마나 거부당할 거야. 내가 적당한 상대가 아니라고 하겠지."

"만약에—좀 기다리면," 일라이자는 오빠의 팔에 손을 얹고 더듬거리며 말한다. "일 년이나 그쯤. 그러면 오빠도 성년이 될 테고 더 안정될 거야. 사업이 잘돼서 아버지가 타운에서 지위를 회복할 수 있을지도 모르고. 만약에 아버지한테 양모 거래를 중단하라고 설득할 수 있으면—"

그가 팔을 빼면서 몸을 세운다. "설득한다고, 합리적으로 따진다고 아버지가 언제 듣는 거 봤어? 고집을 꺾는 거 봤어? 명백히 틀렸을 때조차?"

일라이자가 양모 뭉치에서 일어선다. "난 그냥—"

"내가 원하거나 필요로 하는 걸 아버지가 들어주려고 한 적이 단 한 번이나 있어? 나한테 도움된 적이 한 번이나 있냐고? 아니, 일부러 내 앞길을 막으려고 나서지 않은 때가 있기나 하냐고."

일라이자가 헛기침을 한다. "만약에 좀 기다리면—"

"문제는," 오빠가 다락방 바닥에 흩어진 단어들 사이로 서성이며 말한다. 신발 주위에서 두루마리 종이가 구른다. "나한테 그런 재주가 없다는 거야. 난 기다리는 건 못해."

그가 몸을 돌리더니 사다리로 내려가 사라진다. 일라이자는 오빠가 발을 디딜 때마다 사다리 양쪽 끄트머리가 덜컹거리다 마침내 잠잠해지는 걸 본다.

선반 위에 줄줄이 늘어선 사과가 움직이고 덜컹이고 흔들린다. 사과는 각기 제자리에, 작은 창고 벽면을 두른 나무선반 위 파놓은 홈에 놓여 있다.

흔들, 흔들, 달각, 달각.

조심스레 배치해놓은 과일이다. 가지와 연결되어 있던 꼭지는 아래쪽으로, 꽃받침이 있던 자리는 위쪽으로, 사과끼리 서로 맞닿지 않게 놓여 있다. 상하지 말라고 겨우내 나무판 위 얕은 홈에 서로 손가락 한 개 정도 틈을 두고 떼어놓는다. 사과끼리 맞닿으면 갈변하고 쭈글쭈글해지고 곯거나 썩는다. 이렇게 뒤집은 채 간격을 두고 줄줄이 놓아 공기가 잘 통하게 보관해야 한다.

이 집에서는 아이들이 하는 일이다. 뒤틀린 가지에서 사과를 따서 바구니에 담은 다음 여기 사과 창고로 가져와 선반 위에 하나씩 조심스레 일정한 간격으로 늘어놓는다. 그렇게 해야 사과가 잘 보존되어 겨울과 봄을 나고 다시 사과가 열릴 때까지 버틸 수 있다.

그런데 무언가가 사과를 들썩이고 있다. 다시 또다시 또다시, 반복적으로 부딪히고 미는 지속적인 움직임.

홰 위의 황조롱이는 쓰개를 쓰고 있을 때도 언제나 귀를 바싹 세운다. 얼룩덜룩한 목깃 안에서 고개를 돌리며 반복되는 소리의 근원을 찾는다. 필요하면 100피트 멀리에 있는 쥐의 심장박동도, 숲속에서 돌아다니는 담비의 발소리도, 들판 위를 나는 굴뚝새의 날갯짓도 들을 수 있을 정도로 예민한 황조롱이의 귀가 이런 소리를 쫓는다. 사백여 개의 사과가 놓인 자리에서 밀리고 흔들리고 움직이는 소리. 너무 커서 구미가 동하지 않는 크기의 포유동물이 내는 점점 가빠지는 숨소리. 손바닥이 근육과 뼈에 가볍게 놓이는 소리. 혀가 이를 차고 핥는 소리. 다른 재질의 천을 맞대고 비비는 소리.

사과가 물구나무선 채 돌아간다. 숨겨져 있던 꼭지가 올라오고 꽃받침은 옆으로 돌아갔다가 다시 뒤로, 다시 위로, 다시 아래로 간다. 부딪히는 속도가 달라진다. 멈췄다가, 느려졌다가, 올라간다. 다시 물러간다.

애그니스의 무릎이 위로 올라간 채 나비 날개처럼 펼쳐져 있다. 발은 부츠를 신은 채 건너편 선반에 얹었다. 손은 회칠한 벽을 단단히 짚고 있다. 등이 펴졌다가 활처럼 구부러지며 제 뜻대로 움직인다. 목구멍에서 나직하게 으르렁거리는 소리가 터져나온다. 놀라운 일이다. 몸이 이렇게 제멋대로 움직이다니. 어떻게 해야 할지, 어떻게 반응할지, 어떻게 있을지, 어떤 자세를 취할지 몸은 어떻게 아는 걸까. 애그니스는 어둑한 곳에서 흰 다리를 구부린 채, 엉덩이를 선반 가장자리에 걸친 채, 손가락으로 돌벽을 붙들고 있다.

애그니스와 건너편 선반 사이 좁은 공간에 라틴어 선생이 있다. 희끄무레 갈라진 모양을 그리는 애그니스의 다리 사이에 서 있다. 눈을 감고 손가락으로 애그니스의 둥근 등을 붙잡는다. 그의 손이 애그니스의 목선에 묶인 끈을 풀고 시프트드레스를 아래로 내리고 가슴을 밖으로 끄집어냈다. 이렇게 옷 밖으로, 대낮에, 다른 사람 앞에 내놓으니 어찌나 소스라치게, 어찌나 희게 보이던지. 가슴에서 연밤색 두 눈이 놀란 듯 쳐다보는 것 같았다. 그렇지만 치맛자락을 들어올리고 이 선반에 등을 기대고 라틴어 선생의 몸을 자기 쪽으로 끌어당긴 것은 애그니스의 손이었다. 당신, 손이 그에게 말했다. 내가 당신을 선택했어요.

그리고 이제 이렇게 된다—이렇게 들어맞는 느낌. 지금껏 한 번도 느껴보지 못한 전혀 다른 느낌. 손에 장갑을 낄 때, 암양 몸에서 젖은 새끼 양이 미끄러져나올 때, 도끼로 통나무를 쪼갤 때, 열쇠로 기름칠한 자물쇠를 돌릴 때가 떠오른다. 애그니스는 라틴어 선생의 얼굴을 보며 생각한다. 어떻게 이렇게 잘, 이렇게 딱, 이렇게 옳은 듯이 맞을 수 있지?

애그니스의 양옆으로 죽 늘어선 사과들이 홈 안에서 돌아가고 흔들린다.

라틴어 선생이 잠깐 눈을 뜨지만 검은 동공이 확장되어 초점이 없다. 그가 웃으며 두 손을 애그니스의 뺨에 올리고 무어라 중얼거리는데, 무슨 말인지 알아들을 수 없지만 지금 이 순간에는 무슨 말이든 중요하지 않다. 두 사람의 이마가 맞닿는다. 다른 사람과 이렇게 가까이 있다니 이상하다고 애그니스는 생각한다. 속눈썹, 감긴 눈꺼풀, 한방향으로 자란 눈썹 털까지 속속들이 보인다. 애그니스는 버릇대로 손을 잡아보지도 않는다. 그럴 필요가 없다.

그날, 그를 처음 만난 날 손을 잡았을 때 애그니스가 느낀 건—이게 뭐지?—전에는 알지 못하던 것이었다. 타운에서 온 말끔한 신발을 신은 서생의 손에서 이런 게 느껴지리라고는 상상도 못했다. 엄청 드넓은 무언가가 있다는 것은 알 수 있었다. 마치 풍경처럼 층이 있고 결이 있었다. 공간이 있고 빈터가 있는가 하면 조림지가 있고 땅굴이 있고 오르막과 내리막이 있었다. 전부 파악하기에는 시간이 모자랐다. 너무 넓고 너무 복잡했다. 대부분은 애그니스가 알 수 없는 것이었다. 그래도 자기가 알 수 있는 것 이상, 두 사람보다 더 큰 무언가가 있다는 건 알았다. 또 무언가가 그를 묶어 붙들고 있으며, 어딘가에 있는 어떤 끈, 굴레를 풀거나 끊어야만 그가 그 풍경 안에 거주하며 뜻을 펼치리라는 직감이 들었다.

애그니스는 사과 한 알이 붉게 물든 쪽으로 돌았다가 다시 꼭지 쪽으로 돌았다가 배꼽 같은 아래쪽을 슬쩍 드러내는 것을 본다.

지난번에 그가 농장에 왔을 때 수업을 마치고 둘이서 같이 산책을 했다. 가장 먼 들까지 걸어갔다가 땅거미가 내려앉고 숲이 어둑해지고 새로 벤 목초지의 고랑이 골짜기처럼 깊어질 즈음 양떼 사이로 걸어오는 새어머니 조운과 맞닥뜨렸다. 조운은 평소 바살러뮤가 하는 일을 확인하고 싶어했다. 혹은 자기가 확인한다는 사실을 바살러뮤가 알길 바랐거나. 둘 중 하나였다. 조운이 두 사람을 보았다는 걸 애그니스는 알았다. 조운의 머리가 이쪽을 향하더니 같이 걸어오는 둘을 한참 쳐다보았다. 둘이 왜 이러고 있는지도 알 테고 손을 맞잡은 것도 보았으리라. 애그니스는 라틴어 선생이 불안해하는 것을 느꼈다. 손가락이 차가워지고 떨렸다. 애그니스는 그의 손을 한 번, 두 번 움켜쥔 다음 손을 놓고 먼저 울타리 문을 통해 가라고 앞질러 보냈다.

절대 안 돼, 조운이 말했다. 선생이? 그러더니 웃었다. 날카로운 코웃음소리에 주위의 양들이 놀라 둔한 머리를 쳐들고 갈라진 발굽을 이리저리 굴렀다. 절대, 조운이 다시 말했다. 나이가 몇인데? 조운은 대답을 기다리지 않고 스스로 답했다. 아직 어리잖아. 선생 가족 잘 알아. 조운은 라틴어 선생을 가리키며 경멸스럽다는 듯 얼굴을 찡그렸다. 모르는 사람이 없지. 선생 아버지, 수상쩍은 거래, 추문. 전에는 집행관이었지, '전에는'이라는 단어를 강조하며 조운이 말했다. 붉은 법복을 입고 유세하며 다니기를 어찌나 좋아하던지. 하지만 이젠 아니잖아. 아버지가 타운에 갚아야 할 돈이 얼마나 되는지 알아? 우리한테 진 빚은 얼마인지 아느냐고? 우리 아들들이 성인이 될 때까지 가르쳐도 그 빚의 반의반도 못 갚을 거야. 그러니까 안 돼. 조운은 선생의 어깨 너머로 애그니스를 쳐다보며 말했다. 저애하고 결혼은 못해. 애그니스는 농부하고 결혼할 거야. 곧. 안정적으로 먹여 살릴 수 있는 사람하고. 그렇게 살 애야. 아버지가 유언장에 지참금을 남긴 거 알지? 당연히 알겠지. 저애는 무책임하고 직업도 없는 어린애하고는 결혼 안 해.

그러고는 그걸로 끝이라는 듯 돌아섰다. 하지만 난 농부와 결혼하고 싶지 않아요. 애그니스가 외쳤다. 조운은 다시 웃었다. 그래? 저치하고 결혼하고 싶어? 네, 그래요. 애그니스가 말했다. 진심으로요. 조운은 고개를 저으며 또 웃었다.

우린 언약했어요. 선생이 말했다. 제가 청혼했고 이 사람이 좋다고 했으니 우린 약혼한 사이예요.

아냐, 그렇지 않아. 조운이 말했다. 내가 된다고 하기 전엔.

선생은 들을 벗어나 오솔길을 따라 숲을 가로질러 돌아갔다. 벼락이 칠 듯 험악한 표정으로. 애그니스와 둘이 남은 새어머니는 거기 등신처럼 서 있지 말고 집으로 가서 애들이나 보라고 했다. 선생이 다음 수업일에 농장에 왔을 때 애그니스는 그를 불러

냈다. 방법을 알아요. 애그니스가 말했다. 해법이 있어요. 우리가 일을 추진하면 돼요. 이리 와요. 따라와요.

이 순간 창고 안의 사과 한 알 한 알이 뚜렷이 다르고 독특하고 제각각 다른 붉은색, 금색, 녹색으로 물든 듯 보인다. 전부 다 외눈으로 애그니스를 보았다가 눈을 돌렸다가 다시 돌아본다. 너무 많고 너무 압도적이다. 사과가 어찌나 많은지, 각각이 내는 흔들리고 들썩이는 규칙적인 소리가 얼마나 요란한지. 계속 이어지고 점점 빨라진다. 숨이 가빠지고 심장이 가슴속에서 곱드러지고 달음박질쳐 더는 참을 수가 없다, 안 돼, 안 돼. 사과가 제자리에서 흔들리다 바닥으로 떨어지고, 선생이 그걸 밟았는지 공중에 달콤하고 새콤한 냄새가 감돌고, 애그니스는 그의 어깨를 꽉 잡는다. 애그니스는 안다, 느낀다, 모든 게 잘될 테고 모든 게 뜻대로 되리라는 걸. 그가 애그니스를 꽉 붙들자 애그니스는 숨이 그의 몸에서 나왔다가 들어갔다가 다시 나가는 걸 느낀다.

조운은 게으른 여자가 아니다. 애가 여섯이다(결혼하면서 떠맡은 반쯤 미친 의붓딸과 반푼이 의붓아들까지 치면 여덟이고). 작년에 과부가 되었다. 농장주는 당연히 농장을 큰아들 바살러뮤에게 물려주었지만 조운이 여기 살면서 농장을 관리토록 하라고 유언장에 명시했다. 그리고 조운은 관리할 생각이었다. 바살러뮤가 한 치 앞이나마 제대로 내다볼 리 없으니까. 조운은 바살러뮤에게 자기가 여자애들을 데리고 부엌, 마당, 과수원을 관리하겠다고 말했다. 바살러뮤는 남자들과 같이 양떼와 초지를 돌보고, 조운이 일주일에 한 번 바살러뮤와 같이 소유지를 둘러보며 문제가 없는지 점검할 것이다. 그러니 조운은 날마다 닭과 돼지를 먹이고 소젖을 짜고 식구들과 농장 일손과 양치기들이 먹을 음식을 마련해야 한다. 또 힘닿는 한 교육시켜야 할 어린 아들이 둘 있고(안타깝게도 이 아이들이 농장을 물려받을 수는 없을 테니 공부라도 해야 하지 않겠나) 지켜봐야 할 딸이 셋이다(의붓딸까지 치면 넷이지만 보통은 치지 않는다). 조운은 빵을 굽고, 젖을 짜고, 열매를 저장하고, 맥주를 만들고, 옷을 수선하고, 스타킹을 깁고, 바닥을 문질러 닦고, 설거지하고, 이불을 널고, 카펫 먼지를 떨고, 유리창을 닦고, 식탁을 윤내고, 머리를 빗기고, 복도를 쓸고, 계단을 닦아야 한다.

그러니 거의 석 달이 지난 뒤에야 빨래에 개짐이 부족하다는 걸 알아차린 게 조운의 잘못은 아닐 것이다.

처음에는 자기가 착각했다고 생각한다. 빨래는 이 주에 한 번 월요일 아침 일찍 한다. 그래야 낮 동안 빨래를 널어 말리고 다릴 수 있다. 매달 개짐이 조금 나오는 날이 있다. 조운과 딸들은 같은 때 월경을 하는데 다른 딸은 다른 모든 일에서도 그렇듯 혼자만 다른 주기를 따른다. 집안 여자들은 다 이 주기를 안다. 이주에 한 번 갈색으로 피가 말라붙은 조운과 딸들의 개짐 빨랫감이 산더미같이 나오는 날이 있다. 또 애그니스가 쓴 더 적은 수의 개짐이 나오는 날이 있다. 조운은 숨을 참으며 나무집게로 개짐을 냄비에 던져넣고 위에 소금을 뿌린다.

10월 말 어느 아침 조운은 세탁장에서 빨랫더미를 뒤적인다. 소금을 넣은 뜨거운 물에 적실 속옷과 소맷단과 모자 무더기, 찬물로 빨 스타킹 무더기, 때와 흙이 잔뜩 묻은 바지, 얼룩이 묻은 커틀*, 웅덩이 흙탕을 맞은 외투. 그런데 조운이 '더러운 것'으로 분류하는 빨래 무더기가 평소보다 작다.

한 손으로 코를 감싸쥐고 오줌 지린내가 나는 침대보 한 장을 들어올린다(야단치기도 하고 달래보기도 하는데도 막내 윌리엄이 여전히 이 분야에서 믿음직한 모습을 보여주지 못하고 있다. 아직 세 살밖에 안 되긴 했지만). 똥 같은 게 묻은 셔츠가 모자에 들러붙어 있다. 조운은 얼굴을 찌푸리며 주위를 둘러본다. 잠시 서서 생각한다.

세탁장 밖으로 나가보니 딸 카터리나, 조니, 마거릿이 함께 침대보에서 물을 짜고 있다. 카터리나는 윌리엄의 허리에 밧줄을

* 길고 낙낙한 원피스형의 옷.

묶고 한쪽 끝을 자기 허리에 묶어놓았다. 윌리엄이 작은 소리로 찡얼거리며 줄을 당긴다. 손에는 풀을 한줌 쥐고 있다. 윌리엄은 돼지우리로 가려고 하지만 조운은 돼지가 어린애를 발로 짓밟고 먹어버리거나 깔아뭉개버렸다는 얘기를 숱하게 들었다. 그래서 절대 아이 혼자 우리에 가지 못하게 한다.

"개짐 어디 있어?" 조운이 문간에서 묻는다.

딸들은 서로 떨어져 뒤틀린 침대보로 연결된 채 마주본다. 바닥에 물방울이 뚝뚝 떨어진다. 딸들이 영문을 모르겠다는 표정으로 어깨를 으쓱한다.

조운은 세탁장으로 돌아간다. 잘못 봤겠지. 어딘가에 있겠지. 바닥에 쌓인 빨랫감을 하나씩 들어본다. 속옷과 모자와 스타킹 사이를 뒤진다. 밖으로 나가 딸들을 지나 집안으로 들어가 벽장으로 간다. 빨고 개어 제일 위 칸에 쌓아놓은 두꺼운 천을 헤아린다. 이 집에 몇 장이 있는지 아는데 정확히 그 수가 벽장에 고스란히 있다.

조운은 쿵쾅거리며 복도를 지나 밖으로 나와 문을 쾅 닫는다. 잠시 계단 위에 서서 씩씩 콧김을 내뿜는다. 공기가 차다. 가을에서 겨울로 넘어가는 시기임이 느껴지는 바삭한 서늘함이 있다. 암탉이 파닥거리며 사다리를 타고 닭장으로 들어간다. 밧줄에 매인 염소는 입에 풀을 물고 되새김질하며 조운을 쳐다본다.

조운의 정신은 또렷하다. 단 한 가지 생각만 머릿속에서 울린다. 누구지, 누구야, 누구냐고.

사실 조운은 이미 알고 있는지도 모른다. 그래도 우당탕 계단을 내려가 마당을 가로질러 세탁장 쪽으로 간다. 딸들이 젖은 빨래를 짜면서 자기들끼리 낄낄거린다. 조운은 먼저 카터리나의 팔을 잡고 손으로 딸의 배를 누르며 아이의 비명을 무시하고 눈을 들여다본다. 낙엽이 쌓인 젖은 바닥으로 홑이불이 떨어져 조운과 놀란 아이의 발에 짓밟힌다. 조운은 평평한 배, 튀어나온 골반, 텅 빈 자궁을 느낀다. 카터리나를 놓아주고 조니를 붙든다. 아직 어린애인데, 제발, 혹여나 만약 이 아이라면, 누군가가 이애한테 그런 짓을 했다면, 조운은 무언가 끔찍한 짓을, 아주 흉악하고 무서운 복수를 해서, 그 남자가 홀랜즈에 발을 들이고 감히 조운의 딸을 어딘가로 끌고 간 날을 평생 후회하게 해줄 테다—

조운은 손을 놓는다. 조니의 배는 평평하고 텅 비어 있다. 어쩌면 딸들을 좀더 잘 먹여야 할지 모르겠다는 생각이 든다. 좀더 큰 고깃덩이를 먹여야 할지도. 내가 딸들을 제대로 안 먹이나? 그런가? 아들들한테만 제 몫보다 많이 먹이고 있나?

조운은 이 생각을 떨쳐버리려고 고개를 흔든다. 마거릿. 조운은 막내딸의 불안해하는 여린 얼굴을 뜯어보며 생각한다. 아냐.

그럴 리가. 아직 어린애인데.

"애그니스는 어디 있어?" 조운이 말한다.

조니는 겁에 질려 엄마를 쳐다본다. 발치에 떨어진 흙투성이 홑이불을 흘긋 본다. 카터리나는 무슨 뜻인지 아는 듯 고개를 돌리고 시선을 외면한다.

"모르겠어요." 카터리나가 허리를 굽혀 홑이불을 집는다. "어쩌면—"

"소젖 짜고 있어요." 마거릿이 불쑥 말한다.

조운은 외양간에 닿기도 전에 소리를 지른다. 입에서 말이 말벌처럼 튀어나간다. 자기가 아는지도 몰랐던 말, 쏘고 쪼개고 망가뜨리는 말, 혀가 꼬이고 짓눌리는 말이 나온다.

"너," 조운이 따뜻한 외양간 안으로 들어가며 소리친다. "어디 있어?"

애그니스는 소의 매끈한 옆구리에 머리를 대고 젖을 짜고 있다. 우유가 양동이로 푸슉 푸슉 푸슉 분출되는 소리가 들린다. 조운의 목소리를 듣고 소가 들썩이자 애그니스는 고개를 들고 몸을 돌려 경계하는 표정으로 새어머니를 본다. 올 것이 왔구나, 하고 생각하는 것 같다.

조운은 애그니스의 팔을 잡고 젖 짜는 의자에서 끌어내려 칸막이에 밀어붙인다. 아들 제임스가 옆칸에 서 있는 것이 눈에 들어왔지만 이미 늦었다. 애그니스를 도와 젖을 짜고 있던 모양이다. 조운이 커틀을 더듬고 치마 여밈을 만지작거리자 애그니스가 저항하며 손을 밀어내고 빠져나가려 한다. 그러나 조운은 손을 밀어넣고, 그 순간 느낀다—무엇을? 부풀어오른 단단하고 뜨거운 것을. 빵처럼 부풀어오르고 태동하는 둔덕.

"썩을 년." 조운이 자기를 밀어내는 애그니스에게 말한다. "창녀 같으니."

조운은 뒤로 밀려난다. 뒤쪽에 있는 젖소는 갑자기 분위기가 바뀌고 젖을 짜다 만 것이 불안한지 고개를 갸웃거린다. 조운이 젖소 엉덩이에 부딪혀 살짝 비틀거리는 사이 애그니스가 잽싸게 달려 외양간을 가로질러 졸고 있는 암양들을 지나 문밖으로 나가버리지만 조운은 애그니스를 놓아줄 생각이 없다. 몸을 일으켜 의붓딸을 따라가는데 분노가 속도를 부추기는지 쉽게 애그니스를 따라잡는다.

조운이 손을 앞으로 뻗어 애그니스의 머리채를 잡는다. 머리채를 당기자 말고삐를 당긴 것처럼 쉽게 애그니스의 머리통이 뒤로 젖혀지고 그 자리에 멈춘다. 어찌나 쉬운지 조운은 한편 놀라면서도 기세가 더 등등해진다. 애그니스는 바닥에 주저앉아 뒤로 자빠지고 조운은 애그니스가 꼼짝 못하게 머리채를 손에 단단히 감아쥔다.

이렇게 조운은 마당 울타리 옆에서 애그니스를 붙잡아 하고 싶은 말을 쏟아부을 수 있게 되었다.

"누구 짓이야." 조운이 소리친다. "누구 애냐고?"

조운은 돌아가신 아버지가 유언장에 지참금을 남겼다는 사실이 알려진 이래 애그니스에게 접근한 적지 않은 수의 구혼자를 떠올려본다. 그중 한 놈일까? 수레 목수가 있었고, 쇼터리 저쪽 땅에 사는 농부가 있었고, 대장장이의 도제가 있었다. 하지만 애그니스는 개중 누구한테도 관심이 없어 보였는데. 그럼 누구? 애그니스는 손을 뒤로 뻗어 조운의 손아귀에서 머리채를 잡아빼려 한다. 애그니스의 얼굴—오만하고 광대가 두드러진 그 잘난 흰 얼굴이 고통과 억눌린 분노로 일그러져 있다. 눈물이 고이더니 뺨을 타고 흐른다.

"말해." 조운이 그 얼굴에 대고 말한다. 날마다 봐야 했던 얼굴, 조운이 여기에 온 이래로 늘 무심하고 건방지게 조운을 마주보던 얼굴. 첫번째 아내, 사랑받은 아내, 남편이 절대 입에 올리지 않던 여자를 닮은 얼굴. 남편은 그 여자의 머리카락을 손수건에 싸서 셔츠 주머니 안에, 자기 심장 가까이에 간직했다. 조운은 남편의 장례를 치르려고 준비하다가 그 사실을 알게 되었다. 내내 거기에 있었던 것이다. 조운이 남편을 위해 빨래하고 청소하고 밥하고 애를 낳았던 그 세월 동안 첫번째 아내의 머리카락이 사뭇 거기에 있었던 것이다. 조운은 그 쓰라리고 따끔거리는 모욕을 영영 극복하지 못할 것이다.

"양치기야?" 조운이 묻자 이런 상황에서도 애그니스는 그 말에 웃는다.

"아뇨." 애그니스가 말한다. "양치기 아네요."

"그럼 누구?" 조운이 이웃 농장 아들의 이름을 꺼내려는 순간 애그니스가 몸을 돌려 정강이를 걷어찬다. 발길질이 어찌나 센지 조운은 뒤로 밀리며 손을 놓는다.

애그니스는 일어서서 치마를 추스르며 가버린다. 조운이 비틀비틀 몸을 일으켜 따라간다. 마당에서 애그니스를 따라잡는다. 애그니스의 손목을 잡아채 몸을 홱 돌리고 뺨을 갈긴다.

"누군지 말해—" 조운이 입을 뗐지만 머리 왼쪽에서 울리는 소리 때문에 말을 맺지 못한다. 벼락이 치듯 요란한 폭발음이 들린다. 순간 조운은 무슨 일이 일어난 건지, 이게 무슨 소리인지 이해하지 못한다. 그러다가 통증을 느낀다. 쓰라린 피부, 뼈가 울리는 깊은 통증. 그제야 애그니스가 자기를 때렸다는 사실을 깨닫는다.

조운은 어이가 없어 손으로 얼굴을 감싼다. "어떻게 감히?" 조운이 울부짖는다. "감히 날 때려? 딸년이 엄마를, 길러준 사람을—"

애그니스의 입술이 붓고 피가 흘러 발음이 분명하지 않지만 조운은 이 말을 알아듣는다. "당신은 내 엄마가 아냐."

조운은 화가 치밀어 다시 애그니스를 때린다. 애그니스는 놀랍게도 전혀 망설이지 않고 되받아친다. 조운이 다시 손을 들었으나 뒤에서 붙잡는다. 누군가가 조운의 허리를 잡는다. 야수 같은 바살러뮤가 조운을 들어 옮긴다. 손가락으로 아무 힘도 들이지 않고 조운의 손을 잡아 꾹 누르면서. 조운의 아들 토머스도 와서 조운과 애그니스 사이에 양몰이 지팡이를 들고 선다. 바살러뮤는 조운에게 그만하라고, 진정하라고 말한다. 다른 자식들은 닭장 옆에 서서 놀라 입을 벌리고 있다. 카터리나는 울고 있는 조니의 어깨에 팔을 둘렀다. 어린 윌리엄은 마거릿의 품에 안긴 채 누나의 목에 얼굴을 묻고 있다.

조운은 마당 저편으로 들려 간다. 바살러뮤가 조운을 움직이지 못하게 붙잡고 무슨 일이냐고, 왜 이 난리냐고 묻자 조운은 토머스의 부축을 받으며 서 있는 애그니스를 손가락질하며 다 말한다.

조운의 말을 들은 바살러뮤의 얼굴이 어두워진다. 바살러뮤는 눈을 감고 숨을 들이마셨다가 내쉰다. 거칠거칠한 턱수염을 손으로 쓸고 잠시 자기 발을 내려다본다.

"라틴어 선생." 바살러뮤가 말하며 애그니스를 쳐다본다.

애그니스는 대답하지 않지만 턱을 아주 살짝 치켜올린다.

조운은 의붓아들에게서 의붓딸에게로, 아들들에게로, 딸들에게로 시선을 돌린다. 하나같이 다, 의붓딸만 빼고, 시선을 내리깐다. 조운은 자기가 몰랐던 사실을 다들 알았다는 걸 깨닫는다. "라틴어 선생?" 조운이 다시 묻는다. 갑자기 가장 먼 들의 울타리 문 옆에 서 있던 선생의 모습이 떠오른다. 떨리는 목소리로 애그니스를 원한다고 말하던 모습. 까맣게 잊고 있었다. "그놈? 그—그 어린놈? 그 놈팡이? 직업도 없고 쓸모도 없고 수염도 없는—" 조운은 말을 멈추고 자비도 기쁨도 없는 웃음을 터뜨리고, 그 웃음이 가슴을 공허하고 뜨겁게 만든다. 이제 다 기억난다. 조운이 안 된다고 잘라 말할 때 거기 서 있던 젊은이. 순간 안됐다는 생각이 들었던 게 떠오른다. 젊은 녀석이 실망 가득한 얼굴이었던데다 그런 아비까지 두었으니. 그러나 조운은 그가 시야에서 사라지자마자 그의 존재를 머릿속에서 까맣게 지웠다.

조운은 바살러뮤의 손을 떨쳐낸다. 정신을 집중하고 마음을 독하게 먹는다. 애그니스를 지나쳐, 자기 아이들을 지나쳐, 닭들을 지나쳐 집안으로 들어간다. 문을 쾅 열어젖히고 안으로 들어가 신속하게 움직인다. 방안을 돌아다니며 의붓딸 소유의 물건을 전부 그러모은다. 시프트드레스 두 벌, 여벌 모자, 앞치마. 나무빗, 가운데 구멍이 있는 돌, 허리띠.

조운은 식구들이 아직 모여 있는 마당으로 나와 애그니스의 발치에 짐꾸러미를 던진다.

“평생 다시는 이 집에 발 들여놓을 생각 마!” 조운이 외친다.

바살러뮤는 애그니스에게서 조운에게로 눈을 돌렸다가 다시 애그니스를 본다. 팔짱을 끼고 앞으로 나온다. “여긴 내 집이에요.” 바살러뮤가 말한다. “아버지가 유언장에 내 앞으로 남겼어요. 내가 말하는데, 애그니스는 여기 살아도 돼요.”

조운이 할말을 잃고 바살러뮤를 쳐다본다. 얼굴이 시뻘게진다. “하지만……” 조운은 일단 소리를 지르며 할말을 찾는다. “……하지만…… 유언장에는 내가 이 집에 살아도 된다고 되어 있어—”

“이 집에 살아도 돼요. 하지만 집은 내 것이에요.” 바살러뮤가 말한다.

“이 집 관리는 내가 맡았어!” 조운은 당당하면서도 절박하게 거기에 매달린다. “너는 농장을 맡았고. 그러니까 쟤를 내보내고 말고는 내 권리야. 농장의 일이 아니고 집안의 일이니까—”

“이 집은 내 집이에요.” 바살러뮤가 낮은 목소리로 다시 말한다. “누나는 안 보내요.”

“여기 있을 순 없어.” 조운이 자신의 무력함에 분노하며 소리를 지른다. “생각 좀 해봐—네 동생들, 우리 집안 평판이 어떻게 되겠냐고, 네 평판이나 우리 지위는 말할 것도 없고—"

"안 보내요." 바살러뮤가 말한다.

"내보내야 해. 내보내야 한다고." 조운이 머리를 마구 굴려 바살러뮤의 마음을 바꿀 방법을 찾는다. "네 아버지를 생각해. 아버지가 뭐라고 하겠니? 아버지 가슴이 찢어질 일이다. 아버지라면 절대로—"

"안 보내요. 만약 그쪽에서—"

애그니스가 남동생의 팔에 한 손을 얹는다. 두 사람은 말없이 한참 마주본다. 그때 바살러뮤가 땅에 침을 탁 뱉더니 손을 들어 애그니스의 어깨에 얹는다. 애그니스는 찢어져 피가 나는 입으로 삐딱한 웃음을 지어 보인다. 바살러뮤는 대답삼아 고개를 끄덕인다. 애그니스는 소매를 들어 얼굴을 닦는다. 꾸러미의 매듭을 풀더니 다시 묶고 다시 또 단단히 묶는다.

바살러뮤는 짐꾸러미를 어깨에 메는 애그니스를 본다. "내가 처리할게." 바살러뮤가 애그니스의 손을 잡으며 말한다. "걱정 마."

"안 해." 애그니스가 말한다.

애그니스는 아주 살짝 비틀거리며 마당을 가로질러 걸어간다. 사과 창고로 들어가더니 잠시 뒤 장갑 위에 황조롱이를 얹고 나온다. 새는 쓰개를 쓰고 날개를 접고 있지만 새로운 상황에 적응하려는 듯 머리를 돌리고 까닥인다.

애그니스는 어깨에 짐을 지고 작별인사도 없이 마당 밖으로 나가 집 옆을 돌아가는 길을 따라 떠난다.

그는 시장에서 아버지의 가판대에 기대서 있다. 초겨울의 서늘한 금속성 냉기가 느껴지는 상쾌한 날이다. 숨이 몸에서 빠져나가 눈에 보이는 김이 되었다가 사라지는 걸 보면서 한 여자가 다람쥐털을 덧댄 장갑과 토끼털 장식을 단 장갑을 두고 어떤 게 좋을지 고민하는 소리를 한 귀로 흘리며 듣고 있는데 느닷없이 일라이자가 뒤쪽에서 나타난다.

일라이자는 눈을 동그랗게 뜨고 이를 악문 채 이상한 웃음을 지어 보인다.

"집에 가봐." 일라이자가 표정을 바꾸지 않은 채 낮은 목소리로 말한다. 그러더니 장갑을 구경하는 여자를 돌아보며 말한다. "네, 손님?"

그가 몸을 꼿꼿이 세운다. "왜 집에 가라는 거야? 아버지가 여기서—"

"그냥 가." 일라이자가 쇳소리를 낸다. "지금." 그러더니 목소리를 키워 손님을 상대한다. "토끼털 장식이 제일 따뜻해요."

그는 가판대 사이를 요리조리 빠져나와 양배추가 가득한 수레와 이엉 한아름을 든 소년을 피하며 성큼성큼 시장을 나선다. 서

두를 생각은 없다. 아버지가 뭔가 아들의 행동이나 일 처리가 마음에 안 든다거나 아들이 무얼 까먹었다거나 게으름을 피웠다거나 중요한 걸 빠뜨렸다거나 아버지가 낯두껍게도 '정직한 노동'이라고 부르는 것을 안 하려 드는 게 못마땅해서 부른 것일 테니까. 무두장이한테 가서 가죽을 받아오라는 지시를 깜박했거나 어머니가 쓸 장작을 패놓지 않았거나 그런 거겠지. 그는 큰길인 헨리 스트리트를 따라 어슬렁어슬렁 걸어가며 가끔 멈춰서 이웃 사람들과 잡담을 나누고 어린아이 머리도 쓰다듬어주다가 마침내 집에 도착해 문안으로 들어간다.

발깔개에 신발을 문질러 닦은 뒤 문을 닫고 들어와 아버지의 작업장을 들여다본다. 아버지의 의자가 서둘러 나간 듯 뒤로 밀려나 있다. 도제 혼자 빈약한 어깨를 구부정하게 말고 작업대의 무언가 위로 몸을 수그리고 있다. 문고리가 걸리는 소리를 듣고 도제가 고개를 들어 그를 보더니 겁먹은 눈을 동그랗게 뜬다.

"안녕, 네드." 그가 말한다. "별일 없지?"

네드는 무언가 말하려는 듯하다가 입을 다문다. 끄덕이는 것 같기도 하고 가로젓는 것 같기도 한 고갯짓을 하더니 거실 쪽을 가리킨다.

그는 도제에게 웃음을 지어 보이고 다시 나가 정사각형 현관 홀을 가로지르고 식탁을 지나, 불 꺼진 벽난로를 지나 거실로 들어간다.

거기서 맞닥뜨린 장면이 도저히 설명이 안 될 정도로 당혹스러워서 상황을 파악하는 데 잠시 시간이 걸린다. 그는 문간에서 걸음을 멈춘다. 확실한 것은 자기 삶이 새로운 전기를 맞았다는 사실이다.

애그니스가 꾸질꾸질한 꾸러미를 발치에 놓고 낮은 의자에 앉아 있고 어머니는 그 맞은편 불가에 있다. 아버지는 창가에서 등을 돌리고 있다. 황조롱이는 젓갖과 종을 늘어뜨린 채 사다리 모양 등받이 의자 꼭대기에 발톱으로 나무 가로대를 쥐고 앉아 있다. 몸을 돌려 달아나고 싶은 생각이 든다. 그러는 한편 웃음을 터뜨리고 싶기도 하다. 새가, 애그니스가 어머니의 거실에, 어머니가 그리 자랑스러워하는 소용돌이무늬 벽걸이 천에 둘러싸여 있다니.

"아," 그가 정신을 추스르려 애쓰며 입을 열자 세 사람이 동시에 돌아본다. "지금……"

애그니스의 얼굴을 보는 순간 말이 입에서 말라버린다. 애그니스의 왼쪽 눈이 뜰 수도 없을 정도로 벌겋게 부풀고 멍이 들었다. 이마 아래 살이 찢겨 피가 흐른다.

그는 애그니스에게 달려간다. "세상에." 애그니스의 어깨에 손을 얹으며 말한다. 어깨뼈가 들썩이는 게 느껴진다. 마치 그럴 수만 있다면, 자기 새처럼 공중으로 떠올라 날아가리라는 듯이.

"어떻게 된 거야? 누가 그랬어?"

뺨에는 선연한 손자국이 났고 입술은 찢어지고 손목은 손톱자국이 생겨 살점까지 뜯겼다.

메리가 헛기침을 한다. "이애 어머니가," 메리가 말한다. "집에서 쫓아냈단다."

애그니스가 고개를 저으며 말한다. "새어머니예요."

"조운은 애그니스의 새어머니예요." 그가 끼어든다.

"그건 나도 알아." 메리가 쏘아붙인다. "그렇게 말한 건 단지—"

"그리고 쫓아낸 거 아니에요." 애그니스가 말한다. "새어머니 집이 아니에요. 바살러뮤의 집이죠. 내가 내 발로 나왔어요."

메리가 숨을 들이마시더니 마지막 남은 인내심을 끌어모으듯 잠시 눈을 감는다. "애그니스가," 메리는 눈을 뜨고 아들을 똑바로 보며 말한다. "애를 가졌단다. 네 애래."

그는 고개를 끄덕이는 동시에 어깨를 으쓱하면서 어머니 뒤쪽에서 창밖 거리를 내다보며 무시무시하게 서 있는 아버지의 너른 등판을 본다. 그는 자기도 모르게, 혼인하겠다고 맹세한 여인의 손을 잡고 있음에도 불구하고, 이 모든 일에도 불구하고, 머릿속으로 어떻게 하면 필연적으로 날아올 주먹을 피하고 교묘한

동작으로 속여 애그니스를 타격에서 지켜낼까 생각한다. 이 집 안에 이런 전례는 없었다. 아버지가 대체 어떻게 나올지, 대머리가 되어가는 저 돌머리 속에서 무엇이 들끓고 있을지 그로서는 상상도 할 수 없다. 그 순간 이제 애그니스가 자신과 아버지의 관계가 어떤지 알게 되겠구나 하는 생각이 들면서 마음속 깊은 곳에서 수치심이 솟는다. 애그니스는 부자 사이에 들끓는 알력과 불화를 느낄 테고 내가 어떤 사람인지 알게 되겠지. 덫에 한 다리를 붙들린 사람이라는 사실을. 애그니스는 모든 것을 보고 한순간에 알아차릴 것이다.

"그러냐?" 어머니가 창백하고 굳은 얼굴로 묻는다.

"뭐가요?" 그는 들뜬데다 조금 화도 난 상태라 자제하지 못하고 어깃장을 놓는다.

"네 거냐고."

"뭐가 제 거예요?" 마치 재미있는 일이라도 벌어진 듯 말꼬리를 잡는다.

메리는 입을 꽉 다문다. "네가 갖게 만들었어?"

"제가 뭘요?"

그때 애그니스가 고개를 돌려 자기를 쳐다보는 것을 느낀다. 애그니스의 짙은 눈이 그의 안을 들여다보고 실패에 실을 감듯 정보를 그러모아 헤아리리란 것을 짐작한다. 그런데도 멈출 수가 없다. 무엇이 되었든 올 것이 빨리 왔으면 하는 생각뿐이다. 아버지를 자극해서 폭발하게 만들고 싶다. 어차피 맞을 매라면 빨리 끝내고 싶다. 더 피하지 말고. 아버지가 어떤 사람인지 만천하에 드러나도록. 애그니스가 똑똑히 보도록.

"애 말이야." 메리가 머리가 모자란 사람에게 말하듯 천천히 큰 목소리로 말한다. "이애 뱃속에. 네가 배게 했어?"

그는 얼굴에 웃음이 번지는 걸 느낀다. 아이. 자기와 애그니스가 창고에 줄줄이 늘어선 사과들 사이에서 만든 아이. 그런데도 아직 혼인하지 않은 상태라니. 이런 상황에서는 막을 수 없는 일이다. 애그니스가 말한 대로 될 것이다. 그들은 결혼할 것이다. 그는 남편이자 아버지가 될 것이고, 삶이 시작될 것이고, 이것, 이 모든 것, 이 집, 아버지, 어머니, 작업장, 장갑, 이 집의 자식으로 사는 삶, 고되고 지긋지긋한 장갑 사업에서 벗어날 수 있다. 얼마나 대단한 일인가. 이 아이, 애그니스 뱃속의 아이가 모든 것을 바꿔줄 테고 자신이 증오하는 삶에서, 도저히 같이 살 수 없는 아버지에게서, 더는 견딜 수 없는 이 집에서 해방시켜줄 것이다. 애그니스와 같이 날아갈 것이다. 다른 집으로, 다른 마을로, 다른 삶으로.

"네." 대답하면서 얼굴에 웃음이 점점 크게 번진다.

동시에 몇 가지 일이 일어난다. 어머니가 의자에서 일어나 그에게 달려들어 주먹으로 그를 때린다. 마치 북을 두들기듯 가슴과 어깨를 친다. 애그니스의 목소리가 들린다. 됐으니 그만하세요. 그리고 다른 목소리, 우린 언약한 사이라고, 그러니 죄가 아니라고, 결혼할 거라고, 반드시 할 거라고 말하는 자기 목소리가 들린다. 어머니가 소리를 지른다. 성년이 안 되었으니 부모의 동의 없이는 결혼 못한다고, 절대 동의할 수 없다고, 홀려서 신세를 망쳤다고, 당장 쫓아낼 거라고, 이 결혼을 하느니 차라리 바다로 나가라고, 이 무슨 재앙이냐고. 뒤쪽 의자 등받이에 앉은 새가 불안한 듯 들썩이고 깃털을 움직거리고 날개를 파닥이고 종을 땡땡 울리는 소리가 들린다. 그때 아버지의 어둡고 커다란 형체가 다가온다. 그는 이 혼란중에 애그니스는 어디에 있는지, 뒤쪽에서 안전하게 아버지의 손이 미치지 않는 곳에 있을지 생각한다. 왜냐하면 죽이고 말 것이기 때문이다. 반드시 그러고 말 것이다. 저 사람이 애그니스에게 손가락 하나라도 대는 날에는.

아버지가 손을 뻗자 그는 근육에 불끈 힘을 주며 대비한다. 그러나 아버지의 두툼한 손은 그를 치지도, 둥글게 말리지도, 그를 다치게 하지도 않는다. 대신 그의 어깨에 얹힌다. 그는 다섯 손가락 끝이 셔츠 천을 뚫고 살을 누르는 것을 느끼며 익숙한 가죽냄새, 무두질냄새—코를 찌르는 알싸한 냄새, 오줌냄새를 맡는다.

아버지의 손이 뜻밖에도 의자에 앉히려고 그를 누른다. "앉아." 아버지가 차분한 목소리로 말한다. 아버지는 뒤쪽에서 새를 달래는 애그니스에게 손짓한다. "앉아, 아가씨."

잠시 뒤 그는 아버지가 하라는 대로 의자에 앉는다. 애그니스가 다가와 옆에 서서 손등으로 황조롱이의 깃털을 쓰다듬는다. 어머니는 눈앞의 광경이 도무지 믿기지 않는다는 듯 놀라움을 감추지 못하고 애그니스를 쳐다본다. 그는 또다시 웃고 싶은 심정이 된다. 그때 아버지가 입을 열어 그는 주의를 돌린다.

"내 생각에는," 아버지가 말한다. "협의가…… 가능할 것 같군."

아버지 얼굴에 떠오른 표정이 묘하다. 그는 그 낯선 표정에 충격을 받아 아버지를 빤히 본다. 존의 입이 벌어져 치아가 드러나고 눈이 기묘하게 빛난다. 몇 초가 지난 뒤에야 그는 존이 웃는 것이란 사실을 깨닫는다.

"하지만 여보," 어머니가 소리를 높인다. "이런 혼인에 동의할 수는 없잖—"

"조용히 해." 존이 말한다. "둘이 언약했다잖아. 못 들었어? 내 아들이 약속을 깨뜨리고 책임을 저버리는 일은 없을 거야. 쟤가 임신을 시켰다잖아. 책임이 있고—"

"하지만 열여덟밖에 안 됐잖아! 직업도 없고! 세상에 어떻게—"

"조용히 하라고 했지." 아버지는 순간 평소처럼 거친 분노를 터뜨렸다가 다시 알랑거리는 듯한 낯선 말투로 돌아간다. "내 아들이 약속을 했지, 맞소?" 아버지가 애그니스를 보며 말한다. "숲으로 데리고 가기 전에?"

애그니스는 새를 쓰다듬고 있다. 존을 똑바로 바라보며 말한다. "서로 약속했어요."

"자네 어머니는—새어머니는 이 결합에 대해 뭐라고 하시고?"

"좋아하지 않으셨어요. 전에는. 하지만 지금은," 애그니스가 자기 배를 가리킨다. "어떠실지 모르겠네요."

"그렇군." 아버지는 잠시 말없이 생각에 빠진다. 아들은 아버지의 침묵이 어딘가 익숙하다고 느낀다. 눈살을 찌푸리고 아버지를 보며 무얼까 궁금해하다가 문득 깨닫는다. 아버지가 본인에게 유리한 사업상 거래를 두고 숙고할 때의 얼굴이다. 값싼 가죽을 손에 넣었을 때, 다락에 감추어놓을 양모 여유분을 구했을 때, 풋내기 상인과 거래할 때의 표정이다. 이 거래에서 자기가 이득을 보리란 사실을 상대방에게 드러내지 않으려 할 때의 표정이다.

탐욕스러운 표정. 기쁨을 억누르는 표정. 아들은 등골까지 미치는 오싹한 한기를 느낀다. 두 손으로 의자 가장자리를 꽉 붙든다.

문득 이 결혼이 아버지에게, 아버지와 농장주의 과부댁이 맺은 거래에 유익하게 작용하리란 사실을 깨달은 아들은 믿을 수 없는 상황에 목이 조이는 것 같다. 아버지는 피 흘리는 애그니스의 얼굴, 애그니스가 여기에 왔다는 사실, 황조롱이, 애그니스 뱃속의 아기까지 모든 걸 자기에게 유리하게 이용하려는 참이다.

믿을 수가 없다. 도저히. 자기와 애그니스가 부지불식간에 아버지의 손아귀에 들어갔다는 사실을. 그 생각을 하자 뛰쳐나가고 싶어진다. 휼랜즈에서, 숲에서 황조롱이가 옷감처럼 펼쳐진 나뭇잎 사이를 바늘처럼 뚫고 급강하할 때 있었던 둘만의 일을 아버지가 밧줄처럼 배배 꼬아 그걸로 나를 이 집에, 이 자리에 더더욱 단단히 붙들어놓게 되다니. 견딜 수 없는 일이다. 참을 수 없다. 영영 여기를 못 벗어난다고? 이 사람, 이 집, 이 일에서 영원히 풀려날 수 없다고?

존이 다시 입을 열어 계속 알랑거리는 목소리로 말한다. 바로 휼랜즈에 가서 농장주의 과부댁 그리고 애그니스의 동생과 이야기를 나누겠다고. 합의를 이루어낼 수 있을 거라고, 모두에게 이득이 되는 조건에 도달할 수 있을 거라고 말한다. 아들이 이 아가씨와 결혼하고 싶어하고, 아가씨도 아들과 결혼하고 싶어하는

데 무슨 수로 막겠느냐고 아내에게 말한다. 아기는 혼인한 상태에서 태어나야 한다고, 애를 사생아로 세상에 나오게 할 수는 없다고. 우리 손주가 아니오? 이렇게 이뤄지는 혼인도 많아. 자연의 섭리니까.

그러더니 아내를 보고 웃음을 터뜨리며 손을 뻗어 허리를 잡는다. 아들은 구역질이 나 바닥으로 눈을 돌린다.

존이 상기된 얼굴로 열의를 뿜어내며 벌떡 일어난다. "그럼 결론이 난 거지. 나는 휼랜즈로 가서 내 조건을…… 우리 조건을 제시하고…… 참으로 급작스러운…… 하나 분명 축복받은 집안 사이의 결합을 확정하고 오겠소. 아가씨는 여기 있어." 그러더니 아들에게 손짓한다. "잠깐 둘이서 얘기 좀 하자."

복도로 나오자 존은 다정한 척하던 가면을 벗어버린다. 아들의 멱살을 잡는다. 목에 닿은 손가락이 차갑다. 존은 아들의 얼굴을 자기 쪽으로 바짝 당긴다.

"말해." 존이 낮은 소리로 위협하듯 으르렁거린다. "더는 없다고."

"뭐가요?"

"말해. 더 없다고. 있어?"

아들은 등과 어깨가 벽에 짓눌리는 것을 느낀다. 멱살을 움켜쥔 손에 힘이 들어가 숨을 잘 쉴 수가 없다.

"있냐고?" 아버지가 얼굴에 대고 씩씩거린다. 입에서 희미하게 생선냄새, 흙냄새가 난다. "내 집에 찾아와서 네놈 애를 뱄다고 말할 워릭셔 계집이 또 있는 거냐고? 다른 계집들도 상대해야 해? 지금 말해. 다른 계집이 또 있고 저쪽 집에서 그 소리를 듣는다면 골치 아플 테니까. 네놈은 물론이고 우리 식구 전부. 알겠어?"

그는 숨을 헐떡이며 아버지를 밀치지만 아버지는 팔꿈치로 어깨를 찍어누르고 팔로 목을 짓누른다. 그는 아뇨, 절대, 저 사람뿐이에요, 그리고 계집이라고 하지 마요, 어떻게 그렇게 부를 수 있어요, 라고 말하려 하지만 입 밖으로 나오지 않는다.

"또다른 데 밭을 갈고 씨를 뿌렸다간—단 하나라도—널 죽일 거야. 내가 아니라도 저 집 동생이 죽일 거야. 알겠어? 하늘에 맹세코 네놈 목숨을 끊어놓고 말 테니까. 명심해."

아버지는 마지막으로 한번 더 아들의 숨통을 세게 짓누르고는 자리를 떠나 문밖으로 나가 문을 쾅 닫는다.

아들은 몸을 숙이고 숨을 들이켜며 목을 문지른다. 몸을 일으키자 도제 네드가 자기를 보고 있다. 두 사람의 눈이 잠시 마주치지만 네드는 얼른 작업대로 고개를 돌린다.

존은 곧바로 휼랜즈로 간다. 일라이자에게 잔소리를 하거나 지적질을 하고 재고를 확인하러 가판대에 들르지도 않는다. 로더 스트리트에서 마주친 길드 조합원과 한두 마디 나누려 걸음을 멈추지도 않는다. 쇼터리로 가는 길에 접어들자 걸음을 서두른다. 금세라도 애가 태어나서 어떻게든 이 기회를 무산시킬지 모른다는 듯이. 존은 발걸음이 빠른 편이고 나이에 비해 몸이 가볍다고 자부한다. 유익한 거래를 하리란 기대에 잔뜩 들떠서 와인 한잔 걸친 양 기분좋은 무언가가 혈관을 타고 흐르는 느낌이다. 존은 지금이 바로 꾸물거리지 말고 거래를 성사시켜야 하는 시점이라는 걸, 아니면 상황이 바뀌어 유리한 입지를 잃으리라는 걸 안다. 암, 유리한 상황이고말고. 처자가 집에 와 있는데다 아들은 나이가 어려서 부모가 문서로 허락해줘야만 결혼할 수 있다. 두 집 사이에 해묵은 빚이라는 문제가 있지만 지금 가장 다급한 문제는 그 처자니까. 애를 가졌으니 당연히 결혼을 시켜야 할 텐데, 존 자신이 승낙하기 전에는 혼인이 이루어질 수 없다. 완벽한 입지다. 존이 필요한 카드를 다 쥐었다. 존은 길을 따라 걸으며 젊을 때 유행하던 춤곡 가락을 휘파람으로 불기까지 한다.

처자의 남동생이 먼 들판에 있다. 거기까지 가려면 진창을 가로질러야 한다. 남동생은 양몰이 지팡이에 기댄 채 꿈쩍도 않고 존이 다가오는 것을 보고 있다.

양들이 눈을 뒤룩뒤룩 굴리며 슬금슬금 피한다. 존이 거대하고 무시무시한 포식자라도 되는 듯이. 장갑거리, 존은 웃음을 띤 채 웅얼거린다. 니들도 모르는 새 장갑이 되어 있을걸. 내가 맘만 먹으면 올해가 지나기 전에 워릭셔 양반들의 손을 장식하게 될 거야. 존은 얼굴에서 웃음기를 감추지 못하고 들을 가로지른다.

진흙이 이랑과 고랑 모양대로 얼어붙은 흰 구름 같은 웅덩이를 존은 타운에서 신는 부츠로 밟는다.

존은 애그니스의 동생에게 다가간다. 한 손을 내민다. 동생은 잠시 그 손을 보고만 있다. 거대한 덩치에 눈은 애그니스를 닮았고, 검은 머리카락은 뒤로 넘겨 묶었다. 자기 아버지가 그랬던 것처럼 양가죽 망토를 어깨에 걸치고 무늬가 새겨진 곤봉을 들었다. 그 뒤쪽에서 밝은 금발에 더 어린 젊은이가 양몰이 지팡이를 짚고 지켜보는 걸 알아채고 존은 순간 움찔한다. 만약에 이자들이, 이 형제가 작당하고 공격해오면, 놈팡이 아들놈이 누나를 유린한 것에 복수하려 들면 어쩌지? 혹시 상황 판단을 잘못했나? 유리한 상황은커녕 호랑이 굴로 기어들어온 건가? 존의 머리에 쇼터리의 얼어붙은 땅에서 죽음이 그를 찾아오는 환영이 스친다. 양치기의 지팡이에 제 머리가 찍혀 쪼개지고 뇌가 흩어지고 시신이 얼어붙은 땅 위에서 모락모락 김을 내는 광경을 본다. 메리는 과부가 되고, 어린 자식들, 에드먼드와 리처드는 아비 없이 자란다. 막돼먹은 큰아들놈 때문에.

농부는 곤봉을 다른 손으로 옮기고 바닥에 기세 좋게 침을 뱉더니 존의 손을 잡고 아플 정도로 세게 쥔다. 존은 자기도 모르게 계집애처럼 높은 소리로 비명을 지른다.

"하." 존은 목소리를 최대한 낮게 깔고 사내답게 웃으며 말한다. "바살러뮤, 의논해야 할 일이 있는 것 같구먼."

바살러뮤는 존을 한참 쳐다본다. 그러더니 존의 어깨 너머로 무언가를 보며 고개를 끄덕인다.

"그렇네요." 그가 말하며 손짓한다. "조운이 오네요. 하고 싶은 말이 있을 거예요."

조운이 양옆에 딸들을 거느리고 어린 사내아이를 골반에 얹은 채 서둘러 들을 가로지른다.

"어이." 조운이 농장 일꾼을 부르듯 존을 부른다. "거기 얘기 좀 합시다."

존은 다정하게 손을 흔든 다음 바살러뮤에게 웃음을 지으며 고개를 까딱인다. 남자들끼리 이심전심으로 다 안다는 뜻을 은근히 전하는 고갯짓이다. 여자들이란, 참. 꼭 저렇게 끼어들려고 한다니까. 소외감을 느끼지 않게 우리 남자들이 맞춰줘야지, 뭐.

바살러뮤는 잠시 존과 눈을 맞춘다. 얼룩이 점점이 있는 눈이 누이를 빼닮았다. 다만 바살러뮤의 눈은 무표정하고 차갑다. 그러더니 시선을 떨어뜨리고 보일 듯 말 듯한 동작으로 남동생에게 가라고, 가서 조운이 들어오게 울타리 문을 열어주라고 지시하며 휘파람으로 개를 불러 같이 보낸다.

세 사람은 한참 동안 들에 서 있는다. 바살러뮤, 조운, 존. 다른 아이들은 담 뒤에 숨어 지켜본다. 잠시 뒤 자기들끼리 속삭이기 시작한다. 정해진 거야? 그렇게 된 거야? 애그니스가 저 집에 간 거야? 결혼하는 거야? 다시 안 돌아오는 거야? 막냇동생은 서서 보고만 있는 게 지루한지 내려달라고 징징거린다. 누나들의 눈은 양떼 사이에 서 있는 세 사람에게 꽂혀 있다. 개들은 서로 투닥거리다 하품을 하고, 앞발에 머리를 뉘었다가 이따금 고개를 들고 토머스 눈치를 보며 지시를 기다린다.

큰오라비가 얘기를 접으려는 듯 고개를 젓고 옆으로 돌리는 모습이 보인다. 장갑 장인은 사정하듯 한 손을 펴더니 이어 다른 손도 편다. 오른손을 꼽으며 무언가를 헤아린다. 조운이 팔을 휘젓고 집을 가리키고 앞치마를 움켜쥐며 한참 열띠게 말한다. 바살러뮤는 양떼를 뚫어져라 보더니 손을 뻗어 한 마리의 등을 쓰다듬고는 고개를 돌려 장갑 장인을 쳐다본다. 상대에게 그 짐승에 대해 무언가를 주장하듯이. 장갑 장인은 열심히 고개를 주억거리고 장광설을 늘어놓더니 승리했다는 듯 웃는다. 바살러뮤는 곤봉으로 자기 부츠를 툭툭 친다. 확연히 불만스러워하는 모습이다. 장갑 장인이 한 걸음 다가간다. 조운은 꿈쩍 않고 자리를 지킨다. 장갑 장인이 바살러뮤의 어깨에 손을 얹는다. 농부는 손을 밀어내지 않는다.

그러더니 악수를 한다. 장갑 장인이 조운, 다음에 바살러뮤와 악수를 나눈다. 아, 딸들 중 하나가 탄성을 지른다. 아들들도 한숨을 내쉰다. 됐나봐, 카터리나가 속삭인다.

햄닛은 놀라서 잠에서 깬다. 몸 아래서 짚요가 바스락거린다. 무언가 때문에 깼는데 소음인지 쿵 하는 소리인지 사람소리인지 알 수 없다. 햇빛이 방안으로 길게 들어온 것으로 보아 저녁때가 다 되었다. 내가 여기서 뭐하는 거지? 왜 침대에서 자고 있지?

고개를 돌리자 모든 게 기억난다. 햄닛의 곁에 고개를 옆으로 돌리고 축 늘어져 누워 있는 사람이 있다. 주디스의 얼굴은 창백하고 고요하다. 땀이 솟아 얼굴이 유리처럼 반들거린다. 가슴이 불규칙하게 오르내린다.

햄닛은 침을 삼킨다. 목구멍이 막히고 뻣뻣하다. 혓바닥이 마치 털투성이가 된 듯 깔깔하고 입안에서 너무 크게 느껴진다. 몸을 일으키자 방이 흐릿하게 보인다. 뒤통수에 통증이 일더니 궁지에 몰린 쥐처럼 그 자리에 웅크리고 도사린다.

아래층에서 애그니스가 작게 콧노래를 부르며 현관문으로 들어온다. 식탁 위에 이런저런 것들을 올려놓는다. 로즈메리 두 다발, 가죽 가방, 꿀 한 병, 커다란 잎에 싼 벌집 한 덩이, 밀짚모자, 컴프리 한 다발. 애그니스는 컴프리를 다듬어 말려서 따뜻하게 데운 기름에 재워놓을 생각이다.

애그니스는 아래층을 돌아다니며 난롯가 의자를 똑바로 놓고 식탁 위에 있는 수재나의 모자를 문 뒤 고리에 건다. 손님이 찾아올지 모르니 길가로 난 창문을 열어놓는다. 커틀 끈을 느슨하게 풀고 벗는다. 그러고는 뒷문을 열고 부엌채로 간다.

몇 걸음 떨어진 곳에서 열기가 느껴진다. 안에서 메리가 냄비를 젓고 수재나는 의자에 앉아 양파에서 흙을 떨어내고 있다.

"이제 왔구나." 메리가 열기 때문에 불그레한 얼굴로 돌아보며 말한다. "오래 걸렸네."

애그니스는 뜻을 알 수 없는 미소를 짓는다. "벌이 과수원으로 몰려갔더라고요. 달래서 벌집으로 돌려보내느라고요."

"허." 메리가 말하며 곡물 한줌을 냄비에 넣는다. 메리는 벌을 좋아하지 않는다. 믿을 수 없는 생물이라. "휼랜즈에는 다들 무고하시고?"

"뭐, 그런 듯해요." 애그니스가 인사삼아 딸의 머리카락을 살짝 쓰다듬고 아침에 만든 빵덩이를 조리대에 올려놓는다. "바살러뮤의 다리가 계속 말썽인가봐요. 인정은 안 하지만. 다리를 절더라고요. 날이 흐리면 좀 쑤시긴 해도 별거 아니라는데 나는 내버려두면 안 된다고—" 애그니스가 손에 빵칼을 든 채 갑자기 말을 멈춘다. "쌍둥이는 어디 있어요?"

메리도 수재나도 고개를 숙인 채 하던 일을 계속한다.

"햄닛하고, 주디스," 애그니스가 말한다. "어디 있어요?"

"몰라." 메리가 숟가락을 입에 가져가 간을 보며 말한다. "어쨌거나 찾으면 회초리를 맞아야 해. 땔감은 하나도 안 패놓고. 식탁도 안 차려놓고. 둘이서 대체 어디로 내뺐는지. 저녁때가 다 됐는데 코빼기도 안 보여."

애그니스가 칼의 톱니날로 빵을 한 번, 두 번 썰자 잘린 빵조각이 차곡차곡 쌓인다. 세번째 조각을 베려다 말고 손에서 칼을 떨어뜨린다.

"아무래도 가서……" 애그니스는 말을 흐리며 부엌문 밖으로 나가 큰집으로 간다. 작업장을 들여다보니 존이 건드리지 말라는 품새로 작업대에 웅크리고 있다. 식당과 거실을 둘러본다. 계단 위를 보며 아이들 이름을 부른다. 아무 대꾸도 없다. 애그니스는 현관을 나와 헨리 스트리트로 나선다. 낮의 열기가 지나가고 거리의 먼지가 가라앉고 사람들은 저녁을 먹으러 집으로 돌아간다.

애그니스는 자기 집 현관으로, 그날 저녁 두번째로 다시 들어간다.

그리고 계단 아래에 서 있는 아들을 본다. 하얀 얼굴로 얼어붙은 듯 난간을 쥐고 있다. 얼굴에 혹이 나고 이마가 찢어졌는데 분명히 오늘 아침에는 없던 상처다.

애그니스는 몇 걸음 만에 방을 가로질러 얼른 햄닛에게 다가간다.

"뭐야?" 애그니스가 아이의 어깨를 잡는다. "왜 이래? 얼굴이 어떻게 된 거야?"

햄닛은 말하지 않는다. 고개를 젓는다. 계단을 가리킨다. 애그니스는 한 번에 두 칸씩 계단을 뛰어올라간다.

일라이자는 애그니스에게 화관을 만들어주겠다고 말한다. 만약 애그니스가 원한다면, 하고 덧붙인다.

어느 날 아침 이른 시간에 수줍은 듯 조심스럽게 건넨 제안이다. 일라이자는 정말 난데없이 극적으로 자기 집에 들이닥친 여자와 등을 맞대고 누워 있다. 막 동이 튼 시각이라 창밖 거리에서 일찌감치 나온 수레와 사람 소리가 들린다.

어머니는 애그니스가 일라이자와 한 침대를 써야 한다고 말했다. 결혼식을 올리기 전까지는. 굳은 입술로 일라이자와 눈을 마주치지 않은 채 이렇게 말하고는 침대 위에 담요를 한 장 더 펼쳤다. 일라이자는 짚요의 창문 쪽 자리를 말없이 보았다. 동생 앤이 죽은 뒤로 내내 비어 있던 자리. 어머니도 거기 눈을 주는 것을 보고는 묻고 싶었다. 엄마도 그애를 생각해요? 아직도 그애 발소리가, 목소리가, 자면서 숨쉬는 소리가 들리나 자기도 모르게 귀를 기울이게 돼요? 나는 그러거든요, 언제나. 아직도 어느 날 눈을 뜨면 그애가 여기 내 옆에 누워 있겠지 생각해요. 시간에 주름 같은 것이 있어서 원래 우리가 있던 곳으로, 앤이 살아서 숨쉬는 그 자리로 돌아갈 수 있으리라고 생각해요.

그렇지만 일라이자는 잠자리에서 날마다 혼자 깨어났다.

그런데 지금은 여기에 오빠와 결혼할 이 여자가 있다. 앤 대신 애그니스가. 결혼식 준비 과정은 무척 다급하고 신경쓸 것도 많았다. 오빠한테 특별 허가가 필요한데다—일라이자는 이 내용에 대해서는 명확히 모른다—돈과 관련된 긴(그리고 격한) 논쟁이 있었다. 애그니스 남동생의 친구 몇이 보증금을 냈다. 일라이자가 아는 건 여기까지다. 뱃속에 아기가 있다는 얘기는 문 뒤에서 엿들었다. 아무도 확실히 말해주지 않았다. 결혼식이 내일 아침이라는 것을 아무도 말해주지 않았듯이. 오빠와 애그니스는 템플그래프턴에 있는 교회로 가서 그곳 사제의 주례로 혼인 서약을 하기로 했다. 그들의 사제가 아니고 그들이 일요일마다 가는 교회도 아니다. 애그니스는 그 사제를 잘 안다고 한다. 자기 집안의 특별한 친구라고. 애그니스에게 황조롱이를 준 사람이 바로 그 사제다. 사제는 황조롱이를 알에서부터 품어 길렀고 애그니스에게 매의 폐병을 고치는 법도 가르쳐주었다. 사제께서 주례를 서주실 거예요, 애그니스가 물레 발판을 밟으면서 태평하게 말했다. 어릴 때부터 절 아셨고 늘 잘해주셨어요. 에일 한 통하고 젓갖을 바꾼 적도 있어요. 애그니스는 비는 손으로 양모를 모으면서 말했다. 매 부리기와 양조와 양봉의 대가세요. 이 세 가지 지식을 전부 알려주셨어요.

애그니스가 거실 불가에서 물레 앞에 앉아 이런 말을 했을 때 일라이자의 어머니는 자기 귀가 믿기지 않는다는 듯 뜨개바늘을 떨어뜨렸고, 그러자 오빠는 지각없이 자기 컵에 대고 웃음을 터뜨렸고, 그래서 아버지가 화를 냈다. 그러나 일라이자는 애그니스가 하는 말을 한마디도 빼놓지 않고 홀린 듯 들었다. 어디서도 들어보지 못한 얘기인데다 자기 집에서 이런 태도로 말하는 사람은 처음이었다. 이렇듯 남을 의식하지 않고 자연스럽게, 솔직하고 유쾌하게 말하는 사람은.

어쨌거나 결혼식이 결정되었다. 다음날 아침 일찍, 서둘러 몰래 은밀히 준비한 예식에서 매를 부리고 벌을 치고 에일을 파는 사제가 주례를 설 것이다.

일라이자는 자기가 결혼할 때는 환한 햇빛 속에서 화관을 쓰고 헨리 스트리트를 걸으며 만인에게 자기 모습을 보여주고 싶다. 타운에서 한참 떨어진 작은 교회에서 이상한 사제가 신랑 신부를 몰래 안으로 들여 치르는 의식은 싫다. 고개를 똑바로 들고 타운에서 결혼할 것이다. 일라이자는 꼭 그렇게 할 참이다. 교회 문 앞에서 큰 소리로 결혼공시를 읊게 하고 싶다. 그러나 이 결혼은 아버지와 애그니스의 동생 둘이서 정한 일이고 다른 사람은 한마디도 더 보탤 수 없다.

그렇지만 일라이자는 애그니스를 위해 화관을 만들어주고 싶다. 일라이자 말고 만들어줄 사람이 누가 있겠는가? 애그니스의 새어머니는 안 하실 게 분명하고, 여동생들도 마찬가지다. 자매들은 쇼터리에서 꿈쩍도 안 한다. 결혼식엔 올 수도 있겠죠, 애그니스는 어깨를 으쓱했다. 안 올 수도 있고요.

그래도 애그니스는 꼭 화관을 써야 한다. 애를 가졌건 아니건 화관도 없이 결혼할 수는 없다. 그래서 일라이자는 묻는다. 헛기침을 한다. 기도할 때처럼 손가락을 모은다.

"저기……" 방안의 차가운 공기를 느끼며 입을 연다. "……혹시 제가…… 화관을 만들어드려도 될까요? 내일 쓸 거?"

일라이자는 등뒤에서 애그니스가 귀를 기울이는 걸 느낀다. 애그니스가 숨을 들이마시는 소리가 들리기에 거절하겠구나, 쓸데없는 소리를 했나보다 생각한다.

애그니스가 일라이자 쪽으로 몸을 돌리자 짚요가 부스럭거리며 들썩인다.

"화관?" 애그니스가 말한다. 목소리에서 웃음기가 느껴진다. "그거 정말 좋겠다. 고마워."

일라이자가 돌아눕고 두 사람은 갑자기 공모자가 된 것처럼 마주본다.

"이맘때 어떤 꽃을 구할 수 있는지는 모르겠어요. 베리 종류나—" 일라이자가 말한다.

"노간주나무." 애그니스가 끼어든다. "아니면 호랑가시나무. 양치류. 소나무."

"담쟁이도 있어요."

"아니면 개암나무꽃. 강으로 가자. 나랑 같이." 애그니스가 일라이자의 손을 잡으며 말한다. "오늘 오후에. 뭐가 있는지 찾아보자."

"지난주에 강가에서 투구꽃을 봤어요. 어쩌면—"

"독이 있지." 애그니스가 위쪽을 보고 누우며 말한다. 일라이자의 손을 자기 배 위에 올려놓는다. "아기가 움직이는 거 느껴볼래? 이른 아침 시간에 움직여. 여자아이가 아침을 먹으려고 깨는 거지."

"여자아이요?" 일라이자가 급작스러운 친밀감에, 여자의 팽팽하고 단단한 배의 온기에, 꽉 쥐인 손의 느낌에 놀라며 묻는다.

"여자애일 거야." 애그니스가 가볍고 깔끔하게 하품을 하며 말한다.

애그니스의 손가락이 일라이자의 손을 누른다. 정말 이상한 기분이다. 무언가가, 살에 박힌 가시나 상처의 염증 같은 것이 몸에서 빠져나가는 동시에 또 무언가가 안으로 들어오는 느낌이다. 내주고 있는지 받고 있는지 알 수가 없다. 손을 빼고 싶으면서 또 그대로 맡기고 싶기도 하다.

"여자 형제." 애그니스가 나직하게 말한다. "동생이었어?"

일라이자는 곧 새언니가 될 사람의 매끈한 이마, 흰 관자놀이, 검은 머리카락을 본다. 앤 생각을 하고 있었단 걸 어떻게 알았을까?

"네." 일라이자가 말한다. "두 살 어렸어요."

"죽었을 때 몇 살이었어?"

"여덟 살요."

애그니스는 안됐다는 듯 혀를 쯧 찬다. "너무나 안타깝구나." 애그니스가 웅얼거린다.

일라이자는 늘 앤 걱정을 한다는 말은 하지 않는다. 그렇게 어린 나이에, 언니도 없이 홀로 어딘지 모를 곳에 있을 앤. 아주 오랫동안 밤에 잠들지 못한 채 누워, 앤이 혹시라도 어딘가에서 듣고 있을지 모르니까, 언니 목소리가 위로가 될지 모르니까 앤의 이름을 불러보았다는 말도 하지 않는다. 앤이 어딘가 다른 곳에서 힘들어하지 않을까 걱정하면서도 목소리를 들을 수도, 가닿을 수도 없다는 것에서 오는 고통도.

애그니스는 일라이자의 손등을 토닥이며 빠르게 말한다. "다른 언니들이 그애와 같이 있다는 걸 잊지 마. 네가 태어나기 전에 죽은 두 언니. 서로 돌봐주고 있어. 네가 걱정하지 말았으면 좋겠대. 네가……" 애그니스는 추위 때문인지 충격 때문인지 둘 다인지 파르르 떨고 있는 일라이자를 보더니 말을 멈춘다. "내 말은," 애그니스는 이번엔 좀더 조심스러운 목소리로 말한다. "내 생각에 그애는 네가 걱정하지 않길 바랄 것 같아. 마음 편히 지내기를 바랄 거야."

두 사람은 잠시 말이 없다. 창 너머에서 말발굽이 따각거리며 북쪽을 향해 지나가는 소리가 들린다.

"어떻게 알았어요?" 일라이자가 속삭인다. "죽은 언니가 둘 있는 거요?"

애그니스는 잠시 생각하는 듯 보인다. "너희 오빠한테 들었어." 애그니스가 일라이자를 쳐다보지 않고 말한다.

"한 명은," 일라이자가 속삭이듯 말한다. "이름이 일라이자였어요. 첫째요. 그것도 알았어요?"

애그니스는 고개를 끄덕이더니 어깨를 으쓱한다.

"길버트가 가끔 말해요……" 일라이자는 어깨 너머를 흘긋 돌아보고야 말을 잇는다. "……돌아올 수도 있다고요. 한밤중에 내 침대 옆에 서서 자기 이름을 돌려달라고 할지도 모른대요. 내가 자기 이름을 가져가서 화가 났을 거래요."

"말도 안 돼." 애그니스가 딱 잘라 말한다. "길버트가 헛소리를 하는 거야. 새겨듣지 마. 너희 언니는 네가 자기 이름으로 살아줘서 기뻐해. 잘 알아둬. 길버트가 또 그런 소리를 하면 내가 바지 속에 쐐기풀을 집어넣을 거야."

일라이자가 웃음을 터뜨린다. "그러지 마요."

"그럴 거야. 그러면 다시는 사람들을 겁주지 않겠지." 애그니스는 일라이자의 손을 놓고 몸을 일으킨다. "자. 이제 하루를 시작할 시간이야."

일라이자는 자기 손을 내려다본다. 애그니스의 엄지손톱에 눌린 자국이 피부에 남아 있고 그 주위가 장미꽃처럼 붉어졌다. 일라이자는 다른 손으로 문지르다가 그 자리가 마치 양초에 갖다 댄 양 뜨겁다는 사실에 놀란다.

일라이자는 양치류, 낙엽송, 갯개미취를 엮어 화관을 만든다. 식탁에 앉아 작업을 한다. 막냇동생 에드먼드도 돌봐야 하기 때문에 낙엽송 잎과 갯개미취 꽃잎을 조금 건네준다. 에드먼드는 바닥에 다리를 죽 뻗고 앉아 진지한 태도로 나뭇잎을 한 장씩 나무그릇에 넣고 숟가락으로 젓는다. 일라이자는 동생이 잎을 저으며 내는 혀짤배기소리에 귀를 기울인다. '이'라는 말은 '잎'이고 '이즈'는 '일라이자'고 '우프'는 '수프'다. 듣는 법만 알면 이런 말들을 알아들을 수 있다.

가늘지만 힘이 있고 가죽 꿰매는 데 익숙한 일라이자의 손가락이 줄기를 한데 엮어 동그란 모양을 만든다. 에드먼드가 일어선다. 아장아장 창가로 걸어갔다가 다시 돌아와 벽난로 쪽으로 가더니 불에 가까워지자 스스로 잡도리한다. "아냐 아냐 아냐." 일라이자가 웃는다. "맞아, 안 돼, 에드먼드. 불가는 안 돼." 에드먼드는 기쁜 듯한 얼굴로 누나를 쳐다본다. 자기 말을 이해해준 것이 기쁘다. 불, 열기, 안 돼, 만지지 마. 에드먼드는 불가에 가까이 가면 안 된다는 걸 알지만 밝게 타오르는 빛, 얼굴에 와닿는 온기, 불을 돋우고 쑤석이고 집는 데 쓰는 근사한 도구들을 보면 참을 수 없이 만지고 싶어진다.

일라이자는 어머니가 집 뒤쪽 부엌채에서 냄비와 팬을 덜그럭대고 쾅쾅거리는 소리를 듣는다. 어머니는 기분이 아주 좋지 않아 이미 하녀를 한바탕 울렸다. 분노와 노여움을 음식에 쏟아붓고 있다. 고깃덩이가 익질 않아. 파이를 만들 페이스트리가 부스러져. 빵 반죽이 더디 부풀어. 설탕절임에 알갱이가 있어. 일라이자는 소용돌이의 중심인 듯한 부엌채에서 멀찍이 떨어져 여기에 에드먼드와 안전하게 있어야겠다고 생각한다.

착, 착, 손끝으로 줄기 끝을 고리 안으로 밀어넣는다. 반대편 손바닥으로는 화관을 돌리며 모양을 잡아나간다.

머리 위쪽에서 남동생들의 발소리가 들린다. 듣자 하니 계단 꼭대기에서 씨름을 하는 모양이다. 낑낑거리는 소리, 웃음소리가 터져나온다. 리처드가 놓아달라고 사정하자 길버트가 알겠다고 거짓으로 답하더니, 쿵 하는 소리, 마룻장이 끼익거리는 소리, 그리고 낮게 "아!" 하고 외치는 소리가 들린다.

"이 녀석들!" 작업장에서 고함이 울린다. "당장 멈춰! 아니면 내가 올라가서 결혼식이고 뭐고 울면서 후회하게 만들어줄 테니!"

세 형제가 서로 밀쳐대며 문간에 나타난다. 일라이자의 오빠, 신랑이 미끄러지듯 안으로 들어와 일라이자를 잡고 이마에 입을 맞추더니 빙 돌아서 에드먼드를 공중으로 높이 들어올린다. 에드먼드는 한 손에 나무숟가락을, 다른 손에 나뭇잎 한줌을 쥐고 있다. 오빠는 막냇동생을 한 바퀴 두 바퀴 돌린다. 에드먼드는 눈썹을 치키며 까르륵 웃고 머리카락이 들썩인다. 숟가락을 모로 입에 넣으려 한다. 그러자 형들은 에드먼드를 다시 바닥에 내려놓고 순식간에 문밖으로 나가 거리로 사라진다. 에드먼드는 숟가락을 떨어뜨리고 형들이 사라진 쪽을 쓸쓸히 쳐다본다. 갑자기 버려진 게 이해가 되지 않는다는 듯이.

일라이자가 웃는다. "돌아올 거야, 에드." 일라이자는 말한다. "곧. 결혼하고. 기다려."

애그니스가 문가에 나타난다. 머리카락을 풀어내려 빗질을 했다. 머리카락이 검은 물처럼 등과 어깨 위에 펼쳐졌다. 일라이자가 본 적 없는 연노란색 드레스 차림이다. 앞쪽이 아주 미세하게 튀어나왔다.

"아." 일라이자가 손뼉을 치며 말한다. "노란색이 갯개미취 꽃술하고 잘 어울려요." 일라이자가 화관을 들고 벌떡 일어난다. 애그니스는 일라이자가 화관을 씌워줄 수 있게 고개를 숙인다.

밤사이 서리가 내렸다. 교회로 가는 길에 늘어선 잎사귀마다 풀잎마다 나뭇가지마다 서리가 앉아 얼음 모양의 그림자가 생겼다. 발아래 땅이 단단하고 건조하다. 신랑과 신랑 들러리들은 저만치 앞에 있다. 앞쪽 무리에서 웃음과 고함과 노래가 터져나오고, 한 친구가 껑충거리며 길 밖으로 나갔다 들어왔다 하며 피리를 부는 소리가 들린다. 바살러뮤는 무리 끝에서 따라간다. 큰 체구로 앞에 있는 사람들을 가리고 고개를 숙인 채 걷는다.

신부는 왼쪽도 오른쪽도 돌아보지 않고 똑바로 걷는다. 일라이자, 일라이자에게 안긴 에드먼드, 메리, 애그니스의 친구 몇 명, 빵집 아주머니가 곁에서 걷는다. 조운과 세 딸은 옆으로 조금 떨어져 있다. 조운은 막내아들의 손을 끌며 간다. 세 딸은 서로 팔을 겯고 딱 붙어 나란히 걸으며 속닥거리고 낄낄거린다. 일라이자는 곁눈으로 그쪽을 몇 번 힐끔거리다 고개를 돌린다.

애그니스는 그 모습을 본다. 일라이자 주변에 안개처럼 서리는 슬픔을 본다. 애그니스는 모든 것을 빠짐없이 본다. 산울타리에서 갈색으로 변해가는 들장미 열매, 너무 높아 사람 손이 닿지 않는 바람에 덤불에 남은 검은딸기, 길가 떡갈나무 가지에서 급강하하는 개똥지빠귀, 막내를 등에 업은 새어머니 입에서 흘러나오는 하얀 입김, 머릿수건 밖으로 흘러나온 이상하게 색이 옅은 머리카락, 양옆으로 크게 흔들리는 엉덩이. 납작하고 콧잔등이 넓은 어머니의 코를 물려받은 카터리나를 본다. 조니는 어머니의 낮은 이마선을, 마거릿은 굵은 목과 늘어진 귓불을 닮았다. 카터리나는 자기 삶을 행복하게 만드는 재능인지 능력인지가 있고, 마거릿도 어느 정도 그런 면이 있지만, 조니는 그렇지 않다는 걸 안다. 이제 카터리나의 손을 잡고 제 발로 걷는 막내에게서 아버지의 모습을 본다. 금발 머리, 각진 두상, 위로 올라간 입꼬리. 스타킹 위쪽에 묶은 리본이 다리 근육이 움직일 때마다 당겨졌다가 느슨해지는 걸 느낀다. 화관을 이루는 풀, 열매, 꽃이 흔들리고 따끔거리는 것을, 줄기의 물관과 잎맥에서 미세한 물의 흐름을 느낀다. 자기 몸안에서 식물들과 조화를 이루며 움직이는 흐름인지 물결인지 조류인지를 느낀다. 자신에게서 몸속 아기에게로 흘러가는 피의 흐름. 애그니스는 한 삶을 떠난다. 다른 삶을 시작한다. 어떤 일이든 일어날 수 있다.

애그니스는 또한 왼쪽 어딘가에서 자기 어머니의 존재를 느낀다. 만약 어머니가 돌아가시지 않았다면 지금 이 자리에 같이 있겠지. 애그니스는 어머니의 손을 잡고 결혼식을 올리러 갔겠지. 어머니와 딸이 손을 마주잡고 발걸음을 맞추며 이 길을 나란히 걸었겠지. 어머니가 화관을 만들어주고, 애그니스의 머리에 얹어주고, 머리카락이 넓게 펼쳐지도록 빗질을 해주었겠지. 파란 리본을 스타킹 둘레에 묶어주고 머리 타래에 엮어주었겠지. 그런 일들을 어머니가 다 해주었겠지.

그러니 당연히, 어머니는 지금 여기에 와 있을 것이다. 어떤 것이든 자기가 띨 수 있는 형태로. 굳이 고개를 돌려 쳐다볼 필요도 없다. 돌아보았다가 혹시 놀라서 달아나면 안 되니까. 어머니가 여기 나타나 실체 없이 맴돌고 있다는 사실을 아는 것만으로 충분하다. 어머니가 보여요, 애그니스는 생각한다. 오신 거 알아요.

대신 애그니스는 앞쪽을 본다. 길을 따라 앞서가는 남자들 사이에서(아버지가 살아 계셨다면 그 무리에 끼어 있었을 것이다)

남편이 될 사람을 본다. 색이 짙은 소모사 모자, 주위 다른 남자들—형제들, 아버지, 친구, 애그니스의 형제들 등—에 비해 더 통통 튀는 걸음걸이. 돌아봐요, 애그니스는 그가 돌아보게 만들려고 한다. 나를 돌아봐요.

그가 바로 바란 대로 움직이지만 애그니스는 놀라지 않는다. 고개를 돌리고 애그니스를 보려고 머리카락을 뒤로 넘기자 그의 얼굴이 드러난다. 잠시 걸음을 멈추고 애그니스와 눈을 맞추며 웃음을 짓는다. 한 손을 들고 다른 손을 그쪽으로 가져가는 동작을 한다. 애그니스는 묻듯이 고개를 갸웃한다. 그는 웃으며 다시 그 동작을 한다. 반지를 손가락에 끼우거나 뭐 그런 시늉을 하는 듯싶다. 그때 남동생 하나가(확실하지는 않지만 길버트인 듯하다) 옆에서 그에게 덤벼들며 어깨를 잡아 민다. 그도 비슷하게 응대하며 씨름하듯 목을 팔로 감아 조이자 동생이 분노의 비명을 지른다.

사제가 교회 문 앞에서 기다리고 있다. 서리가 앉아 새하얀 석조 건물을 배경으로 사제복을 입은 어두운 형체가 두드러진다. 길을 따라가던 남자들과 소년들이 숙연해진다. 차가운 아침 공기에 발그레해진 얼굴로 사제 주위에 긴장한 듯 말없이 모여 선다. 애그니스가 교회 앞길로 들어서자 사제가 애그니스를 보고 미소를 짓더니 숨을 들이마신다.

사제는 눈을 감고 말한다. "이 남자와 이 여자의 결혼을 공시합니다." 정적이 내려앉는다. 아이들마저 조용하다. 그러나 애그니스는 속으로 간청한다. 만약 여기 있다면 지금 보여주세요. 부디 지금, 왔다는 걸 보여주세요, 기다리고 있어요. 나 여기 있어요. "이 두 사람이 성스러운 결합을 이루지 말아야 할 이유나 분명한 장애를 아는 사람은 지금 나서십시오. 첫번째로 묻습니다."

사제는 눈을 뜨고 주위에 선 사람들을 하나씩 둘러본다. 토머스가 호랑가시나무 잎으로 제임스의 목을 찌른다. 바살러뮤가 토머스의 뒤통수를 빠르게 얼른 탁 때린다. 리처드는 이 발 저 발을 들썩거리는 게 흡사 오줌이 무척 마려운 것 같다. 카터리나와 마거릿은 신랑의 형제들을 훔쳐보며 쓸 만한지 가늠하는 듯하다. 존은 더블릿 끈에 엄지를 끼운 채 웃고 있다. 메리는 땅만 보고 있다. 굳은 얼굴이 거의 고통스러워 보인다.

사제가 다시 숨을 들이마신다. 두번째로 공시를 읊는다. 애그니스가 숨을 한 번 두 번 들이마시자 뱃속의 아기가 무슨 소리라도, 외침이라도 들은 듯, 처음으로 자기 이름이라도 들은 듯 움직인다. 지금 보여줘요, 애그니스가 다시 머릿속으로 이 단어들을 신중하고 조심스레 떠올린다. 조운은 막내아들이 하는 말을 들으려고 몸을 숙인다. 입술에 한 손가락을 대고 아들을 조용히 시킨다. 존이 다른 발로 중심을 옮기다가 아내에게 부딪힌다. 손에 들고 있던 장갑이 떨어져 몸을 숙여 집어야 하게 된 메리가 남편을 흘겨본다.

공시를 세번째로 읊은 뒤 사제는 모두를 바라보며 모두를 끌어안으려는 듯 두 팔을 벌린다. 사제가 말을 끝마치기도 전에 신랑이 앞으로 나와 교회 입구로 올라가 사제 옆에 선다. 빨리 합시다라고 말하듯이. 사람들 사이에 웃음이 번지고 긴장이 풀어진다. 애그니스는 오른쪽에서 무언가 스치는 것을 곁눈으로 본다. 어떤 화려한 색채 같은 것이 얼굴로 머리카락이 쏟아지듯, 새가 날아가듯 스치고 지나간다. 머리 위 나무에서 떨어진 무언가가 애그니스의 어깨에, 노란 드레스에 내려앉았다가 가슴으로, 살짝 나온 배로 흘러내린다. 애그니스는 그것을 손과 몸으로 가볍게 받는다. 타는 듯 붉은 열매가 열린 마가목 가지다. 은빛 서리가 앉은 좁은 잎이 아직 몇 장 달려 있다.

애그니스는 손으로 나뭇가지를 든다. 그때 남동생이 옆으로 온다. 바살러뮤는 애그니스의 손바닥 위에 놓인 마가목 가지를 유심히 본다. 머리 위쪽 나무를 올려다본다. 동생과 누나는 마주본다. 그때 애그니스가 바살러뮤의 손을 잡는다.

바살러뮤는 손을 세게, 어쩌면 지나치게 세게 잡는다. 그는 자기에게 특별한 힘이 있다는 사실을 알지도 의식하지도 못한다. 손가락은 차고 피부는 거칠고 울퉁불퉁하다. 바살러뮤가 애그니스를 교회 문으로 데려간다. 신랑은 이미 신부를 향해 열렬히 팔을 뻗고 있다. 바살러뮤는 걸음을 멈추고 애그니스를 붙잡는다. 신랑은 팔을 뻗고 미소를 띤 채 기다린다. 바살러뮤는 애그니스가 가지 못하게 여전히 손으로 붙든 채 몸을 앞으로 숙인다. 다른 손을 뻗어 신랑의 어깨를 잡는다. 애그니스에게 들리게 한 말이 아니지만 매처럼 밝은 애그니스의 귀에는 바살러뮤가 몸을 숙이고 신랑의 귀에 속삭이는 말이 들린다. "잘해, 라틴 소년. 아주 잘하라고. 그러기만 하면 무사할 거야."

바살러뮤는 허리를 펴고 다시 누나 옆으로 와서 사람들을 보며 이를 드러내고 웃는다. 바살러뮤가 애그니스의 손을 놓아주자 애그니스는 안색이 조금 창백해진 신랑 곁으로 간다.

사제가 반지를 성수에 담그고 축복의 말을 한 뒤 신랑에게 건넨다. 인 노미네 파트리스*, 신랑이 뒤쪽에 있는 사람들에게도 잘 들릴 만큼 또렷한 목소리로 말하며 반지를 애그니스의 엄지에 끼웠다가 뺀다. 인 노미네 필리**, 반지를 검지에 끼웠다 빼고, 인 노미네 스피리투스 상티***, 중지에 끼웠다 뺀다. 아멘, 반지를 약지에 끼운다. 얼마 전 둘이 과수원에 숨어 있을 때 그는 애그니스

---

* in nomine Patris. '성부의 이름으로'.

** in nomine Filii. '성자의 이름으로'.

*** in nomine Spiritus Sancti. '성령의 이름으로'.

에게 심장과 이어진 혈관이 이 손가락으로 흐른다는 얘기를 했다. 성수에 적셔져 차고 축축하던 반지가 심장에서 곧장 흘러온 피에 데워지고 체온과 같은 온도로 따스해진다.

애그니스는 자기가 지닌 세 가지를 생각하며 교회 안으로 들어선다. 손가락에 끼운 반지, 손에 쥔 마가목 가지, 남편의 손. 두 사람은 함께 교회 통로를 따라 걷고 사람들이 따라 들어와 탁탁 발소리를 내며 돌바닥을 걸어 신도석에 자리잡는다. 애그니스는 제단 앞에서 남편 왼쪽에 무릎을 꿇고 앉아 예식을 올린다. 두 사람이 동시에 머리를 숙이자 사제가 그들의 머리 위에 흰 천을 덮어 악령, 악마, 세상의 모든 험하고 궂은 것으로부터 두 사람을 보호한다.

애그니스는 먼지가 날벌레처럼 둥둥 떠다니는 빛살 속을 통과해 위층 방을 가로지른다. 딸이 골풀 짚요 위에 누워 있다. 옷을 입은 채, 신발은 옆에 벗어놓고.

숨을 쉬고 있어, 애그니스는 스스로에게, 두근거리는 심장에, 쿵쾅거리는 맥박에 말하며 아이에게 다가간다. 다행이지 않아? 가슴이 오르내리잖아, 봐, 뺨이 붉고 손은 살짝 쥔 채 몸 옆에 내려놓았네. 상황이 나쁘지 않아. 그렇고말고. 애그니스가 여기 있고 햄닛이 여기 있으니까.

애그니스가 침대로 다가가 쭈그려앉자 치맛자락이 부풀어오르며 펼쳐진다.

“주디스?” 애그니스는 아이의 이마를 짚어보고 손목의 맥을 잡아보고 다시 뺨을 만져본다.

햄닛이 방안에, 자기 바로 뒤에 있다는 걸 의식하면서 애그니스는 고개를 숙이고 생각한다. 열, 애그니스는 아주 차분하고 침착하고 낮은 목소리로 혼잣말을 한다. 다시 말을 고친다. 고열. 몸이 땀으로 축축이 젖고 타는 듯 뜨겁다. 숨이 가쁘고 얕다. 맥이 약하고 불규칙하고 빠르다.

"언제부터 이랬어?" 애그니스는 돌아보지 않고 묻는다.

"내가 학교에서 돌아왔을 때부터." 햄닛의 목소리가 높다. "새끼 고양이랑 놀고 있었는데 주드가…… 그러니까 할머니가 땔감을 해놓으라고 해서 그거 하려고 했는데, 잠깐 고양이하고 끈을 가지고 놀았어. 내가 장작을 패려고 했는데—"

"장작은 됐고," 애그니스가 침착한 투로 말한다. "그건 상관없어. 주디스 이야기를 해."

"주디스가 목이 아프다고 했지만 조금 더 놀았어. 내가 장작을 패야겠다고 하니까 주디스는 너무 피곤하다며 이층으로 올라가서 침대에 누웠어. 그래서 나는 장작을 좀 패고—다는 못했어—주디스를 보러 올라왔는데 많이 아파 보였어. 그래서 엄마랑 할머니랑 다들 찾으러 갔는데," 햄닛의 목소리가 격앙되기 시작한다. "아무도 없었어. 사방을 돌아다니며 엄마 찾고 불렀어. 그러다가 의사한테 뛰어갔는데 의사도 없어서 어떻게 해야 할지 몰랐어. 어떻게 해야 할지 몰라서…… 몰라서……"

애그니스는 몸을 일으켜 아들에게 다가간다. "괜찮아." 애그니스가 손을 뻗으며 말한다. 아이의 매끈한 밝은색 머리를 자기 어깨로 끌어당기고 떨리는 몸과 헐떡이는 숨을 느낀다. "잘했어. 아주 잘했어. 네 탓이 아니—"

아이는 엄마에게서 몸을 뗀다. 얼굴에 고통과 울음이 어려 있다. "어디 있었어?" 햄닛이 소리친다. 두려움이 분노로 바뀌며 목소리가 떨린다. 언젠가부터 그러기 시작한 것처럼 두번째 단어에서 낮아졌다가 세번째 단어에서 다시 높아진다. "사방을 찾아다녔다고!"

애그니스는 햄닛을 쳐다보다가 다시 주디스에게 눈을 돌린다. "휼랜즈에 갔었어. 벌들이 몰려나왔다고 바살러뮤 삼촌이 전갈을 보내서. 생각보다 더 오래 걸렸구나. 미안해." 애그니스는 말한다. "엄마가 집을 비워서 미안해." 애그니스가 다시 손을 뻗지만 햄닛은 엄마의 손을 피해 침대 쪽으로 간다.

두 사람은 같이 주디스 옆에 쭈그려앉는다. 애그니스가 주디스의 손을 잡는다.

"그거…… 맞지." 햄닛이 쉰 목소리로 속삭인다. "아니야?"

애그니스는 햄닛을 쳐다보지 않는다. 햄닛은 눈치가 빠르고 다른 사람의 속마음을 잘 아는 아이라 엄마의 생각을 종이에 적힌 글처럼 훤히 읽을 수 있을 것이다. 그래서 애그니스는 고개를 숙이고 생각을 드러내지 않으려 한다. 손톱 색이 달라지지 않았는지, 회색이나 검은색 물이 올라오지 않았는지 하나하나 살핀다. 괜찮다. 손가락 모두 연분홍색이고 손톱은 투명하고 초승달 모양이 선명하다. 애그니스는 발, 발가락, 취약하고 둥근 발목뼈를 살핀다.

"그거…… 역병이지." 햄닛이 속삭인다. "맞아? 엄마? 그래? 엄마도 그렇게 생각하는 거야?"

애그니스는 주디스의 손목을 잡는다. 맥이 들쑥날쑥 불규칙하다. 치솟았다 가라앉고 희미해지다 다시 펄떡거린다. 애그니스의 눈이 주디스의 목에 생긴 멍울에 닿는다. 갓 낳은 달걀 크기다. 손을 뻗어 손끝으로 살짝 건드린다. 습지처럼 축축하고 물기가 있는 느낌이다. 주디스가 입고 있는 시프트드레스의 매듭을 풀고 살살 옷을 내린다. 겨드랑이에도 혹이 있다. 어떤 것은 작고 어떤 것은 큼직하고 흉측하게 부풀어 피부를 팽팽하게 당긴다.

전에도 이런 것을 본 적이 있다. 타운에는, 아니, 시골에도 살면서 이런 것을 한두 번 보지 않은 사람이 드물 것이다. 사람들이 가장 두려워하는 것, 자기나 사랑하는 사람의 몸에서 결코 발견하지 않기를 바라는 것. 마음속 두려움에서 너무나 막강한 지위를 차지하는 것이라 애그니스는 지금 눈앞에 있는 게 상상의 산물이나 헛것이 아니라 정말 그것임을 믿을 수가 없다.

그런데 그게 여기 있다. 딸의 피부 아래서 밀고 올라오는 둥근 멍울.

애그니스는 자신이 둘로 쪼개진 것 같다. 한쪽은 멍울을 보고 기겁한다. 다른 쪽은 기겁하는 자신을 보고 관찰하고 기록한다. 기겁하는 소리, 좋아. 첫번째 애그니스의 눈에 눈물이 솟구치고 심장이 가슴속에서 요동친다. 뼈로 된 우리에 갇힌 짐승처럼 심장이 가슴뼈를 쿵쿵 친다. 다른 애그니스는 징후들을 체크한다. 멍울, 고열, 깊은 잠. 첫번째 애그니스는 딸의 이마, 뺨, 머리카락과 관자놀이가 만나는 자리에 입을 맞춘다. 다른 애그니스는 생각한다. 빵가루와 구운 양파, 끓인 우유, 양기름으로 만든 찜질약, 들장미 열매, 운향과 컴프리와 인동덩굴 가루로 만든 강장제.

애그니스는 일어서서 방을 가로질러 아래층으로 내려간다. 애그니스의 움직임에 희한하게도 낯익고 익숙한 데가 있다. 애그니스가 늘 두려워하던 것이 여기에 있다. 결국 왔다. 무엇보다도 겁내던 순간, 잠이 안 오는 밤에, 할일이 없을 때, 혼자 있을 때 생각하고 궁리하고 머릿속에서 이리저리 고심해보고 미리 연습하고 또 해보았던 순간. 역병이 애그니스의 집에 닥쳤다. 애그니스 아이의 목 언저리에 표식을 남겼다.

애그니스는 햄닛에게 할머니와 누나를 불러오라고 말한다. 그래, 돌아왔어, 부엌채에 있으니 가서 바로 오시라고 해, 지금, 바로 가. 그러고는 선반 앞에 서서 봉해놓은 단지들을 찾는다. 여기 운향이 있고 여기 계피가 있고, 열을 내리는 데 좋지, 메꽃 뿌리와 백리향이 여기 있구나.

시선을 아래칸으로 떨군다. 대황? 손에 마른 줄기를 잠시 들고 있는다. 그래, 대황이 뱃속을 비워 역병을 몰아내줄 거야.

그 단어를 떠올리자 개가 낑낑거리는 듯한 신음이 자기도 모르게 터져나온다. 애그니스는 회벽에 머리를 기댄다. 생각한다. 내 딸. 생각한다. 몸에 생긴 멍울. 생각한다. 그럴 순 없어, 내가 막을 거야, 내가 허락하지 않을 거야.

애그니스가 막자를 쥐고 사발에 쿵 하고 내리치자 가루와 잎과 뿌리가 탁자 위에 흩어진다.

햄닛은 밖으로 나가 길을 따라 뒷마당으로 가서 부엌문 앞에 선다. 할머니는 양파통을 뒤적이고 하녀는 옆에서 앞치마를 펼쳐 들고 메리가 골라 던진 양파를 받으려고 서 있다. 화덕에서 타닥거리며 활활 타오르는 불이 넘실대며 냄비 아래쪽을 핥는다. 수재나는 버터 교유기 옆에 맥없이 손잡이를 쥐고 서 있다.

수재나가 먼저 햄닛을 본다. 햄닛도 누나를 향하고 서로 마주본다. 햄닛을 본 수재나가 입을 조금 벌린다. 무슨 말을 하려는 듯, 무언가 한소리 하려는 듯 눈살을 찌푸린다. 그러더니 하녀에게 양파 껍질을 벗기고 잘게 썰라고 지시하는 할머니를 돌아본다. 햄닛은 부엌 열기를 참기가 힘들다. 지옥문에서 뿜어내는 연기가 자기에게 불어닥치는 것 같다. 열기가 부엌 입구를 막고 실내를 가득 채우고 숨막히는 부피감으로 사방 벽을 밀어낸다. 여자들은 이런 걸 어떻게 견디는지 알 수가 없다. 햄닛이 한 손으로 이마를 닦는데 손 가장자리가 어른어른하게 보인다. 언뜻 어둠 속의 양초 수천 개가 보인다—아니, 보이는 듯하다. 팔랑거리고 너울거리는 불꽃, 빛줄기, 도깨비불. 눈을 깜박이자 사라진다. 눈앞에 아까 본 것과 같은 광경이 있다. 할머니, 하녀, 양파, 누나, 교유기, 탁자 위 목 없는 꿩. 비늘투성이 다리를 들어올린 모양새가 꼭 발이 흙투성이가 될까봐 깔끔떠는 것처럼 보인다. 머리가 잘려나가 확연히 죽어 있긴 하지만.

"할머니?" 수재나가 동생에게서 눈을 떼지 않고 자신 없는 목소리로 부른다. 나중에, 수재나는 이 순간을 떠올리고 다시 또 떠올릴 것이다. 특히 이른아침 눈을 떴을 때. 거기 문간에 서 있던 동생을. 동생의 얼굴이 하얗게 질리고 평소와 달라 보이고 눈썹 아래에 상처가 났다고 생각했던 일을 기억할 것이다. 할머니에게 그 얘기를 했다면 뭔가 달라졌을까? 어머니나 할머니에게 말해서 관심을 끌었다면? 그러면 다른 결과가 있었을까? 수재나는 영영 알 수 없을 것이다. 그때는 그저 이 한 마디만 했으므로.

"할머니?"

메리는 하녀에게 잔소리를 하는 중이다. "이번에는 정신 똑바로 차리고 태우지 마, 가장자리 조금 태우는 것도 안 돼. 타겠다 싶으면 바로 불에서 내리라고, 알았어?" 메리는 먼저 손녀를 돌아보았다가, 수재나의 시선을 따라 문간에 서 있는 햄닛에게로 고개를 돌린다.

메리는 화들짝 놀라 가슴에 손을 얹는다. "아, 놀랐잖아! 대체 뭐하는 거니? 거기 그러고 있으니 귀신 같다."

메리는 앞으로 몇 날 몇 주 동안 이런 말을 한 일이 결코 없다고 되뇔 것이다. 그랬을 리가 없다고. 아이에게 '귀신'이라고 한 적이 없다고, 아이의 모습이 어딘가 무섭다고, 무언가 이상하다고 한 적은 결코 없다고. 아이는 아주 멀쩡해 보였다. 그러니 그런 말은 한 적이 없다.

애그니스는 떨리는 손으로 흩어진 꽃잎과 뿌리를 쓸어모아 다시 사발에 넣고 갈기 시작한다. 손목이 계속 돌아가고 손마디가 하얘지고 손톱이 나무막자를 꽉 움킨다. 마른 대황 줄기, 운향, 계피가 같이 으깨지며 냄새가 한데 섞인다. 달콤하고, 아릿하고, 씁쓸한 냄새.

재료를 갈면서 이 혼합물이 살려낸 사람들의 수를 속으로 헤아려본다. 울부짖으며 제 옷을 쥐어뜯던 방앗간집 여자가 있었지. 이 약을 두 번 먹고 바로 다음날 침대에서 일어나 앉아 양처럼 유순하게 수프를 먹었다. 스니터필드에 사는 지주의 조카는 어땠나. 지주가 사람을 보내서 한밤중에 그곳에 갔다. 그 젊은이도 이 약과 찜질약 덕에 회복했다. 콥턴의 대장장이, 비숍턴에 사는 독신 여성. 다들 회복하지 않았나? 불가능한 일이 아니다.

극도로 집중하고 있던 애그니스는 누가 팔꿈치를 건드리자 화들짝 놀란다. 막자가 손에서 떨어져 탁자 위에 구른다. 시어머니 메리가 옆에 서 있다. 부엌채에서 온 탓에 메리의 얼굴은 벌겋고 소매는 올라가 있고 이마에 주름이 졌다.

"정말이야?" 메리가 말한다.

애그니스는 숨을 들이마신다. 계피의 탁하고 알싸한 냄새, 바스라진 대황의 시큼한 냄새가 혀끝에 와닿는다. 입을 열면 울음이 쏟아질 것 같아 고개만 끄덕인다.

"멍울이 있어? 열이 나고? 정말이야?"

애그니스는 다시 한번 고개를 끄덕인다. 메리의 얼굴이 단단히 굳어 있고 눈이 번들거린다. 언뜻 화난 듯 보이지만 애그니스는 아니란 걸 안다. 두 여자가 서로 마주보고, 애그니스는 메리가 자기 딸 앤을 생각한다는 걸 알아차린다. 여덟 살 때 역병에 걸려서 멍울로 뒤덮여 고열에 시달리고 손가락이 시커매져 지독한 냄새를 풍기며 썩어가다 죽은 아이. 일라이자에게 들어서 알지만, 아니라도 애그니스는 알았을 것이다. 애그니스는 고개도 돌리지 않고 메리에게서 눈도 떼지 않지만 앤이 이 방안 어딘가에 그들과 같이 있다는 걸 안다. 문 위쪽에, 어깨에 수의를 걸치고 머리카락을 풀어헤치고 손은 썩어 못쓰게 된 채, 목은 부풀어 숨길이 막힌 채. 애그니스는 이런 생각을 해본다. 앤, 여기 있는 거 알아, 우린 널 잊지 않았어. 그들의 세계와 이 세계 사이의 막은 얼마나 얇고 약한지. 애그니스는 두 세계가 구분되지 않고 서로 맞붙어 있어 그 사이를 오갈 수 있다고 느낀다. 그러나 주디스가 저쪽으로 넘어가게 하지는 않을 것이다.

메리가 소리를 낮춰 기도인지 호소인지를 웅얼거리더니 애그니스를 끌어당긴다. 거친 동작으로 애그니스의 팔꿈치를 잡고 한쪽 팔로 애그니스의 어깨를 누른다. 애그니스의 얼굴이 메리의 두건에 짓눌린다. 애그니스는 두건에서 비누 냄새를 맡는다. 자신이 잿물과 수지獸脂와 라벤더 꽃봉오리로 만든 비누. 그 아래서 머리카락이 천에 쓸리는 소리가 들린다. 눈을 감고 메리의 품에 폭 안기기 직전에 뒷문으로 들어오는 수재나와 햄닛을 본다.

그때 메리가 애그니스를 놓아주고 몸을 돌리면서 두 사람의 그 순간은 끝이 난다. 메리는 이제 사무적인 태도로 앞치마를 털어 펴고 막자사발 안의 내용물을 살피고 벽난로로 가더니 불을 더 지펴야겠다고 햄닛에게 말한다. 땔감을 가져와, 빨리, 불을 키우게, 열을 몰아내는 데 뜨거운 불만큼 직효인 게 없으니까. 메리가 벽난로 앞에 공간을 만드는 걸 보고 애그니스는 메리가 골풀 짚요를 가지고 내려오리란 걸 알아챈다. 깨끗한 담요를 가져오고 여기 불가에 누울 자리를 만들고 주디스를 불 앞에 누일 것이다.

애그니스와 메리 사이가 삐걱거리긴 해도—이렇게 가까이 붙어살고, 이렇듯 할일이 많고 애들도 많고 먹일 입도 많은데다 요리하고 세탁하고 수선하고 남자들을 살피고 헤아리고 달래고 이끌어야 하니 당연하다—눈앞에 일이 닥치면 불화는 사라진다. 두 사람은 서로 구시렁대며 뾰족하고 거슬리게 굴기도 한다. 말씨름하고 투닥거리고 한숨을 내쉬기도 한다. 서로가 만든 음식이 너무 짜다고, 너무 거칠다고, 너무 향이 강하다고 하면서 돼지우리에 던지기도 한다. 서로가 꿰매거나 깁거나 수를 놓은 것을 보며 눈썹을 치키기도 한다. 그렇지만 이런 시기에는 한 사람의 손발처럼 움직인다.

보라. 애그니스는 냄비에 물을 붓고 가루를 섞는다. 메리는 풀무질을 하고 햄닛이 가져온 땔감을 받고 수재나한테 큰집에 있는 궤에서 새 시트를 꺼내오라고 시킨다. 이제 초에 불을 붙이자

불꽃이 너울거리며 길게 타올라 방안 어두운 구석에 둥그런 빛의 파문을 만든다. 애그니스가 냄비를 메리에게 건네자 메리가 불 위에 올려 데운다. 이제 두 사람은 같이 계단을 올라간다. 서로 아무 말도 하지 않지만 애그니스는 메리가 웃는 얼굴로 주디스를 보며 아무 걱정 없이 밝은 목소리로 말을 걸리라는 걸 안다. 두 사람은 같이 아이를 살피고, 짚요를 들어 아래층으로 가져오고, 아이에게 약을 먹일 것이다. 이 문제에 맞설 것이다.

애그니스의 결혼식 밤, 자정이 지났다. 동틀 때가 가까운 것 같기도 하다. 공기가 차가워 숨을 내쉴 때마다 입김이 나고 몸을 감싼 담요에 입김이 닿아 작은 물방울이 맺힌다.

창밖으로 보이는 헨리 스트리트는 짙은 어둠에 푹 젖어 있다. 밖에 나와 있는 사람은 하나도 없다. 집 뒤쪽 어딘가에서 드문드문 올빼미 우는 소리가 들린다. 스산한 울음소리가 밤을 가른다.

담요를 몸에 두르고 창가에 서서 애그니스는 생각한다. 이걸 나쁜 징조라고 생각하는 사람도 있지. 올빼미 울음소리는 죽음의 전조라고. 그러나 애그니스는 올빼미가 무섭지 않다. 애그니스는 올빼미를, 마리골드 꽃술을 닮은 눈과 겹겹의 점박이 깃털과 속을 알 수 없는 표정을 좋아한다. 올빼미가 절반은 정령이고 절반은 새인 이중적 존재로 느껴지기도 한다.

애그니스는 신혼 침상에서 일어나 새집 안을 돌아다닌다. 도무지 잠이 찾아와 애그니스를 깃털로 감싸지 않을 것 같아서. 머릿속에서 너무 많은 생각이 바글거리며 자리를 차지하려고 서로 밀쳐대서. 새겨 담을 것이, 오늘 있었던 일 중 생각할 것이 너무 많아서. 침대에서 자는 것도, 이층에서 자는 것도 오늘이 난생처음이라서.

그래서 애그니스는 집안을 돌아다니며 물건들에 손을 대본다. 의자 등받이, 텅 빈 선반, 부지깽이, 문고리, 계단 난간. 집 앞쪽으로 갔다가 뒤쪽으로 갔다가 다시 앞으로 간다. 계단을 내려갔다가 다시 올라온다. 침대 둘레에 친 커튼을 손으로 쓸어본다. 시부모님이 결혼 선물로 준 것이다. 커튼을 젖히고 안에 있는 남자, 남편의 모습을 뜯어본다. 심해처럼 깊은 잠에 빠진 채 침대 한가운데에 널브러져 누워 마치 파도를 타듯 두 팔을 뻗고 있다. 애그니스는 천장을 올려다보고 그 위 기울어진 지붕 모양의 작은 다락방을 본다.

이제 애그니스의 집인 이 건물은 남편 가족의 집 옆에 붙여 지었다. 이층집인데 아래층에는 벽난로와 긴 의자, 식탁과 식기가 있고 위층에는 침대가 있다. 존이 창고로 쓰던 건물이었다. 무얼 비축해두었는지는 아무도 말해주지 않았으나 애그니스는 처음 여기 발을 들여놓았을 때 공기를 들이마시고 양모 냄새를, 수년간 보관되어 있던 둘둘 말린 양모 뭉치의 냄새를 확연히 느꼈다. 여기 있었던 것이 무엇이건 지금은 다른 곳으로 옮겨지고 없다.

애그니스는 이렇게 된 것이 자기 동생과 모종의 연관이 있다고 확신한다. 결혼에 동의하는 조건의 일부였을지 모른다. 이 집에 처음 들어와볼 때 바살러뮤도 그 자리에 있었다. 바살러뮤는 계단을 오르내리며 좁은 방을 둘러보고 이쪽에서 저쪽 벽까지 살펴본 다음 내내 문가에 서 있던 존에게 고개를 끄덕여 보였다.

바살러뮤가 고개를 두 번 끄덕이고 나서야 존은 열쇠를 아들에게 넘겼다. 묘한 순간이었고, 애그니스는 흥미롭게 지켜보았다. 아버지가 아주아주 천천히 열쇠를 아들에게 내밀었다. 아버지가 열쇠를 내주고 싶어하지 않는 만큼이나—어쩌면 그 이상으로—아들도 받고 싶어하지 않았다. 손가락이 힘없이 늘어져 있었다. 머뭇거리며 아버지의 손에 들린 철제 열쇠를 도통 무엇인지 모르겠다는 듯 건드렸다. 그러더니 손가락 두 개만으로 집고는 그게 자기에게 해를 끼칠지 아닐지 모르겠다는 듯 멀찍이 들었다.

존은 어색한 분위기를 무마하려고 난롯가와 행복과 아내가 어쩌고 하는 말을 늘어놓으며 손을 뻗어 아들의 등을 탁 쳤다. 무뚝뚝하지만 다정한 아버지다운 몸짓을 연출한 것이었지만, 무언가 불편한 기색이 있지 않았나? 애그니스는 나중에 생각했다. 어딘가 부자연스러운 구석이 있지 않았나? 등을 치는 손에 힘이 살짝 지나치게, 의도가 살짝 지나치게 들어갔다. 전혀 예상 못하고 있던 아들은 균형을 잃고 조금 비틀거렸다. 아들은 빠르게, 마치 복싱이나 펜싱을 하는 사람처럼 지나치게 빠르게 몸을 세우고 중심을 잡았다. 순간 두 사람이 열쇠가 아니라 주먹을 주고받으려는 것처럼 보였다.

애그니스와 바살러뮤는 각자 방의 양끝에 서서 이 모습을 지켜보았다. 아들이 몸을 돌리고 열쇠를 허리에 찬 지갑에 넣는 대신 식탁에 떨겅 소리를 내며 올려놓았을 때, 애그니스와 바살러뮤는 서로 마주보았다. 동생은 무표정했지만 한쪽 눈썹이 아주 살짝 올라가 있었다. 애그니스에게는 아주 많은 말을 하는 표정이었다. 이제 알겠지, 동생이 이렇게 말하는 걸 알았다. 누나가 어떤 집안으로 들어가게 된 건지? 이제 알겠지, 살짝 치킨 눈썹이 말했다. 왜 내가 따로 살림을 내야 한다고 고집했는지?

애그니스는 창으로 몸을 숙여 유리에 입김을 내뿜는다. 이곳, 이 방을 생각하자 자기 이름의 첫 글자가 떠오른다. 아버지가 뾰족한 나뭇가지로 흙바닥에 선을 그으며 가르쳐주었던 글자 A. (애그니스는 이때를 뚜렷이 기억한다. 땅바닥에 어머니 아버지와 같이 앉아 있었다. 애그니스는 어머니 다리 사이에 앉아 그 무릎에 머리를 기댔다. 손을 뻗으면 엄마의 발을 잡을 수 있었다. 아빠 손에서 움직이는 막대기를 보려고 엄마가 몸을 숙였을 때 머리카락이 어깨에 와닿던 느낌을 기억한다. 아빠는 말했다. "자, 애그니스, 봐." 부엌 화덕에서 끄트머리가 까맣게 타 숯이 된 나뭇가지 끝에서 글자가 나타났다. 'A.' 애그니스의 글자. 그 글자는 언제까지나 애그니스의 것일 테다.)

이 집은 그 글자처럼 생겼다. 지붕이 양쪽으로 경사지고 가운데에 이층 바닥이 있다. 애그니스는 이것을, 흙바닥에 새긴 글자와 어머니의 단단한 발과 스치는 머리카락의 기억을 자신의 징조로 받아들이기로 한다. 올빼미가 아니라, 시어머니의 울적하고 화난 얼굴이 아니라, 남편의 어린 나이가 아니라, 비좁은 집이 아니라, 공허하고 무력한 분위기가 아니라, 남편의 등을 후려치던 시아버지의 손길이 아니라.

애그니스는 짐꾸러미를 풀고 안에 있는 물건을 바닥에 늘어놓다가 침대에서 들려오는 목소리에 깜짝 놀란다.

"어디 있어?" 평소에도 낮은 목소리인데 잠에 취하고 커튼에 가려 더욱 낮게 들린다.

"여기." 바닥에 쭈그리고 앉아 지갑, 책, 화관을 손에 든 채 대답한다. 화관은 이제 시들어 볼품없지만 애그니스는 매달아 말려서 이대로 간직할 것이다.

"이리 와."

애그니스는 손에 물건을 든 채 일어서서 침대로 걸어가 커튼을 젖히고 신랑을 내려다본다. "깼네." 애그니스가 말한다.

"그런데 당신이 멀리 있었어." 그가 눈을 반쯤 뜨고 말한다. "왜 여기 있지 않고 그렇게 멀리 있었어?" 그가 자기 옆자리를 가리킨다.

"잠을 잘 수가 없어."

"왜?"

"이 집이 A야."

아무 말이 없자 애그니스는 그가 자기 말을 들은 건가 궁금하다. "으응?" 그가 한쪽 팔꿈치를 짚고 몸을 반쯤 일으키며 말한다.

"A 말야." 애그니스가 다시 말하며 손에 든 것을 전부 한 손으로 옮기고 다른 손으로 두 사람 사이의 차가운 겨울 공기에 글자를 쓴다. "이게 A지, 맞아?"

그가 진지하게 고개를 끄덕인다. "맞아. 그런데 그게 집이랑 무슨 상관이야?"

이렇듯 빤한 것을 모르다니 의아하다. "집이 꼭대기에서 양쪽으로 경사지고 가운데 이층 바닥이 있잖아. 아무래도 여기선 잘 수 없을 것 같아."

"어디서?" 그가 묻는다.

"여기." 애그니스가 주위를 손으로 가리킨다. "이 방에선."

"왜 못 자는데?"

"바닥이 공중에 떠 있으니까. A의 가운데 획처럼. 그 아래에 땅이 없잖아. 빈 공간만 있고 아무것도 없어."

그는 얼굴에 웃음을 띠고 눈을 반짝이며 애그니스를 보더니 뒤로 다시 풀썩 눕는다. "그거 알아," 그가 이불을 덮으며 말한다. "이게 내가 당신을 사랑하는 가장 큰 이유라는 거?"

"내가 공중에서 잘 수 없다는 게?"

"아니. 당신은 세상을 다른 사람들하고 다르게 봐." 그가 손을 앞으로 뻗는다. "침대로 와. 이제 그만하고. 한동안은 잘 필요가 없을 거야."

"그래?"

"그렇다니까."

그가 일어서서 애그니스를 안아들고 침대에 사뿐히 눕힌다. "난 나의 애그니스를 가질 거야." 그가 옆자리에 누우며 말한다. "우리 A 안에서. 가지고 또 가지고 또 가질 거야."

그는 한 단어를 말할 때마다 강조하듯 입을 맞춘다. 애그니스가 웃음을 터뜨리고 머리카락이 쏟아져 두 사람을 덮고 둘 사이로 흘러내려 그의 입술에, 수염에, 손가락 사이에 닿는다.

"이 침대에서 잠을 잘 일은 별로 없을 거야. 당분간은." 그가 말한다. "그것들은 대체 왜 들고 있는 거야? 뭐에 쓰려고? 지금은 필요 없을 것 같은데."

그는 애그니스가 들고 있는 물건을 하나하나—장갑, 화관, 지갑—받아서 바닥에 내려놓는다. 성경과 또다른 책 한 권은 받아들어 내려놓는 대신 찬찬히 본다.

"이건 뭐야?" 그가 책을 펼쳐본다.

"이웃 아주머니가 유품으로 남겨준 거야." 애그니스가 손끝으로 권두 삽화를 만지며 말한다. "우리집 양털 물레질을 해주던 분이었는데, 내가 양털을 가져다주고 물레질이 끝나면 다시 찾아오곤 했어. 나한테 늘 잘해주셨는데 유언장에 이 책을 나한테 물려준다고 쓰셨어. 약제사였던 남편의 책이래. 어릴 적에 내가 텃밭 돌보는 걸 도와드리곤 했어. 그 아주머니 말씀이……" 애그니스는 잠시 말을 멈춘다. "……전에 우리 엄마하고 같이 이 책을 보곤 했대."

그는 애그니스에게 둘렀던 팔을 빼고 두 손으로 책을 잡은 뒤 책장을 넘긴다. "그럼 어릴 때부터 갖고 있던 책이야?" 그가 잔글씨로 인쇄된 단어들을 눈으로 훑으며 말한다. "라틴어로 되어 있는데." 그는 눈을 가늘게 뜬다. "식물에 관한 내용이네. 용법. 구분하는 법. 특정 질환과 이상 증세를 치료하는 법."

애그니스는 그의 어깨 너머로 책을 들여다본다. 눈물 모양 꽃잎에 길고 시커먼 뿌리가 얽혀 있는 식물 그림, 열매가 잔뜩 달린 나뭇가지 그림을 본다. "알아. 자주 들여다봤어. 글을 읽을 줄은 모르지만. 당신이 읽어줄래?" 애그니스가 묻는다.

그는 무얼 하려던 중인지 기억이 난 듯싶다. 책을 내려놓고 애그니스를 본다. "그럼." 그의 손가락이 시프트드레스의 매듭을 푼다. "지금은 말고."

한 달 사이에 시골을 타운으로, 농가를 이층집으로, 새어머니를 시어머니로, 이 가족을 저 가족으로 바꾸었다니 이상하다고 애그니스는 생각한다.

이 집과 저 집은 아주 다르게 돌아간다는 걸 알게 되었다. 시골에서는 여러 세대에 걸쳐 층하 없이 함께 가축과 땅을 돌봐왔지만 헨리 스트리트에 있는 집은 위계 구조가 뚜렷하다. 부모가 있고, 다음에 아들들이 있고, 다음에 딸이 있고, 다음에 돼지우리의 돼지와 닭장의 닭이 있고, 다음에 도제가 있고 가장 아래에 하녀들이 있다. 애그니스는 새며느리로 들어온 자기 위치가 어딘지 잘 모르겠지만 아마 도제와 닭 사이쯤일 거라고 생각한다.

애그니스는 오가는 사람들을 본다. 이 무렵 애그니스는 정보를 모으고 신뢰를 얻고 일과를 습득하고 성품과 관계를 파악한다. 벽에 걸린 그림처럼 조용히, 모든 것을 빼놓지 않고 관찰한다. 작고 비좁은 자기 집이 따로 있지만 뒷문을 통해 공동 마당으로 나갈 수 있다. 텃밭, 부엌채, 돼지우리, 닭장, 세탁장, 양조장을 두 집이 공유한다. 그래서 애그니스는 자기 공간으로 물러나 있을 수도 있지만 다른 사람들과 섞여 어울릴 수도 있다. 애그니스는 관찰자이자 참여자다.

하녀들은 일찍 일어난다. 애그니스만큼 일찍. 타운 사람들은 시골 사람들보다 훨씬 늦게 일어나지만 애그니스는 동이 트기 전에 하루를 시작하는 데 익숙하다. 하녀들이 땔감을 가져와 현관홀과 부엌채에 불을 지핀다. 닭을 닭장에서 내놓고 마당에 씨앗과 곡물을 뿌려준다. 음식물 찌꺼기를 돼지우리로 가져간다. 양조장에서 에일을 가져온다. 부엌 항아리 안에서 밤새 부풀어 오른 빵 반죽을 꺼내 치대서 모양을 잡고 예열중인 화덕 옆에 둔다. 그러고도 다른 식구들이 방에서 나오려면 족히 한 시간은 더 있어야 한다.

여기 타운에서는 울타리를 손볼 필요가 없다. 부츠에서 흙을 떨어내야 할 일도 없다. 옷에 흙, 털, 똥이 묻지도 않는다. 남자들이 정오 무렵에 허기지고 뼛속까지 얼어붙은 상태로 집에 돌아오지도 않는다. 새끼 양을 따뜻한 난롯가에서 돌볼 일도 없고 가축이 배앓이를 하거나 기생충이 생기거나 부제증에 걸릴 일도 없다. 아침 일찍 일어나 먹이를 줘야 할 동물도 없고 황조롱이도 없다. 애그니스의 새는 주례를 본 사제가 언제든 보러 오라며 맡아 주었다. 호시탐탐 울타리를 넘어가려 하는 양도 없다. 초가지붕 위에 앉아 굴뚝에 대고 우는 까마귀도 비둘기도 멧도요도 없다.

대신 종일 집밖 거리를 오가는 수레, 길에서 소리치는 사람들, 무리를 지어 지나가는 사람들이 있다. 배달을 받고 배달을 보낸다. 장갑 작업장 뒤쪽 창고에는 숲 짐승의 텅 빈 가죽이 형틀 위에서 죄를 뉘우치는 사람처럼 틀 위에 쫙 펼쳐져 있다. 현관홀을 드나드는 하녀들의 신발이 포석 바닥에 탁탁 부딪는다. 하녀들은 애그니스를 위아래로 훑어보고는 별 볼 일 없다고 평가를 내린다. 애그니스가 거치적거린다 싶으면 보일 듯 말 듯 한숨을 내쉬지만, 메리가 나타나면 얼른 몸을 꼿꼿이 세우고 모자를 바로 쓰고 말한다. 네, 마님, 아뇨, 마님, 모르겠어요, 마님.

시골에서는 가축과 작물을 돌보느라 마실 갈 틈이 없지만, 이 집은 사람들이 시도 때도 없이 드나든다. 메리의 친척, 존의 사업상 동료. 메리를 찾아온 사람은 거실로 안내한다. 존을 찾아온 사람은 일단 작업장으로 데려간다. 그러면 존이 어디서 손님을 맞을지 정한다. 메리는 주로 집에서 하인들과 도제를 감시하거나 바느질을 하고 가끔 다른 집으로 마실을 간다. 존은 어디 있는지 보이지 않을 때가 많다. 남동생들은 학교에 간다. 애그니스의 남편은 집에 있을 때도 있고 나갈 때도 있다. 학생들을 가르치고,

저녁에는 술집에 가고, 가끔 아버지의 심부름을 한다. 나머지 시간에는 위층에서 조용히 책을 읽거나 창밖을 내다본다.

손님들은 시도 때도 없이 작업장 창으로 와서 장갑을 구경하고 이것저것 묻는다. 가끔 존이 안으로 들이면 작업장을 둘러보고 특별 주문을 하기도 한다.

애그니스는 사나흘 동안 이 모든 일을 지켜본다. 닷새째 되는 날에는 하녀들보다 더 일찍 일어나 뒷문으로 나와 마당으로 간다. 하녀들이 나왔을 때 애그니스는 이미 부엌 화덕에 불을 지피고 텃밭에서 딴 허브를 빻아 한줌 넣고 빵 반죽을 만들어 둥글게 부풀려놓았다. 하녀들은 걱정스러운 눈빛을 주고받는다.

아침 식탁에서 식구들이 갓 구운 빵을 집어든다. 평소보다 더 부드럽고 매끈하고 윤이 나는 것 같다. 버터는 소용돌이 모양을 내놓았다. 빵을 자르자 백리향과 마저럼 냄새가 난다. 그 냄새가 존의 머릿속에 할머니의 기억을 불러일으킨다. 허브 다발을 허리띠에 달고 다니던 분. 메리는 어린 시절 농장 문가에 있던, 사각형 담장을 두른 텃밭을 떠올린다. 거위가 안으로 들어가 백리향을 먹어버려서 어머니가 빗자루로 쫓아냈었다. 이슬과 진흙에 젖은 어머니의 치맛자락, 성난 거위들의 울음소리를 기억하며 메리는 웃음을 짓는다. 메리는 빵 한 쪽을 더 집어들고 나이프로 버터를 뜬다.

애그니스는 시아버지의 얼굴과 시어머니의 얼굴, 그리고 남편의 얼굴을 본다. 남편은 눈을 맞추고 눈썹을 살짝 치키며 빵을 향해 보일 듯 말 듯 고갯짓을 한다.

메리가 집이 어딘가 달라졌다는 걸 알아차리기까지 일주일이 걸린다. 하녀들한테 잔소리도 안 했는데 초 심지가 다듬어져 있다. 아무 말 안 했는데 식탁보도 바꿔놓았다. 벽걸이 천에 먼지가 없다. 식기는 얼룩 한 점 없이 반짝거린다. 메리는 이런 사실을 하나씩 알아채지만 합쳐서 생각하지는 못한다. 어느 날 거실에서 이웃 사람을 접대하는 도중에 꽃가루 향이 짙은 밀랍냄새를 맡고서야 이상하다는 생각이 든다.

이웃 사람이 돌아간 다음 메리는 집안을 돌아본다. 현관홀에 호랑가시나무 가지가 병에 꽂혀 있다. 부엌채에 담가둔 설탕절임에는 정향이 들어 있고, 메리가 모르는 향긋한 잎이 단지에 가득하다. 양조장 처마 아래에는 울퉁불퉁한 흙투성이 뿌리가 걸려 있고 쟁반 위에는 열매가 널려 있다. 풀 먹여 다린 옷깃이 계단참에 가지런히 쌓여 있다. 돼지우리의 돼지들이 희한하게 깨끗한 분홍색으로 보이고 닭장 모이통에도 깨끗한 물이 그득하다.

인기척이 들리기에 메리는 세탁장으로 간다.

"그래, 그렇게." 애그니스의 낮은 목소리가 들린다. "손바닥으로 소금을 문지르듯이 살살. 아주 조금만. 그래야 꽃봉오리가 안

뭉개져."

그러다 메리가 알아들을 수 없는 다른 목소리가 들리고, 웃음이 터져나온다.

메리는 문을 민다. 애그니스와 일라이자, 하녀 둘이 앞치마를 두르고 좁은 세탁장에 모여 있다. 뜨거운 공기에 매캐하게 톡 쏘는 잿물냄새가 가득하다. 에드먼드는 바닥에 놓인 통 안에서 조약돌을 가지고 놀고 있다.

"마." 에드먼드가 메리를 보며 외친다. "마-마-마!"

"어머." 일라이자가 열기와 웃음으로 발그레해진 얼굴을 든다. "우리…… 어, 우리는……" 일라이자는 다시 웃음을 터뜨리며 얼굴에 흘러내린 머리카락을 팔로 쓸어올린다. "애그니스가 비누에 라벤더를 섞는 법을 가르쳐주고 있었는데 그러다가……" 일라이자가 다시 웃음을 터뜨리자 하녀 하나도 본분을 잊고 웃기 시작한다.

"비누를 만들고 있어?" 메리가 묻는다.

애그니스가 앞으로 나온다. 차분하고 침착하고 조금도 상기되지 않았다. 막 거실 의자에서 일어난 것처럼 보인다, 푹푹 찌는 세탁장에서 끓이고 저으며 비누를 만들고 있던 게 아니라. 배가 부풀어 앞치마 앞쪽이 튀어나왔다. 메리는 눈을 돌린다. 다시 그 느낌을 갖지 못하리란 걸, 자기 나이에는 이미 끝난 경험이라는 걸 다시 한번 자각한다. 그 가능성을 잃었다는 게 가끔 아프다. 여자로서 놓아버리기 힘든 일이다. 특히 집안의 다른 여자가 그 상태에 막 접어들 때에는. 며느리의 배를 볼 때마다 메리는 자기 배의 고요한 공허를 생각한다.

"네. 라벤더를 넣어서요." 애그니스가 작고 뾰족한 이를 드러내며 웃는다. "그렇게 바꿔보면 좋을 것 같아서요. 괜찮겠죠?"

"그럼." 메리가 톡 쏘듯 말한다. 허리를 숙여 에드먼드를 통에서 홱 들어올린다. 에드먼드는 놀라 울음을 터뜨린다. "괜찮고말고." 메리는 우는 아들을 안고 밖으로 나가며 문을 쾅 닫는다.

결혼하고 처음 몇 주 동안 애그니스는 양털 줍는 사람이 양털을 모으듯 인상을 모은다. 여기서 한 조각, 저기서 한 뭉치, 울타리에서 몇 가닥, 나뭇가지에서도 조금, 그렇게, 그렇게 모은 것이 한아름이 되고 물레질로 실을 잣기에 충분한 양이 된다.

애그니스는 존이 아들 가운데 길버트를—힘이 세고 재미로 사람들 사이에 싸움 붙이기를 좋아하기 때문에—남달리 총애하고 메리는 리처드를 편애하는 걸 본다. 리처드가 입을 열면 메리는 고개를 홱 들고 뭐라는지 들어보려고 다른 이들을 조용히 시킨다. 메리는 에드먼드에게 깊은 사랑을 느끼지만 그애를 주로 돌보는 사람이 일라이자라는 사실도 어쩔 수 없이 받아들인다.

애그니스는 또 에드먼드가 만형을, 그러니까 애그니스의 남편을 항상 우러르는 모습을 본다. 방에서 만형이 움직일 때마다 에드먼드는 늘 눈으로 좇는다. 가까이에 오면 안아달라고 손을 뻗는다. 에드먼드가 쾌활하고 낙천적인 사내로 자라리란 걸 애그니스는 본다. 누가 시키지 않아도 크게 주목받지 못해도 필연적으로 만형의 뒤를 따를 것이다. 오래 살지는 못해도 잘살 것이다. 여자들한테 인기가 많고 짧은 생애 동안 자식을 여럿 낳을 것이다. 죽기 직전에 마지막으로 떠올리는 사람은 일라이자일 것이다. 애그니스의 남편은 장례 비용을 치르고 무덤가에서 울 것이다. 애그니스는 이런 것들을 보지만 말하지 않는다.

애그니스는 또한 존이 갑자기 자리에서 일어나면 다섯 자식이 전부 포식자의 접근을 감지한 짐승처럼 움찔하는 걸 본다. 메리는 앞으로 일어날 일에 눈을 감으려는 듯 느릿느릿 눈을 깜박인다.

어느 날 저녁, 에드먼드가 피곤하고 짜증나고 배가 고픈데 왜인지 먹지를 못한다. 접시 위의 음식과 뱃속의 불편함이 무슨 관계인지 알아채지도 못하고 보채고 찡찡거리며 고개를 좌우로 흔든다. 애그니스는 에드먼드 옆에 앉아 입에 음식을 조금씩 넣어준다. 에드먼드의 잇몸이 붉게 붓고 새 이의 끝이 살짝 나오고 뺨은 발갛게 달아올랐다. 에드먼드는 칭얼거리며 손으로 파이를 뭉개고 컵을 엎고 애그니스의 어깨에 기대고 그녀의 냅킨을 잡아 바닥에 떨어뜨린다. 애그니스 옆에 앉은 남편이 안됐다는 표정을 과장스레 지어 보이며 묻는다. 오늘 기분이 안 좋은가봐? 아버지는 얼굴이 점점 험상궂어지더니 말한다. 대체 왜 저러는 거야? 데리고 나가. 에드먼드가 짜증을 참지 못하고 파이 껍질을 집어던진다. 그게 존의 소매로 날아가 갈색 얼룩을 남기자 방에 정적이 감돈다. 메리는 갑자기 무릎에 관심이 가는 듯 고개를 숙이고, 일라이자의 눈에는 벌써 눈물이 차오른다. 존이 소리를 지르며 벌떡 일어난다. 이런, 저놈을, 내가—

애그니스가 무슨 일이 벌어지는지 파악하기도 전에 남편이 벌떡 일어나 식탁을 돌아간다. 남편은 무언가 분위기가 달라진 걸 느끼고 울음을 터뜨린 막냇동생과 아버지 사이에 우뚝 선다. 몸싸움이 벌어진다. 남편이 아버지를 몸으로 막고, 욕설이 터져나오고, 가슴이 서로 맞부딪히고, 손으로 팔을 막는다. 애그니스는 아이를 들어올려 의자에서 발을 빼내고 품에 안은 뒤 밖으로 달려나가느라 자세히 보지 못한다.

잠시 뒤 남편이 애그니스를 찾으러 온다. 애그니스는 마당으로 나와 에드먼드의 조그만 몸에 자기 숄을 두 바퀴 둘러놓았다. 에드먼드는 이제 기분이 좋아져서 닭 모이를 주고 있다. 애그니스는 모이 그릇을 들고 딱 필요한 말만 몇 마디 한다. 닭들은 마당 여기저기를 쫀다. 남편이 옆으로 와서 본다. 그러더니 애그니스의 머리에 머리를 기대고 두 팔로 그녀를 안는다. 애그니스는 모이 그릇을 든 채 남편의 내면에서 느꼈던 동굴과 분지의 풍경을 생각한다. 장갑의 솔기를 생각한다. 각 손가락의 옆면을 따라 올라갔다가 내려가며 장갑을 낀 사람의 피부 아닌 피부를 한데 잇는 솔기. 장갑은 손에 딱 들어맞게 손을 덮는 한편 구속한다. 애그니스는 창고에 있는 가죽을 생각한다. 찢어지거나 터지기 일보 직전까지 잡아당겨 늘인 가죽. 작업장에 있는 도구를 생각한다. 자르고 모양을 잡고 고정하고 뚫는 데 쓰는 도구. 장갑 장인이 짐승을 유용하게 쓰기 위해 버리고 빼앗는 것을 생각한다. 심장, 뼈, 영혼, 정신, 피, 내장. 장갑 장인은 가죽만, 거죽만, 겉껍질만 취해 쓴다. 나머지는 전부 쓸모없고 성가시고 불필요한 쓰레기일 뿐이다. 장갑처럼 아름답고 완벽한 물건의 이면에 어떤 은밀한 잔인성이 있는지 생각한다. 지금 만약 남편의 손을 잡고 손가락으로 눌러보면 전에 보았던 풍경과 함께 어둡고 무시무시한 존재도 보일 것이다. 짐승의 내장을 꺼내고 가죽을 벗기고 정수를 훔치는 도구를 든 존재. 에드먼드가 닭에게 모이를 뿌려주는 동안 애그니스는 생각한다. 어쩌면 이 집에 오래 살지는 않을 거라고. 곧 떠나서, 달아나서, 다른 곳을 찾아야 할 거라고.

일라이자가 마당으로 나와 식사가 다 끝났다는 손짓을 한다.

얼굴이 굳어 있고 눈가는 촉촉하다. 일라이자가 에드먼드를 안아 집으로 다시 들어간다. 애그니스와 남편은 서로 눈을 맞추고는 자기네 집 뒷문을 향해 걸어간다.

부엌에 들어와 남편이 불을 쑤석이고 통나무를 던져넣는 모습을 보며 이제 애그니스는 뚜렷이 안다. 남편이 둘로 쪼개져 있다는 것을. 자기 집에 있을 때와 부모 집에 있을 때 전혀 다른 사람이란 것을. 이 집에서 남편은 분명 애그니스가 아는 사람, 애그니스가 결혼한 사람이다.

옆집으로, 큰집으로 가면 뚱하고 낯빛이 어둡고 성마르고 신경질적인 사람이 된다. 부싯깃과 부싯돌처럼 불꽃을 내고 불이 붙는다. 왜요? 어머니한테 어깃장을 놓는다. 대체 뭐하려고? 쏘아붙인다. 싫어요, 아버지에게 대든다. 애그니스는 그 까닭을 몰랐지만 아까 존이 식탁에서 일어날 때 존 안에 도사린 분노를 목격했기에 이제 모든 것을 안다.

둘만의 집에서 애그니스는 불가에 있는 그의 손을 잡아 의자로 이끌고 눈의 힘을 풀어주고 머리카락을 쓰다듬어준다. 그러자 그가 한 사람에서 다른 사람으로 바뀌는 게 느껴진다. 큰집에 있을 때의 모습이 불붙은 초에서 밀랍이 흐르듯 녹아내리고 그 안에 있는 사람이 겉으로 드러난다.

문 두드리는 묵직한 소리가 세 번 울린다. 쿵 쿵 쿵.

문에 가장 가까이 있던 햄닛이 열어주러 간다. 문이 열리는 순간 햄닛은 기겁하며 소리를 지른다. 문 앞에 무시무시한 광경이, 악몽에서, 지옥에서, 악마한테서 튀어나온 괴물이 있다. 키가 크고 검은 망토를 둘렀고, 얼굴이 있어야 할 자리에 거대한 새처럼 부리가 튀어나온 소름 끼치고 무표정한 가면이 있다.

"안 돼." 햄닛이 외친다. "저리 가." 햄닛이 문을 닫으려고 하지만 괴물이 손을 내밀어 무시무시하고 초자연적인 힘으로 문을 잡는다. "저리 가." 햄닛이 발길질하며 다시 외친다.

그때 할머니가 곁에 와서 햄닛을 밀어내고 유령에게 사과하더니 전혀 이상한 일이 아니라는 듯 어서 들어와서 환자를 보라고 말한다.

유령은 입 없이 말한다. 들어가지 않겠다고, 그럴 수 없다고, 그리고 이 집안 사람들이 밖으로 나가는 것도 안 된다고, 거리로 나가지 말라고, 역병이 지나갈 때까지 집안에만 있으라는 명령이 내려졌다고.

햄닛은 한 걸음 또 한 걸음 뒤로 물러선다. 그러다가 창문을 열려고 창가로 가던 어머니와 부딪힌다. 어머니는 창밖으로 몸을 내밀고 이 사람을 관찰한다.

햄닛이 어머니 옆으로 달려가 몇 년 만에 어머니 손을 잡는다. 어머니는 쳐다보지 않고 햄닛의 손을 꽉 쥔다. "무서워할 필요 없어. 의사야." 어머니가 속삭인다.

"에……?" 햄닛은 현관 계단에 서서 할머니와 얘기하고 있는 사람을 쳐다본다. "하지만 왜……" 햄닛은 그의 얼굴과 코를 가리킨다.

"그 가면이 자길 지켜줄 거라고 생각해서 쓴 거야." 어머니가 말한다.

"역병으로부터?"

어머니가 고개를 끄덕인다.

"정말 그래?"

어머니는 입을 다물고 고개를 젓는다. "아닌 것 같아. 하지만 집안에 들어오지 않고 환자도 살피지 않으면 안전할 수도 있겠지." 어머니가 웅얼대듯 말한다.

햄닛은 다른 손도 어머니의 길고 힘센 손가락 사이에 넣는다. 어머니의 손길이 자길 지켜주리라는 듯이. 의사가 가방에 손을 넣어 꾸러미를 꺼내더니 할머니에게 건네는 게 보인다.

"이걸 천에 싸서 아이 배에 묶어요." 의사가 창백한 손으로 메리한테서 동전을 받으며 억양 없는 목소리로 말한다. "사흘 동안 그렇게 둬요. 그러고 나서 양파를—"

"그게 뭐예요?" 어머니가 창밖으로 몸을 내밀며 말을 끊는다.

의사는 몸을 돌려 어머니를 본다. 무시무시한 부리가 그들 쪽을 향한다. 햄닛은 어머니 옆구리에 파고든다. 의사가 자기를 보지 않기를 바란다. 의사의 시야에 들어가고 싶지 않다. 의사의 눈길을 받으면, 눈에 띄거나 기록되면 지독하게 불길할 것 같고, 무참한 운명이 자신들에게 닥칠 것 같다. 햄닛은 도망가고 싶다. 어머니를 끌고 가고 싶다. 문과 창문을 꼭꼭 닫아 저 사람이 들어오지 못하게, 그의 눈길이 누구에게도 닿지 못하게 하고 싶다.

그러나 어머니는 전혀 두려워하지 않는다. 의사와 햄닛의 어머니는 잠시 서로 쳐다본다. 어머니가 약을 파는 창문을 사이에 두고. 햄닛은 막 어른이 되려는 아이의 명민함으로 이 남자가 어머니를 좋아하지 않는다는 것을 느낀다. 이 사람은 어머니를 싫어한다. 어머니는 치료약을 팔고 약초를 직접 기르고 잎과 꽃잎, 나무껍질과 즙을 채집하고 사람들을 낫게 하는 법을 안다. 이 사람이 어머니에게 악감정이 있음을 햄닛은 퍼뜩 알아차린다. 어머니가 의사의 환자를 빼앗고 영역을 침범하고 돈벌이를 방해하니까. 그 순간 어른들의 세계가 어찌나 알 수 없고 복잡하고 혼란스럽게 느껴지는지. 그 세계에서 어떻게 살아남지? 어떻게 그럴 수 있지?

의사는 부리를 한 번 끄덕이고 다시 고개를 돌려 햄닛의 할머니를 마주본다. 어머니 말에는 아무 대꾸도 없이.

"말린 두꺼비예요?" 애그니스가 잘 들리게 또렷한 목소리로 묻는다. "만약 그렇다면 필요 없어요."

햄닛은 팔로 어머니의 허리를 감싼다. 어머니에게 상황의 긴급성을 전달하고 싶다. 대화를 끝내고 저 사람한테서 멀어져야 한다는 것을. 어머니는 꿈쩍하지 않지만 한 손으로 햄닛의 손목을 잡는다. 네가 거기 있는 거 알아, 내가 여기 있으니 괜찮아, 하듯이.

"부인," 의사가 다시 부리를 어머니 쪽으로 돌리며 말한다. "이 병에 대해서는 제가 부인보다 훨씬 잘 압니다. 말린 두꺼비를 배에 붙이는 방법은 이런 병증에 탁월한 효능이 있다고 입증되었습니다. 딸이 역병에 걸렸다면, 안타깝지만 다른 방법은 없—"

애그니스가 창문을 쾅 닫는 바람에 나머지 말은 끊겨 들리지 않는다. 햄닛은 어머니가 창문을 걸어 잠그는 것을 본다. 어머니의 얼굴은 분노와 절박함으로 달아올라 있다. 어머니가 소리 죽여 무어라 웅얼거린다. 햄닛의 귀에 '남자' '감히' '천치' 같은 말이 들린다.

햄닛은 팔을 풀고 방 저편으로 가서 흥분한 기색으로 의자를 바로 놓고 그릇을 집었다 내려놓더니 주디스가 누워 있는 난로 앞 짚요 옆에 쭈그려앉는 어머니를 지켜본다.

"두꺼비라니, 세상에." 어머니가 웅얼거리며 주디스의 이마를 물수건으로 훔친다.

방 저편에서 할머니가 현관문을 닫고 빗장을 채운다. 할머니는 말린 두꺼비 꾸러미를 높은 선반 위에 얹는다.

할머니는 고개를 끄덕이며 햄닛이 알아들을 수 없는 말을 소리 없이 입 모양으로만 웅얼거린다.

1583년 봄 어느 아침, 일찍 일어난 헨리 스트리트 주민들은 존과 메리의 새며느리가 신접살림을 차린 좁은 오두막집 현관을 나서는 모습을 보았을 것이다. 며느리가 바구니를 어깨에 메고 옷매무새를 가다듬은 뒤 북서쪽 방향으로 걸어가는 모습을.

위층에서 젊은 남편은 침대에 누워 뒤척인다. 늘 그렇듯 깊이 잠들었다. 침대 한편이 비어 차갑게 식어가고 있다는 사실은 알아차리지 못한다. 머리를 베개 깊이 파묻고 한 팔을 이불 아래에 넣고 얼굴은 머리카락에 덮였다. 그는 젊은이의 깊고 근심 없는 잠에 빠져 있다. 내버려두면 몇 시간이고 잘 것이다. 살짝 벌어진 입으로 숨을 들이마시더니 작은 소리로 코를 골기 시작한다.

애그니스는 로더 시장을 가로질러간다. 상인들이 속속 도착해

가판을 차린다. 라벤더 다발을 파는 남자, 버드나무 가지를 한 수레 실어온 여자. 애그니스는 친구인 빵집 아주머니와 얘기를 나누려고 걸음을 멈춘다. 두 사람은 날씨가 좋다느니, 그래도 비가 올지 모른다느니, 빵집 화덕의 열기가 어떻다느니, 애그니스의 출산이 임박해 아기가 많이 내려온 느낌이라느니 하는 얘기를 나눈다. 빵집 아주머니가 애그니스 손에 빵을 하나 쥐여주려 한다. 애그니스는 괜찮다고 사양한다. 빵집 아주머니는 고집을 부리며 바구니를 덮은 천을 들추고 빵을 밀어넣는다. 바구니 안에 깨끗이 빨아 개어놓은 천, 가위, 마개가 있는 병이 언뜻 보이지만 이상하다는 생각은 않는다. 애그니스가 고개를 끄덕이고 웃으면서 이제 가봐야겠다고 한다.

빵집 아주머니는 잠시 빈 가판대 앞에 서서 멀어지는 친구를 지켜본다. 애그니스는 시장 끄트머리에서 문득 걸음을 멈추고 한 손으로 벽을 짚는다. 빵집 아주머니가 눈살을 찌푸리며 애그니스를 부르려는 순간, 애그니스가 몸을 일으키고 가던 길을 계속 간다.

간밤에 애그니스는 간간이 꾸는 어머니의 꿈을 또 꾸었다. 애그니스가 휼랜즈의 마당에 서 있는데 치맛자락이 바닥에 끌렸다. 옷이 물에 흠뻑 젖은 듯 무겁디무거웠다. 내려다보니 새들이 치마 끝을 밟아 짓누르고 있었다. 오리, 닭, 자고새, 비둘기, 조그만 굴뚝새까지. 새들이 기필코 치마 위에 있으려고 발버둥치고 서로 밀치고 날개를 어색하게 펼쳤다. 새들을 쫓으려다가 애그니스는 누가 다가오는 걸 느꼈다. 돌아보니 어머니가 지나가고 있었다. 머리카락은 등뒤로 땋아내리고 푸른 겉옷 위에 붉은 숄을 매듭지어 걸치고서. 어머니는 미소를 지었지만 걸음을 멈추지는 않고 엉덩이를 흔들며 지나갔다.

애그니스는 가슴 깊은 곳에서 무언가가 풀어지는 것을 느꼈다. 마치 바퀴가 돌아가듯이 깊고 깊은 그리움이 시동을 걸었다. "엄마." 애그니스가 말했다. "기다려, 기다려요." 애그니스는 걸음을 옮겨 어머니를 따라가려 했지만 새들이 치마를 누르고 있었다. 깃털로 덮인 배로, 물갈퀴 혹은 발톱이 있는 발로 치마를 짓눌렀다. "기다려요!" 애그니스가 꿈속에서 멀어지는 어머니의 등에 대고 울부짖었다.

어머니는 걸음을 멈추지 않았지만 고개를 돌리고 말했다. 아니, 말하는 것 같았다. "숲속은 나뭇가지가 빽빽해서 비 오는 게 안 느껴져." 그러더니 숲을 향해 계속 걸어갔다.

애그니스는 다시 어머니를 부르며 앞으로 나아가려다 파닥거리는 메꽃은 새들 무리에 걸려 흙바닥에 넘어졌다. 바닥에 부딪히는 순간 애그니스는 깜짝 놀라 헉 소리를 내며 잠에서 깨어 일어나 앉았다. 애그니스는 더이상 휼랜즈의 마당에서 어머니를 부르고 있지 않았다. 돌연 자기 집 침대 위에 있었고, 시프트드레스는 어깨에서 흘러내린 채였고, 아기는 몸안에 웅크리고 있었고, 남편은 옆에 누워 잠결에 팔을 뻗어 애그니스를 끌어당겼다.

애그니스는 다시 누워 남편의 자세에 자신을 겹쳤다. 남편이 그녀의 등에 얼굴을 묻었다. 애그니스는 남편의 머리채를 더듬어 쓰다듬고 손가락으로 꼬고 또 꼬았다. 남편의 머릿속에 있는 생각이 머리카락을 타고 올라와 자신의 손가락으로 흘러들어오는 상상을 했다. 갈대가 속이 텅 빈 줄기로 물을 빨아들이듯이.

그가 애그니스를 걱정하는 걸 느낄 수 있었다. 아내의 출산이 임박한 남편들이 그러듯이. 아내가 살아남을까? 버텨낼까? 그런 생각에서 벗어나지 못했다. 그가 팔다리로 애그니스를 세게 끌어안았다. 여기 이 안전한 침대에 붙들어놓고 싶다는 듯이. 그에게 안달할 필요 없다고 말해주고 싶었다. 당신과 나는 아이를 둘 가질 거고 둘 다 오래 살 거예요. 그러나 애그니스는 아무 말도 하지 않았다. 사람들은 이런 말을 듣는 걸 좋아하지 않으니까.

잠시 뒤 애그니스는 자리에서 일어나 커튼을 가르고 침대 밖으로 나왔다. 창가로 가서 유리에 손을 댔다. 나뭇가지. 비 오는 게 안 느껴져.

애그니스는 불가의 작은 탁자로 갔다. 남편의 종이와 깃펜이 놓여 있었다. 잉크병 뚜껑을 열고 깃펜을 담그자 발톱 같은 펜촉에 잉크가 맺혔다. 애그니스는 잘은 아니지만 글을 쓸 수 있다. 글자를 작고 조밀하게 써서 어쩌면 보통 사람들은 알아보지 못할 것이다(남편은 애그니스와 달리 문법학교에 다니고 이후 웅변학교에도 갔기 때문에 깃펜 끝으로 마치 자수를 놓듯 글자를 구불구불한 선으로 이어서 쓸 수 있다. 남편은 밤늦게까지 자지 않고 책상에서 글을 쓴다. 무얼 쓰는지 애그니스는 모른다. 너무 빠른 속도로 집중해서 쓰기 때문에 애그니스는 따라갈 수도, 글을 알아볼 수도 없다). 그러나 이 문장을 비슷하게 기록할 정도로는 쓸 줄 안다. 숲속은 나뭇가지가 빽빽해서 비 오는 게 안 느껴져.

애그니스는 불을 쑤석이고 장작을 넣어 되살린 다음 탁자 위에 크림 병과 빵 한 덩이를 올려놓았다. 바구니를 들고 현관문으로 나갔다. 친구인 빵집 아주머니와 얘기를 나누었고, 지금은 팔에 바구니를 걸치고 시냇가 오솔길을 걸어가고 있다.

5월 중순이다. 햇살이 흘긋거리고 모양을 바꾸며 땅을 비춘다. 애그니스는 이런 상황에도 그런 것을 그냥 지나칠 수 없기 때문에 길가에 무엇이 피었는지 살핀다. 쥐오줌풀, 동자꽃, 찔레꽃, 괭이밥, 달래, 노랑꽃창포. 다른 때였다면 당장 쭈그려앉아 순과 꽃을 땄을 것이다. 오늘은 아니다.

이른 시간이지만 휼랜즈 경계 울타리를 둘러간다. 가는 길에 누굴 만나는 일은 피하고 싶다. 조운도, 바살러뮤도, 다른 동생들도. 애그니스를 본다면 놀라서 누군가를 부를 것이고, 남편을 불러올 것이고, 강제로 집안으로, 농가 안으로 끌고 갈 것이다. 거기서 그 일을 하는 것만은 피하고 싶다. 숲속의 나뭇가지, 어머니는 그렇게 말했다.

애그니스는 오솔길을 따라 걷다가 저멀리서 동생 토머스가 집에서 마당으로 걸어가는 모습을 보고 개들을 부르는 바살러뮤의 날카로운 휘파람소리를 듣는다. 집의 초가지붕이 보인다. 돼지우리도. 사과 창고 뒤쪽도. 창고를 보자 얼굴에 웃음이 떠오른다.

애그니스는 휼랜즈에서 반 마일 정도 떨어진 숲으로 들어간다. 진통이 규칙적으로 오기 시작한다. 진통이 잠시 멎은 사이에 겨우 숨을 고르고 기운을 차려 다음 진통을 맞을 준비를 한다. 애그니스는 거대한 느릅나무 옆에서 걸음을 멈추고 거칠고 울퉁불퉁한 나무껍질을 손바닥으로 짚는다. 등허리에서, 다리 사이 깊은 곳에서 시작된 느낌이 위로 치솟으며 애그니스를 사로잡고 온 힘으로 뒤흔든다.

걸을 만해지자 애그니스는 바구니를 어깨에 메고 다시 간다. 목표했던 곳에 도착했다. 촘촘하게 얽힌 가지와 나무딸기 덤불과 노간주나무 관목을 헤치고. 개울을 건너고 겨울에 숲에서 유일하게 색채를 띠는 호랑가시나무 덤불을 지나, 마침내 햇빛이 드는 공터 비슷한 곳이 나온다. 둥근 땅을 푸른 풀이 양털처럼 두텁게 덮고 양치식물의 길고 갈라진 잎이 둘러싸고 있다. 여기 옆으로 누운 거대한 전나무가 한 그루 있다. 이야기 속 거인처럼 쓰러져 뿌리를 공중으로 뻗고, 불그레한 나무줄기는 다른 나무의 갈라진 가지에 걸려 있다. 자기보다 작은 이웃들에게 떠받쳐진 모양새다.

나무뿌리 아래, 한때 나무가 서 있던 자리에 구멍이 있다. 보송하고 아늑하고 여러 사람이 들어갈 만큼 넓다. 애그니스와 바살러뮤는 어릴 때 종종 여기에 오곤 했다. 조운이 소리를 지르거나 일을 너무 많이 시키면 빵과 치즈를 자루에 담아 와서 나무뿌리 밑으로 기어들어가 영원히 여기에 있자고, 요정처럼 숲속에서 살자고, 다시는 돌아가지 말자고 얘기하곤 했다.

애그니스는 땅에 드러눕는다. 뽑힌 뿌리 그늘 아래쪽은 보송하고 솔잎이 폭신하게 깔려 있다. 애그니스는 또 한차례 진통이 오는 걸 느낀다. 들판 위의 천둥처럼 애그니스를 향해 달려오며 점점 가까워진다. 애그니스는 나무뿌리를 꽉 잡은 채 몸을 꼬고 웅크리고 헐떡거린다. 이 과정을 겪어야 한다는 걸 안다. 극심한 고통의 손아귀에 붙들려 이게 언제 끝날까 외에는 어떤 생각도 할 수 없는 순간에도 진통이 점점 강해지는 걸 느낀다. 이 고통은 겪어야만 하는 일이다. 결코 애그니스를 내버려두지 않을 것이다. 조금 지나면 잠시 쉬며 숨 돌릴 틈조차 없을 것이다. 몸의 일부를 밖으로 밀어내야, 속을 완전히 뒤집어야 하는 일이다.

여자들이 이 과정을 겪는 모습을 여러 번 보았다. 어머니가 겪었던 때를 기억한다. 애그니스는 문간에 서서 보았다. 바살러뮤와 같이 쫓겨나서 집밖에서 소리를 들었다. 애그니스는 조운이 아기를 낳을 때도 매번 옆에 있었고, 처음으로 세상에 나온 동생들을 자기 손으로 받아 입과 코에서 피와 체액을 닦아냈다. 이웃 여자들이 아기를 낳는 모습을 보았고, 울음에서 비명이 되는 소리를 들었고, 녹슨 동전 같은 출산의 냄새를 맡았다. 돼지, 암소, 암양이 새끼를 낳는 것도 보았다. 아버지도, 바살러뮤도 새끼 양이 산도에 끼면 애그니스를 불렀다. 애그니스는 가늘고 끝이 뾰족한 손가락을 좁고 뜨겁고 미끄러운 통로로 밀어넣어 말랑한 발굽, 끈적한 코, 딱 달라붙은 귀를 붙들어 꺼내야 했다. 그리고 애그니스는 자기가 출산을 무사히 마치리란 걸, 자기와 아기가 살아남으리란 걸 늘 그렇듯이 이번에도 안다.

그럼에도 출산이 이렇게 무자비하리라고는 상상조차 못했다. 강풍에 맞서는 것 같기도 하고 범람한 강에서 물살을 거슬러 헤엄치는 것 같기도 하고 쓰러진 나무를 일으켜세우려는 것 같기도 하다. 자신이 이렇게 나약하고 무력하게 느껴진 적이 없다.

애그니스는 늘 자신이 강한 사람이라고 생각했다. 젖소를 착유 자리에 밀어넣고, 산더미 같은 빨래를 적시고 휘젓고, 동생들, 가죽 곤포, 물 양동이, 땔감 한아름을 들고 나를 수 있다. 애그니스의 몸은 힘이 있고 회복력이 좋다. 매끈한 피부 아래는 온통 근육이다. 그렇지만 이건 전혀 다르다. 완전히 다르다. 극복하고 억누르고 이기려는 모든 시도를 비웃는다. 이 고통이 애그니스를 압도하고 말 것이다. 목덜미를 잡고 물밑으로 끌고 들어갈 것이다.

애그니스는 고개를 들고 공터 저편에 있는 마가목의 은빛 나무줄기와 섬세한 잎을 본다. 고통의 와중에도 미소를 짓는다. 마가목이라는 단어를 천천히 중얼거려본다. 가을에 열리는 붉은 열매는 끓이면 복통과 쌕쌕거리는 숨을 달래는 데 효과가 좋다. 문 옆에 심으면 악한 정령이 식구들에게 깃들지 못하게 쫓아준다. 사람들 말이 최초의 여자가 이 나뭇가지로 만들어졌다고 한다. 그것은 어머니의 이름이기도 했다. 아버지는 한 번도 입에 올리지 않았지만. 애그니스가 물었을 때 양치기가 말해주었다. 숲속의 나뭇가지.

애그니스는 두 손으로 앞쪽을 짚고 늑대처럼 엎드린 자세로 다음 진통에 몸을 내준다.

헨리 스트리트에서 그는 잠을 깬다. 머리 위의 짙붉은색 커튼을 한참 응시한다. 그러고는 일어나 창가로 가서 거리를 내다보며 멍하게 턱수염을 긁는다. 오늘 오후 타운의 두 집에서 라틴어 수업이 있다. 시신 가까이 가면 악취가 풍기는 것처럼 그 지루함을 생각하기만 해도 숨이 막힌다. 조는 아이들, 끼익거리는 석판 소리, 입문서 책장을 넘기고 구기는 소리, 동사와 접속사를 읊는 소리. 오전에는 아버지를 도와 배달하고 수거하는 일을 해야 한다. 그는 하품을 하고는 나무창틀에 머리를 기대고 당나귀의 굴레를 잡아당기는 남자, 우는 아이의 윗옷을 잡아끄는 여자, 땔감 꾸러미를 옆구리에 끼고 반대 방향으로 달려가는 소년을 노려본다.

그런 건가, 그는 스스로 묻는다. 여기에, 이 타운에 영원히 사는 건가? 애그니스와 아기를 데리고 갈 수 있는 한 멀리 달아나는 것이 그의 간절한 소원이다. 결혼할 때만 해도 더 원대하고 더 자유로운 삶, 어른의 삶이 시작되리라고 생각했다. 그러나 그는 여전히 여기 있다. 어릴 때부터 살던 집, 가족, 아버지, 아버지의 돌변하는 성질과 변덕으로부터 고작 벽 하나만큼 떨어져서. 물론 아기가 태어날 때까지 기다려야 한다는 건 안다. 아이가 무사히 태어나기 전에는 꼼짝도 할 수 없다. 그렇지만 그때가 바싹 다가왔는데도 떠나기 위한 계획에는 조금도 진전이 없다. 대체 어떻게 떠날 수 있을까? 영영 이렇게 부모님 집에 붙은 좁은 부속 건물에서 살아야 하나? 탈출할 방법이 없나? 애그니스가 말하길 반드시—

애그니스를 생각하며 그는 몸을 바로 세운다. 애그니스가 누웠던 자리를 본다. 짚요 위에 애그니스의 몸 형태가 흔적으로 남아 있다. 이름을 불러본다. 아무 대답이 없다. 다시 부른다. 이번에도 마찬가지다. 순간 머릿속에 현재 애그니스의 놀라운 몸이 떠오른다. 어젯밤에 보았던 모습. 팔다리, 가지런한 갈빗대, 마치 눈길을 지나간 수레자국처럼 등에 움푹 팬 척추, 앞쪽의 완벽하게 둥그런 구. 마치 달을 삼킨 여자 같았다.

그는 창문 옆 의자에 걸어놓은 옷을 집어 몸에 걸친다. 양말을 신고 방을 가로지르며 머리를 흔들어 목깃에 낀 머리카락을 빼낸다. 뱃속에 개 한 마리가 들어앉은 양 낮고 위협적인 꾸르륵 소리가 난다. 아래층에 빵, 우유, 귀릿가루, 그리고 암탉이 알을 낳았으면 달걀도 있을 것이다. 그 생각을 하니 웃음이 나온다. 구석에 있는 책상 앞을 지나가는데 어렴풋하게 무언가 달라진 게 느껴진다. 무언가가 바뀌었다. 걸음을 멈춘다. 깃펜이 깃털을 위로 뻗은 채 잉크병에 꽂혀 있다. 얼굴을 찌푸린다. 원래 그가 절대 하지 않는 짓이다. 이렇게 밤새 검은 잉크에 펜을 꽂아두다니. 무슨 낭비인가. 무슨 방종인가. 펜이 다 망가졌을 것이다.

그는 앞으로 걸어가서 펜을 들어올리고 잉크 방울이 두루마리 종이 위에 떨어지지 않게 조심하며 살짝 흔들어 떨군다. 그때 전날 밤 자기가 쓰던 것에 무언가가 덧붙여졌음을 알아차린다.

비뚜름하게 쓴 글자들이다. 단어가 종이에서 미끄러지는 것처럼, 문장 끄트머리가 시작 부분보다 더 무거운 것처럼 보인다. 그는 고개를 숙이고 들여다본다. 구두점이 없고 문장의 시작이나 끝을 나타내는 표지도 없다. '나뭇가지'('나무가지'라고 쓰여 있다)라는 단어와 '비'라는 글자를 알아볼 수 있다. 대문자 B로 시작하는 단어와 F인지 S인지로 시작하는 단어도 있다.

무언가 나무가지가 무엇해서 비…… 무엇무엇. 무슨 말인지 알 수 없다. 손가락으로 종이를 펼친다. 다른 손으로는 펜의 깃털로 뺨을 쓴다. 나뭇가지, 나뭇가지.

아내가 한 번도 한 적이 없는 일이다. 펜을 쥐고 책상에서 무언가를 쓰는 것. 그에게 남긴 메시지인가? 뭐라는 건지 알아내야 하는 건가? 무슨 뜻이지?

그는 펜을 내려놓는다. 몸을 돌린다. 의문을 담아 말꼬리를 올리며 다시 아내의 이름을 부른다. 좁은 계단으로 내려간다.

아래층에도, 바깥 거리에도 없다. 가끔 그러듯 황조롱이를 날리러 사제에게 갔을까? 아니, 지금 몸 상태로 그렇게 멀리까지 갔을 리 없다. 뒷문으로 마당에 나가자 일라이자가 천을 붉은

염료에 담갔다 꺼냈다 하고 있고 어머니는 일라이자를 내려다 보고 있다.

"애그니스 못 봤어요?"

"그렇게 말고." 어머니가 야단을 친다. "어제 내가 보여줬잖아. 손끝으로 가볍게. 가볍게 하라고." 어머니는 고개를 들어 그를 쳐다본다. "애그니스?" 어머니가 그의 말을 반복한다.

아기는 살아 있다. 예감이 있었음에도 불구하고 혹시 살아남지 못하는 건 아닌가 얼마나 걱정했는지, 아기가 고개를 갸웃하고 오만상을 찌푸리며 분노의 울음을 터뜨리고 난 다음에야 실감한다. 딸의 잿빛 얼굴은 축축하고 당황한 표정이다. 주먹을 머리 양옆으로 들고 울어젖힌다. 이렇게 작은 몸에서 어떻게 이처럼 크고 절절한 울음소리가 나올 수 있는지 놀랍다. 애그니스는 아버지가 새끼 양이 태어나면 늘 그러듯이 아기의 몸을 옆으로 돌리고 긴 몇 달 동안 아기가 있었던 다른 세상의 물이 입으로 흘러나오는 것을 본다. 아기의 입술에 붉은 기가 돌고 뺨, 턱, 눈, 이마에 색이 번진다. 갑자기, 완전히, 사람처럼 보인다. 이제는 막 나왔을 때처럼 물속 생명체나 인어 아기 같지 않고 아주 작고 온전한 사람이 되었다. 아빠의 넓은 이마와 아랫입술, 정수리의 곱슬머리를 닮고 애그니스의 높은 광대와 커다란 눈을 닮았다.

애그니스는 다른 손을 뻗어 바구니에서 담요와 가위를 꺼낸다. 아기를 담요에 눕히고 가위로 탯줄을 자른다. 탯줄이 이렇게 굵고 질긴데다 기다란 심장처럼 박동하리란 걸 누가 알았으랴? 붉은색, 파란색, 흰색. 출산의 색이 어지럽다.

애그니스는 시프트드레스를 잡아당겨 가슴을 드러내고 아기를 들어올린 뒤 입을 벌려 젖꼭지를 꽉 물고 빠는 아기를 경이에 가까운 심정으로 지켜본다. 애그니스는 웃음을 터뜨린다. 모든 게 제대로 돌아간다. 아기는 어떻게 해야 하는지 엄마보다 더 잘 안다.

집안에, 그리고 잠시 뒤에는 타운 전체에 엄청난 소동과 고함, 충격과 한탄이 번진다. 일라이자는 운다. 메리는 좁은 집 계단을 오르내리며 소리를 지른다. 애그니스가 찬장에 숨어 있기라도 한 양 불러댄다. 내가 다 준비해놨는데, 메리가 소리친다. 산실이며 필요한 물건 전부. 존은 쿵쾅거리며 작업장을 드나들면서 너무 소란스러워 일을 할 수 없다고 고함을 지르고 소리친다. 대체 어디 간 거야?

도제 네드는 애그니스 소식을 알아보라고 휼랜즈로 보냈다. 바살러뮤는 아침 일찍 나가서 어디 있는지 알 수 없지만 조운과 여동생 모두, 이웃 사람까지 다 나와서 애그니스를 찾는다. 바구니를 들고 가는 만삭인 여자 혹시 봤어요? 동생들이 길을 오르내리며 만나는 사람마다 묻는다. 하지만 아무도 본 사람이 없다. 딱 한 명, 빵집 아주머니만 애그니스가 쇼터리 방향으로 갔다고 말해주었다. 빵집 아주머니는 손을 쥐어짜고 앞치마로 얼굴을 덮으며 말했다. 내가 왜 가게 뒀을꼬, 왜, 뭔가 이상하다는 걸 알고도? 길버트와 리처드는 큰길로 나가서 지나가는 사람들을 붙들고 무슨 소식 못 들었냐고 묻는다.

그럼 남편은? 남편은 바살러뮤를 찾는 일을 맡았다.

바살러뮤는 애그니스의 남편이 자기 소유지 바깥 경계를 따라 이어진 오솔길로 올라오는 것을 보고 들고 있던 짚단을 집어던지고 그쪽으로 걸어간다. 바살러뮤가 들판을 가로질러오는 모습을 보더니 어린놈의—바살러뮤는 손이 보드랍고 머리카락은 뒤로 말쑥하게 넘기고 한쪽 귀에 귀고리를 단 도시내기인 누나의 남편을 아무래도 '어린놈' 이상으로 생각할 수가 없다—얼굴이 하얘진다. 개가 먼저 달려가 그를 에워싸고 짖는다.

"뭐야?" 바살러뮤는 소리가 들릴 만한 거리에 닿자 외친다. "시작했어? 별일 없고?"

"어," 남편이 입을 연다. "상황이, 지금 상황을 말하자면 그러니까—"

바살러뮤의 손이 남편의 조끼 앞섶을 움켜쥔다. "돌리지 말고 말해." 그가 말한다. "당장."

"사라졌어요. 어디 있는지 몰라요. 오늘 아침 일찍 이쪽으로 가는 걸 누가 봤대요. 애그니스 봤어요? 어디에 있을지 알아—"

"어디 있는지 모른다고?" 바살러뮤가 반복한다. 바살러뮤는 그를 노려보며 조끼 앞섶을 더 세게 당기더니 한참 만에 조용하고 위협적인 목소리로 말한다. "내가 분명히 말했을 텐데. 잘 돌보라고. 아냐? 잘 돌보라고 말했잖아. 최선을 다하라고."

"그랬어요! 했다고!" 멱살을 잡힌 남편이 안간힘을 쓰지만 바살러뮤가 그보다 머리 하나 어깨 하나만큼 더 크다. 바살러뮤는 손이 대접 같고 어깨는 떡갈나무 같은 거인이다.

느닷없이 어디선가 나타난 벌 한 마리가 두 사람 사이에서 붕붕거린다. 얼굴에 벌의 움직임이 느껴진다. 바살러뮤가 본능적으로 손을 들어 벌을 쫓는 틈을 타 남편이 바살러뮤의 손아귀에서 빠져나간다.

그는 재빠르게 옆으로 피하며 방어 자세를 취한다.

"봐요," 거리를 확보한 남편이 두 손을 들고 이 발 저 발로 뛰면서 말한다. "지금 싸우고 싶진 않다고요—"

상황이 이런데도 바살러뮤는 웃음이 나올 것 같다. 이 백면서생이 자기와 주먹으로 맞붙는다니, 생각만 해도 터무니없다. "당연히 그렇겠지." 그가 말한다.

“목표가 같잖아요.” 남편이 앞뒤로 발을 디디며 말한다. “우리 둘 다요, 안 그래요?”

“목표가 뭔데?”

“애그니스를 찾아야죠, 아녜요? 애그니스가 무사하다는 걸 알아야죠. 아기도.”

애그니스와 아기의 안전을 떠올리자 바살러뮤의 분노가 불 위에 올려놓은 냄비처럼 다시 끓어오른다.

“누나가 대체 왜 다른 사람을 다 마다하고 널 골랐는지 이해가 안 됐어. ‘왜 그 사람하고 결혼하려 하는데?’ 내가 물었지. ‘무슨 쓸모가 있다고?’” 바살러뮤는 양몰이 지팡이를 자기 발 사이에 딱 놓는다. “누나가 뭐라고 했는지 알아?”

남편은 갈대줄기처럼 꼿꼿하게 서서 팔짱을 끼고 입을 꾹 다문 채 고개를 젓는다. “뭐라고 했는데요?”

“자기가 만나본 누구보다 속에 감춰진 게 많은 사람이래.”

남편은 자기가 들은 말을 믿을 수 없다는 듯 멍하니 쳐다본다. 얼굴에 괴로움, 고통, 놀라움이 어린다. “그렇게 말했어요?”

바살러뮤가 고개를 끄덕인다. “누나가 왜 너를 선택했는지 이해하겠다고는 말 못하겠지만, 누나에 대해 이거 하나는 알아. 뭔지 듣고 싶나?”

“네.”

"누나는 틀리는 법이 없어. 무엇에 대해서건. 그게 재능이라는 사람도 있고 저주라는 사람도 있지만. 누나가 그렇게 생각한다면 그게 사실일 가능성이 있지."

"나는 짐작도 가지 않는데," 남편이 말한다. "대체—"

바살러뮤가 말을 가로막으며 말한다. "어쨌든 지금은 전혀 중요한 게 아니야. 지금은 애그니스를 찾아야지."

남편은 아무 말도 않고 쭈그려앉아 두 손으로 머리를 감싼다. 다시 입을 열자 웅얼거리는 목소리가 나온다. "집에서 나가기 전에 종이에 뭐라고 썼어요. 나한테 보내는 메시지 같기도 한데."

"뭐라고 썼는데?"

"뭔가 비에 대한 거요. 나뭇가지하고. 그런데 다 알아보지는 못했어요."

바살러뮤는 그를 잠시 쳐다보며 그 단어들을 머릿속에서 굴린다. 비와 나뭇가지. 나뭇가지. 비. 그러다 지팡이를 들어 허리띠에 끼운다.

"일어나." 그가 말한다.

남편은 여전히 누구에게랄 것 없이 혼잣말을 웅얼거린다. "오늘 아침에 있었는데 그러다 없어졌어요. 운명이 끼어들어 그 사람을 마치 조수처럼 쓸어가버렸어요. 난 그 사람을 어떻게 찾아야 할지 모르겠고 어디서 찾아야 할지도—"

"내가 알아."

"—그 사람을 찾을 때까지 멈추지 않을 거예요. 우리가 다시—" 남편이 말을 멈추고 고개를 든다. "알아요?"

"응."

"어떻게?" 그가 묻는다. "어떻게 그 사람 마음을 그렇게 잘 알죠? 나는, 남편인 나는 짐작도 못하겠는데—"

바살러뮤는 인내심이 바닥난다. 부츠 끝으로 남편의 다리를 찬다. "일어나. 가자고."

'어린놈'이 벌떡 일어나 바살러뮤를 걱정스러운 눈으로 본다. "어디로요?"

"숲으로."

바살러뮤가 어린 남편의 얼굴에서 눈을 떼지 않은 채 두 손가락을 입에 넣고 휘파람으로 개들을 부른다.

가슴팍에 아기를 얹고 꿈과 생시를 오가며 졸고 있는 애그니스를 바살러뮤가 발견한다.

바살러뮤는 개들을 이끌고 들판을 가로질러 걸었고, 남편은 계속 한탄하고 우는소리를 하면서 뒤따랐다. 그리고 바살러뮤가 예상한 바로 그곳에 애그니스가 있었다.

"자." 바살러뮤가 몸을 숙여 애그니스를 안아올리며 말한다.

출산으로 인한 피범벅과 냄새와 부산물은 아랑곳하지 않는다.

"여기 있으면 안 돼."

애그니스는 잠결에 살짝 저항하다가 그냥 동생의 가슴에 머리를 기댄다. 바살러뮤는 아기가 살아 있고 뺨이 오무락오무락대는 걸 알아챈다. 젖을 빨고 있는 것이다. 바살러뮤는 누구에게랄 것도 없이 고개를 끄덕인다.

남편이 이제야 뒤따라와 법석을 떨고 난리를 치면서 손짓발짓을 하고 머리를 쥐어뜯고 입을 계속 나불대며 끝도 없는 말을 숲에 쏟아놓는다. 내가 안을게, 아기는 뭐야, 딸이야 아들이야, 대체 무슨 생각을 한 거야, 그렇게 가버리다니, 다들 걱정하느라 난리였다고, 어디 갔는지 짐작도 못하겠더라고. 바살러뮤는 입을 다물도록 그를 발로 한 방 차서 나뭇잎이 두껍게 쌓인 비옥한 땅에 쓰러뜨려줄까 생각하다가 참는다. 남편이 애그니스를 받아 안으려 하지만 바살러뮤는 성가신 파리를 쫓듯 쫓아버린다.

"바구니나 들어." 그가 어린 남편에게 말한다. 그러고는 성큼성큼 앞서가며 등뒤에 대고 말한다. "너무 무겁지 않다면."

역병이 1596년 여름 영국 워릭셔에 도달하기까지, 두 사람이 멀리 떨어진 곳에서 각자 어떤 일을 겪고 서로 스치듯 마주치는 일이 있었다.

첫번째 사람은 베네치아공국 무라노섬의 유리 장인이다. 두번째 사람은 때아니게 무더운 아침 동풍을 타고 알렉산드리아로 항해하는 상선商船의 선실 사환이다.

주디스가 앓아눕기 몇 달 전, 해가 1595년에서 1596년으로 넘어갈 때, 대여섯 가지 색유리를 겹쳐서 '밀레피오리'라 불리는 별 혹은 꽃 모양 유리구슬을 만드는 기술이 뛰어난 장인이 유리 공장 저편에서 화부들 사이에 싸움이 벌어지는 바람에 순간 정신이 팔린다. 장인의 손이 미끄러져, 조금 전까지 둥근 유리를 가열해 물렁물렁하게 늘어나는 고무처럼 만드는 데 쓰던 흰 불꽃 안으로 손가락 두 개가 들어가고 만다. 통증이 감각의 범위를 넘어설 정도로 극심해 처음에는 느끼지도 못한다. 장인은 무슨 일이 일어났는지, 왜 사람들이 다 자기를 쳐다보며 이쪽으로 달려오는지 알 수 없다. 고기 굽는 냄새가 풍기고, 짐승이 울부짖는 소리처럼 날카로운 소리가 나고, 사람들이 달려와 법석을 떤다.

그 결과, 그날 손가락 두 개를 절단하게 된다.

그리하여 다음날 공장 동료가 대신 빨간색, 노란색, 파란색, 녹색, 보라색의 작은 구슬을 상자에 담는다. 지금 집에서 붕대를 감은 채 양귀비 시럽을 마시고 몽롱한 상태로 누워 있는 유리 장인은 보통 구슬을 포장할 때 깨지지 말라고 톱밥과 모래를 같이 넣지만 동료는 그 사실을 모른다. 그래서 공장 바닥에 널린 천 한 뭉치를 집어 상자에 깐 뒤 구슬을 넣고, 구슬들은 수백 개의 초롱초롱한 작은 눈알처럼 나무라듯 그를 쳐다본다.

그와 동시에 지중해 건너편 알렉산드리아 항구에서 선실 사환이 배에서 내려야, 세상 반대편에 있는 주디스가 그 역병에 걸리고 비극이 시작된다. 사환은 뭍에 가서 배고프고 지친 선원들이 먹을 음식을 사 오라는 지시를 받는다.

그래서 그는 그렇게 한다.

중간선원이 엉덩이를 세게 걷어차면서 준 돈지갑을 꽉 쥐고 건널판자를 건넌다. 소년이 비뚜름하게 다리를 절면서 걷는 까닭은 그래서다.

다른 선원들은 말레이산 정향과 인도산 인디고 염료 궤짝을 배에서 내리고 있다. 내린 화물 대신 커피콩 포대와 옷감 곤포를 실을 것이다.

몇 주 만에 부둣가에 내려서인지 발밑 땅이 이상하게 단단하고 딱딱한 느낌이다. 여하튼 술집처럼 보이는 곳을 향해 절룩거리며 걸으면서 양념한 견과류를 파는 가판대, 목에 뱀을 걸고 있는 여자를 지나친다. 사환은 한 남자가 데리고 있는 금빛 사슬에 매인 원숭이를 보려고 걸음을 멈춘다. 왜냐고? 원숭이를 한 번도 본 적이 없기 때문이다. 또 동물이라면 종류를 불문하고 좋아하기 때문이다. 그리고 사실 사환은 햄닛하고 별로 나이 차가 안 나는 어린애이기 때문이다. 햄닛은 지금 겨울이라 추운 교실에서 그리스 시가 입문서를 나누어주는 선생님을 보고 있는데.

알렉산드리아 항구의 원숭이는 앙증맞은 빨간색 재킷과 같은 색 모자를 쓰고 있다. 등은 구부정하고 강아지처럼 보드라운 털로 덮여 있지만 소년을 올려다보는 얼굴은 희한하게도 마치 사람처럼 표정이 풍부하다.

사환이—영국 맨섬 출신이다—원숭이를 바라보자 원숭이도

소년을 바라본다. 원숭이는 고개를 갸웃하고 구슬처럼 영롱한 눈으로 쳐다보며 가벼운 피리 소리처럼 부드럽게 살짝 떨리는 목소리를 낸다. 그 소리를 들으니 소년은 맨섬에 있을 때 한 모임에서 삼촌이 연주하던 악기가 떠오르고, 순간 누나의 순산 감사 예배 때로, 사촌의 결혼식 때로, 안전한 자기 집 부엌에 있던 때로 돌아간다. 그곳에서 어머니는 생선을 손질하고, 소년에게 부츠를 잘 관리하라고, 셔츠 앞쪽을 닦으라고, 어서 밥을 먹으라고 하곤 했다. 삼촌은 피리를 불고, 다들 그가 어릴 때부터 듣고 자란 언어로 말하고, 아무도 그에게 소리를 지르거나 발길질하거나 명령하지 않고, 나중에는 다 같이 춤을 추고 노래를 할 것이다.

사환의 눈에 눈물이 핑 돌고, 소년을 보고 있던 원숭이는 다 안다는 듯 이해한다는 눈빛으로 손을 뻗는다.

원숭이의 손가락은 익숙해 보이면서도 낯설다. 부츠 가죽처럼 까맣고 반들거리고 손톱은 사과씨 같다. 그런데 손바닥에 소년의 손바닥처럼 주름이 있다. 그때 부두에 줄지어 선 야자나무 아래서, 사람과 짐승 사이에 공감이 흐른다. 소년은 금빛 사슬이 마치 제 목에 걸린 듯한 느낌이 든다. 원숭이는 소년의 슬픔, 고향을 그리는 마음, 다리에 든 멍, 손가락의 물집과 굳은살, 대양의 무자비한 태양 아래 그을려 벗어진 어깨 피부를 본다.

소년이 원숭이에게 손을 내밀자 원숭이가 그 손을 잡는다. 아귀힘이 놀라울 정도로 세다. 절박함, 그동안 당한 학대, 욕구, 다정함에 대한 갈망이 그 손에 담겨 있다. 원숭이가 네 발로 소년의 팔을 타고 어깨로 올라가 머리 꼭대기에 앉아 머리카락에 발을 묻는다.

소년은 웃으면서 무슨 일이 벌어진 건지 확인하려고 한 손을 올린다. 그렇다, 정말로 머리 위에 원숭이가 앉아 있다. 소년의 가슴에서 여러 충동이 솟구쳐 서로 다툰다. 부둣가로 달려가 다른 선원들에게 봐요, 나 좀 봐요, 하고 외치고 싶은 심정. 얼른 여동생에게 이 얘기를 들려주고 싶은 심정. 어떤 일이 있었는지 넌 상상도 못할 거야, 원숭이가 내 머리 위로 올라왔어. 그리고 원숭이를 갖고 싶은 심정. 남자의 손에서 사슬을 낚아채 도망쳐서 건널판자를 뛰어올라 배 안으로 사라지고 싶은 심정. 이 동물을 품에 꼭 안고 절대 놓아주고 싶지 않은 심정.

남자가 일어서며 소년에게 손짓을 한다. 얼굴이 얽고 흉터가 있고 입안의 치아는 검게 변색했고 두 눈은 바라보는 방향도 색깔도 서로 다르다. 남자는 손가락 두 개를 문지른다. '돈'을 뜻하는 만국 공통어다.

소년은 고개를 가로젓는다. 원숭이는 꼬리를 소년의 목에 감으며 필사적으로 매달린다.

얼굴이 얽고 흉터가 있는 남자가 다가와 소년의 팔을 움켜잡는다. 소년은 다시 고개를 젓는다. 돈, 남자가 요구한다, 돈. 남자는 원숭이를 가리킨 다음 다시 그 손짓을 한다.

소년은 다시 또 고개를 저으며 입을 꼭 다물고 허리춤에 맨 지갑을 지키려는 듯 한 손을 올린다. 음식과 술 없이 빈손으로 배에 돌아갔다간 무슨 일이 일어날지 소년은 잘 안다. 사환은 중간선원에게 채찍을 맞은 기억을—말라카에서 열두 대, 갈에서 일곱 대, 모가디슈에서 열 대—평생 떨치지 못할 것이다.

"안 돼요." 소년이 말한다. "안 돼요."

남자는 분노의 말을 아이의 얼굴에 쏟아붓는다. 알렉산드리아라는 이 도시에서 쓰는 말은 칼끝처럼 날카롭고 따끔하다. 남자가 손을 뻗어 원숭이를 움켜쥐자 원숭이가 깩깩거리다 이어 고통의 비명을 지르며 소년의 머리카락과 셔츠깃을 붙잡고 조그맣고 검은 발톱으로 소년의 살갗에 상처를 낸다.

이내 울음이 터져버린 소년은 새 친구를 붙잡으려 한다. 한순간 원숭이의 팔이 손에 잡힌다. 팔꿈치의 따스한 털이 소년의 손안에 들어온다. 그러나 남자가 사슬을 잡아당기자 원숭이는 비명을 지르며 소년의 손에서 빠져나가 돌바닥에 떨어진다. 원숭이는 몸을 일으키고 낑낑 울며 잡아끄는 남자를 허둥지둥 쫓아간다.

소년은 충격을 받은 채 멀어지는 원숭이를 본다. 구부정한 등, 주인의 걸음을 쫓아가느라 재게 놀리는 뒷다리. 소년은 얼굴과 눈가를 훔친다. 머릿속이 텅 빈 느낌이다. 그 순간이 다시 돌아온다면, 어떻게든 남자가 원숭이를 그에게 주도록 설득할 수 있다면 얼마나 좋을까. 원숭이는 소년의 것이었다. 누가 봐도 그렇지 않은가?

소년이 모르는—알 수 없는—것은 원숭이가 자신의 일부를 남겼다는 사실이다. 실랑이 도중에 벼룩 세 마리가 떨어진 것이다.

세 마리 중 한 마리는 바닥에 떨어져 소년이 자기도 모르는 새 발바닥으로 밟아 죽일 것이다. 두번째 벼룩은 소년의 정수리로 올라가 모래색 머리카락 안에 한동안 머물다가, 소년이 술집에서 그 지역 양조주 한 통 값을 치를 때 날렵하게 포물선을 그리며 폴짝 뛰어 소년의 이마에서 술집 주인의 어깨로 건너갈 것이다.

세번째 벼룩은 떨어진 자리에, 소년의 목에 묶인 붉은색 수건 주름 안에 남을 것이다. 고향에 있는 여자친구가 소년에게 준 것이다.

나중에, 날이 저물어 배로 돌아가 양념한 견과류와 팬케이크처럼 생긴 희한한 납작빵으로 저녁을 먹고 난 다음, 소년은 배에 사는 고양이 중에서 가장 좋아하는 녀석인 꼬리만 얼룩이고 온몸이 거의 하얀 고양이를 안아올려 목 근처에 얹고 코를 문댈 것이다. 벼룩은 새 숙주가 나타났다는 것을 알아차리고 소년의 목수건에서 고양이의 두툼하고 흰 털 속으로 뛰어들 것이다.

이 고양이는 몸이 안 좋아지자, 자기를 싫어하는 사람을 귀신같이 아는 고양이의 본능에 따라 다음날 중간선원의 해먹에 자리를 잡을 것이다. 그날 밤 중간선원은 해먹으로 와서 죽은 고양이를 보고는 욕설을 뱉으며 무자비하게 해먹에서 떨구고 발로 차서 방 저편으로 보내버릴 것이다.

원숭이한테서 온 벼룩을 포함해 너덧 마리는 고양이가 있던 자리에 남을 것이다. 원숭이의 벼룩은 영리한 놈이라 어떻게든 생존하고 번식하려 한다. 그래서 뛰고 튀어서 코를 골며 잠든 중간선원의 무성하고 축축한 겨드랑이로 들어가 알코올이 흐르는 진한 피를 포식한다.

사흘 뒤, 다마스쿠스를 지나 알레포로 가는 길에 조타수가 선장실로 들어가 중간선원이 몸이 안 좋아 아래층에 격리되었음을 알린다. 선장은 해도와 육분의에서 눈을 떼지 않은 채 고개를 끄덕이고 깊이 생각하지 않는다.

다음날, 선장은 상갑판에 서 있다가 중간선원이 입에 거품을 물고 헛소리를 하고 목에 종양 같은 게 생겨 고개가 옆으로 꺾였다는 보고를 받는다. 조타수의 말을 들으며 선장은 눈살을 찌푸리고 상선 주치의를 중간선원에게 보내라고 지시한다. 아, 조타수가 덧붙인다. 그리고 고양이 몇 마리가 죽은 것 같습니다.

선장이 고개를 돌려 조타수를 본다. 불쾌하고 당혹스러운 표정이다. 고양이라고? 조타수가 예의바르게 눈을 내리깔고 고개를 끄덕인다. 정말 희한한 일이군.

선장은 잠시 생각하더니 바다 쪽으로 손가락을 튕긴다. 바다로 던져.

선원이 죽은 고양이 세 마리를 각각 줄무늬 꼬리를 잡고 지중해로 던진다. 선실 사환은 갑판 해치에서 그 모습을 보다가 붉은 목수건으로 눈가를 훔친다.

얼마 뒤 배가 알레포에 정박하고 정향과 커피콩 일부를 내리는 동안 쥐 수십 마리도 같이 배에서 내린다. 쥐들은 쪼르르 뭍으로 달려간다. 상선 주치의가 선장실 문을 두드린다. 선장은 이등항해사와 날씨와 항해에 대해 의논하고 있다.

"아." 선장이 말한다. "그…… 음, 중간선원은 어떤가?"

의사가 가발 아래를 긁적이고 올라오는 트림을 억누르며 대답한다. "죽었습니다, 선장님."

선장은 눈살을 찌푸리며 의사의 비뚜름한 가발을 눈여겨보고 진한 럼주 냄새를 맡는다. "병명이 뭔가?"

뼈를 맞추고 치아를 뽑는 일에 더 익숙한 의사는 고개를 치켜든다. 선장실의 낮은 널판 천장에 답이 적혀 있기라도 한 듯. "열병입니다, 선장님." 의사는 술꾼다운 단호함으로 말한다.

"열병?"

"아프리카 열병일 겁니다." 의사가 얼버무린다. "제 생각에는. 온몸 여기저기가 시커메지고 팔다리랑 또 이 쾌적한 곳에서는 언급하고 싶지 않은 곳에 검게 얼룩이 졌으니, 저로서는 그자가 병에 걸려서—"

"알겠네." 선장이 해도 쪽으로 다시 몸을 돌리며 말을 끊는다. 선장으로서 할일은 다 한 것이다.

이등항해사가 헛기침을 하고 말한다. "수장을 준비하겠습니다."

중간선원을 홑이불로 싸서 갑판으로 끌고 나온다. 가까이 있는 선원들이 옷으로 코와 입을 가린다. 시신에서 말할 수 없이 역한 냄새가 난다. 선장이 성경 구절을 짧게 읽는다. 바다에서 스물다섯 해를 보내며 헤아릴 수 없이 많은 수장을 치른 선장도 이 시신의 냄새는 참기 어렵다.

"성부와," 선장이 뒤쪽 어딘가에서 구역질하는 선원들의 소리를 누르려 목소리를 높인다. "성자와 성령의 이름으로, 이 육신을 파도에 맡깁니다."

“거기.” 선장이 가까이 있는 선원들에게 손짓한다. “이걸…… 해…… 어…… 그래…… 바다로.”

두 사람이 앞으로 나와 퍼렇게 질린 얼굴로 시신을 들어 뱃전으로 가져간다.

주름을 만들며 일렁이는 지중해 수면이 중간선원의 시신을 덮는다.

배가 북부에서 온 모피 탁송물을 수거하러 콘스탄티노플에 도착했을 즈음에는 고양이가 전부 죽고 쥐가 급증해 골칫거리다. 쥐들이 나무상자를 갉아 선원들의 식량인 육포를 축낸다고 이등항해사가 선장에게 보고한다. 오늘 아침 조리실에 열다섯인가 열여섯 마리가 있었답니다, 선원들의 사기가 떨어졌습니다, 이등항해사가 창밖으로 수평선을 바라보며 말한다. 간밤에 상태가 안 좋아져 드러누운 선원도 몇 되고요.

두 사람이 더 죽고, 이어 또 한 사람, 그다음 또 한 사람이 죽는다. 모두 목이 부풀어오르고 피부가 붉어지고 물집이 생기고 몸 여기저기가 시커메지는 아프리카 열병에 걸렸다. 선장은 어쩔 수 없이 예정에 없던 라구사에 정박해 선원들을 더 고용한다. 증빙서류도 추천서도 없는 선원을 고용하다니 평소에는 하지 않을 성급하고 엉성한 일 처리다.

새로 들어온 선원들은 눈빛이 수상쩍고 이는 툭 튀어나왔다.

자기들끼리만 어울리고 말을 거의 안 하는데, 하더라도 폴란드어인지 뭔지 알 수 없는 말로 한다. 맨섬 출신 선원들은 처음부터 새로 온 선원들을 불신하고 말도 섞지 않고 방도 같이 쓰지 않으려 한다.

그러나 폴란드 선원들은 쥐를 아주 잘 잡는다. 마치 게임처럼 여기고는 음식을 끈에 달아 미끼로 던져놓고 거대한 삽을 들고 엎드려서 기다린다. 선원들의 식량을 포식해 배가 뚱뚱하고 털에 윤기가 흐르는 쥐가 나타나면, 폴란드인들이 달려들어 소리치고 노래하며 죽을 때까지 두들기는 통에 쥐의 뇌며 창자가 벽과 천장에 튄다. 그런 다음 쥐꼬리를 잘라 허리띠에 끈으로 묶고 병에 든 투명한 술을 서로 돌려가며 마신다.

구역질나, 맨섬 출신 선원 하나가 보고 있다가 사환에게 말한다. 안 그러냐? 그러더니 자기 목과 어깨를 찰싹 때린다. 배 안에 벼룩이 가득하다. 빌어먹을 쥐, 그는 웅얼거리며 해먹에서 몸을 돌린다.

베네치아에서는 오래 머무르지 않는다. 선장은 한시바삐 화물을 영국으로 가져가 수수료를 받고 이 지옥 같은 항해를 끝내고 싶다. 그래도 하역 작업을 하는 동안 사환에게 배에서 기를 고양이를 구해오라는 지시를 내린다. 사환은 신이 나서 부두로 내려간다. 비좁고 답답한 선실, 쥐와 열병과 죽음의 악취에서 벗어나고 싶다. 오늘 두 명이 더 열병으로 쓰러져 선실에 누워 있다. 한 명은 사환처럼 맨섬 출신이고 또 한 명은 폴란드인이다. 쥐꼬리로 장식한 허리띠가 환자 옆에 걸려 있다.

소년은 첫번째 항해 때 베네치아에 한 번 와본 적이 있다. 기억하는 모습 그대로다. 반은 바다고 반은 육지인 기이한 혼종 같은 곳이다. 집 앞 계단 아래서 옥색 물이 찰랑거리고, 창문 안에서는 양초 불꽃이 팔랑이고, 도로 없이 좁은 골목길만 있고, 골목은 어지러운 미로나 아치 모양 다리로 이어진다. 안개와 다각형 광장과 높은 건물과 덩덩 울리는 교회 종 사이에서 길을 잃기 십상이다.

소년은 잠시 짐짝과 포대를 나르는 선원들을 지켜본다. 선원들이 내지르는 소리는 맨섬 말과 폴란드어와 영어가 섞여 뒤죽박죽이다. 한 베네치아 사람이 상자를 가득 실은 수레를 밀고 그들 쪽으로 온다. 그 사람도 뭐라 소리를 치는데 베네치아 말이다. 그는 수레를 쥔 채 선원들과 자기 상자를 번갈아 가리킨다. 소년의 눈에 그의 손에서 손가락 두 개가 잘려나간 것이 보인다. 손의 나머지 부분은 마치 녹아내린 밀랍처럼 표면이 쭈글쭈글하다. 그가 선원들을 부르며 멀쩡한 손으로 배와 상자를 가리키는 와중에 수레가 기우뚱하며 상자가 쏟아질 듯 기울어진다.

소년은 앞으로 튀어나가 수레를 바로 세운 뒤 놀라서 쳐다보는 손이 망가진 사람에게 씩 웃어 보이고는 얼른 다시 제 갈 길을 간다. 생선을 파는 가판대 아래서 수염이 나고 얼굴이 세모 모양인 고양이를 몇 마리 보았기 때문이다.

둘 다 모르는 사이에, 알렉산드리아의 원숭이한테서 옮은 벼룩이—소년에게 오기 전에 일주일 정도 쥐한테 기생해 살았고, 그전에는 알레포 근처에서 사망한 요리사에게 기생했다—소년의 몸에서 유리 장인의 소매로 튀어오른 뒤 장인의 왼쪽 귀로 올라가 귓불 뒤를 문다. 장인은 안개 낀 운하의 찬 공기 때문에 말단 부위에 감각이 없는데다 얼른 이 구슬 상자를 배에 싣고 돈을 받아 무라노섬으로 돌아가고 싶은 생각뿐이라 아무것도 알아차리지 못한다. 공장에 주문이 밀렸고, 아마도 장인이 자리를 비운 새에 화부들이 또 싸움질을 할 게 뻔하니.

배가 시칠리아의 끝을 돌아갈 무렵 이등항해사가 아프리카 열병에 걸려 쓰러진다. 손가락이 검은색과 보라색으로 물들고 몸이 어찌나 뜨겁게 달아올랐는지 땀방울이 해먹을 통과해 그 아래 마룻바닥으로 뚝뚝 떨어진다. 선원들은 나폴리 앞바다에서 이등항해사를 폴란드인 두 명과 함께 수장한다.

베네치아에서 데려온 고양이들은 쥐를 잡을 때가 아니면 출신에 충실하게도 화물칸에 있는 무라노산 구슬 상자 위에서 잠을 잔다. 나무상자 표면이나 상자를 묶은 매듭이나 옆면에 분필로 적힌 베네치아어가 어쩐지 마음에 드는 모양이다.

항해 도중에는 화물칸에 들어가는 사람이 별로 없어서, 고양이들이 죽고 난 뒤에도—하나씩 차례로 죽었다—사체는 눈에 띄지 않은 채 한동안 이 상자 위에 그대로 있다. 죽어가는 쥐한테서 고양이의 얼룩꼬리로 뛰었던 벼룩들은 이제 상자 안으로 기어들어가 수백 개의 작고 알록달록한 밀레피오리 구슬을 감싼 천으로 들어간다(유리 장인의 동료가 넣은 바로 그 천이다. 유리 장인은 지금 무라노섬에 있고 유리 공장은 작업을 중단한 상태다. 일꾼 여럿이 알 수 없는 전염성 열병에 걸려 쓰러졌기 때문이다).

바르셀로나항에 들어서자 남은 폴란드인들이 배에서 이탈해 복잡한 항구로 사라져버린다. 선장은 이를 악물며 남은 사람들에게 모자란 인원으로 계속 갈 것이라고 말한다. 정향과 옷감과 커피콩 화물을 배달하고 바로 출항한다.

선원들은 시키는 대로 한다. 배는 카디스, 포르투, 라로셸에 정박하고, 그러는 동안 더 많은 사람이 죽어나가고, 마침내 북쪽으로 올라가 콘월에 도달한다. 런던에 들어왔을 때는 선원이 다 합해 다섯밖에 남지 않는다.

선실 사환은 맨섬으로 가는 배를 찾으러 간다. 한때 붉은색이었던 수건을 목에 메고, 유일하게 살아남은 베네치아 암고양이를 품에 안고. 다른 세 사람은 런던브리지 끄트머리에 있는 술집으로 향한다. 선장은 아내와 가족이 기다리는 집에 자신을 데려가줄 말을 한 필 구한다.

배에서 내려 세관에 쌓아놓은 화물이 천천히 런던 전역으로 흩어진다. 정향과 향신료와 옷감과 커피콩은 상인들이 판매하려 가져가고, 비단은 왕궁으로, 유리 제품은 버먼지의 중개상에게로, 옷감 곤포는 올드게이트의 직물가공업자와 양재용품상한테로 간다.

무라노 유리 장인이 손을 다치기 직전에 만든 유리구슬 상자들은 한동안 창고 선반에 놓여 있다가 하나는 슈루즈베리의 재봉사에게로, 하나는 요크로, 하나는 옥스퍼드의 보석상에게로 간다. 그중에서 가장 작은 상자, 마지막 상자에 든 구슬은 베네치아 유리 공장의 바닥에 있던 천에 싸인 채 배달부의 손에 들려 런던 북쪽 끝에 있는 여관으로 옮겨져 일주일을 머문다. 그러다 여관 주인이 구슬 상자와 편지 꾸러미와 레이스 꾸러미를 밖으로 가지고 나와 말을 타고 워릭셔로 가는 사람에게 맡긴다.

그 남자가 워릭셔를 향해 말을 타고 가는데 가죽 안장주머니에서 차르륵거리는 소리가 난다. 말의 움직임에 따라 구슬이 동시에 떠밀리며 여섯 가지 색깔이 돌아가고 또 돌아가면서 서로 부딪힌다. 여행을 시작한 지 이틀째, 남자는 무료한 생각에 빠져

상자 안에 뭐가 들어 있을까 궁금해한다. 이렇게 작고 맑은 소리를 내는 게 대체 뭘까?

구슬 두 알이 똑같은 모양의 다른 구슬들의 무게에 짓눌려 깨진다. 다섯 알은 표면에 흠이 나서 못쓰게 된다. 말이 들썩일 때마다 무거운 구슬이 서서히 아래쪽으로 내려가 바닥에 깔린다.

천 안의 벼룩들이 기어나온다. 부두 창고에서 숙주 없이 지내 굶주리고 약해졌다. 그러나 곧 말에게서 사람에게로, 다시 말에게로 뛰어다니며 활기를 되찾고 되살아난다. 벼룩들은 남자가 가는 길에 만난 다양한 사람들—그에게 우유 한 병을 준 여자, 말을 쓰다듬으러 다가온 아이, 길가 술집에서 만난 젊은이에게로 옮겨간다.

남자가 스트랫퍼드에 도착했을 즈음 벼룩이 알을 낳았다. 더블릿 솔기에, 말갈기에, 안장 바늘땀에, 레이스의 섬세한 장식에, 구슬을 감싼 천에. 이 알은 원숭이한테서 옮겨온 벼룩의 고손인 셈이다.

남자는 편지와 레이스 꾸러미와 구슬 상자를 타운 외곽의 여관 주인에게 넘긴다. 편지는 사내아이가 한 통당 1페니를 받고 집집마다 배달한다(그중 하나가 헨리 스트리트로 간다. 런던에 있는 남편이 가족에게 편지를 보냈기 때문이다. 계단에서 넘어져 손목을 삐었다는 얘기, 집주인이 키우는 개 얘기, 순회공연을 시작해 켄트까지 갈 예정이라는 얘기를 적어서). 레이스 꾸러미는 하루이틀 뒤 이브셤에서 온 여자가 받아간다.

남자는 배달을 마치고 말을 돌려 런던을 향해 가는 길에 몸이 어딘가 불편함을 느낀다. 겨드랑이가 쑤시고 쓰라리다. 그러나 통증을 애써 무시하며 계속 갈 길을 간다.

구슬 상자는 배달부 소년이 일리 스트리트의 여자 재봉사에게 배달한다. 재봉사는 길드 조합원 부인이 추수제에 입을 새 드레스 제작을 주문받았다. 사람들 말이 이 부인은 젊었을 때 런던도 가보고 바스도 가봐서 드레스 보는 눈이 높다고 한다. 부인은 재봉사에게 드레스 상체 부분을 베네치아 구슬로 장식해달라고, 그게 없는 드레스는 자기한테 아무 쓸모도 없다고 말했다. 아무짝에도.

그리하여 재봉사는 런던에 주문을 했고, 런던에서는 베네치아에 주문을 했고, 그러고는 기다리고 또 기다렸고, 조합원 부인은 구슬이 제때 도착하지 않으면 어떡하느냐고 안달을 했고, 그래서 런던에 다시 편지를 보냈으나 아무 소식이 없다가 이제 이렇게 도착한 것이다.

재봉사는 창문을 열고 배달부 소년에게서 상자를 받아든다. 상자를 막 열려는 순간 이웃집 아이인 주디스가 문으로 들어온다. 주디스는 바느질을 거들고 꼰사를 색깔별로 정리하고 마름질을 보조한다.

재봉사가 상자를 들어 보인다. "이거 봐." 아이는 나이에 비해 체구가 작고, 천사처럼 예쁘고 마음씨도 천사 같다.

아이가 두 손을 맞잡는다. "베네치아 구슬요? 정말 왔어요?"

재봉사가 웃는다. "그런가봐."

"봐도 돼요? 볼 수 있어요? 보고 싶어요."

재봉사가 상자를 작업대 위에 올려놓는다. "보는 것뿐이겠니. 아예 네가 열어보렴. 이 더러운 천부터 잘라내야겠다. 저기 가위 가져와."

재봉사는 밀레피오리 구슬 상자를 아이에게 건네고, 주디스는 얼른 손을 내밀어 상자를 받고 얼굴에 환한 웃음을 짓는다.

수재나의 첫돌이 지난 다음에 돌아온 어느 여름 오후에 애그니스는 집안에서 낯선 냄새를 맡는다.

애그니스는 수재나에게 숟가락으로 죽을 떠먹이며 말한다. 이거 먹자, 이것도 먹자. 숟가락으로 죽을 떠서 입안에 넣어주면 숟가락이 죽 흔적만 남은 채 반짝이며 나온다. 수재나는 식탁 귀퉁이 쪽, 쿠션을 높이 쌓은 의자에 앉아 있다. 애그니스는 아기가 이 왕좌에서 떨어지지 않게 그물 모양으로 짠 숄로 묶어놓았다. 아기는 조그만 손을 달팽이 껍데기처럼 말아쥐고, 그릇에서 입으로 다시 그릇으로 돌아가는 숟가락을 신기한 듯 푹 빠져서 본다.

"다." 수재나가 외친다. 아랫잇몸에 청백색 유치 네 개가 가지런히 돋아 있다.

애그니스는 아기가 내는 소리를 따라 한다. 애그니스는 도저히 아기에게서 시선을 돌릴 수 없을 때가, 딸의 얼굴에서 영영 눈을 떼고 싶지 않을 때가 많다. 연한색 장미 꽃봉오리 같은 귀, 날개처럼 펼쳐진 작은 눈썹, 마치 붓으로 그린 듯 정수리에 매달린 짙은 머리카락 말고 다른 무엇이 보고 싶겠는가? 세상에 자기 딸만큼 아름다운 게 없다. 세상 어디를 보더라도 이렇게 완벽한 존재는 영영 찾을 수 없을 것 같다.

"디이." 수재나가 외치며 잽싸게 몸을 앞으로 숙여 숟가락을 잡는다. 죽이 식탁 위에, 아기의 옷에, 얼굴에, 애그니스의 옷에 튄다.

애그니스는 행주를 가져와 식탁, 의자, 아이의 놀란 얼굴을 닦고 화가 나서 울음을 터뜨리려는 수재나를 달래다가, 문득 고개를 들고 공중에서 냄새를 맡는다.

축축하고 무겁고 아릿한 냄새가 난다. 상한 음식이나 눅눅한 아마포 같기도 하다. 전에는 맡아본 적 없는 냄새다. 냄새에 색이 있다면 회녹색일 듯싶다.

행주를 손에 든 채 딸을 돌아본다. 수재나는 숟가락을 쥐고 일정 간격으로 식탁을 두들긴다. 숟가락이 부딪칠 때마다 눈을 깜박이고 입을 꼭 다문다. 이런 손노릇이 극도의 집중을 요하는 일이라도 되는 것처럼.

애그니스는 행주 냄새를 맡아본다. 공기를 맡아본다. 소매에 코를 갖다대고, 다음에는 수재나의 옷 냄새를 맡아본다. 방안을 돌아다니며 찾는다. 무슨 냄새지? 시들어가는 꽃, 물에 너무 오래 꽂아둔 식물, 고인 물, 젖은 이끼 같다. 무언가가 집에서 축축이 젖은 채 썩어가나?

식탁 아래를 들여다본다. 길버트의 개가 뭔가를 집안으로 끌고 들어왔을 수도 있으니까. 엎드려서 궤 아래도 살펴본다. 애그니스는 허리에 손을 짚고 방 한가운데 서서 숨을 깊이 들이마신다.

홀연 두 가지 사실을 알아차린다. 어떻게 아는지는 모른다. 그냥 안다. 애그니스는 이렇게 무언가가 떠오르는 순간을, 머릿속에 정보가 들어오는 방식을 한 번도 의심해본 적이 없다. 그냥 뜻밖의 선물을 받아들이듯 고마워하며, 웃으며, 기분좋게 놀라며 받아들인다.

애그니스는 아기가 들어섰다는 걸 느낀다. 겨울이 끝날 즈음 집안에 다른 아기가 생길 것이다. 애그니스는 자기가 아이를 몇이나 가질지 늘 알았다. 죽을 때 침대맡에 자식 둘이 서 있으리란 걸 안다. 그런데 이제 둘째 아이가 생겼다. 첫번째 조짐이 나타났고, 이제부터 아이의 존재가 시작된다.

애그니스는 또 이 냄새, 이 썩은 냄새가 실재하는 냄새가 아니란 걸 알아차린다. 실제가 아니라 어떤 의미를 띤 것이다. 집안에 무언가 나쁜 것, 잘못된 것, 망가진 것이 있다는 징후다. 그것이 어딘가에서 자라나고 퍼져나가고 있음을 느낀다. 겨울이면 회벽에 번지는 검은곰팡이처럼.

서로 성질이 정반대인 두 가지 감각을 동시에 느끼자 애그니스는 혼란스럽다. 두 방향으로 갈라지는 느낌이다. 아기, 좋음. 냄새, 나쁨.

애그니스는 다시 식탁으로 돌아간다. 딸에 대한 걱정이 가장 먼저 머릿속을 차지한다. 이 슬픔, 이 어둠의 냄새가 아기에게서 나오는 걸까? 애그니스는 아이의 따스한 목에 얼굴을 묻고 숨을 들이마신다. 여기인가? 내 아이, 내 딸이 점점 자라는 어두운 힘에 위협을 받고 있나?

수재나는 갑자기 엄마가 보이는 관심에 놀라 꺄르륵 웃으면서 엄마 엄마 하며 두 팔로 애그니스의 목을 감싼다. 팔이 아직 짧아서 엄마를 완전히 안지는 못하고 손끝이 애그니스의 어깨를 야무지게 붙든다.

애그니스는 개가 냄새를 쫓아가듯 코를 킁킁대며 딸의 정수를 빨아들이듯 냄새를 들이마신다. 배꽃냄새가 언뜻 풍기는 수재나의 살갗, 따스한 머리카락, 강보와 죽 냄새. 그게 전부다.

애그니스는 조그맣고 동그란 아이를 안아올리며 말한다. 빵 한 쪽하고 우유 한 잔 줄까? 그러면서 자기 몸안에 땅콩처럼 웅크리고 있는 새로운 아기를 생각한다. 수재나는 동생을 사랑할까, 둘이 같이 놀까, 아기가 수재나에게 바살러뮤 같은 존재가 되어주겠지—영원한 친구이자 동지이자 벗. 남자아이일까, 여자아이일까? 스스로에게 물어보지만 뜻밖에도 답이 떠오르지 않는다.

애그니스는 수재나를 발치에 내려놓고 빵을 한 쪽 잘라 꿀을 바른다. 이제 수재나는 식탁에, 애그니스의 무릎에 앉는다. 애그니스는 아이를 가까이에, 품안에 두고 싶다. 이 냄새와 어둠이 혹여 아기에게 다가올지 모르니까. 애그니스는 아이의 주의를 붙들어놓으려고, 아이를 세상의 위협으로부터 안전하게 지키려고 계속 말을 건다. 아이는 애그니스의 입에서 나오는 말에 귀를 기울이다가 아는 단어를 들으면 따라 한다. 빵, 컵, 발, 눈.

둘이 같이 새가 둥지를 만들고 벌이 붕붕거린다는 노래를 부르는데, 수재나의 아빠가 계단을 내려온다. 애그니스는 남편이 컵을 들어 물병의 물을 따라 마시고 또 한 잔, 또 한 잔을 연거푸 마시는 소리를 듣는다. 그가 두 사람을 돌아서 맞은편 의자에 털썩 앉는다.

애그니스가 그를 쳐다본다. 애그니스는 바람을 맞는 나무처럼 숨을 들이마셨다가 내뱉고, 다시 들이마셨다가 내뱉는다. 시큼하고 축축한 냄새가 다시 풍긴다. 더 진해졌다. 바로 앞에 있다. 그에게서 연기처럼 흘러나와 머리 위에 회녹색 구름을 이룬다. 그는 지독한 냄새를 풍기는 안개에 둘러싸인 듯이 냄새를 끌고 다닌다. 악취가 그의 피부에서 솟는 것만 같다.

애그니스는 남편을 뜯어본다. 평소와 다를 바 없어 보인다. 정말 그런가? 수염 아래 얼굴 혈색이 나쁘고 양피지처럼 창백하다. 눈꺼풀이 무거워 보이고 눈 아래에 푸르스름한 그늘이 있다. 창밖을 내다보지만 무얼 보는 게 아니다. 눈앞에 있는 것도 보지 못하는 것 같다. 두 사람 사이 식탁 위에 얹어놓은 한쪽 손에는 공허한 공기만 가득차 있다. 사람이 아니라 마치 그림처럼 보인다. 캔버스천처럼 얄팍하고 그 뒤에는 아무것도 없는 것 같다. 영혼을 소진당하거나 밤새 도둑맞은 사람처럼 보인다.

어떻게 이런 일이 일어날 수 있나, 바로 코앞에서? 남편이 이 지경이 되도록 어떻게 경고도 조짐도 느끼지 못했나? 조짐이 있긴 했나? 애그니스는 생각해본다. 요새 전보다 잠을 더 많이 자고, 저녁에 친구들과 술집에서 보내는 시간이 길어졌다. 밤에 초를 켜놓고 침대에서 애그니스에게 책을 읽어준 지도 꽤 오래되었다. 언제가 마지막이었는지 기억도 안 날 정도로. 요새도 예전처럼 밤에 난롯가에 앉아 도란도란 얘기를 나누었던가? 얘기를 나누긴 했지만 예전만큼은 아니다. 하지만 애그니스는 아기며 집안일이며 텃밭이며 창문으로 찾아오는 방문객 때문에 바쁘고, 그는 오후에는 학생들을 가르치고 오전에는 아버지 심부름을 하며 시간을 보낸다. 삶이 그들을 함께 보조를 맞춰 떠밀고 있다고 생각했는데. 이렇게 되다니.

수재나는 여전히 손뼉을 치며 노래를 부르고 있다. 수재나의 손마디는 뼈가 튀어나온 게 아니라 오히려 쏙 들어가 보조개처럼 퐁퐁 패어 있다. 노래가 계속된다. 음 네 개가 계속 반복되고 똑같은 소리가 단조롭게 되풀이된다. 그는 듣기 싫은지 얼굴을 찡그리며 한 손을 귀에 갖다댄다.

애그니스는 눈살을 찌푸린다. 자기 뱃속에서 웅크린 채 밖에서 일어나는 일에 귀를 기울이고 이 탁한 공기를 들이마실 아기를 생각한다. 무릎에 앉은 수재나의 따스한 무게를 생각한다. 남편에게서 뿜어나오는 회색 구름과 부패의 기운을 생각한다.

이 결혼, 이 아이, 두 사람이 함께하는 삶이 남편이 지닌 문제의 원인인가? 이 집이 남편한테서 활기를 빼앗고 있나? 알 수가 없다. 그 생각을 하자 충격이 덮친다. 남편이 이런 지경인데 어떻게 뱃속에 아기가 생겼다는 말을 하나? 그러면 남편의 우울감이 더 깊어질지도 모르는데. 뛸듯이 기뻐하면서 맞아도 모자랄 이 소식을 슬픔으로 받아들이는 모습만은 차마 볼 수 없다.

애그니스는 그의 이름을 부른다. 대꾸가 없다. 다시 부른다. 그가 고개를 들고 애그니스를 쳐다본다. 얼굴이 끔찍하다. 잿빛에 부어 있고 수염은 다듬지 않아 제멋대로다. 어쩌다 이런 꼴이 되었나? 대체 어찌된 일인가? 어떻게 이 지경이 되도록 알아차리지 못했나? 애그니스가 보지 못한 것은, 보지 않기로 한 것은 무엇이었나?

"어디 아파?" 애그니스가 묻는다.

"나?" 애그니스의 말이 그의 귀에 가닿고 입에서 답이 나오기까지 한참이 걸리는 듯하다. "아니. 왜 물어?"

"안 좋아 보여."

그가 한숨을 쉰다. 손으로 이마와 눈을 문지른다. "그래?"

애그니스는 일어서며 수재나를 골반 위에 얹는다. 그의 이마를 만져보자 개구리 피부처럼 축축하고 차갑다. 그는 짜증스럽다는 듯 애그니스의 손을 밀어내고 빠져나간다.

"아무 일 없어." 그가 말한다. 마치 말하면서 조약돌을 뱉듯 말마디가 무겁다. "법석 떨 것 없어."

"뭐가 문제야?" 애그니스가 말한다. 수재나는 엄마더러 자기를 돌아보라고, 노래를 부르라고 발길질을 한다.

"그런 거 없어." 그가 말한다. "그냥 좀 피곤해." 그가 의자를 밀며 일어선다. "다시 누워야겠어."

"왜 먹질 않아?" 애그니스는 수재나를 위아래로 어르며 달랜다. "빵 좀 먹을래? 꿀하고?"

그가 고개를 젓는다. "배가 안 고파."

"아버지가 아침 일찍 하라고 시킨 일 기억하지— "

그는 퉁명스레 손을 흔들며 말을 끊는다. "아버지한테 길버트를 보내라고 해. 난 오늘 아무데도 안 갈 거야." 그는 다리를 끌며 계단 쪽으로 간다. 탁한 냄새가 더럽고 묵은 천 뭉치처럼 질질 끌리며 따라간다. "자야겠어." 그가 말한다.

애그니스는 남편이 난간을 잡고 몸을 끌어올리듯 계단을 올라가는 것을 본다. 고개를 돌려 아기의 동그랗고 까맣고 현명한 눈을 본다.

"노래, 엄마." 수재나가 조언한다.

고요한 한밤에 애그니스가 남편에게 속삭인다. 뭐가 문제냐고, 무슨 생각을 하느냐고, 내가 어떻게 도울 수 있겠느냐고 묻는다. 그의 가슴에 손을 얹고 심장이 손바닥을 두드리고 또 두드리는 것을 느낀다, 마치 질문만 반복하고 대답하지 않듯이.

"아무 일도 없어." 그가 대답한다.

"분명 뭔가 있는데. 말할 수가 없어?"

그는 한숨을 쉰다. 애그니스의 손 아래서 가슴이 오르락내리락한다. 그는 홑이불 가장자리를 만지작거리고 다리 자세를 바꾼다. 애그니스는 그의 다리가 자기 다리를 스치는 걸, 홑이불이 불안하게 들썩이는 걸 느낀다. 침대 커튼이 닫혀 있어 두 사람이 누운 곳은 동굴 같다. 수재나는 짚요 위에서 팔을 쫙 벌리고 입을 오므리고 머리카락이 뺨에 달라붙은 채 세상모르고 잔다.

"그게……" 애그니스가 입을 연다. "혹시 당신…… 우리가 결혼하지 않았더라면…… 하는 거야? 그런 거야?"

그가 애그니스 쪽으로 몸을 돌린다. 오랜만의 일인 것 같다. 그의 얼굴에 고통과 충격이 어려 있다. 그는 애그니스의 손에 손을 얹는다. "아니," 그가 말한다. "절대 아니야. 어떻게 그런 말을 해? 당신하고 수재나는 내가 사는 이유야. 그 밖에 다른 건 아무 의미 없어."

"그럼 뭐야?" 애그니스가 묻는다.

그는 애그니스의 손을 들어 손가락 끝마다 입을 맞춘다. "모르겠어." 그가 말한다. "아무것도 아니야. 그냥 마음이 가라앉아. 우울감인가. 아무 일도 아냐."

애그니스가 막 잠들려는 참에 그가 말한다, 아니, 말한 것 같다. "길을 잃었어. 내 길을 못 찾겠어."

그는 애그니스 쪽으로 다가가 허리를 꼭 감싸안는다. 애그니스가 거대한 조수에 휩쓸려 그에게서 멀어지고 있기라도 한 듯.

그뒤 며칠 동안 애그니스는 의사가 환자를 관찰하듯 그를 찬찬히 살펴본다. 그는 밤에 잠을 못 이루고 아침에는 못 일어난다. 정오 가까이 되어야 창백한 얼굴에 풀기 없고 우울한 기분으로 비틀거리며 방에서 나온다. 그에게서 풍기는 냄새는 더 심해졌다. 옷이며 머리카락이 시큼하고 고약한 냄새에 절어 있다. 아버지가 문 앞에 와서 소리지르고 닦달하며 일어나라고, 일을 하라고 외친다. 애그니스는 자기가 침착하고 꾸준하고 강해져야 한다는 걸 안다. 집이 기울어지거나 어둠에 잠식되지 않게 하려면, 어둠에 맞서고 수재나를 지키고 어둠이 스미지 못하도록 틈새를 막으려면 그래야 한다.

애그니스는 그가 발을 끌고 걸으며 학생들을 가르치러 갈 때 한숨을 푹 쉬는 걸 본다. 동생 리처드가 학교에서 돌아올 때 창밖을 멍하니 내다보는 걸 본다. 식탁에 부모와 같이 앉아 있을 때 얼굴을 잔뜩 찌푸리고 손으로 음식을 깨작이는 걸 본다. 아버지가 무두질 공장 일꾼을 잘 다루었다며 길버트를 칭찬할 때 에일 병에 손을 뻗는 걸 본다. 에드먼드가 그의 옆에 와서 팔에 머리를 기대지만, 막냇동생이 몇 차례 이마로 들이받은 다음에야 그 존재를 알아차리는 걸 본다. 그가 멍하게 맥없이 에드먼드를 들어올려 무릎에 앉히는 걸 본다. 에드먼드가 작은 손을 만형의 완고한 두 뺨에 얹고 얼굴을 들여다보는 걸 본다. 에드먼드가 애그니스를 제외하고 그에게 무언가 문제가 있다는 사실을 알아차린 유일한 사람임을 안다.

고양이가 식탁으로 뛰어오를 때, 문이 바람에 쾅 닫힐 때, 접시가 탕 놓일 때 남편이 흠칫 놀라는 걸 본다. 존이 그를 나무라고 비웃고 길버트한테도 그렇게 하라고 부추기는 걸 본다. 못난 놈, 그가 식탁보에 에일을 쏟자 존이 말한다. 그거 하나 제대로 못 따르냐, 응? 응? 길버트, 봤지?

애그니스는 남편에게 드리운 구름이 점점 짙어지고 고약한 썩은 기운이 강해지는 걸 본다. 식탁 너머로 손을 뻗어 그의 팔에 얹고 싶다. 내가 여기 있어, 말하고 싶다. 그렇지만 말만으로 충분하지 않다면? 그의 이름 없는 고통을 달래줄 힘이 나에게 없다면? 난생처음으로 애그니스는 누군가를 어떻게 도와야 할지 모르겠다는 생각을 한다. 어떻게 해야 좋을지 알 수가 없다. 그리고 사실 여기 식탁에서 그의 손을 잡을 수도 없다. 두 사람 사이에 접시와 컵과 양초가 있고, 일라이자가 고기 접시를 치우러 일어서고, 메리는 수재나에게 너무 큰 고깃조각을 먹이려 한다. 이런 대가족 안에서는 할일이 너무 많고 신경써야 할 것도 많고 저마다 원하는 것도 다 제각각이다. 애그니스는 접시를 치우며 생각한다. 한 사람의 고통과 괴로움을 알아차리지 못하고 지나치기가 얼마나 쉬운지. 그 사람이 말하지 않는다면, 마개를 단단히 닫은 병 같은 것에 담아두려 한다면, 그래서 그 안의 압력이 점점 커지면 결국—어떻게 될까?

애그니스는 알 수 없다.

그는 술을 너무 많이, 늦은 시간까지 마신다. 집밖에서 친구들과 마시는 게 아니라 침실 탁자에 앉아 마신다. 깃펜을 만들려고 깃털을 깎고 또 깎지만 적당한 게 하나도 없다고 말한다. 이건 너무 길고, 이건 너무 짧고, 이건 너무 가늘어 손에 쥐기 불편하다. 종이를 찢거나 긁거나 아니면 잉크가 번지고 얼룩이 진다. 제대로 된 깃펜 하나 갖겠다는 게 그렇게 무리한 욕심이야? 애그니스는 어느 밤 그가 이렇게 외치며 잉크병이며 뭐며 전부 벽에다 던지는 소리에 깬다. 수재나가 울음을 터뜨린다. 울부짖는 아기를 안아올려 달래며 애그니스는 이 사람은 자기가 아는 남편이 아니라고 생각한다. 격분한 얼굴, 흐트러진 머리카락, 소리를 질러대는 입, 벽에 검은 열도처럼 뿌려진 잉크.

다음날 아침, 그가 아직 자고 있을 때, 애그니스는 수재나를 등에 업고 휼랜즈로 가는 길을 따라 걷는다. 가는 길에 깃털, 양귀비 꽃봉오리, 쐐기풀을 따 모은다.

쿵쿵거리는 반복적인 소리를 따라가자 바살러뮤가 있다. 바살러뮤는 가까운 우리 옆에서 울타리 말뚝을 망치로 땅에 박고 있다. 탕, 탕. 새로 태어난 새끼 양 우리를 만드는 중이다. 다른 사람한테 시켜도 되지만 바살러뮤는 울타리 만드는 일을 아주 잘한다. 키가 크고 힘이 엄청나고 흔들림 없이 열과 성을 다해 할 일을 한다.

애그니스가 다가가자 바살러뮤는 망치를 발치에 내려놓는다. 얼굴의 땀을 닦으며 애그니스가 가까이 오기를 기다린다.

"이거 가져왔어." 애그니스는 빵 한 덩이와 치즈 한 조각을 내밀며 말한다. 애그니스가 헨리 스트리트의 집 별채에서 양젖을 모슬린으로 걸러 만든 치즈다.

바살러뮤는 고개를 끄덕이고 음식을 받아들어 한입 물고 씹으면서도 애그니스의 얼굴에서 눈을 떼지 않는다. 바살러뮤는 수재나의 보닛 귀퉁이를 들어올리고 잠든 수재나의 뺨을 손가락으로 쓰다듬는다. 그러고는 다시 애그니스를 쳐다본다. 애그니스는 웃음을 지어 보이고 바살러뮤는 음식을 계속 씹는다.

"왜?" 바살러뮤가 처음으로 입을 연다.

"별일은 아니고." 애그니스가 말한다.

바살러뮤는 빵 껍질을 이로 물어뜯는다. "말해봐."

"그냥……" 애그니스는 수재나를 추어올린다. "그 사람이 잠을 안 자. 밤새 깨어 있고 아침에는 못 일어나. 우울하고 시무룩

해. 아버지랑 다툴 때 말고는 말도 안 해. 엄청나게 가라앉아 있어. 내가 어떻게 해야 할지 모르겠어."

바살러뮤는 애그니스의 말을 생각해본다, 애그니스가 예상한 대로 고개를 갸웃하고 어딘가 멀리 시선을 둔 채. 입으로는 계속 씹고 있어 뺨과 관자놀이 근육이 움찔거린다. 바살러뮤는 남은 빵과 치즈를 입에 다 밀어넣고도 여전히 말이 없다. 음식을 삼키고 숨을 내쉰다. 허리를 숙인다. 망치를 집어든다. 애그니스는 망치가 닿지 않는 거리로 물러선다.

바살러뮤는 말뚝머리를 곧고 정확하게 두 번 친다. 말뚝이 바르르 떨고 움찔하며 움츠러드는 것처럼 보인다. "남자는," 바살러뮤가 다시 망치를 휘두르며 말한다. "일이 필요해." 망치가 말뚝머리에 내리꽂힌다. "제대로 된 일."

바살러뮤는 말뚝을 손으로 움직여보고 단단히 박혔는지 확인한다. 흙 위에 살짝 꽂아놓은 그 다음 말뚝으로 간다. "그 친구는 머리로 이루어진 인간이지." 바살러뮤가 망치를 휘두르며 말한다. "머리밖에 없는데 또 사리분별은 별로고. 안정을 찾으려면, 삶에 목표를 가지려면 일이 필요해. 그런 식으로는 살 수 없어, 아버지 심부름이나 하고 여기저기 선생질이나 하면서. 그런 머리를 가진 사람한테 그렇게 살라고 하면 미쳐버리지."

바살러뮤가 말뚝에 손을 얹어보더니 썩 마음에 들지 않는지 망치로 한 번, 두 번 쳐서 더 깊이 박는다.

"듣자 하니," 바살러뮤가 불쑥 말한다. "그 아비가 손을 함부로 쓴다던데. 특히 라틴어 선생한테. 사실이야?"

애그니스가 한숨을 쉰다. "내 눈으로 직접 보진 않았지만 그런 것 같아."

바살러뮤는 다시 망치를 휘두르려다 멈춘다. "누나한테 성질을 부린 적 있어?"

"없어."

"애한테는?"

"안 그래."

"누나나 애한테 손끝이라도 댔다가는," 바살러뮤가 으르렁거린다. "그럴 꿈이라도 꿨다가는—"

"알아." 애그니스가 웃으며 말을 끊는다. "감히 그럴 생각은 못할걸."

"흠." 바살러뮤가 웅얼거린다. "그래야겠지." 바살러뮤는 망치를 집어던지고 쌓아놓은 말뚝더미 쪽으로 성큼성큼 간다. 하나를 골라 무게를 가늠해보고 선이 곧은지 확인한다.

"남자가 그런 무뢰한의 그늘에서 사는 건 힘든 일이야. 옆집이긴 해도. 숨쉬기가 힘들지. 자기 길을 찾기도 힘들고." 바살러뮤가 애그니스를 쳐다보지 않고 말한다.

애그니스는 무슨 말을 해야 할지 몰라 고개만 끄덕인다. "난 그렇게 심각한 줄 몰랐어." 애그니스가 속삭이듯 말한다.

"그 친구는 일이 필요해." 바살러뮤가 다시 말한다. 말뚝을 어깨에 얹고 애그니스에게 다가온다. "그리고 아버지한테서 벗어나야 할 거야."

애그니스는 고개를 돌려 오솔길을, 그늘에 분홍색 혀를 빼물고 누워 있는 개를 본다.

"생각해봤는데," 애그니스가 말문을 연다. "존이 다른 곳에서 장사를 하는 데 관심이 있지 않을까. 런던이라든가."

바살러뮤는 고개를 들고 눈을 가늘게 뜬다. "런던이라." 그 단어를 혀로 굴리며 반복한다.

"거기로 사업을 넓히는 거야."

동생이 턱을 문지르며 생각한다. "알겠어. 존이 누군가를 얼마간 도시로 보낼 수도 있을 거란 말이지. 누군가 믿을 수 있는 사람. 아들이라든가."

애그니스가 고개를 끄덕이며 말한다. "잠깐 동안만."

"누나도 같이 가고?"

"그럼."

"스트랫퍼드를 떠난다고?"

"처음엔 아니고. 그 사람이 자리잡고 거처를 마련할 때까지 기다렸다가 수재나하고 같이 따라가야지."

동생과 누나가 마주본다. 애그니스의 등에서 수재나가 뒤척이며 짤막하게 울음소리를 내다가 다시 잠든다.

"런던이 아주 멀진 않지." 바살러뮤가 말한다.

"그래."

"일자리를 찾으러 가는 사람도 많고."

"맞아."

"거기에 기회가 있을지도 모르지."

"응."

"그 친구한테. 사업에."

"그럴 것 같아."

"자기 스스로 자리를 찾을 수도 있고. 아버지한테서 벗어나서."

애그니스는 손을 뻗어 바살러뮤가 들고 있는 말뚝의 잘린 단면에 손끝을 대고 둥근 모양을 따라 훑는다.

"존이 이런 문제를 두고 여자 말을 들을 것 같지는 않아. 동업자가 그런 생각을 머리에 심어준다면—존과 사업상 관계가 있는 사람, 지분이 있는 사람이—마치 그게 애초부터 존의 생각이었던 것처럼 보이게 만들면……"

"그러면 생각이 굳어지겠지." 바살러뮤가 대신 말을 끝마친다. 바살러뮤는 애그니스의 팔에 손을 얹는다. "그럼 누나는?" 낮은 목소리로 묻는다. "그 사람이…… 먼저 가는 건 괜찮아? 자리잡으려면 시간이 걸릴 텐데."

"괜찮지 않아." 애그니스가 말한다. "전혀. 하지만 어쩌겠어? 이대로 둘 수는 없는걸. 런던이 그 사람을 이 고통에서 구해주기만 한다면, 그거면 돼."

"여기 와서 지내." 바살러뮤가 엄지로 휼랜즈를 가리킨다. "그동안에. 수재나랑 같이—"

애그니스가 고개를 젓는다. "조운이 좋다고 할 리 없어. 그리고 식구가 더 늘 거야."

바살러뮤가 눈살을 찌푸린다. "무슨 말이야? 아기가 또 나온다고?"

"응. 겨울이 끝날 때쯤."

"그 사람한테 말했어?"

"아직. 일이 다 결정될 때까지 기다리려고."

바살러뮤가 고개를 끄덕이고는 좀처럼 보기 힘든 함박웃음을 짓더니 팔을 힘있게 애그니스의 어깨에 두른다. "존을 찾아볼게. 어디서 술을 마시는지 알아. 오늘밤에 가볼게."

애그니스는 짚요 옆 바닥에, 주디스 곁에 수건을 들고 앉아 있다. 밤새 그러고 있었다. 그 자리에서 일어나지도, 무얼 먹지도, 눈을 붙이지도, 쉬지도 않으려 한다. 물이라도 좀 마시게 하는 게 메리가 할 수 있는 최선이다. 벽난로 열기가 너무 뜨거워서 애그니스의 뺨이 붉게 물들었다. 머리카락이 두건에서 빠져나와 목덜미에 축축한 글자를 그린다.

메리가 보고 있는 가운데 애그니스는 수건을 물에 적셔 주디스의 이마, 팔, 목을 닦는다. 부드럽게 달래는 목소리로 딸에게 계속 무어라 웅얼거린다.

메리는 아이가 과연 어미의 말을 들을 수 있을까 생각한다. 주디스의 열이 떨어지지 않는다. 목에 생긴 멍울이 너무 크고 땡땡하게 부풀어올라 터질 듯하다. 그러고 나면 모든 게 끝일 것이다. 아이는 죽을 것이다. 메리는 안다. 오늘밤, 짙은 한밤에 그 일이 닥칠지도 모른다. 그 시간이 아픈 사람에게 가장 위험한 때니까. 내일일 수도 있고 어쩌면 그다음날일 수도 있다. 어찌됐든 올 것이다.

이제 그들이 할 수 있는 일은 없다. 메리가 딸 셋을, 그중 둘은 아직 아기일 때 빼앗긴 것처럼 주디스도 잃고 말 것이다. 주디스도 그들의 곁을 떠날 것이다.

애그니스는 아이의 축 처진 손가락을 쥐고 있다. 아이를 어떻게든 삶에 붙들어놓으려는 듯. 그럴 수만 있다면 의지의 힘으로 여기에 붙잡아두고 다시 끌어오려는 듯. 메리도 그런 심정을 안다. 메리도 느끼고 경험했고, 지금도 앞으로도 영원히 같은 심정이다. 메리도 저 짚요 옆의 엄마였다. 그런 적이 너무나 여러 번이었다. 아이를 붙들고 놓지 않으려 매달리는 여자였다. 아무 보람도 없이. 주어진 것은 언제라도 다시 거두어질 수 있다. 가혹함과 비통함이 바로 저 모퉁이 어귀에서, 궤 안에서, 문 뒤에서 기다리고 있다. 도둑이나 산적처럼 언제라도 덮칠 수 있다. 결코 경계를 늦추면 안 된다. 결코 안심하지 마라. 아이의 심장이 뛰고 우유를 마시고 숨을 들이쉬고 걷고 말하고 웃고 다투고 노는 것을 결코 당연히 여기지 마라. 아이가 떠날 수 있다는 것, 아이를 뺏길 수 있다는 것, 눈 깜짝할 사이에 엉겅퀴 홀씨처럼 흩어져버릴 수 있다는 것을 한순간도 잊지 마라.

메리는 눈에 눈물이 고이고 목이 메는 걸 느낀다. 두 갈래로 땋은 주디스의 머리카락, 턱과 목의 선. 주디스가 더이상 존재하지 않을 것이라니 말이 되는가. 머지않아 메리가 애그니스와 같이 저 몸뚱이를 씻기고 머리카락을 풀어 빗기고 장례 준비를 할 것이라니 말이 되는가. 메리는 얼른 몸을 돌려 물병, 수건, 접시, 뭐든 손에 닿는 것을 식탁에 놓았다가 주섬주섬 다시 치운다.

식탁에 앉아 손으로 턱을 괴고 있던 일라이자가 작은 소리로 말한다. "편지 써야죠. 그래야 하지 않아요, 엄마?"

메리는 짚요 옆에서 기도하듯 고개를 숙이고 있는 애그니스를 본다. 종일 애그니스는 주디스의 아버지에게 편지를 보내자는 일라이자의 말에 반대했다. 아무 일 없을 거야, 애그니스는 줄곧 말하며 점점 미친듯이 절박하게 약초를 갈고 아이에게 팅크제와 탕약을 먹이고 피부에 연고를 발랐다. 그 사람이 놀랄 거야. 그럴 필요 없어.

메리는 일라이자를 돌아보고 얼른 한 번 고개를 끄덕인다. 일라이자가 벽장으로 가서 잉크병과 종이와 깃펜을 꺼내는 것을 본다. 일라이자 오빠가 집에 왔을 때 문방제구를 두는 곳이다. 일라이자는 식탁에 앉아 깃펜을 잉크에 찍고, 잠시 머뭇거리다 글을 쓴다.

오빠,

안타깝지만 주디스가 만이 앞아. 시간이 별로 남지 안은 거 같아. 돌아와, 올 수 있으면. 빨리.

오빠에게 신의 가호가 있길.

사랑하는 동생,

일라이자

메리가 봉랍을 초에 녹인다. 애그니스는 접힌 종이 위에 방울방울 떨어지는 봉랍을 본다. 일라이자가 앞면에 오빠가 사는 곳의 주소를 적자, 메리가 편지를 들고 밖으로 나가 바로 옆 자기 집으로 간다. 메리는 동전 하나를 찾은 다음 창문을 열고 길에 있는 누구든 불러 스트랫퍼드 밖으로 나가는 도로 옆 여관에 가져다주라고 시킬 것이다. 여관 주인에게 최대한 빨리 런던으로, 아들에게로 배달해달라는 부탁과 함께.

메리가 동전을 찾고 지나가는 사람을 부르러 나가고 얼마 뒤 햄닛은 잠의 표면으로 떠오른다. 홑이불을 덮고 누운 채 몸이 왜 이렇게 이상한지, 왜 세상이 삐딱하게 느껴지는지, 왜 입이 바싹 마르고 가슴은 무겁고 머리는 쑤시는지 생각한다.

어두운 방 저편을 돌아보고 부모님의 침대를 본다. 비어 있다. 다른 쪽으로 고개를 돌려 누이들이 자는 짚요를 본다. 이불 아래에 한 사람밖에 없는 걸 보고 그제야 기억이 난다. 주디스가 아프지. 어떻게 그걸 잊을 수가 있지?

햄닛은 이불을 붙든 채 휘청거리며 몸을 일으키다 두 가지 사실을 깨닫는다. 머릿속이 뜨거운 물이 가득찬 그릇처럼 통증으로 꽉 차 있다. 낯설고 혼란스러운 통증이다. 두통이 생각이며 운동감각을 전부 몰아낸다. 머리를 가득 채우고 근육과 눈의 초점으로 번진다. 잇뿌리를 쑤시고 귀와 코의 신경길을 건드리고 모근까지 글컹댄다. 통증이 햄닛 자신보다 더 거대하고 막대하고 어마어마한 존재처럼 느껴진다.

햄닛이 침대에서 기어나가자 이불이 같이 끌려오지만 그게 문제가 아니다. 엄마한테 가야 한다. 이 본능이 얼마나 강한지, 열한 살이나 된 지금도 이렇게 강력할 수 있다니 놀랍다. 햄닛은 훨씬 어릴 때 느꼈던 이 느낌, 바로 이 충동을 기억한다. 엄마 곁에 있고 싶고 엄마 눈길을 받고 싶고 손을 뻗으면 만질 수 있을 만큼 엄마 가까이에 있고 싶은 강렬한 욕구. 다른 누구도 아닌 엄마여야만 하는.

동틀 때가 다 된 모양이다. 우유처럼 묽고 창백한 새날의 빛이 방으로 스며든다. 햄닛이 한 걸음 한 걸음 디디며 계단을 내려가는데 눈앞이 울렁대고 흔들린다. 사방의 모든 것이 움직이는 탓에 몸을 돌려 벽을 마주보는 수밖에 없다.

아래층에 이런 광경이 펼쳐져 있다. 일라이자 고모는 식탁에서 팔을 베고 자고 있다. 초는 녹아내려 촛농 웅덩이를 만들고 꺼졌다. 난롯불은 까물거리는 잿더미로 줄어들었다. 어머니는 몸을 앞으로 숙이고 머리를 짚요에 대고 손에 수건을 쥔 채 잠이 들었다. 주디스는 햄닛을 똑바로 보고 있다.

"주드." 햄닛이 말한다, 아니, 말하려 애쓴다. 목소리가 제대로 나오지 않는다. 목이 걸걸하고 따끔하고, 마르고 쓰라린 목구멍 밖으로 소리가 나오지 못한다.

햄닛은 바닥에 주저앉아 기어서 주디스에게 간다.

주디스의 눈이 야릇한 은빛으로 반짝인다. 상태가 더 안 좋아졌다는 걸 알 수 있다. 뺨은 푹 꺼져 해쓱하고 갈라진 입술은 창백하고 목에 생긴 혹은 붉게 번들거린다. 햄닛은 엄마가 깨지 않게 조심하면서 쌍둥이 누이 옆에 웅크린다. 주디스의 손을 더듬어 찾는다. 두 아이의 손가락이 한데 엉킨다.

주디스의 눈이 뒤로 한 번, 두 번 넘어가는 게 보인다. 그러더니 주디스가 눈을 번쩍 뜨고 햄닛을 본다. 그렇게 하는 게 엄청 힘들어 보인다.

주디스의 입꼬리가 웃음을 지으려는 듯 올라간다. 햄닛의 손가락을 잡은 손에 힘이 들어간다. "울지 마." 주디스가 속삭인다.

햄닛은 평생 지녀온 그 느낌을 다시 느낀다. 주디스가 자기의 다른 한쪽이라는 느낌. 둘이 호두의 반쪽처럼 서로 딱 들어맞는다는 느낌. 주디스가 없으면 자기는 불완전하고 가망 없는 존재가 되리라는 느낌. 햄닛의 옆구리, 주디스가 찢겨나간 자리에 평생 아물지 않는 상처가 남을 것이다. 주디스 없이 어떻게 사나? 불가능한 일이다. 심장더러 허파 없이 살라고 하는 것이나, 달을 하늘에서 떼어내고 별들끼리 알아서 하라고 하는 것이나, 보리더러 비 없이 자라라고 하는 것이나 다름없다. 주디스의 뺨에 은빛 씨앗 같은 눈물이 마법처럼 맺힌다. 햄닛은 그게 자기 눈에서 주디스의 얼굴로 떨어진 눈물이란 걸 알지만, 그건 주디스의 눈물이기도 하다. 그 둘은 다르지 않으니까.

"넌 괜찮을 거야." 주디스가 웅얼거린다.

햄닛이 화를 내며 주디스의 손가락을 쥔다. "아니야." 햄닛은 혀로 입술을 핥고 소금기를 맛본다. "너랑 같이 갈 거야. 우리는 같이 갈 거야."

다시, 미소가 스치고 손가락에 힘이 들어간다. "아냐." 햄닛의 눈물방울이 주디스의 얼굴에서 반짝인다. "넌 남을 거야. 식구들한테는 네가 필요해."

햄닛은 방안에서 죽음의 존재를 느낀다. 그늘진 곳, 저기 문 옆 공중에 떠서 고개를 돌린 채 모든 것을 지켜본다. 때를 보며 기다린다. 피부가 없는 발로 다가와서 축축한 재 같은 숨결로 주디스를 차가운 품에 안고 데려갈 테고, 햄닛은 죽음의 손에서 주디스를 빼앗지 못할 것이다. 자기도 데려가달라고 우겨야 하나? 언제나 그랬듯이 이번에도 같이 가겠다고?

그때 어떤 생각이 떠오른다. 왜 진작 그 생각을 못했나 싶다. 주디스 옆에 웅크리고 있던 햄닛은 죽음을 속일 수 있을지 모른다는 생각을 한다. 어릴 때부터 둘이서 하던 장난을 치면 된다. 서로 자리를, 옷을 뒤바꿔 사람들이 둘을 헷갈리게 하는 장난. 두 아이는 얼굴이 똑같이 생겼다. 날마다 하루에 한 번은 듣는 말이다. 햄닛이 주디스의 숄을 걸치거나 주디스가 햄닛의 모자를 쓰기만 하면 된다. 그렇게 하고 식탁에 앉아 눈을 내리깐 채 웃음을 감추고 있으면, 어머니가 주디스의 어깨에 손을 얹고 말한다. 햄닛, 장작 좀 갖다줄래? 아니면 아버지가 방으로 들어와 조끼를 입은 아이를 아들이라 착각하고 라틴어 동사를 활용해보라고 말한다. 그런데 다시 보면 소리 죽여 웃고 있는 딸이다. 딸은 장난이 통했다고 즐거워하며 문을 열어젖혀 숨어 있던 아들을 짠 하고 보여준다.

이 속임수를, 이 장난을 한번 더 할 수 있을까? 할 수 있을 것 같다. 할 것이다. 햄닛은 어깨 너머로 문 옆 어두운 굴을 본다. 어둠이 한없이 깊고 부드럽고 완전하다. 고개를 돌려 죽음에게 말한다. 눈을 감아. 잠깐만.

햄닛이 주디스의 몸 아래로 손을 밀어넣는다. 한 손은 어깨 아래, 다른 손은 엉덩이 아래 넣고 몸을 옆으로, 불가 쪽으로 민다. 생각했던 것보다 더 가볍다. 주디스는 옆으로 누웠다가 눈을 살짝 뜨며 다시 바로 눕는다. 눈살을 찌푸리고 햄닛이 자기가 만들어놓은 움푹 팬 자리에 눕는 것을 본다. 햄닛은 주디스의 자리를 차지하고 머리를 쓸어 얼굴 양옆으로 내리고 이불을 끌어당겨 두 사람의 턱밑까지 덮는다.

이제 둘은 똑같아 보일 것이다. 누가 누구인지 아무도 모를 것이다. 죽음이 실수로 주디스 대신 햄닛을 데려가기도 쉬울 것이다.

주디스가 옆에서 뒤척이며 몸을 일으키려 한다. "안 돼." 주디스가 말한다. "햄닛, 그러지 마."

햄닛이 무얼 하려는 건지 주디스는 바로 알았다. 주디스는 언제나 아니까. 주디스는 고개를 젓지만 너무 기력이 없어 몸을 일으킬 수가 없다. 햄닛이 둘이 덮은 이불을 꽉 쥔다.

햄닛은 숨을 들이마신다. 숨을 내쉰다. 고개를 돌려 주디스의 귀에 숨을 불어넣는다. 자기의 힘, 건강, 모든 걸 불어넣는다.

너는 남을 거야, 속삭인다. 나는 가고. 이런 말들을 주디스에게 보낸다. 네가 내 삶을 가지면 좋겠어. 네 것이 될 거야. 너한테 줄게.

둘 다 살 수는 없다. 햄닛도 알고 주디스도 안다. 두 사람 모두에게 돌아갈 만큼 삶이, 공기가, 피가 충분하지 않다. 처음부터 그랬을지도 모른다. 만약 둘 중 하나가 산다면, 주디스여야 한다. 햄닛은 자기 의지로 그렇게 정했다. 두 손으로 이불을 꼭 쥔다. 그가, 햄닛이 명한다. 그렇게 될 것이다.

두 돌이 얼마 남지 않은 수재나가 할머니 집 거실 바닥에 놓인 바구니 안에 앉아 있다. 책상다리를 하고 치마를 한껏 부풀린 채로. 나무숟가락 두 개를 양손에 들고 최대한 빨리 노를 젓는다. 노를 저으며 강을 따라 내려간다. 물살이 빠르게 일렁인다. 물풀이 부유하고 풀어진다. 가라앉지 않으려면 쉬지 말고 노를 저어야 한다. 멈췄다가 무슨 일이 일어날지 알고? 오리와 백조가 옆에서 같이 둥둥 떠간다. 평온하고 침착하게 보이지만 물 아래서 물갈퀴를 열심히 놀리고 있다는 걸 수재나는 안다. 수재나 말고는 누구도 이 동물들을 못 본다. 등을 돌리고 창가에 서서 창턱 화분에 씨앗을 흩뿌리는 엄마도. 식탁에 반짇고리를 펼쳐놓고 앉은 할머니도. 이쪽 벽에서 저쪽 벽으로 왔다갔다하는, 짙은 색

양말을 신은 다리만 보이는 아빠도. 아빠의 신발 바닥이 수재나의 강수면에 질질 끌리고 탁탁 부딪힌다. 아버지는 오리를 지나치고 백조를 넘고 갈대로 덮인 강둑을 가로지른다. 수재나는 아빠에게 조심하라고 말하고 싶고 아빠가 수영을 할 줄 아는지 알고 싶다. 수재나는 양말처럼 색이 짙은 아빠의 머리가 출렁이는 녹갈색 물 아래로 사라지는 모습을 상상한다. 그 생각을 하자 목이 메고 눈물이 핑 돈다.

아빠를 올려다보니 걸음을 멈추었다. 두 다리가 나무줄기처럼 곧게 가만히 서 있다. 아빠는 바느질하는 할머니 앞에 서 있다. 할머니의 바늘이 천 속으로 사라졌다가 다시 나타난다. 수재나의 눈에는 아주 가는 은빛 물고기, 피라미나 살기 같은 물고기가 물 밖으로 튀어올랐다가 다시 뛰어드는 것처럼 보인다. 수재나가 다시 강 생각을 하는데 할머니가 바느질감을 쾅 내려놓고 벌떡 일어나 아빠의 얼굴에 대고 소리를 지르기 시작한다. 수재나는 놀라서 숟가락 노를 든 채 쳐다본다. 뜻밖의 광경을 마음에 새긴다. 할머니가 분노로 일그러진 얼굴로 아들의 팔을 잡는다. 아빠가 할머니 손에서 팔을 빼내고 무서운 목소리로 나지막하게 무어라 말하자 할머니는 수재나의 엄마 쪽으로 손짓하며 엄마의 이름을 부르고—할머니가 말할 때는 '애니스'처럼 들린다—엄마가 고개를 돌린다. 또다른 아기를 가진 엄마의 드레스가 앞으로 불룩 나와 있다. 너한테 동생이 생길 거야, 엄마가 말했다. 엄마는 팔에 다람쥐 한 마리를 얹고 있다. 저게 진짜인가? 수재나는 진짜라는 걸 안다. 유리창으로 들어오는 햇빛을 받아 다람쥐 꼬리가 불꽃처럼 붉게 타오른다. 다람쥐는 엄마 소매를 타고 호로록 올라가서 모자 아래 머리 타래 옆에 웅크린다. 수재나가 가끔 풀어서 빗질하고 땋으며 노는 머리 타래.

엄마 얼굴은 평온하다. 엄마는 거실, 할머니, 아빠, 바구니 배를 탄 아이를 찬찬히 둘러본다. 다람쥐 꼬리를 쓰다듬는다. 수재나는 자기도 그렇게 하고 싶은 갈망을 느끼지만 다람쥐는 절대 수재나에게 곁을 허락하지 않는다. 엄마는 꼬리를 쓰다듬으며 할머니가 뭐라고 하든 어깨만 으쓱한다. 애매한 미소를 지으며 몸을 돌리고는 다람쥐를 어깨에서 내려 열린 창문 밖으로 내보낸다.

수재나는 이 모든 것을 본다. 오리와 백조가 점점 가까이 헤엄쳐 와 바글거린다.

메리는 바느질을 하고 또 한다. 바늘이 솔기에서 솟았다가 다시 들어간다. 아들이 하는 말을 듣는 동안 메리는 자기가 무얼 꿰매고 있는지도 모르겠지만 바늘땀이 점점 커지고 엉성해진다는 건 알겠고 그래서 화가 난다. 메리는 바느질 솜씨가 좋기로 이름났고 실제로도 그렇기 때문이다. 메리는 냉정을 잃지 않으려고, 침착을 유지하려고 애쓰지만 아들이 이 계획은 잘될 거라 확신한다고, 런던에서 아버지의 사업을 확장할 수 있을 거라고 터무니없는 소리를 해댄다. 메리는 분노를, 경멸을 억누를 수가 없다. 며느리는 역시나 이 논쟁에 어느 쪽도 거들려 하지 않고 창가에 서서 아무 뜻 없는 소리만 내고 있다.

집밖 나무에 불그레하고 얼굴이 쥐처럼 생긴 다람쥐가 한 마리 산다. 애그니스는 다람쥐에게 가끔 먹이를 주고 쓰다듬곤 한다. 왜 그러는지 메리로서는 도저히 이해할 수가 없다. 집안에 들이지 말라고, 어떤 병을, 어떤 골칫거리를 옮길지 누가 아느냐고 며느리에게 말해봐야 듣지 않는다. 애그니스는 무슨 말이든 듣는 법이 없다. 심지어 지금 자기 남편이 집에서 나가겠다고, 달아나겠다고, 숨어버리겠다고 하는데도 마찬가지다. 제정신이라면 삼 년 전에 아들놈하고 배부른 처녀를 이 집에 받아준 시어미에게, 솔직히 결함이 없는 건 아니지만 그래도 가족을 위해 최선을 다해온 시아버지한테 무릎을 꿇고 용서해달라고 빌어도 모자랄 판에. 그런데 애그니스는 남의 말을 귓등으로도 안 듣는 게 기본이다.

메리는 아들을 쳐다볼 수가 없다. 또다시 부른 배를 내밀고 손 위에 빌어먹을 다람쥐를 올려놓고 놀리는, 아무 일도 없는 듯 낭

창한 며느리도 차마 볼 수가 없다.

존은 애그니스를 좀 모자란 사람, 시골 바보 취급을 한다. 집 안에서 지나치거나 식탁에서 마주칠 때면 고개를 끄덕인다. 안녕, 애그니스, 마치 어린아이에게 말하듯 한다. 애그니스가 주머니에서 더러운 뿌리 한 뭉치를 꺼내거나 손바닥을 펼쳐서 반짝이는 도토리 한 움큼을 보여주어도 그저 온화한 눈으로 바라본다. 애그니스의 기행도, 밤에 돌아다니는 것도, 가끔 지저분한 매무새로 다니는 것도, 이따금 황당한 상상이나 예측을 불쑥 내뱉는 것도, 집안에 다양한 짐승을 끌어들이는 것도(물병 안에 도롱뇽을 넣어두지 않나, 깃털 빠진 비둘기를 주워와 건강해질 때까지 돌보지 않나) 참아준다. 메리가 잠자리에서 불만을 늘어놓으면 존은 메리의 손을 톡톡 치며 말한다. 내버려둬. 그애는 도시내기가 아니라 시골 출신이잖아. 이 말에 메리는 세 가지 대꾸를 할 수 있다. 애그니스는 애가 아니야. 훨씬 어린 남자를, 우리 아들을 꼬여서 최악의 이유로 결혼에 성공한 여자라고. 그리고, 당신이 봐주는 건 걔가 가져온 지참금 때문이지. 내가 모를 거라고 생각하지 마. 또, 게다가 나도 시골 출신이야, 농장에서 자랐다고. 하지만 내가 한밤중에 싸돌아다니고 집에 야생동물을 들이나? 아니잖아. 메리는 콧방귀를 뀌며 말한다. 채신머리가 있는 사람이 있고 도무지 없는 사람이 있는 거야.

“장사에 도움이 될 거예요.” 아들은 가벼운 투로 계속 말한다. “아버지 사업을 확장하면 우리 모두에게 도움이 돼요. 아버지의 생각이기도 하고요. 이 타운에서는 아버지가 사업하기 힘들게 되었잖아요. 런던으로 옮기면 확실히 새로운 고객을—”

메리는 발아래 얼음이 녹듯 인내심이 이미 녹아 사라졌다는 사실을 인지하지도 못하고 있다가, 갑자기 벌떡 일어나서 아들의 팔을 잡고 흔든다. “이 계획 자체가 어리석은 짓이야. 대체 네 아버지가 어쩌다 그런 생각을 하게 됐는지 모르겠다. 네가 한 번이라도 아버지 사업에 관심을 가져본 적 있니? 그런 책임을 맡을 깜냥을 보여준 적이 있냐고? 런던이라니, 하! 찰코트에 가서 사슴가죽을 가져오라고 시켰더니 오는 길에 잃어버렸던 거 생각 안 나? 장갑 한 다스를 책 한 권하고 바꿔먹었을 때는? 기억 안 나? 그런데 어떻게 런던에서 사업을 하겠다는 소리가 나와? 런던에는 장갑 장인이 없겠니? 멋모르고 덤볐다가는 산 채로 잡아먹히고 말 거다.”

메리가 정말 하고 싶은 말은 이것이다, 가지 마. 메리가 정말 원하는 것은 야생성이 피를 타고 흐르는 천한 여자와의 결혼을 무르는 것이다. 다들 기이하고 신붓감으로는 영 아니라고 하는 숲에서 온 여자를 아예 만나지 않았더라면 하는 것이다. 대체 저 애는 어째서 직업도 없고 땡전 한 푼도 없는 내 아들에게 눈독을 들인 걸까? 아들을 숲 옆 농장에 가정교사로 보내는 계획을 떠올리지 않았더라면 얼마나 좋았을까. 그때로 돌아가서 무를 수만 있다면 그렇게 할 것이다. 메리는 자기 집에 들어온 이 여자를 미워한다. 소리도 없이 방안에 들어오는 것이나, 눈을 똑바로 뜨고 자기를 무슨 물이나 공기 속을 들여다보듯 빤히 쳐다보는 것이나, 아기에게 다정하게 속살거리며 노래를 불러주는 것이나. 런던으로 사업을 넓히겠다는 존의 계획을 아들이 결코 들을 일이 없었더라면. 도시, 군중, 질병, 생각만 해도 가슴속에서 숨이 탁 막힌다.

"애그니스," 아들이 짜증스럽게 팔을 빼자 메리는 애그니스에게 말한다. "너도 나랑 생각이 같겠지. 가면 안 돼. 이렇게 보내버릴 순 없어."

그제야 애그니스가 창문에서 고개를 돌린다. 아직도 다람쥐를 손에 들고 있는 걸 보고 메리는 복장이 터진다. 다람쥐 꼬리가 애그니스의 손가락 사이로 미끄러지며 빠져나간다. 검은 점이 박힌 금구슬 같은 눈이 메리를 빤히 본다. 예쁜 손가락이 눈에 들어오자 메리는 속이 쓰리다. 끝으로 갈수록 가늘어지는 희고 날씬한 손가락이다. 애그니스가 두드러지는 외모를 가졌다는 걸 인정하지 않을 수 없다. 그렇지만 뭔가 불길하고 어긋난 종류의 아름다움이다. 짙은 색 머리카락과 황록색 눈이 안 어울린다. 피부는 우유보다 희고 치아는 고르긴 해도 여우 이빨처럼 뾰족하다. 메리는 며느리를 오래 쳐다볼 수가, 눈을 맞추고 있을 수가 없다. 이 인간, 이 여자, 요정, 마법사, 숲의 정령이—며느리가 그런 존재라고 모두가 말하고 메리도 그게 사실이란 걸 아니까—자기 아들을 홀리고 꼬였다. 메리는 절대 용서할 수 없다.

메리는 이제 애그니스에게 호소한다. 이 문제에 있어서는 한마음일 테니까. 이 문제에 있어서는 며느리도 당연히 한편이 되어 아들을 집에, 안전히, 눈으로 볼 수 있는 곳에 붙들어놓으려 할 테니까.

"애그니스," 메리가 말한다. "너도 그렇게 생각하지? 이건 말도 안 되는 어리석은 계획이야. 저애는 여기 우리하고 같이 있어야 해. 아기가 태어났을 때 응당 옆에 있어야지. 너하고 애들 곁이 저애가 있을 자리잖아. 여기 스트랫퍼드에서 일해야지. 이렇게 가버릴 순 없다고. 그렇지 않니? 애그니스?"

애그니스가 고개를 들자 모자 아래로 얼굴이 언뜻 보인다. 애그니스는 속을 알 수 없고 복장을 뒤집어놓는 웃음을 짓는다. 메리는 가슴이 내려앉는 것을 느끼며 자기가 잘못 생각했음을, 애그니스는 결코 자기편을 들지 않을 것임을 깨닫는다.

"저 사람 뜻을 꺾을 이유는 없는 것 같아요." 애그니스가 가볍고 노래하는 듯한 목소리로 말한다.

분노가 메리의 목구멍으로 솟구친다. 뱃속에 애가 있건 없건 때릴 수 있을 것 같다. 바늘을 뽑아서 저 하얀 살을, 아들이 만지고 안고 입맞췄을 저 살을 찌를 수도 있을 것 같다. 그런 생각을 하자 속이 메스껍고 울렁거린다. 자기 아들과 저 인간이 엮였다는 생각만으로 욕지기가 치민다.

메리는 울음 같기도 하고 비명 같기도 한 불분명한 소리를 낸다. 바느질감을 바닥에 던지고 쿵쾅거리며 식탁에서, 일감에서, 아들에게서 멀어져 불가의 바구니 안에 숟가락 두 개를 들고 앉아 있는 아이를 넘어간다.

밖으로 나가려는데 며느리와 아들이 웃음을 터뜨리는 소리가 기어이 귀에 들어오고야 만다. 처음에는 소리 죽여 작게, 나중에는 좀더 큰 소리로 웃다가 쉬쉬하면서 서로를 향해 걸어가는 발소리.

몇 주 뒤, 애그니스는 남편과 팔짱을 끼고 스트랫퍼드 거리를 걷는다. 배가 엄청나게 커져서 빨리 걷지 못한다. 아기가 차지한 공간이 커져 가슴으로 숨을 충분히 들이켤 수 없다. 애그니스는 남편이 자기를 배려해 천천히 걷는 걸, 움직이고 들썩이고 속도를 내고 싶은 타고난 충동을 억누르느라 근육이 파르르 떨리는 걸 느낀다. 목이 말라 죽겠는데 마시지 않으려고 참는 것하고 비슷한 일일 게다. 그는 떠날 준비가 되었다. 애그니스는 안다. 여러 준비를 하고, 논쟁을 벌이고, 이런저런 일을 처리하고, 편지를 쓰고, 짐을 꾸리고, 가져갈 옷가지는 메리가 직접 빨고 또 빨았다. 다른 사람은 손도 못 대게 하면서. 장갑 견본은 존이 직접 확인하고 포장했다가 다시 끄르고 다시 쌌다.

이제 그 순간이 되었다. 애그니스는 동사 활용을 해본다. 그는 간다, 그는 갈 것이다, 그는 가고 없을 것이다. 상황을 짜맞추어본다. 애그니스가 이 상황을 만들었다. 추동했다. 인형술사처럼 막후에 숨어서 인형에 연결된 끈을 살짝 당겼다가 놓으며 가야 할 길로 인도했다. 존에게 말을 넣어달라고 바살러뮤에게 부탁했고, 존이 남편에게 말을 꺼낼 때까지 기다렸다. 존의 머리에 이 생각을 심으라고 애그니스가 바살러뮤에게 부탁하지 않았다면 일어나지 않았을 일이다. 다른 누구도 아닌 애그니스가 이 순간을 만들어냈지만, 그럼에도 일이 벌어진 지금 상황은 애그니스가 원하는 바와 정반대다.

애그니스는 그가 자기 곁에 있기를 바라고 그의 손을 계속 쥐고 있고 싶다. 아기를 낳을 때 그가 여기에, 이 집에 있기를 바란다. 온 식구가 같이 있기를 원한다. 그러나 애그니스가 무얼 바라는지는 중요하지 않다. 그는 간다. 아무도 모르지만, 실은 애그니스가 그를 보내는 것이다.

그는 짐을 꾸려서 등에 짊어진다. 제품 상자는 그가 묵을 곳을 마련한 다음에 뒤따라 보낼 계획이다. 부츠는 깨끗하게 닦아 윤을 냈다. 런던 거리의 습기가 스미지 말라고 애그니스가 이음매를 기름으로 잘 문질렀다.

애그니스는 곁눈으로 그를 본다. 그의 옆모습은 확고하고, 수염은 다듬고 기름을 발랐다(이것도 애그니스가 어젯밤에 직접 해주었다. 가죽숫돌에 갈아 날카롭게 세운 날을 사랑하는 사람의 살갗에 갖다댔다. 엄청난 믿음이고 복종이다). 그는 사람들하고 인사나 잡담을 나누고 싶지 않아 눈을 내리깔고 걷는다. 애그니스의 손을 꽉 쥐고 손가락으로 세게 누른다. 그는 항해를 시작하고 싶다. 이곳의 일은 끝내고 싶다. 출발하고 싶다.

그는 런던에 사는 사촌이 자기가 묵을 방을 구해놓았다는 얘기를 한다.

“강가에 있대?” 애그니스는 답을 알면서도 묻는다. 이미 그에게 전부 들은 것이다. 별로 중요하지 않은 얘기라도 계속해야 할 것 같다. 스트랫퍼드 사람들이 사방에 있다. 지켜보고 구경하고 귀기울이면서. 그러니 둘이 사이가 좋고 서로 한마음으로 같이 가고 있다는 걸 보여주어야 그에게나 애그니스에게나 가족들에게나 사업에나 도움이 될 것이다. 그것으로 사방에 퍼진 소문을 반박해야 한다. 두 사람이 도저히 같이 살 수 없다는 소문. 존의 사업이 망해간다는 소문. 그가 뭔가 치욕스러운 일을 저질러서 런던으로 도망간다는 소문.

애그니스는 턱을 조금 더 치켜든다. 어떤 치욕스러운 일도 없어, 꼿꼿한 등이 이렇게 말한다. 우리 결혼에는 아무 문제도 없어, 배의 뿌듯하게 둥그런 곡선이 말한다. 사업도 잘되고 있어, 남편의 반짝이는 부츠가 말한다.

"맞아. 무두질 공장에서도 멀지 않고. 그러니까 아버지를 대신해 살펴보고 어떤 게 가장 좋을지 정할 수 있지." 그가 말한다.

"그렇겠네." 애그니스는 그가 머지않아 장갑 사업을 떠나리라고 확실히 느끼면서도 이렇게 말한다.

"강에 조수가 들면 위험하대." 그가 또 말한다.

"그래?" 애그니스는 그가 어머니에게 말하는 것을 이미 들었는데도 또 묻는다.

"사촌 말이, 강을 건널 때는 꼭 경험 많은 사공을 구해야 한대."

"그렇구나."

그는 계속해서 강변 이곳저곳, 부잔교, 하루 중 안전한 때 등에 대해 얘기한다. 애그니스는 치명적인 물살이 굽이치는 탁하고 넓은 강에 작은 배들이 천에 단 구슬처럼 점점이 박혀 있는 모습을 그려본다. 그 배 가운데 하나, 남편이 탄 배가 하류로 휩

쓸려가고, 모자가 벗겨져 그의 짙은 색 머리카락이 드러나고, 옷은 강물에 흠뻑 젖어 흙물이 들고, 부츠에는 개흙이 가득한 장면을 떠올린다. 애그니스는 고개를 젓고 손가락으로 그의 팔을 단단히 붙들며 그 장면을 머리에서 떨친다. 사실이 아니야, 사실일 리 없어. 그냥 기분 탓이야.

애그니스는 역참 여관까지 그와 함께 걸어간다. 그는 숙소 얘기, 기다릴 틈도 없이 금세 돌아올 거라는 얘기, 날마다 애그니스와 수재나를 생각할 거라는 얘기를 한다. 최대한 빨리 런던에 식구들과 살 집을 마련할 테고, 그러면 곧 모두 다 같이 살게 될 것이다. 그곳에, 화살표 하나가 '런던'을 가리키는 이정표 옆에서(애그니스는 이 단어를 안다, 커다랗고 자신감 있는 'L'과 눈동자처럼 보이는 'o', 그리고 구부러진 모양의 'n'이 반복된다) 걸음을 멈춘다.

"편지 보낼 거지?" 그가 울상을 지으며 말한다. "때가 되면?" 그는 두 손을 뻗어 둥그런 배를 감싼다.

"그럼." 애그니스가 말한다.

"아버지는," 그가 유감스럽다는 듯한 웃음을 띤다. "아들이길 바라셔."

"알아."

"하지만 난 상관없어. 아들이든 딸이든. 여자든 남자든. 나한테는 똑같아. 소식을 들으면 와서 전부 데려갈 채비를 할게. 그러면 다 같이 런던에서 살게 될 거야."

그는 부풀어오른 배를 사이에 두고 애그니스를 최대한 가까이 끌어당겨 두 팔로 감싸안는다. "아무 느낌도 없어?" 그가 귀에 속삭인다. "이번에는 예감이 안 들어? 딸인지 아들인지?"

애그니스는 그의 가슴팍에 머리를 기댄다. "응." 자기 목소리에 의문이 실려 있다는 걸 느낀다. 뱃속의 아기가 여자아이인지 남자아이인지 떠오르지도 않고 알아낼 수도 없어서 스스로도 놀랐다. 뚜렷한 징조가 없다. 어느 날 식탁에서 칼을 떨어뜨렸는데 불 쪽을 가리키며 떨어졌다. 그래서 딸이구나 생각했다. 그런데 같은 날 사과를 갈아 숟가락으로 입에 떠넣고 새콤하고 기분좋게 상큼한 맛을 느끼고는 생각했다, 아들이네. 혼란스러웠다. 머리카락이 건조하고 빗질하면 끊어지는 걸 보면 딸인데, 피부가 부드럽고 손톱이 단단한 걸 보면 아들이다. 저번날에는 수컷 댕기물떼새가 앞길에 날아들었는데 또다른 날에는 암꿩이 꽥꽥거리며 수풀에서 나왔다.

"모르겠어." 애그니스가 말한다. "왜인지 모르겠어. 정말—"

"걱정할 필요 없어." 그가 두 손으로 뺨을 감싸고 애그니스의 얼굴을 들어올려 눈을 맞춘다. "다 잘될 거야."

애그니스가 고개를 끄덕이며 눈길을 떨어뜨린다.

"우리 아이가 둘일 거라고 늘 말하지 않았어?"

"맞아."

"그러니까. 여기." 그가 손을 배에 올리면서 말한다. "둘째가 있어. 준비하고 기다리고 있어. 잘될 거야." 그가 다시 말한다. "확실해."

그는 애그니스의 입에 입을 맞추더니 몸을 떼고 그녀를 바라본다. 애그니스는 웃음을 지어 보인다. 자기도 모르게 마을 사람들이 보고 있으면 좋겠다는 생각이 든다. 자, 애그니스가 그의 뺨에 한 손을 올리며 생각한다. 자, 손가락으로 그의 머리카락을 어루만지며 생각한다. 그는 다시, 이번에는 좀더 길게 입을 맞춘다. 그가 한숨을 푹 쉬고 한 손을 애그니스의 뒤통수에 얹은 채 얼굴을 애그니스의 목에 묻는다.

"가기 싫어." 그가 말하지만 애그니스는 그 말이 과장이란 걸 느낀다. 어쨌거나 그의 본심에서 나온 말이긴 하지만.

"가." 애그니스가 말한다.

"안 갈래."

"가야 해."

그가 다시 한숨을 내쉬자 풀 먹인 애그니스의 두건이 들썩인다. "어쩌면 지금 당신을 두고 가지 말아야 하는지도 몰라. 당신이 이렇게…… 어쩌면—"

"가야 해." 애그니스가 말하며 손가락으로 그가 메고 있는 범포 등짐을 두드린다. 애그니스는 그가 등짐에서 아버지가 준 장갑 견본 일부를 빼고 대신 책과 종이를 챙겨넣었다는 사실을 안다. 애그니스는 야릇하게 보일 듯 말 듯 웃는다. 애그니스가 그 사실을 안다는 걸 그가 알아차렸을 수도 있고 아닐 수도 있다.

"어머니하고 일라이자가 있잖아." 애그니스가 그의 등짐을 밀면서 말한다. "당신 가족 모두. 내 가족은 물론이고. 가야 해. 당신이 런던에서 우리가 살 집을 구하면 최대한 빨리 갈게."

"모르겠어." 그가 웅얼거린다. "당신을 두고 떠나기 싫어. 만약 내가 실패하면?"

"실패?"

"거기서 일거리를 못 찾으면? 사업을 확장하지 못하면? 만약에—"

"실패하지 않을 거야." 애그니스가 말한다. "나는 알아."

그는 눈살을 찌푸리며 애그니스를 한참 신중하게 뜯어본다. "알아? 뭘 아는데? 말해줘. 뭔가 느꼈어? 느낌이—"

"내가 뭘 아는지는 신경쓰지 마. 가야 해." 애그니스는 그의 가슴을 밀어 두 사람 사이에 공간을 만든다. 그의 팔이 몸에서 미끄러지고 두 사람 사이가 벌어지는 걸 느낀다. 그의 얼굴은 일그러지고 굳고 확신이 없다. 애그니스는 숨을 들이마시고 웃어 보인다.

"잘 가란 말은 안 할래." 애그니스는 목소리가 떨리지 않게 애써 누르며 말한다.

"나도."

"당신이 떠나는 거 보기 싫어."

"그럼 뒤로 걸어갈게." 그가 뒷걸음치며 말한다. "당신을 보면서 갈 수 있게."

"런던까지 그렇게?"

"그래야 한다면."

애그니스가 웃는다. "도랑에 빠질걸. 수레에 부딪힐걸."

"그러든가."

그는 앞으로 달려와서 애그니스를 붙잡고 다시 입을 맞춘다. "이건 당신에게." 그리고 다시 입을 맞춘다. "이건 수재나에게." 그리고 다시 입을 맞춘다. "이건 아기에게."

"확실하게 전달하지요." 애그니스는 웃음기를 유지하려 애쓰며 말한다. "때가 되면. 이제 가."

"가고 있어." 그가 뒷걸음질로 멀어지면서 말한다. "이렇게 걸어가니까 떠나는 느낌이 안 들어."

애그니스가 손을 흔든다. "가."

"갈게. 하지만 눈 깜짝할 새 다시 와서 데려갈 거야."

애그니스는 그가 길모퉁이에 이르기 전에 몸을 돌린다. 그가 런던에 도착하기까지 나흘이 걸릴 것이다. 중간에 농부의 수레를 얻어타거나 하면 덜 걸릴 것이고. 애그니스는 가라고 그를 밀어냈지만 떠나는 모습은 보지 않을 생각이다.

애그니스는 왔던 길을 더 천천히 다시 걸어 돌아간다. 어찌나 기분이 묘한지, 똑같은 길을 거꾸로 되짚어 가자니. 마치 오래된 단어 위에 다시 글을 쓰듯이, 발이 펜이 되어 돌아보고 다시 쓰고 지우듯이. 헤어짐이란 이상하다. 너무나 단순한 일 같다. 일 분 전에, 사 분, 오 분 전에는 그가 여기 곁에 있었다. 지금은, 가고 없다. 그와 같이 있었다. 지금은 혼자다. 애그니스는 양파처럼 벗겨진 기분이다. 헐벗고 추운 느낌이다.

아까 지나쳤던 가판대가 있다. 주석 냄비와 삼나무 톱밥이 높이 쌓여 있다. 아까 보았던 여자가 아직도 결정을 내리지 못한 채 두 손에 냄비를 하나씩 들고 무게를 비교해보고 있다. 어떻게 저 사람은 아직도 여기에 있을 수 있지? 어떻게 냄비를 아직까지 그대로 고르고 있을 수 있지? 애그니스의 삶에는 이런 중대하고 막대한 변화가 일어났는데? 애그니스의 세계는 둘로 쪼개졌는데, 여기 똑같은 개가 여전히 문간에서 졸고 있다. 여기 아까 지나갈 때와 똑같이 천꾸러미를 묶는 젊은 여자가 있다. 여기 이웃 남자, 머리가 희끗희끗하고 수척한 얼굴에 황달기가 있는 남자가(올해를 넘기지 못할 거라는 생각이 하늘을 가로지르는 제비처럼 애그니스의 머릿속을 스쳐간다) 애그니스에게 진중하게 고개를 끄덕이고 지나간다. 저 사람은 모르는 건가, 애그니스가 알던 삶은 끝났다는 걸, 그가 가버렸다는 걸 모르는 건가?

뱃속 아기가 빠르게 움찔움찔 움직인다. 손바닥인지 발바닥인지 어깨인지로 배를 누른다. 애그니스는 그 자리에 손을 갖다댄다. 바깥쪽의 손과 안쪽의 손을 맞댄다. 아무것도 달라진 게 없다는 듯이, 세상은 예전 그대로라는 듯이.

몇 집 건너에 사는 소년이 일라이자의 편지를 받아든다. 소년은 동트기 전에 일어나 헨리 스트리트를 따라 내려가는 길인데, 아버지가 강 건너에 가서 새끼 밴 암소를 살펴보고 오라고 시켰기 때문이다. 메리는 창가에서 소년을 불러 편지를 건네고 손에 동전 한 닢을 쥐여주면서 역참 여관에 전해달라고 했다.

소년은 편지를 소매 안쪽에 넣기 전에 겉봉에 적힌 기울어진 글자를 들여다본다. 글을 배운 적이 없는 그에게는 아무 의미도 없는 형상이지만, 그래도 잉크로 그린 고리와 도형, 성에 낀 유리창에 나뭇가지가 긁히며 생긴 무늬 같은 격자 모양을 좋아한다.

소년은 편지를 다리 근처 여관에 전달하고, 강을 건너 암소를 보러 간다. 암소는 아직 새끼를 낳진 않았고, 커다랗고 겁에 질린 듯한 눈으로 소년을 쳐다보며 되새김질을 한다. 여관 주인은 그날 오전 늦게 그 편지를 다른 편지들과 같이 런던으로 가는 곡물상에게 넘긴다.

일라이자가 오빠에게 보내는 편지는 곡물상의 가죽 가방에 담겨 밴버리까지 간다. 그곳에서 스토큰처치로 가는 수레에 실려 하숙집 문 앞에 도달한다. 하숙집 주인은 눈을 가늘게 뜨고 복도로 비스듬하게 들어오는 햇빛에 봉투를 비추어본다. 시력이 좋지 않지만 가물가물하게나마 어제 켄트로 떠난 하숙인 이름을 알아본다. 역병 때문에 법원 명령으로 극장이 문을 닫는 바람에 이 하숙인이 속한 극단은 아직 사람이 모일 수 있는 이웃 도시로 떠났다.

하숙집 주인은 볼일이 있어 칩사이드에 간 아들이 돌아올 때까지 기다린다. 아들이 오긴 했으나 그곳에서 만나기로 한 사람이 오지 않은데다 억수같이 쏟아진 비에 몸이 흠뻑 젖어 기분이 좋지 않다. 아들은 몇 시간이 지난 다음에야 잉크와 깃펜을 꺼내고 벽난로 위에 놓인 편지를 집어들고는, 혀를 볼 안쪽에 밀어넣고 한 자 한 자 공들여 하숙인이 남겨놓은 켄트의 여관 주소를 봉투에 적는다.

이어 편지는 손에서 손을 거쳐 도시 외곽에 있는 여관에 맡겨지고, 거기서 켄트로 가는 누군가가 나타날 때까지 머무른다. 수레에 여자와 개 한 마리와 닭 한 마리를 태우고 켄트로 가는 남자가 편지를 받아간다.

편지가 마침내 장본인—하숙인이자 오빠이자 남편이자 아빠이자 이곳에서는 배우—에게 전달될 때, 그는 켄트 동쪽 변두리 작은 타운의 길드 집회소에 있다. 집회소에서는 절인 고기와 삶은 사탕무 냄새가 난다. 구석에는 농기구와 자루가 쌓여 있다. 곰팡이 낀 높은 창문으로 좁은 빛살이 비쳐든다.

그는 몸을 뒤로 젖히고 이 약한 빛기둥을 보고 있다. 양쪽에서 들어온 햇살이 홀 중간쯤에서 만나 빛의 아치 길을 만들어 공간 전체가 흡사 물속 같다. 자기와 단원들은 녹색 연못의 어두운 바닥에서 헤엄치는 물고기 같고.

조그만 아이—남자아이일 거라고 그는 생각한다—가 뛰어들어온다. 맨발에 맨머리에 옷은 누더기고 얼굴에는 연주창이 있는 아이가 그의 이름과 비슷한 단어를 단호하고 높다란 목소리로 외치며 편지를 마치 깃발처럼 흔든다.

"나야." 그가 손을 내밀며 피곤한 듯 말한다. 보나마나 돈 달라는 편지 아니면 뭔가 불평거리나 후원자의 지시를 전달하는 편지일 것이다. 배우들이 연단 위에서 뜻없이 서성이고 있다. 공연 시작까지 세 시간도 안 남은 사람들이 맞나, 이 먼지투성이

홀에서 뭘 하기로 했는지 잊은 건가. "여봐들." 그가 동료들에게 말한다. "왼쪽에서 오른쪽까지 걸음 수를 세어봐야 해, 이렇게." 그가 맨발 소년 쪽으로 걸어가면서 시범을 보인다. "아니면 공연 도중에 무대에서 관중 쪽으로 떨어질 거야. 평소보다 무대가 작으니 익숙해져야 해." 그는 아이 앞에서 걸음을 멈춘다. 색이 유독 옅은 머리카락에 눈 사이가 멀다. 아랫입술에 상처가 있다. 손톱 밑에는 때가 꼈다. 여섯이나 일곱 살, 어쩌면 그보다 조금 많을지도 모르겠다.

그는 아이의 손에 들린 편지를 손가락으로 잡는다. "내 거라고?" 그는 돈주머니에 손을 넣어 동전 하나를 꺼낸다. "이거 받아." 동전을 공중으로 튕겨 날린다. 아이의 깡마른 몸이 갑자기 살아난 듯 활기차게 움직인다.

그는 웃으며 빙글 돌아서서 붉은색 봉랍을 뜯는다. 가족의 인장이 중심에서 약간 비끼어 찍혀 있다. 동생의 글씨체를 알아보고 고개를 든다. 무대 위에서 사내아이가 나이든 배우 쪽으로 연단 가장자리를 따라 걸어가는데, 마치 무대 아래에 납이 부글부글 끓는 불바다라도 있는 양 뻣뻣한 걸음걸이다.

"맙소사." 그가 목제 버팀대와 회벽까지 뻗어나가는 우렁우렁한 소리로 고함친다. 그는 목소리를 어떻게 내야 하는지, 어떻게 해야 거인의 소리처럼 뻗어나가는지 안다. 배우들이 입을 벌린 채 그 자리에 우뚝 선다. "몇 시간 뒤면 이 홀이 켄트 사람들로 꽉 찰 거라고. 서커스를 보여줄 셈이야? 사람들을 웃기겠다는 거야, 아니면 비극을 보여주겠다는 거야? 정신 안 차렸다간 내일 밥 굶게 생겼어."

그는 말에 힘을 싣기 위해 손에 든 종이를 공중에 흔들며 배우들을 잠시 말없이 쳐다본다. 효과가 있는 듯하다. 소년은 눈물을 터뜨릴 듯한 얼굴로 의상을 만지작거린다. 그는 웃음을 감추기 위해 몸을 돌리고 편지를 내려다본다.

"오빠"라고 적혀 있다. 그리고 "만이 앞아" "주디스" "돌아와"가 보인다. "시간이 별로 남지 안은 거 같아"도.

갑자기 숨쉬기가 힘들어진다. 실내 공기가 용광로처럼 뜨겁고 공중에 왕겨 입자가 떠다닌다. 가슴이 힘겹게 오르내리는데도 공기가 안으로 들어오지 않는 것 같다. 그는 종이를 뚫어지게 보면서 단어들을 한 번, 두 번 다시 읽는다. 종이의 흰색이 눈부시고 선연하게 출렁이더니 검은 글자 뒤로 물러난다. 그는 한순간 딸의 모습을 본다. 아빠를 쳐다보려고 얼굴을 들어올리고 두 손을 한데 모은 채 눈을 맞추는 모습. 그는 앞섶을 풀어헤치고 싶다. 잠금 장식을 뜯어버리고 싶다. 밖으로 나가야 한다. 건물에서 벗어나야 한다.

그는 손에 편지를 쥐고 문으로 달려가 몸으로 문을 밀친다. 밖으로 나오니 색채가 성큼 다가온다. 번뜩이는 청금색 하늘, 길가의 지독한 녹색, 나무에 핀 크림색 꽃, 늙은 말을 끌고 가는 여자의 분홍색 커틀. 말의 양 옆구리에 바구니가 걸려 있다. 한쪽 바구니가 다른 쪽보다 무겁다는 게 한눈에도 뚜렷이 보인다. 서로 무게가 같지 않아 한쪽으로 삐딱하게 기울었다.

짐 무게를 맞춰요, 그는 여자에게 소리지르고 싶다. 홀에서 배우들에게 소리를 질렀던 것처럼. 하지만 그럴 숨이 남아 있지 않다. 폐가 아직도 씩씩거리고 심장은 흉곽 안에서 쿵쿵거리다 머뭇거리다 다시 쿵쿵거린다. 마치 불의 열기를 통해 보듯 시야 가장자리가 아른아른해 나무에 핀 희끄무레한 꽃이 흔들려 보인다.

만이 앓아, 그는 생각한다. 시간이 별로 남지 안은 거 같아.

그는 하늘을 찢어발기고 싶다. 저 나무의 꽃을 다 뜯어내고 싶다. 불타는 나뭇가지를 들고 분홍색 옷을 입은 여자와 말을 벼랑 너머로 몰아가고 싶다. 그저 모든 걸 다 없애기 위해, 눈앞에서 사라지게 만들기 위해. 그와 아이 사이에 너무 멀고 많은 길이 있고, 시간은 너무 조금 남았다.

어깨에 손이 얹히고 얼굴이 가까이 다가오고 또다른 손이 팔을 잡는 걸 느낀다. 친구 둘이 옆으로 와서 말한다. 뭐야, 무슨 일이야, 무슨 일 있어? 그중 한 사람, 헤밍이 그의 손가락을 벌리고 편지를 빼앗으려 하지만 그는 놓지 않는다. 다른 사람이 그 단어들을 읽으면 그게 사실이 되고 실제로 이루어질 것 같아서. 그는 사람들을 떨쳐버리려 한다. 두 친구 모두, 그리고 더 늘어난 사람들까지 전부. 단원들이 나와 주위에 모여든다. 그러나 어떻게 된 건지 무릎을 꿇은 채 흙바닥에 주저앉고, 헤밍이 편지를 읽는 소리가 들린다. 사람들의 손이 어깨를 두드린다. 누군가가 그를 부축해 일으키려 한다. 누군가가 다른 사람에게 말을, 아무 말이든 구해오라고, 최대한 빨리 스트랫퍼드로 보내야 한다고 말한다. 어서 가, 헤밍이 조금 전까지 무대 가장자리에서 떨어질까봐 얼어 있던 소년에게 가서 말을 구해오라고 시킨다. 소년이 길을 따라 달려가자 발뒤꿈치에서 흙먼지가 피어오르고 의상이—남자아이를 여자처럼 보이게 하려고 양단과 벨벳으로 우스꽝스럽게 만든 옷이다—펄럭인다.

그는 자기를 둘러싼 사람들의 다리 사이로 소년이 달려가는 모습을 본다.

애그니스의 두번째 임신 기간이 끝나갈 즈음 메리는 애그니스를 줄곧 감시한다. 애그니스를 오래 혼자 내버려두지 않는다. 메리는 며느리 배가 점점 커지고 어떻게 저럴 수 있을까 싶을 정도로 둥그레지는 것을 보았다. 애그니스가 식탁 아래서 몰래 자루에 물건을 챙기는 것을 보았다. 천, 가위, 노끈, 약초와 말린 껍질 꾸러미. 애그니스의 몸은 드레스 아래에 호박을 몰래 감추기라도 한 듯 어마어마하다. 어떻게 걸어다니는지 모르겠어, 존이 어느 날 밤 커튼을 단단히 친 침대에 누워 말했다. 어떻게 그 몸으로 서 있지?

메리는 애그니스에게서 눈을 떼지 않고 일라이자와 하인들에게도 그렇게 하라고 일러둔다. 이번 아기는—아들이길 모두 바라고 있다—불쌍한 수재나처럼 숲에서 태어나도록 내버려두지 않을 것이다. 하지만 그때는 애그니스가 얼마나 괴상한 행동을 하는 애인지 미처 몰랐었잖아, 메리는 스스로를 위안한다.

"애그니스가 수재나를 봐달라고 하면, 걔가 그 자루를 꺼내는 걸 봤다 하면, 즉시 나한테 말해." 메리가 하녀에게 단단히 이른다. "그러는 즉시 당장. 알았어?"

하녀는 눈을 동그랗게 뜨고 고개를 끄덕인다.

애그니스는 불가에서 꿀을 데우고 있다. 쥐오줌풀즙과 별꽃 팅크제를 넣어 섞을 생각이다. 꿀단지에 숟가락을 넣고 휘저으며 꿀이 나무숟가락 끝에서 미끄러지고 감기는 걸 본다. 꾸덕한 꿀이 열기에 녹아 조금씩 물렁해지고 풀어지고 느슨해져 액체가 되어간다. 한 가지 형태에서 다른 형태로. 애그니스는 이번주 초에 도착한 남편의 편지를 생각하고 있다. 일라이자에게 편지를 두 번 읽어달라고 했는데, 오늘 일라이자를 보면 한번 더 읽어달라고 할 생각이다. 편지에서 남편은 극장에서 배우들이 쓸 장갑 계약을 따냈다는 얘기를 했다. 애그니스는 일라이자에게 그 부분을 확실히 이해할 수 있게 다시 읽어달라고 했다. 또 나중에 그 부분이 어딘지 알아볼 수 있게 종이에서 손으로 짚어달라고 했다. 배우. 극장. 장갑. 그 사람들한테는 이런 장갑이 필요해, 일라이자는 익숙하지 않은 단어라 눈살을 찌푸리며 더듬더듬 읽었다. 칼싸움할 때 쓰는 긴 농수籠手, 왕과 왕비와 궁정 장면에 필요한 보석과 구슬이 박힌 고급 장갑, 부드러운 여성용 장갑. 단 사이즈가 일반용보다 커야 해. 여자 역할을 하는 소년 배우들의 손에 맞아야 하니까.

이 편지에는 곰곰이 생각해볼 것이 너무 많다. 애그니스는 편지 내용을 속속들이 알기까지 며칠이 걸렸다. 그 단어들을 머릿속에서 떠올리고 또 떠올려보고 편지에서 손가락으로 짚어보았고 이제 통째로 외웠다. 보석과 구슬. 궁정 장면. 소년 배우들의 손. 부드러운 여성용 장갑. 이런 것을 이렇게 길게 세세히 쓴 방식에 무언가가 있다. 배우들이 쓸 장갑 얘기를 하는 긴 편지에서 애그니스는 무언가를 느낀다. 그게 무엇인지는 아직 모른다. 그에게 어떤 변화가, 변동이나 전환이 있다. 그가 장갑 계약 따위의 사소한 얘기를 이렇게 길게 쓴 적은 없다. 이게 다른 계약과 다르지 않은 보통 계약이라면, 애그니스는 왜, 아주 멀리서 나는 바스락 소리를 듣는 작은 동물이 된 듯한 기분이 들까?

애그니스는 몸을 숙여 별꽃 팅크제를 집어 꿀에 한 방울 한 방울 떨어뜨리다가 배 아래쪽이 당기는 이상하면서도 낯익은 감각을 느낀다. 아래로 당기고 조이는 느낌. 끈질기고 특별한 느낌. 애그니스는 동작을 멈춘다. 그것일 리 없다. 너무 이르다. 아기가 나올 때가 되려면 아직 한 달은 남았다. 앞으로 무슨 일이 일어날지 미리 경고하는 가진통이겠지. 애그니스는 벽난로를 짚고 몸을 일으켜세운다. 배가 너무 커서—지난번보다 훨씬 더 크다—자칫 불 위로 넘어질 뻔한다.

애그니스는 벽난로 선반을 붙잡고 자기 손마디가 하얗게 질리는 걸 거리를 두고 본다. 무슨 일이 일어나는 걸까? 오늘이나 내일쯤 일라이자에게 편지를 써달라고 부탁할 생각이었다. 집으로 돌아오라고. 아기를 낳을 때 그가 집에 있으면 좋겠다 싶었다. 아기가 세상에 나오기 전에 그를 다시 보고 그의 손을 잡고 싶다. 그의 얼굴을 들여다보고 그의 삶에서 무슨 일이 일어나는지 알아내고 왕과 왕비와 배우들을 위한 장갑에 관해 물을 것이다. 애그니스는 불가에 서서, 그가 예전 그대로인지 아니면 런던이 그 사람을 알아볼 수 없게 바꿔놓았을지 알고 싶다는 생각을 한다.

애그니스는 숨을 들이마신다. 꿀의 달콤한 꽃냄새, 알싸한 쥐오줌풀, 별꽃의 시큼한 사향냄새. 통증이 물러가는 게 아니라 더 강해진다. 한가운데에 쇠띠를 두르기라도 한 듯 배가 조이는 느낌이다. 가진통이 아니다. 이 통증은 결국 몸에서 아기가 나올 때까지 애그니스를 쥐어짜고 또 쥐어짤 것이다. 몇 시간이 걸릴 수도 있고, 며칠이 걸릴 수도 있다. 얼마나 오래 걸릴지 감을 잡을 수 없다. 애그니스는 한 손을 벽난로에 짚은 채 천천히 천천히 숨을 내쉰다. 예상하지 못한 일이었다. 아무 징후가 없었다.

애그니스는 그 사람한테서 소식을 들을 시간이 있을 거라고 생각했다. 그런데 시간이 없다. 때가 너무 이르다. 그건 확실하다. 하지만 이런 통증은 달래거나 회피할 수 있는 종류가 아니란 것도 안다.

애그니스는 몸을 돌려 방안을 본다. 주위의 모든 것이 갑자기 다르게 보인다. 마치 전에 한 번도 본 적이 없는 것처럼, 날마다 닦고 문지르는 식탁과 의자가 아닌 것처럼, 날마다 빗자루질하는 돌바닥이나 먼지를 떠는 장식용 벽걸이 천이 아닌 것처럼 보인다. 여기 이 좁은 방에 사는 사람은 누구지? 한쪽 끝에 창살 달린 창문이 있고 단지와 가루가 늘어진 긴 선반이 있는 이 방에? 개암나무 가지를 주워다 반짝이고 주름진 잎이 단단한 순에서 자라나도록 물병에 꽂아놓은 사람은 누구지?

아무것도 확실하지가 않다. 애그니스가 생각했던 대로 되는 게 없다. 애그니스는 시간이 더 많을 줄 알았다. 아기가 훨씬 늦게 나올 줄 알았는데, 그러지 않을 모양이다. 어떤 일이 일어나기 전에 항상 미리 알고 느끼는 애그니스가, 투명하게 들여다보이는 세상 속에서 태평하게 돌아다니던 애그니스가 의표를 찔렸다. 방심하다가 당했다. 어떻게 이런 일이?

애그니스는 뱃속 아기와 얘기를 나누려는 듯 배를 만진다. 좋아, 애그니스는 말하고 싶다. 그래야만 한다면 그러지. 네 뜻을 따를게. 너를 맞을 준비를 할게.

서둘러야 한다. 최대한 빨리 집에서 빠져나가야 한다. 아기를 여기 이 지붕 아래서 낳지는 않을 것이다. 메리가 자기를 지켜보고 있다는 걸 안다. 재빠르게, 조용히, 약빠르게 움직여야 한다. 지금 나가야 한다.

옆에서 수재나가 바닥에 앉아 인형 다리를 잡고 혼자 무어라 말하고 있다. "가자." 애그니스가 또렷하고 밝은 목소리를 내려 애쓰며 말한다. 한 손을 내민다. "일라이자 어디 있나 찾으러 가자. 어서?"

뒤집힌 인형을 가지고 한창 놀고 있던 수재나는 어른 손이 갑자기 위에서 내려오는 걸 보고 놀란다. 방금 전에는 인형이 있었고, 인형은 비록 날개는 안 보이지만 하늘을 날 수 있고 수재나 자신도 날 수 있어서 같이 하늘로 올라가 나무 우듬지 위 새들 사이를 날고 있었다. 그런데 지금은 손이 있다.

수재나는 고개를 뒤로 젖혀 위쪽에 있는 엄마를 본다. 배가 온통 시야를 가리고 얼굴은 저멀리서 일라이자가 어쩌고 하며 가자고 한다.

수재나는 얼굴을 숙이며 찡그린다. "시여." 두 손으로 인형 다리를 잡으며 말한다.

"가자." 엄마가 말하는데 평소와 말투가 다르다. 너무 작아진 옷처럼 꽉 끼고 조이는 느낌이다.

"시여." 수재나가 다시 말한다. 위에서 끼어드는 바람에 한참 하던 놀이의 느낌이 사라지고 증발해버려서 화가 난다. "시여-시여-시여!"

"어서." 수재나는 자기 몸이 들어올려지는 것을 느끼고 놀란다. 난로 앞 깔개가 멀어지고 불이 눈앞으로 지나가고 막무가내로 방밖으로, 바닥에 떨어진 인형으로부터 멀리 들려간다. 문을 지나 세탁장으로 가는 길을 따라 세탁장에서 무언가를 닦고 있는 하녀 앞까지 온다.

"여기." 애그니스가 앵앵 우는 아이를 하녀에게 안기며 말한다. "얘 좀 일라이자한테 데려다줄래?" 애그니스는 몸을 숙여 수재나의 뺨에, 이마에, 그리고 다시 뺨에 입을 맞춘다. "미안, 아가. 곧 올게. 금방."

애그니스가 빨리, 아주 빨리 왔던 길을 돌아가 벽난로 앞까지 오자 다시 진통이 덮친다. 무슨 일이 일어나고 있는지 이제 의심의 여지가 없다. 애그니스는 지난번에 어땠는지 전부 기억한다. 이번에는 무언가가 좀 다르긴 하지만. 빠르고, 이르고, 더 끈질기다. 애그니스는 자기가 있어야 할 곳에 아직 가지 못했다. 숲속 나무 아래에 홀로 있어야 하는데. 그런데 혼자가 아니다. 아직도 여기, 타운에, 집안에 머물러 있다. 한시도 더 지체해서는 안 된다. 아-아-아, 애그니스는 자기도 모르게 신음을 낸다. 통증이 지나갈 때까지 의자 등받이를 꽉 붙든다. 그러고 나서 방을 가로질러 식탁으로 가서 자루를 챙긴다.

애그니스는 몇 초 만에 가죽끈을 손에 걸고 자기 집 좁은 현관문을 빠져나온다. 문을 닫기 직전에 잠시 귀를 기울이고 만족스럽게 고개를 끄덕인다. 수재나의 울음이 그쳤다. 그러니 일라이자와 같이 있다는 말이다.

애그니스가 길로 나서려다 말이 지나가도록 잠시 걸음을 멈췄는데 누가 옆에 와서 선다. 돌아보니 시동생 길버트가 옆에서 웃고 있다.

"어디 가요?" 길버트가 눈썹을 치키며 말한다.

"아니." 공포감이 맥박처럼 이마에서 진동한다. 숲으로 가야 한다, 반드시. 만약 여기에 붙들린다면, 어떻게 될지 알 수 없다. 나쁜 징조가 될 것이다. 무언가가 잘못될 것이다. 왜인지 설명할 수는 없지만 애그니스는 그렇다고 확신한다. "그러니까, 맞아." 애그니스는 길버트에게 집중하려 하지만 길버트의 얼굴과 수염이 흐릿하고 불분명하게 보인다. 형과 하나도 닮지 않았다는 걸 다시금 느낀다. "그게……" 애그니스는 적당한 장소를 떠올리려고 주위를 돌아본다. "……빵집에 가."

길버트가 애그니스의 팔꿈치를 손으로 잡는다. "가요." 그가 말한다.

"어디로?"

"집으로요."

"아니." 애그니스가 팔을 빼며 말한다. "안 가. 빵집에 가야 해. 넌—나 내버려둬. 날 잡으면 안 돼."

"그래야 해요."

"안 된다니까."

이때 메리가 숨을 헐떡이며 달려온다. "애그니스." 메리가 애그니스의 다른 팔을 붙잡으며 말한다. "집으로 들어와. 전부 다 준비해놨어. 걱정할 필요 없어." 그러고는 한편으로 길버트에게 말한다. "산파를 불러와."

"싫어요." 애그니스가 소리친다. "놔줘요." 여기 있을 수 없다는 걸, 이런 식으로 아기를 낳으면 안 된다는 걸 이 사람들에게 어떻게 이해시키나? 그 편지에 적힌 단어들을 들은 이래로 마음속을 떠나지 않는 두려움을 어떻게 설명하나?

애그니스는 반은 들린 채 반은 끌리다시피 해 집으로 간다. 좁은 자기 집이 아니라 그들의 집으로, 넓은 현관문을 통과해 복도를 따라가 좁은 계단 위로 끌려간다. 문이 열리고 애그니스는 범

죄자처럼, 미치광이처럼 두 발을 잡힌 채 질질 끌려들어간다.

애그니스는 안 돼, 안 돼, 안 돼 하는 목소리를 듣는다. 비구름이 몰려오는 것을 눈으로 보기 전에 미리 알 듯 통증이 점점 다가오는 게 느껴진다. 애그니스는 몸을 일으켜 쭈그려앉은 자세로 준비하고 맞서고 싶은데, 누군가가 계속 어깨를 눌러 침대에 눕힌다. 또다른 사람은 이마를 누르고 있다. 산파가 와서 애그니스의 치마를 들추며 살펴봐야겠다고, 남자들은 나가라고, 이 방에는 여자만 있을 수 있다고 말한다.

애그니스가 바라는 건 숲의 푸른색뿐이다. 땅바닥에서 어룽거리며 흔들리는 빛의 패턴, 잎이 만든 지붕의 자비로운 그늘, 적막이 아닌 고요, 호젓한 작은 땅을 둘러싸고 저멀리 끝없이 뻗은 나무들. 애그니스는 숲까지 갈 수 없을 것이다. 이제 시간이 없다. 이 집에는 문이 너무 많다.

만약 그가 있었다면. 그랬다면 저 사람들을 말려줄 수 있었을 것이다. 그는 애그니스의 호소에 귀를 기울였을 것이다. 늘 그러듯 몸을 기대고 마치 상대의 말을 들이마시듯 들어주었을 것이다. 애그니스가 숲에 갈 수 있게, 강제로 여기 끌려오지 않게 했을 것이다. 내가 무슨 짓을 한 걸까? 왜 그를 보낸 것일까? 두 사람이 이렇게 갈라져 살다가 앞으로 대체 어떻게 될까? 그 사람은 극단과 거래를 하고 사내아이가 여자처럼 보이는 착시를 일으킬 장갑을 제작하고, 애그니스는 이 방에 이렇게 갇혀서, 이렇게 멀리서 아무도 편들어줄 사람 없이 있다니? 대체 무슨 짓을 한 건가?

애그니스는 사람들을 밀어내고 침대에서 나온다. 숲으로 가서 드문드문 끊기는 희미한 오솔길을 걷는 대신 방의 벽에서 벽까지 걸어갔다가 다시 돌아간다. 생각을 정리하고 가다듬기가 힘들다. 잠시라도 혼자, 고통 없이 있고 싶다. 이 모든 일을 맑은 정신으로 생각해볼 수 있게. 애그니스는 손을 뒤튼다. 자기가 혹은 누군가가 울부짖는 소리를 듣는다. 내가 왜 그랬지? 무얼 두고 하는 말인지 자기도 모른다. 이 방은 남편이 태어난 곳이고, 남편의 동생들이 태어난 곳이란 걸 애그니스는 안다. 죽은 동생들도. 남편은 이 방에서 첫 숨을 쉬었다. 이 커튼 안에서, 이 창문 가까이서.

혼란한 상태에서 애그니스가 말을 거는 대상은 그 사람이다. 나무도 아니고, 마법의 십자가도, 이끼의 무늬와 흔적도 아니고, 심지어 아이를 낳다가 죽은 엄마도 아니고, 그 사람. 제발, 애그니스는 머릿속 방안에서 말한다. 돌아와. 당신이 필요해. 제발. 당신을 보낼 계획을 짜는 게 아니었는데. 이 아이가 무사히 나오게 해줘. 아이가 살게 해줘. 내가 살아서 아기를 돌볼 수 있게 해줘. 우리 둘이 같이 이 시기를 버티게 해줘. 제발. 내가 죽게 내버려두지 마. 피투성이 침대에서 차갑게 굳어가도록 하지 마.

무언가가 잘못되고 어긋났다. 그런데 그게 무엇인지 모른다. 한 줄을 맞추지 않은 채 연주하는 악기 소리를 듣는 것 같다. 모든 게 마땅히 그래야 할 대로가 아닌 거슬리는 느낌. 너무 빠르고 너무 이르다. 이게 오리라곤 예상 못했다. 애그니스는 잘못된 곳에 있다. 그도 잘못된 곳에 있다. 애그니스는 해내지 못할지도 모른다. 이 순간 애그니스의 어머니가, 사람들이 가면 결코 돌아오지 않는 그곳에서 애그니스를 부르고 있을지도 모른다.

산파와 메리가 애그니스를 붙잡는다. 애그니스를 의자로 이끈다. 그런데 의자가 제대로 된 의자가 아니다. 기름을 먹인 검은 나무의자인데 다리 세 개가 바깥쪽으로 벌어진 모양이고 그 아래 대야가 있고 앉는 자리에는 구멍이 나 있다. 애그니스는 의자가 마음에 들지 않는다. 빈자리, 그 공허함이 싫어, 뒤로 물러나며 잡힌 팔을 뺀다. 저 검은 의자에는 앉지 않을 것이다.

그 편지. 그 편지의 어떤 점이 달랐지? 자세한 내용이나 필요한 장갑의 목록 따위 때문은 아니었다. 여자들을 위한 긴 장갑이라는 말 때문이었나? 여자를 언급한 게 신경이 쓰이고 마음에 걸렸나? 그런 것 같지는 않다. 편지 자체에서 풍기는 어떤 느낌이었다. 그가 쓴 단어들 사이에서 마치 수증기처럼 피어오르는 기쁨. 두 사람이 이렇게 갈라져서 멀리 떨어져 있다는 게 잘못이라는 느낌이 들었다. 그가 장갑의 길이를, 어떤 구슬과 자수가 왕을 연기하는 배우에게 어울릴지를 결정하는 동안, 자신은 고통으로 몸부림치며 죽어간다는 사실이.

나는 죽을 거야, 애그니스는 생각한다. 아니라면 왜 어떤 일이 일어날지에 대해 아무것도 느낄 수가 없을까? 애그니스는 이제 곧 죽어서 세상을 뜰 것이다. 다시는 그를, 다시는 수재나를 보지 못할 것이다.

애그니스는 불길한 예감에 쓰러지듯 바닥으로 내려간다. 안 돼. 애그니스는 손바닥으로 마룻바닥을 짚어 몸을 받치고, 두 다리는 구부려 쭈그린 자세를 한다. 죽음이 찾아온다면 빨리 나를 데려가길, 애그니스는 속으로 빈다. 뱃속 아기는 살려두길. 그가 돌아와서 아이들 곁에 있을 수 있길. 그가 언제까지나 애그니스를 생각하며 따스함을 느끼길.

산파가 애그니스의 소매를 잡아당기지만 메리는 애그니스를 의자에 앉히겠다는 생각을 버린 듯하다. 애그니스는 하라는 대로 하지 않을 것이다. 메리도 그걸 안다는 걸 애그니스는 느낀다. 메리는 애그니스가 싫어하는 출산용 의자에 앉아 모슬린천을 펼쳐들고 아기를 받을 준비를 한다.

극장이 쇼어디치라는 곳에 있다고 그는 편지에 썼다. 일라이자는 그 단어를 한 글자 한 글자 겨우 읽어냈다. '쇼어'라고 읽고,

다음에 '디치'를 읽었다. 쇼어-디치? 애그니스가 따라 했다. '쇼어'*라는 말에 개흙으로 덮이고 가장자리에 갈대가 자라는 강둑이 떠올랐다. 노란색 아이리스가 자라고 새가 둥지를 트는 곳. 그런데 '디치'**는 위험하고 미끄럽고 경사지고 아래에는 흙탕물이 있는 곳 아닌가. '쇼어'와 '디치.' 앞부분은 좋은 느낌을 주는데 뒷부분은 끔찍했다. 어떻게 물가에 도랑이 있을 수 있지? 애그니스는 일라이자에게 물어보려 했으나 일라이자는 계속 읽어 내려가며 그가 그곳에서 장갑 계약을 맺을 사람을 기다리면서 구경한 연극 이야기를 들려줬다. 질투심 많은 공작과 신의 없는 아들들.

산파는 바닥으로 내려가 씩씩거리며 치맛자락과 앞치마를 잡고 호들갑을 떨면서 무릎에 무리가 간다며 추가 요금을 받아야겠다고 한다. 산파는 러그 위에 거의 드러눕다시피 하고 위쪽을 들여다본다.

"곧 끝날 거야." 산파가 판정을 내린다. "힘을 줘." 좀더 무뚝뚝하게 말한다.

메리가 한 손을 애그니스의 어깨에 얹고 다른 손은 팔에 얹는

* shore, 물가.

** ditch, 도랑.

다. "잘하고 있어." 메리가 웅얼거린다. "금세 끝날 거야."

애그니스는 이 목소리를 멀리서 들려오는 소리처럼 듣는다. 애그니스의 생각은 이제 짧게 다듬어지고 바싹 깎여 뼈다귀만 남았다. 남편, 애그니스는 생각한다. 장갑. 배우. 구슬. 극장. 질투심 많은 공작. 죽음. 따스하게 기억해주길. 애그니스는 깨닫는다. 그 생각을 말로 형성하지는 못하지만 느낌을 받는다. 편지에서 느껴진 남편은 달라진 게 아니라 돌아온 것임을. 본모습으로. 회복되었다. 좋아졌다. 돌아왔다.

애그니스는 남일처럼 감탄하면서 다리 사이에 무언가 둥그런 것이 나타나는 모습을 본다. 고개를 아래로 숙여 자기 몸 아래쪽을 들여다본다. 머리가 몸에서 빠져나오며 돌아가고 수중생물처럼 미끄덩하게 뒤틀리며 어깨와 척추가 구슬처럼 박힌 긴 등이 나타난다. 산파와 메리가 천으로 아기를 받고는 메리가 말한다. 아들이야, 아들. 애그니스는 남편의 턱, 오므린 입을 본다. 이마 꼭대기에 솟은 자기 아버지의 금발 머리카락을 다시 본다. 자기 어머니의 길고 섬세한 손가락을 본다. 애그니스는 자기 아들을 본다.

애그니스와 아기는 침대에 누워 있다. 아기는 조그만 주먹으로 엄마의 가슴을 제 것이라는 양 움켜쥐고 젖을 먹는다. 애그니스는 무엇보다 먼저 젖부터 먹일 거라고, 몸을 닦는 것보다 그게 우선이라고 말했다. 또 탯줄과 대망막을 천으로 싸서 묶어놓아야 한다고 했다. 애그니스는 고개를 들고 메리와 산파가 그 작업을 수행하는 것을 지켜보았다. 아기가 첫 달을 채우면 그때 나무 밑에 묻을 것이라고 말했다. 산파는 도구를 챙기고 짐을 싸고 시트를 접고 그릇의 물을 창밖으로 비운다. 메리는 침대에 앉아 애그니스에게 아기를 싸개로 싸야 한다고 말한다. 그게 맞는 거라고, 자기 아기들도 다 싸개로 쌌는데 잘 자라지 않았냐고, 아들들 다 튼튼하고 일라이자도 그렇다고. 하지만 애그니스는 고개를 젓는다. 싸개는 괜찮아요, 애그니스가 말하고 산파는 구석에서 슬몃 웃는다. 메리의 마지막 세 차례의 출산을 다 자기가 돌보았고 그러면서 메리가 자부심이 엄청 강한 사람이란 걸 익히 알게 됐기 때문이다.

산파는 천으로 그릇을 닦으며 아무리 봐도 여간내기가 아닌 이 며느리가 메리에게 만만치 않은 상대라는 걸 인정하며 고개를 숙인다. 훤히 보인다. 이 아기를 싸개에 싸는 일은 절대 없으리라는 데 자기가 가진 동전 전부를(아무도 모르는 일이지만 자기 집 흙벽 뒤의 옹기 안에 감춰두었다) 걸 수도 있다.

무언가 때문에 산파는 젖은 천을 든 채 뒤를 돌아본다. 산파는 나중에 십수 명의 마을 사람들에게 이 얘기를 들려주면서 그때 왜 난데없이 돌아보게 되었는지 모르겠다고 말할 것이다. 산파의 직감 같은 거겠지, 자기 코를 손끝으로 두들기며 그렇게 말할 것이다.

애그니스가 침대에서 몸을 일으켜세우고 한 손을 배에 댄다. 다른 손으로는 아기를 가슴팍에 안고 있다.

"왜 그래?" 메리가 침대에서 일어나며 말한다.

애그니스는 고개를 젓더니 끙하는 신음을 내며 몸을 숙인다.

"아기 이리 줘." 메리가 두 팔을 내밀며 말한다. 메리는 놀란 듯하면서도 애정어린 얼굴이다. 메리는 저 아기를 원해, 산파는 생각한다. 자기 자식을 여덟이나 낳았음에도, 나이가 저렇게 들었음에도. 메리는 아기를 품에 안고 그 안에 응축된 온기를 느끼고 싶어한다.

"아녜요." 애그니스는 이를 앙다물고 몸을 웅크린 채 말한다. 당황하고 긴장하고 놀란 얼굴이다. "왜 이러는 거지?" 애그니스가 어린아이처럼 겁에 질린 쉰 목소리로 속삭인다.

산파가 앞으로 간다. 애그니스의 배에 손을 얹고 누른다. 피부가 단단해지며 밀어내는 걸 느낀다. 산파는 치마를 들추고 들여다본다. 거기에 있다. 둥글고 축축한 두번째 머리통. 확연하다.

"다시 시작되는구먼." 산파가 말한다.

"무슨 소리예요?" 메리가 약간 고압적인 투로 말한다.

"다시 시작이에요." 산파가 다시 말한다. "하나가 더 나와요." 산파가 애그니스의 다리를 두들긴다. "쌍둥이야."

애그니스는 이 소식을 말없이 새긴다. 침대에 다시 누워 아기를 끌어안는다. 애그니스는 지쳐서 얼굴은 잿빛이고 팔다리에 힘이 없고 고개는 떨어진다. 진통이 닥치는데도 얼굴이 하얗게 질리고 입을 앙다물 뿐 티를 내지 않는다. 메리가 아기를 데려가 불가 요람에 눕히도록 내버려둔다.

메리와 산파가 침대 양옆에 서 있다. 애그니스는 번들거리는 눈을 크게 뜨고 두 사람을 쳐다본다. 얼굴은 귀신처럼 희다. 애그니스는 손을 들어 메리를, 이어 산파를 가리킨다.

"두 사람." 애그니스가 쉰 목소리를 낸다.

"뭐라고 했어요?" 산파가 메리에게 묻는다.

메리가 고개를 젓는다. "모르겠어요." 그러더니 애그니스에게 말을 건다. "애그니스, 의자로 와. 준비해놨어. 여기. 우리가 도와줄게. 때가 됐어."

통증에 사로잡힌 애그니스의 몸이 이쪽으로, 이어 반대쪽으로 뒤틀린다. 애그니스는 손가락으로 시트를 잡아채 당겨서 입에 문다. 거칠고 억눌린 신음이 흘러나온다.

"두 사람." 애그니스가 다시 말한다. "항상 내 아이들일 거라고 생각했어. 침대 발치에 서 있는 사람이. 그런데 당신들이었어."

"뭐라는 거예요?" 산파가 말하더니 다시 애그니스의 치마 아래로 사라진다.

"모르겠어요." 메리는 애써 밝은 목소리로 말한다.

"헛소리를 하네." 산파가 어깨를 으쓱한다. "지금 제정신이 아닌 거예요. 가끔 그런 사람들이 있어요. 자." 산파가 다시 몸을 일으키며 말한다. "아기가 나오고 있으니 침대에서 내려오게 해야겠어요."

두 사람이 애그니스의 양팔을 잡고 일으킨다. 애그니스는 두 사람에게 끌려 의자로 가서 군소리 없이 주저앉는다. 메리는 애그니스 뒤에 서서 축 늘어진 몸을 부축한다.

잠시 뒤 애그니스는 입을 열고 연결이 안 되는 말들을 내뱉는다. "그러면 안 되는데……" 애그니스의 목소리는 거의 속삭이는 듯하고 숨이 가빠 헐떡인다. "……그러지 말았어야…… 잘못 생각…… 그 사람이 없어…… 나는 할 수 없어—"

"할 수 있어." 산파가 바닥에 앉은 채 말한다. "해낼 거야."

"할 수 없어……" 애그니스의 얼굴은 축축하고 아무것도 안 보이는 커다란 눈은 번들거린다. 애그니스는 메리의 팔을 붙들고 자기 말을 알아들으라고 한다. "…… 알죠, 우리 엄마가 죽은 거…… 근데…… 내가 그 사람을 보냈어…… 나는 못해—"

"할 수—" 산파가 입을 열지만 메리가 막는다.

"조용히 해요." 메리가 퉁을 준다. "당신 일에나 집중해요." 메리는 애그니스의 창백한 얼굴을 두 손으로 감싼다. "왜 그래?" 메리가 속삭인다.

애그니스는 메리를 보며 겁에 질린 눈으로 호소한다. 메리가 전에는 한 번도 본 적이 없는 표정이다.

"그게……" 애그니스가 속삭인다. "…… 내가 그랬어요…… 내가 그를 보냈어요…… 우리 엄마가 죽었어요."

"어머니가 돌아가신 거 알아." 메리가 울컥하며 말한다. "넌 안 죽을 거야. 확실해. 넌 튼튼하니까."

"엄마…… 엄마도 튼튼했어요."

메리가 손을 움켜쥔다. "넌 괜찮을 거야. 걱정 마."

"문제는……" 애그니스가 말한다. "내가…… 하지 말았어야…… 그러지 말았어야……"

"뭘? 뭘 그러지 말았어야 하는데?"

"그 사람을 보내지 말았어야…… 런던으로…… 잘못했어요…… 안 되는데—"

"네가 보낸 게 아니잖아." 메리가 달래듯 말한다. "존이 보냈지."

애그니스의 축 처진 머리가 다시 올라와 메리를 마주본다. "제가 그랬어요." 애그니스가 이를 앙다물고 내뱉듯 말한다.

"존이 그랬어." 메리가 다시 말한다.

애그니스는 고개를 젓는다. "난 못 버틸 거예요." 애그니스가 헐떡인다. 메리의 손을 잡고 아플 정도로 꽉 누른다. "어머니가 돌봐주실 거죠? 어머니하고 일라이자가. 그럴 거죠?"

"누굴 돌봐?"

"애들요. 그럴 거죠?"

"그럼, 하지만—"

"새어머니가 데려가게 하지 마요."

"당연하지. 절대로 그렇게는—"

"조운은 안 돼요. 조운은 절대 안 돼요. 약속해줘요." 애그니스는 진이 빠진 미치광이 같은 얼굴로 메리의 손을 꽉 쥔다. "어머니가 돌본다고 약속해줘요."

"약속해." 메리가 며느리의 얼굴을 보며 얼굴을 찡그리고 말한다. 대체 뭘 보았길래? 뭘 알길래? 메리는 등골이 오싹하다. 마음이 불안하고 몸에 한기가 든다. 메리는 사람들이 애그니스를 두고 하는 말을 믿지 않으려 했다. 애그니스가 사람의 미래를 본다느니 손금을 읽는다느니 하는 것들. 그런데 지금은, 처음으로 사람들이 하는 말이 무슨 뜻인지 알 것 같다. 애그니스는 다른 세상에 속한 존재다. 이곳 사람이 아니다. 그렇지만 애그니스가 죽는다는, 눈앞에서 죽는다는 생각을 하자 비통함이 몰려온다. 그런 일이 일어나게 할 수는 없다. 아들에게 뭐라 말할 것인가?

"약속할게." 메리가 며느리의 눈을 똑바로 들여다보며 다시 말한다. 애그니스가 손을 놓아준다. 두 사람은 같이 둥그런 배와 그 아래에 있는 산파의 어깨를 내려다본다.

두번째 출산은 짧고 빠르고 힘겹다. 진통이 쉴 틈도 없이 계속 닥치고 메리는 애그니스가 물에 빠진 사람처럼 그사이에 숨을 제대로 따라잡지 못하는 걸 본다. 막바지로 가면서 애그니스는 거칠고 절박한 목쉰 울음소리를 낸다. 메리는 애그니스를 붙들고 눈물범벅이 되어 있다. 머릿속으로 아들에게 할말을 떠올린다. 최선을 다했어. 할 수 있는 일은 다했어. 결국 구하지 못했지만.

아기가 밖으로 모습을 드러내기 시작하자 그들이 두려워하던 죽음이 애그니스의 것이 아니었다는 게 분명해진다. 아기는 잿빛이고 목에 탯줄을 단단히 감고 있다.

산파가 한 손으로 아이를 꺼내 다른 손으로 받는 동안 아무도 아무 말도 하지 않는다. 여자아이고, 먼저 나온 아기의 절반 크기고, 조용하다. 눈을 질끈 감고 주먹을 오므리고 입은 마치 미안하다는 듯 꾹 다물었다.

산파는 얼른 탯줄을 빠르게 풀고 조그만 아기를 거꾸로 든다. 엉덩이를 한 번, 두 번 때리지만 아무 반응이 없다. 아무 소리도 울음도 생명의 징후도 없다. 산파가 다시 손을 든다.

"됐어요." 애그니스가 팔을 내밀며 말한다. "저한테 주세요."

산파는 아기를 보면 안 된다고, 나쁜 운을 가져온다고 웅얼거린다. 안 보는 게 최선이야, 산파가 말한다. 내가 데리고 가서 제대로 잘 묻어줄게.

"나한테 줘요." 애그니스가 말하며 의자에서 일어나려 한다.

메리가 앞으로 나와 산파에게서 아기를 받아든다. 아기의 얼굴은 완벽하고 제 오라비와 판박이다. 똑같은 모양의 눈썹, 턱선과 뺨. 속눈썹도 있고 손톱도 있고 아직 따스하다.

메리는 조그만 아기를 애그니스에게 준다. 애그니스는 아기를 받아 손으로 머리를 받치고 안는다.

방안은 조용하다.

"예쁜 아들을 낳았잖아." 잠시 뒤 산파가 말한다. "젖 먹이게 내가 데려올게."

"내가 데려올게." 메리가 요람 쪽으로 가며 말한다.

"아니, 내가요." 산파가 앞을 가로막으며 말한다.

메리는 화가 나서 산파의 어깨를 밀친다. "비켜요, 내 손자는 내가 데려올 테니."

"부인, 이러지 말고—" 산파가 메리에게 맞서지만 말을 맺지 못한다. 뒤쪽에서 가느다란 울음소리가 흘러나왔기 때문이다.

두 사람은 동시에 몸을 돌린다.

애그니스의 품에 안긴 아기, 여자아이가 울고 있다. 성난 듯 팔을 뻗는다. 공기를 들이마시자 조그만 몸뚱이가 분홍색으로 물든다.

그러니까 아기가 하나가 아니라 둘이었구나, 애그니스는 찬 공기가 들어오지 않게 커튼을 친 침대에 누워 생각한다.

처음 몇 주 동안은, 여자아이가 살아남을지 어쩔지 확실하지 않다. 애그니스도 그걸 안다. 머리로, 뼈로, 피부로, 심장으로 안다. 시어머니가 살금살금 방으로 들어와 아기들을 들여다보고 가끔 심장에 손을 대보는 걸 보고 안다. 메리가 존에게 얼른 아기들을 교회로 데려가 세례를 받게 하라고 다그칠 때 느낀다. 메리와 존이 갓난아기들을 담요로 여러 겹 싼 다음 품에 안고 서둘러 사제에게 갔다. 잠시 뒤 메리가 달리기경주를 완주한 사람처럼, 적을 이긴 사람처럼 집으로 뛰어들어오더니, 더 작은 쌍둥이 아기를 애그니스에게 내밀며 말한다. 됐어. 끝났어. 아기 여기 있어.

애그니스는 잠을 잘 수가 없는 것 같다. 침대에서 일어날 수도 없는 것 같다. 손이 비는 때가 없는 것 같다. 종일 둘 중 하나가, 혹은 둘이 동시에 안아달라고 한다. 하나를 먹이고, 또다른 애를 먹이고, 그다음 아까 아기를 다시 먹인다. 둘을 양팔에 끼우고 둘의 머리가 맞닿게 안고 동시에 젖을 먹이기도 한다. 먹이고 먹이고 또 먹인다.

남자아이, 햄닛은 튼튼하다. 애그니스는 처음 본 순간 알았다. 젖을 야무지게 꽉 붙들고 온 정신을 집중해 빤다. 여자아이, 주디스는 젖을 먹이려면 부추겨야 한다. 손으로 입을 벌리고 젖꼭지를 물려줘도 주디스는 무얼 어떻게 해야 하는지 모르겠다는 듯 어리둥절한 얼굴이다. 애그니스가 아기의 뺨을 쓰다듬고 턱을 건드리고 턱선을 손가락으로 쓸어 아기에게 젖을 빨고, 먹고, 살아야 한다는 걸 일깨워야 한다.

오래전부터 애그니스가 생각한 죽음의 개념은, 드넓은 황무지 한가운데 불이 켜진 작은 방의 모습으로 떠올랐다. 산 사람들은 방안에서 산다. 죽은 사람들은 건물 밖에 모여들어 손바닥과 얼굴과 손끝을 창문에 대고 다시 안으로 들어가려고, 자기 식구들한테 가닿으려고 절박하게 매달린다. 방안에 있는 이들 가운데, 바깥에 있는 이의 모습을 보고 소리를 들을 수 있는 사람이 있다. 벽을 통해 얘기를 나누는 사람도 있다. 대부분은 그러지 못한다.

이 조그만 아기가 그 바깥에서, 춥고 안개로 뒤덮인 황무지에서 엄마 없이 살아야 할지 모른다는 생각은 차마 할 수 없다. 애그니스는 절대 보내지 않을 것이다. 언제나 쌍둥이 가운데 작은 아이를 데려간다는 건 누구나 아는 사실이다. 다들 숨을 죽이고 그 일이 일어나기를 기다리고 있다는 걸 애그니스도 느낀다. 산 사람들의 방 밖으로 나가는 문이 딸아이에게 열려 있다는 걸 안다. 차가운 바깥바람이 피부에 와닿고 냉랭한 공기의 냄새가 코끝을 스친다. 애그니스는 자기가 아이를 둘밖에 가질 수 없다는 걸 알지만, 어쨌거나 받아들이지 않으려 한다. 가장 어두운 한밤에 혼잣말을 한다. 그런 일이 일어나게 하지 않을 거야, 오늘밤도, 내일도, 그 어떤 날에도. 그 문을 찾아서 쾅 닫아버릴 거야.

애그니스는 침대에서 쌍둥이를 자기 양옆에 눕힌다. 두 아이가 애그니스의 양쪽 귀에 대고 새근새근 숨을 쉰다. 햄닛이 밤중에 깨어 젖 달라고 쨍하는 울음소리를 내면 애그니스는 주디스도 깨운다. 먹어, 아가, 애그니스가 속삭인다. 먹을 시간이야.

애그니스는 자신의 예감이 무섭다. 자신이 죽음을 맞이할 때 두 사람이 발치에 서 있는 이미지가 얼음처럼 차갑고 또렷하게 떠오른다. 애그니스는 이제 자기 아이 중 하나가 죽을 수 있다는 것, 그게 그저 가능성만이 아니라는 걸 안다. 아이들은 워낙 흔하게 죽으니까. 그러나 애그니스는 그런 일이 일어나지 않게 할 것이다. 절대로. 이 아이의 배를 채우고, 이 아이들을 생명으로 채울 것이다. 밖으로 나가는 문과 아이들 사이에 서서 이를 드러내고 으르렁거리며 길을 막을 것이다. 이 세상 너머에 있는 모든 것에 맞서 세 아이를 지킬 것이다. 애그니스는 아이들이 안전하다는 걸 알기까지 쉬지도 자지도 않을 것이다. 밀어내고 맞서 싸우고, 살아남은 아이가 둘뿐이라는 오래된 예감을 지워버릴 것이다. 그렇게 하고 말 것이다. 할 수 있다는 걸 안다.

집에 돌아온 남편은 처음에는 아내를 못 알아볼 지경이다. 막자와 막자사발 옆에 서 있는 아름답고 입술이 도톰한 아내를 찾았는데, 아내는 불면에 시달린데다 오직 하나의 목표에 단호히 매달린 탓에 반쯤 미친 부랑자 같은 모습으로 침대에 누워 있다. 수유를 하느라 야위고, 눈자위는 검고, 절박하고 몰두한 표정이다. 남편은 똑같이 생긴 속을 알 수 없는 두 아기를 본다. 하나가 다른 하나의 두 배다.

그는 두 아기를 손에 든다. 흔들림 없는 눈을 마주본다. 똑같이 생긴 눈을 들여다본다. 두 아이를 무릎 위에 나란히 놓는다. 한 아이가 다른 아이의 엄지를 잡아 제 입에 넣고 빠는 것을 본다. 그는 이 두 아이가 다른 어떤 일도 일어나기 전부터 이미 함께하는 삶을 시작했다는 사실을 깨닫는다. 아기들의 머리를 두 손으로 받친다. 너, 그가 말한다. 그리고 너.

애그니스는 너무 지쳐 정신이 없는데도, 그의 손을 잡아보지 않았는데도, 그가 찾아냈으며 그 안에 들어갔으며 그걸 살고 있다는 걸 안다. 그가 살려고 했던 삶, 그가 하려고 했던 일을. 애그니스는 침대에 누워 그가 그렇게나 허리를 꼿꼿이 세우고, 가슴을 넓게 펴고, 걱정과 좌절이 씻겨나간 얼굴로 서 있는 것을 보고, 그의 만족감의 냄새를 들이마시며 웃음을 짓는다.

출산실에 이렇게 같이 앉아 있는 그들은 곧 런던에서 같이 살게 될 거라고 아직까지도 믿고 있다. 애그니스가 세 아이를 도시로 데려가서 함께 살 거라고. 그날이 머지않았다고. 애그니스는 짐에 무얼 꾸려서 가지고 갈지 계획을 짜고 있다. 수재나에게 곧 큰 도시에서 살게 될 거고 집, 배, 곰, 왕궁을 보게 될 거라고 말한다. 아기들도 우리랑 같이 가? 수재나가 요람을 흘긋 보며 묻는다. 응, 애그니스가 웃음을 감추며 말한다.

그는 벌써 집을 알아보고 있다. 집을 사려고 돈을 모으는 중이다. 수재나를 무동 태우고 강가로 구경 가고 식구들을 전부 극장으로 데려가는 장면을 그려본다. 새 친구들이 아내의 짙은 눈과 장갑을 낀 가는 손목을, 아이들의 귀여운 얼굴을 부러운 듯 쳐다보는 모습을 상상한다. 요람이 둘 있는 부엌의 모습을 그려본다. 아내는 불가에서 고개를 기울이고 있고, 뒷마당에서는 암탉이나 토끼를 키우고. 그렇게 딱 다섯 식구만 사는 집. 나중에 더 늘어날 수도 있겠지만. 그는 감히 그런 생각을 해본다. 다른 사람 아무도 없이. 옆집에 다른 가족 없이. 시도 때도 없이 집으로 들이닥치는 동생도 부모도 처가 식구도 없이. 다른 누구도 없이. 오직 그들과 부엌과 요람뿐. 그 부엌 냄새까지 맡을 수 있을 것 같다. 식탁 위에 문질러 바른 밀랍 냄새, 아기들한테서 나는 쉰 우유 냄새, 풀 먹인 빨래 냄새. 아내는 집안일을 하며 콧노래를 부르고 아기들은 까르륵거리고 재잘댈 것이고, 수재나는 뒷마당에서 토끼들과 얘기하며 투명한 눈과 매끈한 털을 구경할 것이고, 그는 난롯가 자기 자리에서 식구들에게 둘러싸여 있을 것이다. 비좁은 하숙방에서 식구들에게 닿기까지 나흘이 걸릴 편지를 쓰고 있는 게 아니라. 이런 쪼개진 삶, 이중의 삶을 더는 살 필요가 없을 것이다. 식구들이 같이 있을 테니까. 고개만 들면 볼 수 있을 테니까. 이제 더는 대도시에 혼자 외로이 있을 일이 없다. 아내와 가족, 집이 있으니 더욱 단단하게 정착할 수 있을 것이다. 애그니스가 곁에 있다면 자신이 무얼 이룰 수 있을지 누가 알겠는가?

조그만 갓난아기들과 같이 방에 앉아 있는 지금은 그도, 아내도 이 계획이 영영 실현되지 않으리란 것을 모른다. 애그니스가 아기들을 데리고 런던으로 가는 일은 없을 것이다. 그가 런던에 집을 사는 일도 없을 것이다.

여자아이는 살 것이다. 갓난아기에서 아장아장 걷는 아기로, 어린아이로 자랄 것이다. 그렇지만 아이의 목숨줄은 계속 희미하고 아슬아슬하고 불확실할 것이다. 아이는 경기를 일으켜 손발을 떨고 열에 시달리고 숨가빠할 것이다. 피부에 발진이 돋고 폐로 숨을 들이마시기 힘겨워할 것이다. 다른 두 아이가 열감기가 나면 주디스는 학질에 걸릴 것이다. 다른 아이들이 기침을 할 때 주디스는 쌕쌕거리며 숨을 몰아쉴 것이다. 애그니스는 런던으로 출발하는 날을 몇 달 미룰 것이다. 주디스가 좋아지면 갈게, 애그니스가 일라이자에게 편지를 써달라고 한다. 봄이 오면. 무더운 여름이 지나면. 찬 가을바람이 잦아들면. 눈이 녹으면.

주디스는 두 살이다. 엄마는 밤마다 자지 않고 주디스 곁을 지키며 침대 커튼 안에서 솔잎과 정향을 훈증한다. 주디스가 숨을 쉴 수 있도록, 입술의 파란 기가 가시도록, 잠들 수 있도록. 그러다 어느덧 런던으로 이사가는 일이 영영 실현되지 않으리라는 게 모두에게 명백해진다. 아이의 건강이 너무 위태하다. 아이는 도시에서는 살아남지 못할 것이다.

대신 아빠가 역병이 돌아 극장이 문을 닫는 기간에 식구들을 보러 올 것이다. 그는 장갑을 팔거나 아버지가 만든 물건을 선전하기를 그만두었다. 사업에서 완전히 손을 뗐다. 이제는 극장 일만 한다. 어느 밤, 그는 방안에서 아내가 아기를 안고 돌아다니는 것을 본다. 아이가 배가 아프다.

지나가는 사람 눈에도 그렇게 보일 만큼 불가사의하게 아름다운 아이다. 맑은 파란색 눈, 천사처럼 부드러운 곱슬머리. 아이는 방안에서 서성이는 엄마의 어깨 너머로 아빠에게 시선을 고정한다. 소리 없는 눈물방울이 뺨을 타고 흐르고 두 손으로는 엄마의 시프트드레스를 움켜쥐었다. 그는 아기를 찬찬히 본다. 헛기침을 한다. 저축한 돈으로 런던에 집을 사는 대신 스트랫퍼드 외곽에 땅을 사기로 했다고 아내에게 말한다. 임대료가 나올 거야, 그가 말한다. 그는 이 결정과 새로운 앞날을 마주할 준비를 하듯 자리에서 일어난다.

출산실에서, 조그만 쌍둥이를 무릎 위에 얹고 두 손으로 머리를 하나씩 받치고 그는 애그니스에게 말한다. 아이가 둘이라는 애그니스의 예지는 틀린 걸 거라고. 아니면 쌍둥이가 태어나리라는 예감이었을 거라고. 그는 한쌍의 아기를 보면서 말한다. 당신이 쌍둥이를 낳을 거라는 뜻이었어. 수재나와 쌍둥이.

아내는 말이 없다. 침대를 쳐다보니 아내는 이미 잠이 들었다. 지금까지 내내 그가 와서 아기를 무릎에 얹고 두 손으로 머리를 받치기만을 기다리고 있었다는 듯 까무룩 잠이 들었다.

애그니스는 깜짝 놀라 깬다. 머리를 치켜들고 무슨 단어를 말하려는 듯 입술과 혀를 놀린다. 그런데 무슨 말이었는지 알 수가 없다. 된바람이, 눈에 보이지 않는 엄청난 힘이 머리카락을 이쪽 저쪽으로 흩날리고 옷을 잡아당기고 먼지와 모래를 얼굴에 흩뿌리는 꿈을 꾸었다.

자기 몸을 내려다본다. 침대에 누운 게 아니라 반쯤은 앉고 반쯤은 짚요 가장자리에 기댄 채 아직 평상복 차림으로 있다. 손에 천이 들려 있다. 축축하고 쭈글쭈글한 천이 손아귀에서 뜨뜻하게 데워졌다. 내가 왜 이걸 들고 있지? 왜 이렇게 앉아 잠이 들었지?

꿈에 나온 돌풍이 방을 휩쓸듯 순식간에 모든 게 머릿속에 닥친다. 주디스, 열, 밤.

애그니스는 휘청거리며 일어선다. 자고 있었나? 어떻게 잠이 들 수가 있지? 애그니스는 잠과 꿈을 떨쳐버리려는 듯 고개를 한 번, 두 번 젓는다. 방안은 캄캄하다. 가장 깊은 한밤, 가장 위험한 시간이다. 난롯불이 거의 꺼져 붉은 잿불만 남았고 촛불은 사그라들었다. 애그니스는 허겁지겁 주위를 마구 더듬어본다. 이불 아래에 다리가, 무릎이, 발목이 있다. 애그니스는 위로 올라가 손목 그리고 맞잡은 두 손을 발견한다. 손에 닿는 살이 뜨겁다. 좋은 징조야, 애그니스는 궤를 뒤져 양초를 찾으면서 생각한다. 아주 좋아. 주디스가 아직 살아 있다는 뜻이니까.

좋아, 애그니스는 차가운 밀랍 양초 하나를 집어 심지를 잿불에 대면서 생각한다. 생명이 있다면, 희망이 있어.

심지에 불이 붙고 불꽃이 거의 꺼질 듯 팔랑거리더니 곧 힘을 모은다. 앞으로 뻗은 팔 주위에 둥근 빛이 퍼지며 어둠을 밀어낸다.

벽난로와 벽난로 선반이 보인다. 애그니스의 슬리퍼와 숄이 바닥에 떨어져 있다. 짚요가 있고 주디스의 발이 이불 밖으로 삐져나와 있다. 주디스의 다리, 무릎, 얼굴이 보인다.

애그니스는 불빛에 주디스의 얼굴을 비춰보고는 손으로 입을 막는다. 피부가 너무 창백해 아예 색이 없을 정도다. 눈꺼풀은 반쯤 벌어지고 눈동자는 위로 올라가 보이지 않는다. 하얗고 갈라진 입술 틈새로 공기를 반쯤 가쁘게 들이마신다.

아직도 손을 입에 댄 채 애그니스는 딸을 내려다본다. 온갖 아픈 사람, 앓는 사람, 회복하는 사람, 꾀병을 부리는 사람, 사랑하는 이를 잃은 사람, 미친 사람을 돌보아온 애그니스는 생각한다. 얼마 안 남았어. 그러나 애그니스의 다른 부분은, 이 아이를 젖 먹이고 돌보고 보살피고 쓰다듬고 먹이고 입히고 끌어안고 입맞췄던 애그니스는 생각한다. 그럴 순 없어, 있을 수 없는 일이야, 제발, 이 아이만은.

애그니스가 몸을 숙여 아이의 이마를 짚고 맥을 재고 아이를 조금이라도 편안하게 해주려고 하는데, 촛불이 이상한 광경을 비춘다. 너무 뜻밖이라 애그니스는 잠시 무엇을 본 건지 어리둥절하다.

처음 눈에 들어온 건 주디스의 손이 처음 생각한 것처럼 자기 손을 맞잡은 게 아니라는 것이다. 다른 사람의 손과 얽혀 있다. 누군가가 주디스와 같이 짚요에 누워 있다. 다른 몸—이상한 일이지만—다른 주디스가. 두 명의 주디스가 사그라드는 불 앞에서 서로 끌어안고 있다.

애그니스는 눈을 깜박인다. 몸을 부르르 떤다. 당연히 햄닛이지. 햄닛이 밤중에 아래층으로 내려와 주디스 옆에 누운 것이다.

햄닛이 거기 주디스 옆에 누워 주디스의 손을 잡고 평화롭고 깊은 잠에 빠져 있다.

애그니스는 초를 높이 들고 그 모습을 본다. 나중에 애그니스는 이 순간을 다시 돌이켜보며 처음 생각과 다르다는 걸 깨달은 게 언제인지 스스로 물을 것이다. 언제 알아차렸나? 무얼 보고 알았나?

여기 애그니스의 딸이, 열에 시달려 창백해진 얼굴로 심하게 앓으며 누워 있다. 그리고 그 옆에 아들이 딸을 팔로 안고 있다. 그런데 그 팔에 뭔가 이상한 점이 있다. 애그니스는 홀린 듯 그걸 쳐다본다. 햄닛의 팔이 맞는데 아니기도 하다.

애그니스는 그 팔이 잡고 있는 손, 주디스의 손으로 시선을 옮기고 손톱에 무언가 검은 물이 들어 있는 것을 본다. 잉크 같은 것.

주디스가 잉크를 쓰나? 애그니스는 생각한다.

머리가 혼미해지며 기이한 혼란이 일어난다. 벌 수백 마리가 웅웅대는 것 같다. 애그니스는 벌떡 일어나 초를 벽난로 위 촛대에 꽂고 두 손으로 아이들을 만져본다.

건강한 혈색의 아들은 불가에 누웠고 딸은 반대편에 있다. 그런데, 여기 햄닛의 목 언저리 안쪽에, 주디스의 땋은 머리가 쑤셔넣어져 있다. 그리고 여기 주디스의 드레스 소매 밖으로, 어릴 때 낫에 베어 생긴 초승달 모양 흉터가 있는 햄닛의 손목이 나와 있다. 신열로 땀에 젖은 주디스의 머리카락이 가만히 보니 햄닛의 짧은 머리카락이다. 건강한 아이의 편안한 잠에 빠져 있는 것은 주디스다.

애그니스는 눈앞의 광경을 이해할 수가 없다. 꿈을 꾸고 있는 건가? 밤의 환영인가? 애그니스는 두 아이를 덮은 이불을 벗기고 누워 있는 아이들을 본다. 아픈 아이의 발이 짚요 아래쪽까지 쭉 뻗어 있다. 키가 큰 아이가 아픈 아이다.

햄닛이다, 주디스가 아니라.

그 순간, 한기를 느꼈는지 쌍둥이 중 작은 아이가 눈을 뜨고 이불을 들고 서 있는 엄마와 눈을 맞춘다.

"엄마?" 아이가 부른다.

"주디스?" 애그니스는 아직도 눈으로 본 것을 믿을 수가 없어서 속삭이듯 묻는다.

"응." 아이가 말한다.

햄닛은 아버지가 말을 빌렸다는 것을 모른다. 아버지 친구들이 암말을, 성깔이 있고 눈이 부리부리하고 어깨에 근육이 불거지고 털이 마로니에 열매처럼 반들거리는 말을 구했다는 사실을 영영 모를 것이다.

햄닛은 아버지가 지금 성질 나쁜 말을 최대한 빨리 몰아, 물을 마시고 음식을 구해 입에 넣는 단 몇 분을 제외하고는 쉬지 않고 달린다는 사실을 모른다. 턴브리지에서 웨이브리지까지, 이어 테임까지. 밴버리에서 말을 바꾼다. 그의 머릿속에는 딸 생각뿐이다. 딸과의 거리를 좁혀야 한다는, 집에 도달해야 한다는, 딸을 품에 안고 다시 한번 마주보아야 한다는 생각뿐. 아이가 다른 세상으로 가기 전에. 마지막 숨을 쉬기 전에.

그러나 그의 아들은 이런 것을 전혀 모른다. 사실 아무도 모른다. 집 뒤 엄마의 약초밭에 찜질약 재료인 용담 뿌리와 러비지를 캐러 간 수재나도. 부엌채에서 오후 내내 집에 가고 싶다고, 어머니를 보러 가야 한다고 우는 하녀를 꾸지람하는 메리도. 창문으로 찾아온 여자에게 오늘도 내일도 애그니스를 만날 수 없다고, 다음주쯤 다시 와보라고 말하는 일라이자도. 창문을 등지고 짚요 옆에 쭈그리고 앉아 있는 애그니스 자신도.

주디스, 애그니스의 아이, 애그니스의 딸, 막내는 의자에 앉아 있다. 애그니스는 아직도 믿기지 않는다. 주디스는 얼굴은 해쓱하지만 눈은 또렷하게 반짝인다. 수척하고 기운이 없지만 입을 벌려 죽을 먹는다. 어머니에게 눈을 고정한 채로.

덜덜 떨리는 아들의 몸을 옆에서 붙들고 있는 애그니스는 둘로 쪼개지는 듯한 심정이다. 딸은 목숨을 건졌다. 다시 그들의 품으로 돌아왔다. 그런데, 대신, 햄닛을 데려가려는 모양이다.

애그니스는 햄닛에게 하제를 먹였고, 로즈메리와 박하 젤리를 먹였다. 주디스에게 주었던 것을 전부 먹이고 그 이상을 먹였다. 베개 아래에 가운데 구멍이 뚫린 돌을 넣어두었다. 몇 시간 전에는 메리에게 두꺼비를 갖다달라고 해서 햄닛의 배에 묶기까지 했다.

어떻게 해도 차도가 없었다. 어떤 것도 햄닛을 낫게 할 수 없었다. 애그니스는 구멍난 양동이에서 물이 새듯 희망이 조금씩 빠져나가는 걸 느낀다. 애그니스는 바보, 천치, 최악의 멍청이다. 내내 주디스를 지켜야 한다고 생각했는데, 햄닛을 뺏기게 될 모양이었다. 운명이 어떻게 이처럼 잔인한 함정을 놓을 수가 있나? 엉뚱한 아이에게 집중하게 해놓고, 한눈을 파는 사이에 손을 뻗어 다른 아이를 잡아채다니?

애그니스는 자기 약초밭, 가루와 물약, 잎, 용액이 가득한 선반을 떠올린다. 도저히 믿을 수가 없다. 화가 치솟는다. 이게 다 무슨 소용인가? 이 모든 게 무슨 의미가 있나? 수년 동안 돌보고 김매고 다듬고 따 모은 약초. 밖에 나가 죄다 뿌리째 뽑아 불에 던지고 싶다. 애그니스는 등신, 무능하고 교만한 등신이다. 약초 따위로 이것에 맞서겠다는 생각을 하다니.

아들의 몸은 고통의 장소에, 지옥에 가 있다. 뒤틀리고 꼬이고 휘어지고 당겨진다. 애그니스는 들썩이지 말라고 아이의 어깨와 가슴을 붙잡는다. 달리 더 할 일이 없다는 걸 깨닫는다. 아이의 옆에 앉아 조금이라도 편하게 해주려고 애쓸 뿐. 이 병은 너무 엄청나고 너무 강력하고 너무 사악하다. 너무 강한 적이다. 아들에게 촉수를 뻗어 휘감고 조이며 놓아주지 않으려 한다. 사향냄새, 축축하고 짭짤한 냄새를 풍긴다. 그것이 아주 먼 곳에서, 부패하고 눅눅하고 답답한 곳에서 왔으리라고 애그니스는 생각한다. 인간과 짐승과 벌레를 거쳐가며 엄청나게 먼 길을 왔으리라고. 고통과 불행과 슬픔을 먹으면서. 그럼에도 만족하지 못하고 멈출 줄 모르는 최악의 극악한 악이다.

애그니스는 햄닛의 곁을 떠나지 않는다. 이마와 팔다리를 물수건으로 닦는다. 침대에 소금주머니를 넣는다. 아이를 달래고 위안하기 위해 가슴에 쥐오줌풀꽃과 백조 깃털 다발을 올려놓는다. 햄닛은 열이 점점 더 올라가고 멍울이 점점 더 땡땡하게 부풀어오른다. 애그니스는 가장자리가 암울한 청회색으로 변한 아이의 손을 잡아 자기 뺨에 댄다. 애그니스는 무엇이라도, 어떤 짓이라도 할 셈이다. 눈곱만큼이라도 효과만 있다면 혈관을 긁어 자기 피를, 몸을 열어 심장을, 장기를 내어줄 것이다.

햄닛의 몸에서 땀이 비 오듯 흐른다. 피부를 통해 체액이 쏟아져나오듯, 내부를 비우듯 흘러나온다.

그러나 햄닛의 정신은 다른 곳에 가 있다. 한참 전부터 어머니나 누이들, 고모와 할머니 목소리를 듣지 못했다. 식구들이 주위에서 약을 주고 말을 걸고 몸을 쓰다듬는 것은 느꼈다. 그러나 이제는 그들에게서 멀어졌다. 다른 곳에, 자기도 모르는 장소에 와 있다. 이곳은 차고 고요하다. 혼자다. 눈이 부드럽게 하염없이 쉬지 않고 내린다. 땅 위에 쌓이고 오솔길과 계단과 바위를 덮는다. 나뭇가지를 짓누른다. 모든 것을 희고 텅 비고 정체된 상태로 만든다. 적막, 차가움, 낯선 은빛이 그에게 위안보다 더 큰 무엇을 준다. 햄닛은 이 눈 위에 누워 쉬고 싶은 생각뿐이다. 다리는 지치고 팔은 쑤신다. 드러누워 굴복하고 이 반짝이는 두툼한 흰 담요에 몸을 뻗고 싶다. 얼마나 편안할까. 그런데 무언가가 누우면 안 된다고, 그 욕망에 굴하면 안 된다고 말한다. 이게 뭐지? 왜 쉬면 안 된다는 거지?

햄닛의 몸 밖에서 애그니스가 말하고 있다. 애그니스는 목과 겨드랑이의 부종에 찜질약을 바르려 하지만 햄닛이 너무 심하게 떨어 약이 제자리에 붙어 있지를 못한다. 애그니스는 햄닛의 이름을 부르고 또 부른다. 일라이자는 주디스를 안아올려 방 저편으로 데려간다. 주디스는 쉰 목소리로 빽빽거리며 고모의 품안에서 몸부림을 친다. 죽음을 두고 '떠나갔다'느니 '평화로웠다'느니 하는 사람은 그걸 본 적이 없는 거라고 일라이자는 생각한다. 죽음은 폭력이고, 죽음은 투쟁이다. 담쟁이가 벽에 매달리듯 몸이 삶에 매달려 놓지 않으려고 끝까지 붙들고 싸운다.

수재나는 난롯가에서 경련을 일으키는 동생을, 아무 쓸모도 없는 찜질약과 붕대를 들고 법석이는 엄마를 본다. 엄마 손에서 그걸 빼앗아 벽에 던지고 싶다. 그만해, 내버려둬, 그냥 둬. 엄만 이미 늦었다는 거 몰라? 수재나는 두 눈에 성난 주먹을 갖다댄다. 더이상 볼 수가 없다. 더이상 견딜 수가 없다.

애그니스는 속삭인다. 제발, 제발, 햄닛, 제발, 떠나지 마, 가지 마. 창가에서 주디스가 몸부림을 친다. 짚요에 누운 햄닛 옆으로 가게 해달라고, 그래야 한다고, 햄닛에게 말해야 한다고, 놓아달라고. 일라이자는 주디스를 안고 말한다. 괜찮아, 괜찮아. 그러나 뭐가 괜찮다는 건지 알 수 없다. 메리는 짚요 발치에 무릎을 꿇고 햄닛의 한쪽 발목을 잡고 있다. 수재나는 회벽에 이마를 대고 두 손으로 귀를 막는다.

한순간, 햄닛이 몸을 떨기를 멈추고 엄청난 정적이 방을 덮친다. 햄닛의 몸이 갑자기 움직이지 않고 시선은 저멀리 어딘가에 박힌다.

얼음과 눈으로 이루어진 세상에 가 있는 햄닛은 무릎을 꿇고 몸을 아래로 수그린다. 한 손바닥을 먼저, 이어 다른 손바닥을 바사삭거리는 수정 가루 같은 눈 표면에 놓는다. 그 느낌이 얼마나 편안한지, 얼마나 적당한지. 차갑지도 않고 딱딱하지도 않다. 햄닛은 눕는다. 부드러운 눈에 뺨을 댄다. 눈부신 하얀빛에 시려서 눈을 감는다. 잠시만, 조금만, 쉬면서 다시 힘을 모을 때까지만이야. 잠들지는 않을 것이다. 계속 나아갈 것이다. 하지만 잠시만 쉬었다가. 햄닛은 설핏 눈을 뜨고 세상이 아직 여기 있음을 확인하고는 다시 눈을 감는다. 지금 잠깐 동안만.

일라이자는 주디스의 정수리에 턱을 대고 주디스를 살살 어르며 기도를 중얼거린다. 수재나는 젖은 뺨을 벽에 댄 채 남동생을 돌아본다. 메리는 애그니스의 어깨를 잡고 성호를 긋는다. 애그니스는 몸을 숙여 햄닛의 이마에 입을 맞춘다.

그리고 거기, 불가에서, 엄마의 품에 안겨, 기고 먹고 걷고 말하는 법을 배운 그 방에서, 햄닛은 마지막 숨을 쉰다.

숨을 들이마시고, 내쉰다.

그리고 침묵, 정적이다. 더는 아무것도 없다.

II

나는 죽고

너는 살아 있으니

……고통의 숨을 쉬고,

내 이야기를 전해다오.

『햄릿』 5막 2장

방. 좁고 긴 방. 모양을 맞추어 깐 판석이 발길에 닳아 거울처럼 반들거린다. 한 무리의 사람들이 창가에 모여 마주보고 낮은 소리로 대화를 나눈다. 창문마다 천이 드리워져 실내가 캄캄하지만 창문이 아주 살짝 열려 있어 산들바람이 방안을 누비며 공기를 휘젓고 장식용 벽걸이와 벽난로 선반보를 건드린다. 거리의 냄새, 마른 흙길의 흙먼지, 어느 집에선가 파이를 굽는지 사과를 설탕에 졸이는 새콤달콤한 냄새가 바람을 타고 퍼진다. 이따금 집밖 거리로 지나가는 사람들이 던진 한두 마디가 방안으로 날아든다. 맥락 없고 의미 없는 작은 소리가 침묵 속으로 끼어든다.

식탁 둘레에 의자가 안으로 밀어넣어져 있다. 병에 꽂힌 꽃은 꽃잎을 한껏 뒤로 젖히고 식탁보 위에 꽃가루를 떨군다. 쿠션 위에 누워 자던 개가 놀라 깨서 앞발을 핥더니 생각이 바뀌었는지 다시 잠 속으로 빠져든다. 식탁 위에 물병 하나가 놓여 있고 컵 여러 개가 늘어져 있다. 물을 마시는 사람은 아무도 없다. 창가에 모인 사람들이 작은 소리로 웅얼거리다가 한 사람이 손을 뻗어 다른 사람의 손을 잡자 손을 잡힌 사람이 풀 먹인 흰 모자 꼭대기가 보이게 고개를 숙인다.

사람들은 방안 한끝, 벽난로가 있는 쪽으로 자꾸 눈길을 주다가 다시 서로에게 고개를 돌린다.

문짝을 하나 뜯어내어 벽난롯가에 통 두 개로 받쳐놓았다. 한 여자가 그 옆에 앉아 있다. 여자는 허리를 구부리고 고개를 숙인 채 꿈쩍도 하지 않는다. 숨을 쉬고 있는지도 분명치 않다. 머리카락이 흐트러져 몇 가닥이 어깨로 흘러내렸다. 무릎을 꿇고 몸을 구부리고 팔을 앞으로 뻗은 자세라 목덜미가 보인다.

여자 앞에 아이의 시신이 있다. 맨발이 바깥쪽을 향해 벌어졌고 발가락은 오므렸다. 발바닥과 발톱에는 바로 얼마 전까지 살면서 쌓인 때가 아직 끼어 있다. 길바닥의 먼지, 텃밭의 흙, 일주일 전에 친구들과 같이 수영했던 강둑의 진흙. 팔은 몸 양옆에 두고 고개는 살짝 엄마 쪽으로 돌렸다. 양피지처럼 허연 피부가 뻣뻣해지고 탄력을 잃어가면서 살아 있는 사람의 모습이 사라진다. 아직 잠옷 차림이다. 아이의 삼촌들이 문짝을 떼어 방으로 가져왔다. 삼촌들은 숨을 멈추고 아주아주 조심스럽게 죽은 자리인 짚요에서 아이를 들어 단단한 나무문 위에 올렸다.

막내 삼촌 에드먼드는 눈물이 터져 앞이 보이지 않았다. 뻣뻣하게 굳은 조카의 모습을 보기가 너무 괴로웠으니 차라리 다행이었다. 에드먼드가 사는 동안 날마다 보았던 아이, 자기가 나무공 잡는 법, 개벼룩 잡는 법, 갈대로 피리 만드는 법을 가르쳐준 아이였다. 더 큰 삼촌인 리처드는 울지 않았다. 대신 슬픔이 분노로 바뀌었다. 자기들이 해야 하는 이 암울한 일에, 세상에, 운명에, 아이가 병에 걸려 죽을 수 있다는 사실에 분노했다. 그래서 에드먼드한테 무게를 충분히 지지 않는다고 화를 냈다. 다리를 꽉 붙들지 않는다고, 발목이 아니라 무릎을 잡아야 한다고, 일을 망치고 있다고.

두 삼촌은 방안에 있는 다른 사람들과 몇 마디를 나눈 다음 일이 있다고, 심부름을 가야 한다고, 가봐야 할 데가 있다고 하면서 방에서 나간다.

방에 남은 사람들은 거의 여자들이다. 아이의 할머니, 아이의 대모인 빵집 아주머니, 아이의 고모. 그들은 할 수 있는 일을 다 했다. 침구와 매트리스와 짚과 천을 모조리 태웠다. 방을 환기했다. 쌍둥이 여자아이는 위층 침대에 눕혔다. 회복하고 있긴 하지만 아직 기운이 없고 허약하기 때문이다. 방을 청소하고 곳곳에 라벤더물을 뿌리고 창문을 열었다. 흰 천과 질긴 실, 날카로운 바늘을 가지고 왔다. 조심스럽고 조용한 목소리로, 염하는 걸 거들겠다고 했다. 우리가 있다고, 옆에 있겠다고, 시작할 준비가 되었다고 말했다. 장례를 치를 준비를 해야 했다. 시간이 없었다. 역병으로 죽은 사람은 한시바삐, 하루가 넘어가기 전에 묻어야 한다고 시에서 포고했다. 여자들이 아이 엄마에게 그 얘기를 했다. 혹시 그런 결정이 내려진 걸 모를까봐, 혹은 너무 슬픈 나머지 잊고 있을까봐. 따뜻한 물이 담긴 그릇과 천을 아이 엄마 옆에 놓아두고 헛기침을 했다.

그러나 소용이 없다. 아무 반응이 없다. 고개를 들지도 않는다. 시신을 씻기고 수의로 감싸고 꿰매야 한다고 해도 말을 듣지 않고, 어쩌면 아무 말도 들리지 않는 것 같다. 물그릇을 쳐다보지도 않고 옆에서 식어가도록 내버려둔다. 단정한 사각형 모양으로 개켜 발치에 놓아둔 흰 천 한 필도 거들떠보지 않는다.

그저 앉아서 고개를 숙이고 한 손으로 아이의 움직이지 않는 구부러진 손가락을, 다른 손으로 머리카락을 잡고 있다.

애그니스의 머릿속에서 생각이 뻗어나갔다가 다시 모인다. 뻗어나갔다가 모이고, 다시 또다시. 애그니스는 생각한다. 이런 일은 있을 수 없어, 그럴 순 없어, 우린 어떻게 살지, 어떻게 하지,

주디스가 이 일을 어떻게 견디지, 사람들에게 뭐라고 하지, 어떻게 계속 살 수 있지, 내가 무슨 짓을 한 거지, 남편은 어디 있나, 그가 뭐라고 할까, 어떻게 하면 이 아이를 살릴 수 있었을까, 왜 못 살렸을까, 왜 애가 위험하다는 사실을 몰랐을까? 그러다가, 초점이 좁아지고, 애그니스는 생각한다. 내 애가 죽었어, 내 애가 죽었어, 내 애가 죽었어.

이 세 단어에서 아무 의미도 느껴지지 않는다. 그 의미를 머릿속에 담을 수가 없다. 내 아들, 내 자식, 내 아이, 셋 중에서도 가장 건강하고 왕성한 아이가 병에 걸려 며칠 사이에 죽어버리다니 불가능한 일이다.

애그니스는 엄마들이 으레 그러듯 생각을 계속 낚싯줄 던지듯 아이들 쪽으로 던진다. 아이들이 어디에 있는지, 무얼 하는지, 잘 있는지 생각한다. 애그니스는 그곳 벽난로 근처에 앉아 있으면서도 습관적으로 마음 한구석으로 아이들의 소재를 확인한다. 주디스, 위층. 수재나, 옆집. 햄닛은? 애그니스의 무의식은 계속 낚싯줄을 던지고, 아무 입질이 없는 것에, 햄닛이 죽었다는, 햄닛이 떠났다는 대답만 떠오르는 것에 어리둥절해한다. 햄닛은? 머릿속에서 다시 묻는다. 학교에 갔나, 놀고 있나, 강가에 갔나? 햄닛은? 햄닛은? 어디에 있지?

여기에, 애그니스가 스스로에게 말한다. 차갑게 죽어서, 이 널판 위에, 바로 눈앞에. 봐, 여기, 보라고.

햄닛은? 어디 있지?

애그니스는 문을 등지고 벽난로 쪽을 보고 있다. 벽난로 안에는 통나무였던 때의 모양을 유지하고 있지만 건드리면 풀썩 무너져내릴 재만 가득하다.

애그니스는 거리로 난 문과 마당으로 나가는 문을 드나드는 사람들을 의식한다. 시어머니, 일라이자, 빵집 아주머니, 이웃 사람들, 존, 누군지 모르는 다른 사람들.

그들이 애그니스에게 말을 건다. 주로 낮은 목소리로 웅얼웅얼 건네는 말이 들리지만 애그니스는 돌아보지 않는다. 고개를 들지 않는다. 지금 애그니스의 집을 드나들며 귀에 말을 밀어넣는 사람들은 그녀에게 하등 의미가 없다. 애그니스가 원하거나 필요로 하는 그 어떤 것도 주지 못한다.

애그니스의 한 손은 아들의 머리카락에 얹혔고 다른 손은 아직도 손을 잡고 있다. 아직 익숙하게 보이는 부분, 전과 똑같은 부분은 여기뿐이다. 애그니스는 그렇게 되었다는 걸 인정한다.

아이의 몸은 다르다. 시간이 흐르면서 점점 달라진다. 강풍이(꿈에 나왔던 그 바람일 것이다) 아들의 몸을 들어올려 바위에 던지고 벼랑에서 빙빙 돌린 다음 내려놓은 것 같다. 아이는 괴롭힘을 당하고 혹사당하고 상처를 입고 학대당했다. 병이 아이를 파괴했다. 아들이 죽고 난 다음에도 한동안 멍과 검은 반점이 퍼지고 더 커졌다. 그러다가 멈췄다. 피부가 물컹한 수지처럼 늘어지며 그 아래 뼈가 두드러졌다. 어떻게 생긴 것인지 알 수 없는 눈 위의 상처는 아직도 붉고 푸르다.

애그니스는 아이의 얼굴을 본다. 한때 아이의 것이었던 얼굴, 아이의 생각을 담고 아이의 말을 만들어내고 아이가 눈으로 본 모든 것을 담는 그릇이던 얼굴. 입술은 바싹 마른 채 단단히 닫혔다. 입술을 적셔주고 목을 축여주고 싶다. 뺨은 열에 시달리며 움푹 꺼졌다. 눈꺼풀은 이른봄 꽃잎처럼 섬세한 흐린 보라색이다. 애그니스가 직접 눈꺼풀을 닫았다. 자기 손으로, 자기 손가락으로. 손가락이 어찌나 뜨겁고 미끄럽던지, 그 일이 어찌나 힘겹게 느껴지던지, 누가 손에 목탄을 쥐여주면 기억만으로 그릴 수 있을 정도로 잘 아는 그 몹시 사랑스러운 눈꺼풀에 축축하고 떨리는 손가락을 대기가 어찌나 힘들던지. 죽은 자식의 눈을 감긴다는 게 가능한가? 동전 두 개를 찾아 와서 안구에 얹고 눈꺼풀을 누른다는 게 사람이 할 수 있는 일인가? 어떻게 그런 일을 할 수가 있지? 옳지 않다. 그럴 수는 없다.

애그니스는 햄닛의 손을 꼭 쥔다. 자기 몸의 온기가 아이의 손으로 옮겨간다. 이 손은 예전 그대로라고, 아이가 아직 살아 있다고 믿을 수도 있을 것 같다. 얼굴을, 들썩이지 않는 가슴을, 몸에 침윤하는 가차없는 경직에서 눈을 돌릴 수만 있다면. 손을 더 꽉 쥐어야 한다. 머리카락에서, 전과 다를 바 없이 매끈하고 부드러우며 아이가 공부하면서 자꾸 잡아당겨 끝부분이 푸석푸석해진 머리카락에서 손을 떼지 말아야 한다.

애그니스의 손가락이 햄닛의 엄지와 검지 사이 살을 누른다. 그 자리를 살살 어루만지면서 기다리고 귀기울이고 집중한다. 예전에 자기 황조롱이가 그랬듯 공기를 읽고 귀를 세우고 신호를, 어떤 소리를 기다린다.

아무것도 들리지 않는다. 아무 소리도. 이랬던 적은 한 번도 없다. 언제나 무언가가 느껴졌다. 아무리 비밀스럽고 속내를 드러내지 않는 사람일지라도. 아이들 손을 잡았을 때도 늘 시끌벅적한 이미지, 소리, 비밀, 정보를 느꼈다. 수재나는 애그니스가 손을 잡으면 뭐든 알아낼 수 있다는 사실을 알고는 이제 엄마 가까이에 있을 때는 늘 손을 뒤로 감춘다.

그런데 햄닛의 손은 조용하다. 애그니스는 귀를 기울인다. 기를 쓴다. 이 침묵 너머에 무엇이 있는지 들으려 한다. 멀리서 들려오는 속삭임, 어떤 소리, 어쩌면 아들이 보내는 메시지가 들리지 않을까? 아이가 어디에 있는지, 어디서 찾을 수 있는지 알 수 있는 지표가? 그러나 아무것도 없다. 교회 종이 울리다가 멈추었을 때와 비슷한, 아무것도 없는 텅 빈 울부짖음.

누군가가 옆으로 와서 쭈그려앉으며 애그니스의 팔을 건드린다. 돌아보지 않고도 바살러뮤라는 걸 안다. 묵직하게 울리는 부츠 발소리. 건초와 양모 냄새.

동생이 애그니스의 마른 뺨을 쓰다듬는다. 애그니스의 이름을 한 번, 두 번 부른다. 슬프다고, 가슴이 아프다고 말한다. 아무도 예상하지 못했을 거라고. 이렇게 되지 않았다면 얼마나 좋았겠느냐고, 그애는 최고의 아이, 최고 중의 최고였다고, 너무나 안타깝다고 말한다. 애그니스의 손에 자기 손을 얹는다.

"내가 절차를 준비할게." 바살러뮤가 말한다. "리처드를 교회로 보냈어. 모든 준비를 확실히 해놓을 거야." 바살러뮤가 숨을 들이마시고, 애그니스는 그 숨소리에서 사람들이 자기를 두고 무슨 말들을 했는지 들을 수 있다. "여자들이 도와주러 와 있어."

애그니스는 말없이 고개를 젓는다. 한 손가락으로 햄닛 손바닥의 움푹 파인 부분을 어루만진다. 햄닛과 주디스가 요람에 누운 아기일 때 두 아이의 손바닥을 들여다보았던 기억이 난다. 조그만 손가락을 펴고 손금을 보았다. 그 조그만 손바닥에도 손금이 있는 게 얼마나 신기하던지. 작긴 해도 애그니스의 손하고 다른 게 하나도 없었다. 햄닛의 손바닥에는 한가운데에 붓으로 그린 것처럼 또렷하고 깊은 홈이 있어 오래 살 조짐 같았다. 주디스의 손금은 흐릿하고 불분명하고 끊어졌다가 다른 자리에서 다시 시작되었다. 그걸 보고 애그니스는 눈살을 찌푸리며 그 작은 손가락을 입으로 가져가 격렬한, 거의 분노에 가까운 사랑으로 입을 맞추고 또 맞추었다.

"저분들이……" 바살러뮤가 말한다. "염을 해줄 거야. 아니면 누나가 하는 동안 옆에 있어주거나. 어느 쪽이든."

애그니스는 꿈쩍도 하지 않는다.

"애그니스." 그가 말한다.

애그니스는 햄닛의 손가락을 펴고 손바닥을 들여다본다. 손가락이 전보다 더 뻣뻣해지지는 않았다. 조금도. 손바닥에 손목에서 손가락 뿌리 부분까지 이어지는 길고 뚜렷한 생명선이 있다. 아름답고 완벽한 선, 풍경을 가로지르는 시내 같다. 봐, 애그니스는 바살러뮤에게 말하고 싶다. 이거 보여? 이걸 설명할 수 있겠어?

"준비해야 해." 바살러뮤가 애그니스의 팔을 꽉 쥐며 말한다.

애그니스는 입을 다문다. 이곳에 바살러뮤와 단둘이 있었다면 입 밖에 내었을 말들이 목에 턱 걸린다. 그러나 이 방안에는 말없이 보고 있는 다른 사람들이 있다. 말을 할 수가 없다.

"땅에 묻어야 해. 알잖아. 안 그러면 시에서 와서 데려갈 거야."

"안 돼." 애그니스가 말한다. "아직은."

"그럼 언제?"

애그니스는 고개를 숙여 바살러뮤에게서 아들에게로 시선을 돌린다.

바살러뮤가 몸을 들썩인다. "애그니스." 아무도 듣지 못할 낮은 소리로 말한다. 아마 다들 듣고 있을 테지만. 애그니스도 안다. "아직 소식이 안 전해졌을 수도 있어. 들었다면 왔겠지. 당연히 왔을 거야. 그 사람도 우리가 먼저 시작했다고 해서 속상해하진 않을 거야. 어쩔 수 없었다는 걸 이해할 거야. 일단 편지를 한 통 더 보내고 그사이에—"

"기다릴 거야." 애그니스가 말한다. "내일까지. 시에 그렇게 말해. 그리고 내가 염할 거야. 다른 사람 말고."

"좋아." 바살러뮤가 말하고 일어선다. 애그니스는 햄닛을 쳐다보는 바살러뮤를 본다. 바살러뮤의 시선이 조카의 검어진 맨발에서 엉망이 된 얼굴까지 이동한다. 동생이 입을 꽉 다물고 한순간 눈을 감는다. 성호를 긋는다. 바살러뮤는 돌아서기 전에 손을 뻗어 아이의 가슴 위에 올린다. 아이의 심장이 뛰던 바로 그 자리에.

해야 할 일이고, 애그니스는 혼자 할 것이다.

밤이 될 때까지, 모두 돌아가 잠자리에 들 때까지 기다린다.

애그니스는 물그릇을 오른쪽에 두고 기름을 몇 방울 뿌릴 것이다. 기름은 물과 섞이지 않고 반발하여 표면에 금색 원으로 떠오를 것이다. 애그니스는 천을 물에 적실 것이다.

가장 위쪽, 얼굴부터 시작한다. 햄닛의 이마는 넓고 머리카락이 이마에서 삐죽 솟아 있다. 최근에 햄닛은 아침마다 머리에 물을 발라 납작하게 눕히려 했지만 머리카락이 말을 듣지 않았다. 애그니스가 머리카락에 물을 묻혀보지만 여전히, 죽은 상태에서도 말을 듣지 않는다. 봐, 애그니스는 햄닛에게 말한다. 타고난 건 바꿀 수가 없어. 주어진 걸 되돌리거나 고칠 수는 없어.

아이는 대답이 없다.

애그니스는 손에 물을 묻히고 손가락으로 아이의 머리를 쓴다. 보풀, 산토끼꽃, 자두나무 잎 하나가 나온다. 그걸 접시 위에 늘어놓는다. 아이한테서 나온 잔해. 머리카락이 깨끗해질 때까지 손가락으로 빗질을 한다. 네 머리카락 한 타래만 잘라도 되겠니? 애그니스가 묻는다. 괜찮아?

아이는 대답이 없다.

애그니스는 칼을 가져온다. 어느 날 길에서 만난 집시한테서 샀는데 과일 속을 파내기에 아주 좋은 칼이다. 햄닛의 뒤통수에서 머리카락 한 타래를 자른다. 예상대로 칼이 머리카락을 쉽게 잘라낸다. 머리카락을 들어본다. 여름 햇빛에 바랜 아래쪽은 밝은 노란색이고 모근 쪽으로 갈수록 갈색에 가깝다. 애그니스는 머리카락을 접시 위에 조심스레 올려놓는다.

애그니스는 햄닛의 이마, 감긴 눈, 뺨, 입술, 눈썹 위의 상처를 닦는다. 소라고둥 같은 소용돌이 모양 귀를 닦고 부드러운 목을 닦는다. 그럴 수 있다면, 열병을 아이에게서 닦아내고 피부에서 몰아낼 것이다. 잠옷을 잘라야 해서 집시의 칼로 양쪽 팔을 훑고 가슴팍을 가른다.

애그니스가 천으로 살살, 아주 살살 멍들고 부풀어오른 겨드랑이를 닦는데 메리가 들어온다.

메리는 문간에 서서 아이를 내려다본다. 얼굴은 젖어 있고 눈은 부었다. "불빛을 봤어." 메리가 갈라진 목소리로 말한다. "잠이 안 와서."

애그니스는 의자 쪽으로 고갯짓을 한다. 햄닛이 세상에 나올 때 메리가 곁에 있었으니, 세상을 떠나는 것도 볼 자격이 있다.

촛불이 높이 타오르며 천장을 밝히지만 방구석은 어둑하다. 메리가 의자에 앉는다. 흰 잠옷 끝단이 보인다.

애그니스는 천을 물에 적셔 닦고 또 닦는다. 반복적인 동작으로. 햄닛이 휼랜즈의 울타리에서 떨어졌을 때 생긴 팔의 흉터를 손끝으로 쓸어본다. 추수제에서 개한테 물렸을 때 생긴 오므라진 흉터. 오른손 중지에는 깃펜을 쥐어서 생긴 굳은살이 있다. 배에 어릴 때 수두를 앓아 생긴 얽은자국이 있다.

애그니스는 햄닛의 다리, 발목, 발을 닦는다. 메리가 물그릇을 가져가 물을 갈아 온다. 애그니스는 발을 다시 씻기고 물기를 닦는다.

두 여자가 잠시 마주보다가, 메리가 접힌 천을 들어 두 손으로 모퉁이를 잡는다. 천이 꽃잎을 활짝 벌리는 거대한 꽃처럼 펼쳐진다. 소스라칠 정도로 텅 비고 하얗고 넓은 공간이 눈앞에 펼쳐진다. 어두운 방안에서 별빛처럼, 외면할 수 없게 빛난다.

애그니스가 천을 잡는다. 얼굴에 갖다댄다. 노간주나무, 삼나무, 비누 냄새가 난다. 결이 부드럽고 따스하고 온화하다.

천을 몸 아래에 밀어넣을 수 있게 메리가 햄닛의 다리와 몸통을 같이 들어준다.

천을 덮기가 힘들다. 천 가장자리를 들어 덮어서 이 흰빛으로 감싸버리기가 힘들다. 그러고 나면 다시는 저 팔, 손마디, 정강이, 엄지손톱, 굳은살, 얼굴을 볼 수 없으리라는 생각만으로 힘겹다.

처음엔 차마 덮지 못한다. 두번째에도 못한다. 천을 들어 덮었다가, 다시 걷는다. 다시 그렇게 한다. 또 그렇게. 아이는 벌거벗은 채, 깨끗하게 닦인 채 천 한가운데에 누워 두 손을 가슴에 모으고 턱을 위로 치켜들고 눈을 감고 있다.

애그니스는 천을 움켜쥐고 몸을 수그린 채 숨을 몰아쉰다.

메리는 지켜본다. 아이의 몸 위로 손을 뻗어 애그니스의 손을 잡는다.

애그니스는 아들을 본다. 새장 같은 갈빗대, 맞잡은 손가락, 동그란 무릎뼈, 고요한 얼굴. 옥수수색 머리카락은 이제 물기가 말라 늘 그렇듯 이마에서 솟아 있다. 햄닛은 주디스와 달리 존재감이 늘 뚜렷하고 강했다. 햄닛이 방에 들어오거나 나가면 늘 알 수 있었다. 확고한 발소리, 공기의 움직임, 의자에 털썩 앉을 때의 중량감. 그런데 이 몸을 놓아주어야 한다. 흙에 내어주고 이제 다시는 보지 못한다.

"못하겠어요." 애그니스가 말한다.

메리가 천을 받아든다. 천을 다리 위로 덮어 감싸고 반대쪽은 가슴 위로 덮고 여민다. 능숙하게 일을 수행하는 메리를 보며 이 일을 이미 여러 번 해봤겠구나 하는 생각이 애그니스의 마음 한 구석에 떠오른다.

두 사람이 같이 서까래에 매달아놓은 약초에 손을 뻗는다. 애그니스는 운향, 컴프리, 꽃술이 노란 캐모마일을 고른다. 보라색 라벤더와 백리향, 로즈메리도 한 움큼 집는다. 삼색제비꽃은 빼고. 햄닛이 그 냄새를 싫어했으니까. 안젤리카도 빼고. 그걸 쓰기엔 너무 늦었고 도움이 되지도, 제 역할을 하지도, 아이를 구하지도, 열을 떨어뜨리지도 못했으니까. 쥐오줌풀도 마찬가지 이유로 뺀다. 큰엉겅퀴도 안 된다. 잎이 뾰족하고 날카로워서 살이 베여 피가 날 수도 있으니까.

애그니스는 마른 식물들의 속삭임이 햄닛을 편안하게 해주도록 천 안쪽 햄닛의 몸 가까이에 식물을 둔다.

이제는 바느질을 할 차례다. 애그니스는 굵은 실을 바늘에 꿰고 발부터 시작한다.

바늘 끝이 날카롭다. 천의 조직을 뚫고 반대편으로 미끄러지듯 나온다. 애그니스는 눈을 떼지 않고 바느질이 천을 한데 여며 수의를 이루는 것을 본다. 애그니스는 아들을 다음 세상으로 날라줄 배의 돛을 꿰매는 선원이다.

정강이 언저리에 다다랐을 때 애그니스가 문득 고개를 든다. 계단 아래에 누가 서 있다. 순간 심장이 마치 주먹처럼 오므라들고 애그니스는 소리를 지를 뻔한다. 네가 거기 있구나, 돌아왔구나, 그러나 실은 주디스라는 걸 알아차린다. 똑같은 얼굴, 다만 이 아이는 살아서 충격으로 덜덜 떨고 있다.

메리가 의자에서 일어서며 말한다. 침대로 가, 어서, 넌 자야 해, 그러나 애그니스가 말한다. 아뇨, 그냥 있으라고 하세요.

애그니스는 바늘을 조심스레, 햄닛을 찌르지 않도록—이제는 아프지 않을 텐데도—신중하게 내려놓은 다음 팔을 벌린다. 주디스가 들어와서 엄마 품에 안기며 얼굴을 앞치마에 묻고 새끼

고양이가 어떻고 열병이 어떻고 자리를 바꾸었고 자기 잘못이라는 얘기를 하면서 돌풍이 나무를 통과하듯 울음을 쏟아놓는다.

애그니스가 말한다. 네 잘못 아니야. 절대. 열병이 햄닛을 데려갔고 우리가 할 수 있는 일은 없었어. 최대한 굳세게 받아들여야 해. 그러고는 말한다. 보고 싶니?

메리가 천을 들어 햄닛의 얼굴을 드러낸다. 주디스는 두 손을 꽉 쥐고 들어올린 채 햄닛 옆에 서서 내려다본다. 주디스의 얼굴은 불신에서 두려움에서 가슴 아픔에서 슬픔으로 바뀌었다가 다시 처음으로 돌아간다.

"아." 주디스가 숨을 들이마신다. "정말 햄닛이야?"

애그니스가 옆에 서서 고개를 끄덕인다.

"다르게 생겼어."

애그니스가 다시 고개를 끄덕인다. "그래, 떠났으니까."

"어디로?"

애그니스는 숨을 깊이 들이마신다. "……하늘나라로. 몸만 남겼어. 우리가 남은 몸을 최대한 잘 돌봐줘야 해."

주디스가 손을 뻗어 쌍둥이 오라비의 뺨을 만진다. 눈물이 경주하듯 뺨 위를 흐른다. 주디스는 조그만 체구에 걸맞지 않게도늘 그토록 굵은 눈물을, 묵직한 진줏방울 같은 눈물을 흘렸다. 주디스는 고개를 세게 한두 번 젓는다. 그러고는 묻는다. "다시 안 돌아와?"

애그니스는 자기 아이의 고통만은 참을 수가 없다고 느낀다. 이별, 질병, 충격, 출산, 궁핍, 굶주림, 부당함, 고립, 그 어떤 것도 참을 수 있으나 이것만은 견딜 수가 없다. 내 아이가, 죽은 쌍둥이 남매를 보고 있는 것. 내 아이가 오라비를 잃고 우는 것. 내 아이가 슬픔에 시달리는 것.

처음으로 애그니스는 눈물을 흘린다. 느닷없이 눈물이 눈 안을 채우고 앞을 흐릿하게 만들더니 쏟아져 얼굴과 목을 따라 흘러 앞치마를 적시고 옷과 살 사이로 스민다. 눈에서만 나오는 게 아니라 온몸의 구멍에서 솟는 것 같다. 애그니스는 온몸으로 아들을, 딸들을, 여기 없는 남편을, 모두를 그리워하고 슬퍼하면서 말한다. "응, 돌아오지 않아."

희부옇고 불분명한 새벽빛이 방안으로 들어온다. 애그니스는 수의에 마지막 바느질을 하고 있다. 천자락으로 어깨를 감싸고 무릎 언저리 가장자리를 단정하게 마무리한다. 메리는 물그릇을 비우고 천을 빨아 짜고 바닥에 흩어진 잎사귀와 꽃송이를 쓸었다. 주디스는 햄닛의 어깨 근처 천에 뺨을 대고 있다. 옆집에서 건너온 수재나는 주디스 옆에 고개를 숙이고 앉아 있다.

그들은 이렇게 햄닛의 준비를 마쳤다. 깨끗하게 씻기고 흰 천에 싸서 장례 준비를 했다.

애그니스는 무덤을 생각하면 마치 말이 웅덩이를 피하듯 뒤로 물러서게 된다. 햄닛을 데리고 교회로 가는 광경은 미리 생각해 볼 수 있다. 바살러뮤나 아니면 길버트나 존이 들고 가겠지. 사제가 망자를 축복하는 광경도 그려볼 수 있다. 그렇지만 땅속 어두운 구덩이로 아이의 몸을 내리고 다시 보지 못하게 되는 것만은 생각할 수가 없다. 상상이 불가능하다. 아이에게 그런 일이 일어나도록 할 수는 없다.

애그니스는 세번째인가 네번째로 바늘에 실을 꿰려 하고 있다. 얼굴을 덮은 부분을 꿰매야 하는데, 그래야 하는데, 해야만 하는 일인데—실이 평소에 쓰던 것보다 훨씬 굵고 끝이 갈라져서 숱하게 겨누는데도 바늘귀로 들어가질 않는다. 실 끝을 입에 넣어 적시는데 쾅쾅 문 두드리는 소리가 난다.

애그니스가 고개를 든다. 주디스가 훌쩍이며 올려다본다. 난롯가에서 메리가 돌아본다.

"대체 누구지?" 메리가 말한다.

애그니스는 바늘을 내려놓는다. 네 사람 다 문 쪽을 본다. 문 두드리는 소리가 다시 날카롭게 울린다.

한순간 애그니스는 무언가가 다시 자기 집을 찾아왔다고, 다른 아이를 데려가려고 왔다고, 혹은 아직 채비도 마치지 않고 마음의 준비도 안 된 지금 아들을 데려가려고 왔다고 생각한다. 조문객이나 이웃 사람들이 마지막 인사를 하러 찾아오기에는 너무 이른 시간이다. 공무원이 시신을 거두러 오기에도 너무 이른 시간이다. 유령이나 귀신 같은 것이 찾아온 게 분명하다. 그런데 누구를 데려가려고?

다시 쾅쾅 쿵쿵 두드리는 소리가 들린다. 경첩이 덜컹거린다.

"누구세요?" 애그니스는 겁에 질렸음에도 뜻밖에 담대한 목소리를 낸다.

빗장이 들리고 문이 활짝 열리자 거기에 남편이 있다. 문간으로 불쑥 들어오는 남편의 옷과 머리카락은 비에 검게 젖었고 머리카락은 뺨에 들러붙었다. 잠을 못 자서 얼굴이 퀭하고 창백하다. "늦었어?" 그가 말한다.

그러다가 그의 눈이 촛불 옆에 서 있는 주디스에게 가닿고, 웃음이 터져나온다.

"아," 그가 방으로 성큼 들어오며 두 팔을 벌린다. "여기 있구나, 건강하구나. 걱정했어. 듣자마자 쉬지도 못하고 달려왔는데 정말 다행—"

갑자기 말을 멈춘다. 널판, 수의, 돌돌 말린 형체를 본 것이다.

그는 주위 사람을 하나씩 둘러본다. 얼굴에 공포와 혼란이 서린다. 애그니스는 그가 한 사람씩 확인하고 있다는 걸 안다. 아내, 어머니, 큰딸, 작은딸.

"안 돼." 그가 말한다. "설마……? 그래……?"

애그니스가 그를 쳐다보고 그도 애그니스를 마주본다. 애그니스는 이 시간을 최대한 늘리고 싶은 생각뿐이다. 그가 알게 되는 순간을 가능한 한 미루어 최대한 그를 보호하고 싶다. 그러다가 애그니스는 빠르게, 한 차례, 고개를 끄덕인다.

그에게서 거대한 짐을 짊어진 짐승처럼 짓눌리고 억눌린 소리가 터져나온다. 믿기지 않는 고통의 소리다. 애그니스는 그 소리를 평생토록 잊지 않을 것이다. 삶의 말년에, 남편이 죽고 몇 해가 지난 뒤에도 정확한 음조와 음색을 떠올릴 수 있을 것이다.

그는 빠른 걸음으로 방을 가로질러가서 천을 걷는다. 거기에 연푸른색 백합꽃 같은 아들의 얼굴이 있다. 눈을 질끈 감고 입을 앙다물었다. 이 일이 못마땅하다는 듯, 달갑지 않다는 듯.

아버지는 아들의 차가운 뺨에 손을 갖다댄다. 이마의 멍 위에서 손가락이 머뭇거리며 떨린다. 그가 말한다. 아니야, 아니야, 아니야. 그가 말한다. 하느님. 그러고는, 아이 위에 엎드려 속삭인다. 어떻게 이런 일이 일어났지?

여자들이 가까이 다가와 그에게 팔을 두르고 끌어안는다.

그리하여 아버지가 햄닛을 장지로 들고 가게 된다. 그는 널판을 높이 들어 팔에 얹는다. 흰 수의로 싸인 아들이 꽃송이에 둘러싸여 그의 앞에 있다.

그 뒤에서 애그니스가 한 손으로는 수재나의 손을, 다른 손으로는 주디스의 손을 잡고 걷는다. 주디스는 바살러뮤에게 안겨 있다. 바살러뮤의 목에 얼굴을 묻고 하염없이 눈물을 흘려 그의 셔츠를 적신다. 메리와 존, 일라이자와 형제들이 그 뒤를 따르고, 조운과 애그니스의 동생들, 빵집 부부도 따른다.

아버지는 혼자 힘으로 햄닛을 들고 헨리 스트리트를 따라 걷는다. 눈물과 땀이 얼굴을 적신다. 교차로 근처에서 에드먼드가 무리에서 나와 형의 옆으로 간다. 둘이서 같이 널판을 든다. 아버지가 머리 쪽, 에드먼드가 다리 쪽을.

이웃 사람들, 마을 사람들, 거리에 나와 있던 사람들이 말없는 행렬을 보고 뒤로 물러선다. 사람들은 손에 들고 있던 도구, 꾸러미, 바구니를 바닥에 내려놓는다. 뒤로, 길 가장자리로 물러서며 길을 터준다. 모자를 벗는다. 아이를 안고 있는 사람은 장갑 장인의 아들이 수의로 싼 죽은 아들을 들고 가는 모습을 보고 제 아이를 좀더 꽉 껴안는다. 성호를 긋는다. 위로와 슬픔의 말을 건넨다. 아이를 위해, 가족을 위해, 자기 자신을 위해 기도한다. 눈물을 흘리는 사람도 있다. 어떤 사람들은 그 집안 사람들을 두고 숙덕인다. 장갑 장인, 거들먹거리는 부인, 아무짝에도 쓸모없다고들 했던 아들. 순 놈팡이 같았던 아들 좀 봐—런던에서 중요한 인물이 되었대. 저 화려하게 수놓은 소매며 반짝이는 가죽 부츠 좀 봐. 누가 상상이나 했겠어? 극장에서 그런 돈을 벌었다는 게 사실이야? 그게 가능해? 그러면서도 다들 수의로 덮인 작은 몸, 두 딸과 나란히 걷는 엄마의 고통스러운 얼굴을 보며 슬픔을 느낀다.

애그니스는 묘지로 가는 길이 너무 길고도 너무 짧다고 느낀다. 그들을 뚫어지게 보고 훑어보는 사람들의 눈길, 수의에 싸인 아들의 몸을 머릿속에 각인하며 아들의 본모습을 잊어버릴 눈길들을 견딜 수가 없다. 날마다 아이가 문 앞을, 창문 아래를 지나가는 걸 보았던 사람들이다. 아이와 말을 나누고, 머리를 쓰다듬고, 학교 종이 칠 시간이 얼마 안 남았으면 서두르라고 말하던 사람들이다. 아이는 그 집 아이들과 같이 놀고 이 집 저 집 이 가게 저 가게를 들락거렸다. 아이는 전갈을 전해주고, 개를 쓰다듬고, 볕이 잘 드는 창턱에서 자는 고양이 등을 어루만졌다. 그들의 삶은 변함없이 계속되고 개는 볼가에서 하품을 하고 아이들은 밥 달라고 조르는데, 햄닛은 이제 여기에 없다.

애그니스는 그들의 눈길을 견딜 수가 없고 눈을 맞출 수도 없다. 동정도 기도도 위로의 말도 원하지 않는다. 사람들이 길을 터준 다음 뒤에서 다시 모여들어 자신들이 지나간 자리를 지우는 게 싫다. 마치 아무것도 아니었던 것처럼. 아무 일도 없었던 것처럼. 애그니스는 괭이 같은 것으로 바닥을 긁어 발아래 길 위에 흠을 내고 싶다. 영원한 자국이 남아서, 햄닛이 이 길로 갔다는 걸 언제까지나 알 수 있도록. 햄닛이 여기에 있었다는 걸.

너무 이르게, 너무 빨리 묘지가 가까워지고, 일행은 묘지 정문으로 들어가 말랑한 진홍색 열매가 점점이 맺힌 주목 사이로 걷는다.

무덤은 충격적이다. 거대한 발톱으로 땅을 무심하게 할퀴어놓은 것처럼 깊고 어두운 상처다. 묘지 안쪽 깊은 곳에 있다. 바로 그 너머에서 강이 서서히 완만하게 구부러지며 다른 방향으로 물을 몰고 간다. 오늘은 물이 불투명하다. 밧줄처럼 땋은 무늬를 만들며 앞으로 나아간다.

햄닛이 이 땅을 얼마나 좋아했을까. 이런 생각이 애그니스의 머리에 떠오른다. 만약 햄닛이 고를 수 있다면, 여기 애그니스 옆에 있다면, 애그니스가 햄닛을 돌아보며 물어볼 수 있다면, 햄닛은 바로 이 자리, 강 옆 땅을 골랐을 거라고 애그니스는 확신한다. 햄닛은 늘 물을 사랑했다. 햄닛이 물풀이 무성한 강둑이나 깊은 우물, 냄새나는 하수구, 더러운 웅덩이 가까이 가지 못하도록 얼마나 신경써야 했던지. 그런데 이제는 영원히 땅에 묻힌 채 강가에 있게 되었다.

아버지가 아이를 땅속으로 내린다. 어떻게 그럴 수 있지? 어떻게 그게 가능하지? 애그니스도 어쩔 수 없다는 걸, 그가 해야 하는 일을 하는 것뿐이라는 걸 알지만, 자신은 차마 그럴 수 없을 것 같다. 애그니스는 결코 아이를 그렇게 차가운 땅속으로 내려 혼자 묻어버릴 수 없을 것 같다. 애그니스는 볼 수가 없다. 남편의 팔에 힘이 들어가고 얼굴이 일그러지고 뒤틀리고 번들거리고, 바살러뮤와 에드먼드가 거들러 앞으로 나오는 모습을. 누군가가 어딘가에서 울고 있다. 일라이자인가? 얼마 전에 아기를 잃은 바살러뮤의 아내가 우나? 주디스가 훌쩍거리고 수재나가 엄마의 손을 꽉 쥐어서 애그니스는 그 순간을 놓치고 만다. 아들이, 애그니스가 직접 꿰맨 수의가 시야에서 사라져 강물에 젖은 어둡고 검은 땅속으로 들어가는 순간을. 거기에 있었는데, 애그니스가 주디스를 보려고 고개를 숙인 순간, 사라졌다. 다시는 볼 수 없도록.

묘지에서 나가는 일이 들어오는 일보다 더 힘들다. 너무 많은 무덤을 지나쳐야 하고, 너무 많은 슬프고 성난 유령이 애그니스의 치맛자락을 잡아당기며 차가운 손가락으로 건드리고 애처롭고 끈질기게 매달리며 말한다. 가지 마, 기다려, 우릴 두고 가지 마. 애그니스는 치맛단을 잡아당기고 손을 말아쥘 수밖에 없다. 게다가, 이곳에 세 아이와 함께 왔는데 둘만 데리고 돌아가야 한다는 사실을 받아들이기가 힘들다. 원래 한 아이를 여기 두고 가려고 온 거잖아, 애그니스는 자신을 다독여보지만, 정말 그럴 수 있는 건가? 울부짖는 영혼과 비늘잎을 뚝뚝 떨구는 주목과 차가운 손이 가득한 이곳에?

정문이 가까워지자 남편이 애그니스의 팔을 잡는다. 애그니스는 고개를 돌려 남편을 보는데 마치 처음 보는 사람인 것처럼 너무 기이하고 뒤틀리고 나이들어 보인다. 오래 헤어져 있어서인가, 슬픔 때문인가, 그 많은 눈물 때문인가? 애그니스는 그를 보면서 생각한다. 옆에서 팔을 붙잡고 자기 몸으로 끌어당기는 이 사람은 누구인가? 애그니스는 그의 얼굴에서 죽은 아들의 광대와 이마를 보지만 그 밖의 것은 보이지 않는다. 목숨, 피, 심장이 탄력 있게 뛴다는 증거, 눈물이 반짝이는 눈, 감정으로 상기된 뺨뿐.

애그니스의 속은 텅 비었다. 겉은 불분명하고 실체가 없다. 애그니스는 나뭇잎에 부딪힌 빗방울처럼 흩어지고 분해될 것 같다. 이곳을 떠날 수가 없다. 이 문을 지나갈 수가 없다. 여기에 아이를 두고 갈 수는 없다.

애그니스는 나무로 된 문기둥을 두 손으로 붙든다. 모든 것이 산산이 흩어지는 가운데 이 기둥을 붙잡고 있는 게 최선이고 유일한 길이라는 생각이 든다. 여기에, 딸들은 이쪽에 아들은 저쪽에 있는 상태로 머무를 수만 있다면, 흩어지지 않게 다 붙들 수도 있을 것 같다.

남편, 남동생, 두 딸이 매달리고서야 애그니스의 손이 기둥을 놓는다.

애그니스는 산산이 부서지고 무너지고 흩어진 사람이다. 요즘에는 발아래를 내려다보았는데 한구석에 발 하나, 땅 위에 팔 하나, 마룻바닥에 손 하나가 떨어져 있어도 놀라지 않을 것 같다. 딸들도 마찬가지다. 수재나의 얼굴은 굳어 있고 눈썹은 분노 같은 것으로 짓눌렸다. 주디스는 계속 소리 없이 운다. 흘러내리는 눈물이 영원히 멈추지 않을 것 같다.

햄닛이 이들을 한데 묶어주는 핀이었다는 걸 어떻게 알았겠는가? 그 아이 없이는 바닥에 떨어져 깨진 컵처럼 모두 조각조각으로 흩어져버리리라는 걸?

남편은, 아버지는 그날 밤에 아래층에서 서성이고, 그다음날도 마찬가지다. 애그니스는 위층 침실에서 남편의 발소리를 듣는다. 다른 소리는 없다. 우는 소리도, 흐느끼는 소리도, 한숨소리도. 그저 그의 발이 멈추지 않고 슥 털썩 슥 털썩 걷고 또 걷는 소리뿐. 돌아가는 길의 지도를 잃어버리고 길을 찾으려 애쓰는 사람처럼.

"몰랐어." 애그니스가 두 사람 사이의 어두운 공간을 향해 속삭인다.

그가 고개를 돌린다. 모습은 보이지 않지만 이불이 부스럭거리는 소리가 들린다. 여름밤 열기가 극심한데도 침대 커튼을 꽁꽁 달아놓았다.

"아무도 몰랐던 일이야." 그가 말한다.

"하지만 내가 몰랐다고." 애그니스가 속삭인다. "나는 알아야 했는데. 알았어야 했다고. 예상했어야 해. 무시무시한 속임수라는 걸 알아챘어야 해. 주디스를 걱정하게 해놓고 사실은—"

"쉬." 그가 몸을 돌려 애그니스에게 팔을 두르며 말한다. "당신은 할 수 있는 일을 다 했어. 애를 살리기 위해 더 할 수 있는 일은 없었어. 당신은 최선을 다했고—"

"당연하지." 애그니스가 날카롭게 말하며 갑자기 분노가 솟는 듯 몸을 일으켜 그의 팔에서 빠져나온다. "낫게 할 수만 있다면 내 심장을 잘라서라도 먹였을 거야. 무슨 짓이라도—"

"알아."

"당신은 몰라." 애그니스가 주먹으로 매트리스를 치며 말한다. "여기 없었잖아. 주디스가." 애그니스가 작은 소리로 말한다. 눈물이 흘러 뺨을 타고 머리카락으로 떨어진다. "주디스가 너무 아팠어. 난…… 난…… 주디스에게 매달리느라 생각을…… 햄닛에게 더 관심을 뒀어야 하는데…… 무슨 일이 일어나고 있는지 몰랐어…… 항상 주디스가 위험하다고 생각했어. 내가 이렇게 한 치 앞을 못 보다니, 이렇게 어리석다니—"

"애그니스, 당신은 최선을 다했어. 할 수 있는 건 다 했어." 그가 애그니스를 다시 눕히려 하며 거듭 말한다. "병이 너무 강했어."

애그니스는 그의 팔을 뿌리치고 몸을 웅크려 두 팔로 무릎을 감싼다. "당신은 없었잖아." 애그니스가 다시 말한다.

아이를 묻고 이틀 뒤 그는 타운으로 나간다. 그에게 토지를 빌린 사람을 만나서 밀린 땅세를 상기시켜줘야 한다.

그는 현관문을 나와 거리에 햇살과 아이들이 가득한 걸 본다. 아이들은 혼자 걷거나 서로 부르거나 부모의 손을 잡거나 웃거나 울거나 어깨에 기대어 자거나 망토 단추를 여민다.

견딜 수 없는 광경이다. 아이들의 피부, 두개골, 늑골, 맑고 또랑또랑한 눈. 얼마나 연약한 존재인지. 모르겠소? 그는 아이들의 어머니, 아버지에게 소리지르고 싶다. 어떻게 애들을 집밖에 내

보낼 수가 있소?

그는 시장까지 갔다가 걸음을 멈춘다. 발길을 돌려, 손을 내밀며 인사하는 사촌을 무시하고 다시 집으로 돌아온다.

집에 오니 주디스가 뒷문 옆에 앉아 있다. 주디스는 사과 한 바구니를 놓고 껍질을 벗긴다. 그는 주디스 옆에 앉는다. 잠시 뒤 바구니에 손을 넣어 다음 사과를 주디스에게 건넨다. 주디스는 칼을 왼손에—언제나 왼손에—들고 사과 껍질을 벗긴다. 칼날에서 길고 둥그런 녹색 띠가, 인어의 머리카락처럼 흘러내린다.

쌍둥이가 아주 어릴 때, 돌 정도 되었을 무렵에, 그가 아내를 돌아보며 말했다. 봐.

애그니스는 작업대에서 고개를 들었다.

그가 얇게 썬 사과 두 조각을 식탁 너머 아이들에게 내밀었다. 정확히 동시에, 햄닛은 오른손으로 사과를 잡고 주디스는 왼손을 뻗었다.

동시에, 햄닛은 오른손으로 주디스는 왼손으로 사과 조각을 입으로 가져갔다.

아이들은 둘 사이에 말없는 신호라도 오간 듯 동시에 사과를 놓고, 서로 마주본 다음 다시 집어들었다. 주디스는 왼손으로,

햄닛은 오른손으로.

거울 같아, 그가 말했다. 아니면 한 사람이 둘로 쪼개진 걸까.

아이들의 머리카락이 금실 타래처럼 반짝거렸다.

그는 복도에서 아버지 존과 마주친다. 아버지는 막 작업장에서 나오는 길이다.

두 사람은 그 자리에 멈춰 서서 서로 쳐다본다.

아버지가 손을 들어 턱에 돋은 수염을 문지른다. 침을 삼키자 울대뼈가 불편하게 오르내린다. 그러다가 아버지는 신음과 헛기침의 중간 정도 되는 소리를 내고 아들을 피해 다시 작업장으로 들어간다.

어디서나 햄닛이 보인다. 두 살 때, 창턱 가장자리를 잡고 바깥 거리를 내다보려 애쓰며, 손가락을 뻗어 지나가는 말을 가리키던 모습. 아기 때, 주디스와 같이 빵 두 덩이마냥 얌전히 요람에 누워 있던 모습. 학교에서 돌아올 때 현관문을 하도 세게 밀어젖혀 회벽에 팬 자국이 생기는 바람에 할머니에게 한소리 듣던 모습. 창문 바로 앞에서 공을 던졌다가 고리로 다시 받는 놀이를 하고 또 하던 모습. 숙제를 하다가 고개를 들고 아빠에게 그리스어 시제를 물어보던 모습. 뺨에 쉼표 모양으로 분필 자국이 나 있던 모습. 뒷마당에서 부르던 목소리—누구 나와서 이것 좀 봐, 새가 돼지 등 위에 앉았어.

아내는 너무나 조용하고 말이 없고 창백하고, 큰딸은 세상에 분노하며 성난 말로 후려치고 또 후려치고, 작은딸은 그저 울기만 한다. 식탁에 머리를 대고 혹은 문간에 서서 혹은 침대에 누워서 울고 또 운다. 아빠나 엄마가 팔로 감싸안고 그만 울라고, 그러다가 앓아눕겠다고 달랠 때까지.

그리고 가죽, 무두질, 그을린 털 냄새. 도저히 벗어날 수가 없다. 어떻게 이 집안에서 그렇게 오랜 세월을 보냈을까? 지금은 이곳의 시큼한 공기를 도저히 들이마실 수가 없다. 창문을 두드리는 소리, 사람들이 장갑을 사거나 구경하거나 손에 껴보겠다며 구슬과 단추와 레이스가 어쩌고 하는 끝도 없는 소리. 이 상인 저 상인, 이 무두장이, 저 농부, 저 높으신 양반 사이에 오가는 끝없는 대화, 실크 시세가 어떻고 양모 가격이 어떻고, 누가 길드 집회에 참석하고 누가 안 하고, 내년에 누가 부시장이 될까 하는 얘기.

참을 수가 없다. 이 모든 것이. 결핍의 거미줄에 걸린 듯한 기분이다. 어느 쪽으로 몸을 돌리든 거미줄과 촉수가 몸에 들러붙어 떨어지지 않을 것 같다. 그는 이곳 이 마을 이 집에 돌아와 있고, 이 모든 것이 그를 다시는 달아나지 못하게 만들 것 같아 두

렵다. 이 슬픔, 이 상실이 그를 여기에 붙들어놓고 런던에서 이루어놓은 모든 것을 무너뜨릴까봐. 그가 없으면 극단은 혼란과 무질서에 빠질 것이다. 모아놓은 돈도 어느덧 바닥나고 단원들은 뿔뿔이 흩어지고 말 것이다. 아니면 각본을 쓸 사람을 새로 구해야 하겠지. 다음 시즌에 올릴 새 작품을 준비하지 못할지도 모르고, 혹은 누군가를 데려와 준비했는데 그게 그가 지금껏 쓴 어떤 작품보다 나을지도 모른다. 그의 이름 대신 새로운 작가의 이름이 전단에 적힐 것이고, 그는 자리를 잃고 쫓겨나 필요 없는 존재가 되겠지. 그곳에서 이룬 모든 것을 잃고 말 것이다. 극장의 삶은 너무나 위태하고 불안정하다. 때로는 극장이란 곳이 아버지가 만드는 장갑의 자수하고 몹시 닮았다는 생각이 든다. 겉으로 보이는 아름다운 면은 아주 일부분이고, 그 뒷면에는 무수한 수고와 기술과 좌절과 땀이 얽혀 있다. 그가 자기 자리를 계속 지키며 무대 뒤에서 일어나는 모든 일이 계획대로 이루어지도록 확실히 단속해야 하는데. 게다가 그는 좁디좁은 하숙방이 실제로 그립다. 아무도 찾아오지 않고 부르지도 않고 안부를 묻거나 말을 걸거나 성가시게 하지 않는 곳. 침대 하나, 궤 하나, 책상 하나만 달랑 있는 곳. 그곳 말고는 세상에 소음과 법석과 사람을 피할 수 있는 곳이 없다. 그곳에서는 세상이 저멀리 밀려가고, 자의식도 사라지고, 그래서 그저 잉크를 묻힌 깃펜을 쥔 손이 되어 펜 끝에서 단어가 흘러나오는 걸 지켜볼 수 있다. 이 단어들이 하나하나씩 나오면 자신마저 잊고 너무나 압도적이고 너무나 편안하고 너무나 은밀하고 너무나 즐거운, 다른 어떤 것과도 견줄 수 없는 평화에 잠긴다.

그는 그걸 포기할 수 없다. 여기에, 이 집에, 이 타운에, 장갑 사업 언저리에 머물 수 없다. 그게 아내를 위하는 일이라 할지라도. 이러다 영원히 스트랫퍼드에 붙들릴 수도 있다는 걸 안다. 다리가 달리고 쇠덫 같은 턱이 있는 짐승 같은 곳, 옆집에 아버지가 있고, 교회 묘지 뗏장 아래서 아들이 차갑게 썩어가는 이곳에.

그는 아내에게 가서 떠나야겠다고 말한다. 극단 사람들한테 돌아가야 한다고. 자기가 거기 있어야 한다고. 런던으로 돌아가 이제 다음 시즌을 준비해야 한다고. 그들이 주춤하면 다른 극단들이 이때다 하고 달려들 거라고. 시즌 초기에는 경쟁이 특히 극심하다고. 준비해야 할 것이 많은데 제대로 하고 있는지 자기가 챙겨야 한다고. 다른 사람한테 맡길 수 없는 일이라고. 믿을 만한 사람이 없다고. 떠나야 한다고. 미안하다고. 이해하길 바란다고.

그가 이런 말을 늘어놓는 동안 애그니스는 아무 말도 하지 않는다. 그 말들이 쏟아져 주위에 흩어지게 내버려둔다. 애그니스는 대야에 담긴 음식 찌꺼기를 돼지 여물통에 붓는다. 아주 간단

한 일이다. 대야를 높이 들고 내용물을 떨어뜨린다. 그 자리에, 돼지우리 벽에 기대서 있기만 하면 되는 일이다.

"편지 쓸게." 뒤에서 그의 목소리가 들려 소스라친다. 그가 거기 있다는 걸 잊고 있었다. 무슨 말을 하고 있었지?

"편지?" 애그니스가 따라 한다. "누구한테?"

"당신한테."

"나한테? 왜?" 애그니스가 자기를 손으로 가리킨다. "나는 여기 당신 앞에 있는데."

"런던에 가면 편지 보내겠다고."

애그니스는 마지막 남은 찌꺼기를 떨어뜨리며 눈살을 찌푸린다. 조금 전 그가 런던 얘기를 하고 있던 게 떠오른다. 그곳에 있는 친구들. '준비'라는 말을 한 것 같다. 그리고 '떠난다'는 말도.

"런던?" 애그니스가 묻는다.

"가야 해." 그가 확고하게 말한다.

너무 말이 안 되고 허황한 얘기라 애그니스는 웃음이 날 지경이다.

"갈 수 없어." 애그니스가 말한다.

"가야 해."

"그럴 순 없어."

"애그니스." 이제 말투에 짜증이 묻어난다. "세상은 멈춰 있지 않아. 사람들이 날 기다린다고. 시즌이 곧 시작되고 이제 극단이 켄트에서 돌아올 테니 내가—"

"어떻게 떠난다는 생각을 할 수 있어?" 애그니스가 어리둥절해하며 묻는다. 무어라고 말해야 그가 이해할까? "햄닛이," 애그니스는 그 이름이 입안에서 잘 익은 동그란 배처럼 느껴진다고 생각한다. "햄닛이 죽었는데."

그 말에 그는 움찔한다. 그 말을 꺼낸 이상 애그니스를 쳐다볼 수가 없다. 그는 고개를 숙이고 자기 부츠에 시선을 고정한다.

애그니스에게는 너무나 단순한 논리다. 그들의 아들, 그들의 아이가 죽어서 묻혔고 아직 무덤의 흙도 마르기 전인데. 떠난다니 있을 수 없는 일이다. 그들은 여기 있을 것이다. 문을 닫고 남은 네 식구가 릴 댄스가 끝난 뒤의 댄서들처럼 한자리에 모여 있을 것이다. 그는 이곳에 애그니스와 주디스와 수재나와 같이 있을 것이다. 어떻게 떠난다는 말을 할 수가 있나? 말이 안 되는 일이다.

애그니스는 그의 시선을 따라 그의 부츠를 내려다보다가 거기 발치에 놓여 있는 여행가방을 본다. 가방 안에 짐이 가득차 아기를 가진 여인의 배처럼 불룩하다.

애그니스는 그걸 가리키지만 말을 할 수가 없다.

"가야 해…… 지금." 그가 말을 더듬으며 우물거린다. 조약돌이 깔린 가파른 물길을 달리는 시냇물처럼 늘 빠르고 또렷하게 말하던 남편이 머뭇거린다. "오늘 런던으로 떠나는 상단이 있는데…… 남는 말이…… 한 필 있대. 그래서…… 그래야 해…… 그러니까…… 당신한테 일찌감치 작별인사를 하고…… 아니면—"

"지금 떠난다고? 오늘?" 애그니스는 믿기지 않아 몸을 돌려 그를 마주본다. "우린 당신이 필요해."

"상단이…… 나를…… 그러니까…… 기다려줄 수는 없고…… 좋은 기회야…… 혼자 여행하지 않아도 되는…… 당신은 내가 혼자 길 떠나는 걸 싫어하잖아…… 당신이 그렇게 말했지…… 여러 차례…… 그래서—"

"지금 간다고?"

그는 대야를 받아 벽에 건 다음 애그니스의 두 손을 잡는다. "런던에 나한테 의지하는 사람이 많아. 돌아가야만 해. 그 사람들을 저버릴 수는—"

"그럼 우린 저버릴 수 있어?"

"아니, 아니지. 난—"

애그니스는 그에게 얼굴을 바싹 갖다댄다. "왜 가는 거야?" 애그니스가 날카롭게 묻는다.

그는 눈길을 돌리지만 손은 놓지 않는다. "말했잖아." 그가 웅얼거린다. "극단이, 다른 배우들이—"

"왜?" 애그니스가 묻는다. "아버지 때문에? 무슨 일 있었어? 말해."

"말할 게 없어."

"아니잖아." 애그니스는 그의 손에서 손을 빼려 하지만 그가 놓아주지 않는다. 애그니스는 손목을 이쪽저쪽으로 뒤튼다.

"극단 얘기를 했지." 애그니스가 두 사람 사이의 공간에 대고 말한다. 너무 가까워서 서로의 숨을 들이마실 지경이다. "시즌이 어떻고 준비가 어떻고 했지. 하지만 그건 제대로 된 이유가 아냐." 애그니스는 손을 빼서 그의 손을 잡으려고 한다. 그는 그걸 알기에 손을 놓지 않는다. 그 사실이 애그니스를 노엽게 해 어린 시절 이래로 느껴본 적 없는 울분이 타오른다.

"상관없어." 꿀꿀거리며 밥을 먹는 돼지 옆에서 남편과 몸실랑이를 하던 애그니스가 헐떡인다. "알아. 당신이 낚싯바늘에 걸린 물고기처럼 그곳에 낚였다는 거."

"어디? 런던 말이야?"

"아니, 머릿속에 있는 장소. 아주 오래전에 한 번 본 적 있어. 그 드넓은 세상, 풍경을. 당신은 거기로 갔고 이제 당신한테는 그곳이 다른 어디보다 더 생생한 곳이지. 그래서 무엇도 당신을 막을 수가 없어. 당신 자식의 죽음조차도. 알겠어." 애그니스가 말한다. 그는 한 손으로 애그니스의 양 손목을 한데 잡고 다른 손을 발치에 놓인 가방으로 뻗는다. "내가 모른다고 생각하지 마."

그는 가방을 어깨에 짊어진 다음에야 손을 놓는다. 애그니스는 붉게 손자국이 난 손과 손목을 털고 그 흔적을 손가락으로 문지른다.

그는 두 걸음 떨어진 곳에 서서 숨을 몰아쉰다. 애그니스의 눈길을 피하며 모자를 움켜쥔다.

"인사도 안 하고 갈 거야?" 애그니스가 말한다. "잘 있으란 말도 없이 가버리려고? 당신 아이를 낳은 여자한테? 당신 아들이 마지막 숨을 쉴 때 돌본 사람한테? 장례 준비까지 한 사람한테? 한마디 말도 없이 떠나려고?"

"애들 잘 돌봐." 그는 이 말만 한다. 이 말이 가늘지만 날카로운 바늘처럼 애그니스를 찌른다. "소식 전할게." 그가 다시 말한다. "크리스마스 전에 올 수 있게 애써볼게."

애그니스는 그에게서 돼지 쪽으로 몸을 돌린다. 털이 곤두선 등, 너풀거리는 귀를 보고 만족스러운 꿀꿀 소리를 듣는다.

그가 갑자기 거기에, 애그니스의 등뒤에 있다. 그의 팔이 허리를 감싸고 몸을 돌려 품으로 당긴다. 그의 머리가 애그니스의 머리 옆에 있다. 그의 가죽 장갑 냄새, 눈물의 소금기를 맡는다.

그들은 그렇게, 함께, 하나가 되어 잠시 서 있는다. 애그니스는 언제나 그랬던 것처럼 그에게 속절없이 끌리는 걸 느낀다. 눈에 보이지 않는 밧줄이 애그니스의 심장을 빙빙 감아 그의 심장에 묶어놓은 것처럼. 우리 아들은 우리 두 사람으로 이루어졌어, 애그니스는 생각한다. 둘이 함께 아이를 만들었고, 둘이 함께 아이를 묻었다. 아이는 돌아오지 않을 것이다. 애그니스는 한편으로 실을 감듯 시간을 되돌려 감고 싶다. 물레바퀴를 반대로 돌려 햄닛의 죽음, 유년기, 유아기, 출생의 타래를 되감아 자신과 남편이 그 침대에서 한몸이 되어 쌍둥이를 만들었던 때로 돌아가고 싶다. 전부 풀어헤쳐 원래 양털의 상태로 되돌리고 그 순간으로 돌아가는 길을 찾아낸 다음, 일어서서 별을, 하늘을, 달을 올려다보며 햄닛의 앞날을 바꿔달라고, 다른 결과를 만들어달라고, 제발, 제발, 호소하고 싶다. 그럴 수만 있다면 하늘이 원하는 무엇이든 할 것이고, 무엇이든 내어줄 것이고, 무엇이든 포기할 것이다.

남편이 애그니스를 꽉 끌어안자 애그니스는 두 팔로 그를 꽉 붙든다. 그날 밤, 두 사람의 몸이 합쳐졌을 때처럼. 그는 마치 무슨 말을 할 것처럼 두건 옆에 입을 대고 심호흡하지만 애그니스는 아무 말도 원하지 않는다. 말은 필요 없다. 애그니스는 그의 어깨 너머로 바닥에 놓인 여행가방을 본다.

돌아갈 길은 없다. 그동안 있었던 일을 무를 수는 없다. 아들은 떠났고 남편은 떠날 것이고 애그니스는 남을 것이고 돼지는 날마다 먹이를 주어야 하고 시간은 한방향으로만 흐른다.

"가." 애그니스가 몸을 돌리며 그를 밀어낸다. "갈 거면 가. 돌아올 수 있을 때 돌아와."

애그니스는 하루종일 낮이고 밤이고 울 수 있다는 걸 알게 된다. 우는 방법이 여러 가지라는 것도. 갑자기 투둑 쏟아지는 눈물, 뱃속 깊은 곳에서 우러나오는 울음, 소리 없이 한도 없이 흐르는 눈물. 눈가의 쓰라린 피부는 좁쌀풀과 캐모마일 팅크제를 섞은 기름으로 치료하면 된다는 것도 알게 된다. 하늘나라에 영원한 기쁨이 있고 죽은 뒤에 모두 다시 만날 수 있으며 햄닛이 우리를 기다리고 있다고 말하면 딸들을 달랠 수 있다는 것도 알게 된다. 애그니스 자신은 그런 것을 전혀 믿지 않지만. 자식을 잃은 여자에게 무슨 말을 해야 할지 모르는 사람들이 있다는 것도 알게 된다. 누군가는 그런 이유로 애그니스를 피해 다른 길로 건너가기도 한다는 것도. 친구라고 생각하지 않았던 사람이 뜬금없이 다가와 창턱에 빵과 케이크를 두고 가거나, 예배가 끝난 뒤 다정하고 적절한 말을 건네며 주디스의 머리를 쓰다듬고 수척한 볼을 꼬집거나 한다는 것도.

아이의 옷을 어찌해야 할지 알 수 없다.

몇 주가 지나도록, 아이가 침대에 눕기 전에 벗어놓은 옷을 의자에서 치울 수가 없다.

장례를 치르고 한 달이 넘었는데도 애그니스는 바지를 집었다가 하릴없이 다시 내려놓는다. 셔츠 칼라를 만지작거린다. 부츠 코를 살짝 밀어 두 짝을 나란히 놓는다.

셔츠에 얼굴을 묻는다. 바지를 가슴에 꼭 안는다. 신발 안에 손을 넣어 아이 발의 텅 빈 모양을 느낀다. 옷깃을 여미는 끈을 묶었다 끄른다. 단추를 채웠다 다시 푼다. 옷을 개었다가 펼쳤다가 다시 갠다.

천이 손끝에서 미끄러지고 솔기를 모으고 주름을 펼치는 동안 몸이 이 작업을 기억한다. 그전으로 애그니스를 데려간다. 햄닛의 옷을 개고 손질하고 냄새를 들이마실 때면 아이가 여전히 여기에 있다고, 막 옷을 입으려 한다고, 언제라도 방으로 걸어들어와 학교에 늦을까 걱정하며 내 양말 어디 있어? 셔츠 어디 있어? 라고 물을 거라고, 거의 믿을 수 있다.

애그니스와 주디스와 수재나는 그렇게 하자는 말도 없이 그냥 커튼을 친 침대에서 셋이 같이 잔다. 자매가 쓰던 바퀴 달린 침대는 침대 아래에 밀어넣고 꺼내지 않는다. 애그니스는 세 사람 주위에 커튼을 단단히 친다. 어떤 것도 아이들을 데려갈 수 없다고, 어떤 것도 창문이나 굴뚝으로 들어오지 않을 거라고 되새긴다. 애그니스는 밤새 거의 자지 않고 나쁜 영이 안으로 들어오려고 두드리고 울부짖지 않는지 귀를 기울인다. 잠든 두 딸을 팔로 감싸안는다. 밤에 수시로 깨어 아이들이 열이 나진 않는지, 부은 데는 없는지, 피부색이 달라지진 않았는지 살핀다. 애그니스는 밤새 계속 자리를 바꾸면서 주디스와 바깥세상 사이에 누웠다가 수재나와 바깥세상 사이에 누웠다가 한다. 이번에는 어떤 것도 애그니스를 비껴가지 못할 것이다. 애그니스가 지킬 것이다. 무엇도 아이들을 데려가지 못할 것이다. 결코 다시는.

수재나는 조부모가 사는 옆집에서 자겠다고 말한다. 여기서는 잠을 잘 수가 없어, 수재나가 엄마의 눈을 피하며 말한다. 밤에 계속 부스럭거려서.

수재나는 취침용 모자와 잠옷을 챙겨 방을 나간다. 치맛자락에 바닥에 모인 먼지가 들러붙는다.

애그니스는 바닥을 쓸 필요를 느끼지 못한다. 다시 더러워질 텐데. 요리를 하는 것도 무의미하게 여겨진다. 음식을 하고, 먹고, 시간이 지나면 또 먹고 하는 일들이.

이제 딸들은 밥을 먹으러 옆집으로 간다. 애그니스는 막지 않는다.

일요일마다 무덤가를 걷는 일이 고통이자 기쁨이다. 애그니스는 거기 누워 온몸으로 무덤을 감싸고 싶다. 맨손으로 무덤을 파고 싶다. 나뭇가지로 무덤을 두들기고 싶다. 그 위에 구조물을 만들어 바람과 비로부터 지켜주고 싶다. 어쩌면 그 안에서 햄닛과 같이 살 수도 있겠지.

하느님께서 그애를 필요로 하신 거예요, 어느 날 예배를 마치고 사제가 애그니스의 손을 잡으며 말한다.

애그니스는 거의 으르렁거리듯 성을 낸다. 사제를 한 대 치고 싶은 충동이 솟는다. 내가 그애가 필요해요, 애그니스는 말하고 싶다. 당신의 하느님은 기다리셨어야죠.

애그니스는 아무 말도 하지 않는다. 딸들의 팔을 잡고 그 자리를 뜬다.

애그니스는 휼랜즈 들판에 있는 꿈을 꾼다. 해질녘이고 땅은 헐벗고 깊은 고랑이 패어 있다. 앞쪽에서 어머니가 몸을 굽혔다가 다시 일으킨다. 가까이 가보니 어머니는 진주처럼 흰 조그만 치아를 땅에 심고 있다. 애그니스가 다가가는데도 어머니는 돌아보지도 걸음을 멈추지도 않고, 그저 미소를 지으며 계속해서 우윳빛 치아를 하나씩 땅에 심는다.

여름은 고통이다. 긴 저녁, 창문으로 들어오는 무더운 공기, 느릿느릿 타운을 통과해 흐르는 강, 늦은 시간까지 거리에 나와 노는 아이들의 목소리, 허벅지에 붙은 파리를 꼬리로 쫓는 말, 꽃과 열매가 가득 맺힌 산울타리.

애그니스는 이 모든 것을 다 발기발기 찢고 뜯어 공중에 날리고 싶다.

가을이 오자, 이 역시 끔찍하다. 이른아침의 서늘한 공기. 마당에 서리는 안개. 닭장 안에서 푸드득 구구거리며 밖으로 나오지 않으려는 암탉들. 이파리 가장자리가 말라간다. 햄닛이 겪지 못하고 알지 못하는 계절이 왔다. 햄닛 없이도 세상은 돌아간다.

런던에서 편지가 온다. 수재나가 소리 내어 읽는다. 애그니스는 나중에 편지를 눈으로 보고 편지가 짧아졌다는 걸 알아차린다. 한 장도 채우지 못했고 글씨체는 서둘러 쓴 듯 엉성하다. 극단이나 관객, 공연, 그가 쓰는 희곡 이야기는 없다. 한마디도. 대신 런던에 비가 내렸고, 지난주에 비 때문에 양말이 흠뻑 젖었으며, 집주인의 말이 다리를 절고, 레이스 장수를 만나 식구들에게 줄 손수건을 가장자리 무늬가 각각 다른 걸로 한 장씩 샀다고 썼다.

애그니스는 학교가 시작하고 끝나는 시간에 창밖을 내다보지 말아야 한다는 걸 안다. 고개를 돌리고 일에 몰두한다. 이번에는 밖으로 뛰쳐나가지 않을 것이다.

길에 나온 금발 머리 아이란 아이는 전부 그 아이의 걸음걸이, 그 아이의 외관, 그 아이의 특징을 지닌 것 같아 애그니스의 심장이 마치 사슴처럼 뛰고 만다. 어떤 날에는 거리에 햄닛이 가득하다. 걷는다. 뛰고 달린다. 몸싸움을 한다. 애그니스 쪽으로 다가온다, 멀어진다, 길모퉁이로 사라진다.

애그니스는 어떤 날은 아예 집밖에 나가지 않는다.

햄닛의 머리카락은 작은 도기 단지에 넣어 벽난로 위에 두었다. 주디스가 머리카락을 담을 비단 주머니를 바느질해서 만들었다. 주디스는 아무도 보지 않는다 싶을 때 의자를 끌고 벽난로 앞으로 가서 머리카락을 꺼낸다.

주디스의 머리카락과 똑같은 색이다. 자기 머리에서 잘랐다고 할 수도 있을 것 같다. 손가락 사이로 물처럼 미끄러진다.

쌍둥이였는데 이제는 쌍둥이가 아닌 사람을 부르는 말은 뭐야, 주디스가 엄마에게 묻는다.

엄마는 녹인 수지에 두 겹으로 접은 심지를 넣다가 동작을 멈추지만 주디스를 돌아보지는 않는다.

아내였던 사람은 남편이 죽으면 과부가 되잖아, 주디스가 계속 묻는다. 부모가 죽으면 아이는 고아가 되고. 그럼 지금 나를 가리키는 말은 뭐야?

모르겠어, 엄마가 말한다.

주디스는 녹인 수지가 심지 끝에서 그 아래 그릇으로 떨어지는 것을 본다.

그런 말은 없는지도, 주디스가 말한다.

그런가봐, 엄마가 말한다.

애그니스는 이층에 있다. 햄닛이 모은 조약돌 단지 네 개가 놓인 책상에 앉아 있다. 햄닛은 가끔 조약돌을 전부 쏟고는 다른 방식으로 분류하곤 했다. 애그니스가 단지들을 들여다보며 햄닛이 마지막으로 조약돌을 분류하면서는 크기 같은 게 아니라 색으로 나눴구나 생각하는데—

고개를 들어보니 딸들이 앞에 서 있다. 수재나는 한 손에 바구니를, 다른 손에 칼을 들고 있다. 주디스는 수재나의 뒤에서 다른 바구니를 들고 있다. 둘 다 표정이 꽤 단호하다.

"들장미 열매 따러 갈 때가 됐어." 수재나가 말한다.

해마다 이맘때 하는 일이다. 여름이 막 가을로 넘어가려고 할 때 산울타리를 뒤져 꽃잎이 떨어진 자리에 통통하게 차오른 들장미 열매를 따서 바구니를 가득 채운다. 애그니스는 딸들에게 가장 좋은 들장미 열매 찾는 법을, 식구들이 겨울을 무탈하게 날 수 있게 열매를 반으로 갈라 끓여서 기침과 목감기에 좋은 시럽 만드는 법을 가르쳤다.

그런데 올해는 잘 익은 열매와 선연한 색채가 고통이다. 블랙베리가 보라색으로 익어가는 것이나 딱총나무 열매가 검게 물드는 것도 마찬가지다.

조약돌 단지를 감싸쥔 애그니스의 손은 힘이 없고 쓸모도 없다. 칼을 쥐고 가시투성이 줄기를 붙들고 매끈한 열매를 딸 힘이 없을 것 같다. 열매를 수확해 집으로 가져와 잎과 줄기를 제거하고 불에서 끓인다니. 도무지 할 수 없을 것 같다. 그냥 침대에 누워 머리 위로 담요를 덮어쓰고 싶다.

"가요." 수재나가 말한다.

"엄마, 가자." 주디스가 말한다.

딸들이 얼굴에, 팔에 손을 얹는다. 끌어당겨 일으켜세운다. 계단 아래로 끌고 가 거리로 나가면서 내내 자기들이 본 곳을 얘기한다. 들장미 천지야, 아이들이 말한다. 널려 있어. 같이 가야 해, 우리가 안내할게.

산울타리가 마치 불처럼 붉은 열매가 촘촘히 박힌 별자리 같다.

신혼 시절 어느 날 밤 그가 애그니스를 데리고 거리로 나갔는데, 그렇게 고요하고 캄캄하고 텅 빈 곳에 있자니 정말 이상했다.

위를 봐, 그가 애그니스를 뒤에서 끌어안으며 말했다. 그의 손이 애그니스의 둥그런 배 위에 얹혔다. 애그니스는 고개를 뒤로 젖혀 그의 어깨에 기댔다.

마을 지붕들 위로 보석이 박히고 은빛 구멍이 뚫린 하늘이 펼쳐져 있었다. 그는 애그니스의 귀에 이름과 이야기를 속삭였다. 손가락을 죽 뻗어 별들 사이에서 모양과 사람과 동물과 가족을 그려 보였다.

별자리야, 그가 말했다. 그 단어였다.

수재나인 아기가 뱃속에서 마치 듣고 있는 듯 움직였다.

주디스의 아빠는 편지를 보내 일이 잘된다고, 사랑한다고, 길이 나빠서 겨울이 지나가기 전에는 집에 못 돌아갈 거라고 알린다.

수재나가 편지를 소리 내어 읽는다.

새 희극이 엄청난 성공을 거두고 있다. 왕궁에서 상연했는데 여왕이 상당히 즐기셨다는 말을 들었다. 런던의 강이 얼었다. 스트랫퍼드에 땅을 더 사려고 알아보고 있다. 친구 콘델의 결혼식에 다녀왔다. 결혼식 조찬이 아주 훌륭했다.

침묵이 내려앉는다. 주디스는 엄마, 언니, 편지를 번갈아본다.

희극이라고? 엄마가 묻는다.

이런 집에서는 혼자 있기 쉽지 않다는 걸 주디스는 알게 된다. 늘 누군가 들이닥치고 불러대고 따라온다.

언제나 주디스와 햄닛만의 장소였던 곳이 있다. 어릴 때는 둘이서 부엌채와 돼지우리 벽 사이의 쐐기 모양 틈에 들어가 있곤 했다. 입구가 좁아서 몸을 옆으로 돌려야 겨우 들어갈 수 있다. 들어가면 삼각형 공간이 나온다. 딱 두 아이가 돌벽에 기대어 다리를 뻗고 앉을 만한 넓이다.

주디스는 작업장 바닥에서 골풀을 치맛자락에 숨겨 한 줄기씩

빼온다. 아무도 보지 않을 때 틈으로 밀어넣은 다음 골풀을 얽어서 지붕을 만든다. 새끼였다가 이제 다 자란 고양이 두 마리가 주디스를 따라 들어온다. 똑같이 생긴 줄무늬 얼굴과 흰 양말을 신은 발.

그러고는 그 자리에 손을 모으고 앉아 오고 싶으면 오라고, 햄닛을 기다린다.

주디스는 자기 자신에게, 고양이들에게, 머리 위 골풀 지붕에 노래를 부른다. 라라-라라-라-라-라, 음을 이어가며 계속 불러 소리가 마음속의 빈 곳을 찾게 한다. 노래가 그 자리를 찾아 쏟아져들어가 안을 채우고 또 채우지만, 물론 아무 형체도 한계도 없는 그 공간은 결코 채워지지 않을 것이다.

고양이들이 흔들림 없는 녹색 눈으로 주디스를 쳐다본다.

애그니스는 시장에 다른 여자 넷과 같이 서 있다. 손에는 벌집 쟁반을 들고 있다. 새어머니 조운도 같이 있다. 한 여자가 자기 아들이 부모가 마련해준 도제 자리를 거부한다고 불만을 늘어놓는다. 설득하려 했더니 아들이 화를 내며 절대 안 가겠다고, 억지로 시키지 말라고 한단다. 심지어 제 아비가 때리는데도 안 가겠다고 버티는 거예요, 여자가 눈을 홉뜨며 말한다.

조운이 몸을 숙이면서 막내아들이 아침에 잠자리에서 일어나질 않는다고 말한다. 다른 여자들이 고개를 끄덕이며 웅얼거린다. 조운이 얼굴을 찌푸리며 말한다. 저녁에는 또 자러 안 가고 쿵쾅거리며 집을 돌아다니고 불을 쑤석이고 먹을 걸 달라고 해서 다른 사람도 못 자게 한다니까.

다른 여자가 자기 아들은 장작을 영 마음에 안 드는 방식으로 쌓는다고, 딸이 청혼을 거부했다고, 그러니 이애들을 대체 어떻게 하면 좋겠냐고 한다.

바보들, 애그니스는 생각한다. 어리석은 사람들. 애그니스는 새어머니로부터 약간 거리를 두고 선다. 고개를 숙이고 벌집의 반복되는 무늬를 쳐다본다. 벌 크기로 줄어들어 그 사이로 들어가고 싶다.

"언니도 그렇게 생각해?" 주디스가 셔츠, 시프트드레스, 양말을 물속으로 밀어넣으면서 수재나에게 묻는다. "아빠가 집에 안 오는 게…… 내 얼굴 때문이라고?"

세탁장 안은 덥고 답답하고 수증기와 비누거품이 가득하다. 빨래를 다른 어떤 일보다 싫어하는 수재나가 쏘아붙인다. "대체 뭔 소리야? 아빠가 왜 집에 안 와. 만날 오는데. 그리고 그게 네 얼굴하고 무슨 상관이야?"

주디스는 빨래통을 저으며 소매, 치맛단, 모자를 꾹꾹 누른다.

"내 말은," 주디스가 언니를 쳐다보지 않고 낮은 목소리로 말한다. "내가 걔를 많이 닮았으니까. 아빠가 내 얼굴을 보는 게 힘들 테니까."

수재나는 말을 잃는다. 평소와 같은 목소리로 웃기지 좀 마, 말도 안 되는 소리, 라고 말하려 해본다. 그러나 아빠가 집에 온 지 오래된 게 사실이다. 장례식 이후로 한 번도 오지 않았다. 아무도 그런 말을 입에 올리지 않지만. 편지가 오고, 수재나가 읽는다. 엄마는 편지를 며칠 동안 벽난로 위에 올려놓고, 아무도 안 본다 싶을 때 가끔 집어서 본다. 그러다가 편지가 사라진다. 엄마가 편지를 어떻게 하는지 수재나는 모른다.

수재나는 동생을 찬찬히 본다. 빨랫방망이를 빨래통에 던지고 주디스의 작은 어깨에 두 손을 얹는다. "너를 잘 모르는 사람들은," 수재나가 동생을 뜯어보며 말한다. "그애랑 똑같이 생겼다고 하겠지. 너희 둘이 놀랍게 닮긴…… 닮긴 했어. 가끔은 믿기지 않을 정도로. 하지만 너랑 같이 사는 우리는 다르다는 거 알아."

주디스가 어리둥절한 얼굴로 쳐다본다.

수재나는 떨리는 손가락으로 주디스의 뺨을 만진다. "네 얼굴이 더 좁아. 턱도 더 작고. 눈 색깔도 약간 더 밝아. 걔 눈에는 얼룩이 있었어. 주근깨도 걔가 더 많았고. 네 치아가 더 곧아." 수재나가 힘겨운 듯 침을 삼킨다. "아빠도 그런 걸 다 알 거야."

"정말이야?"

수재나가 고개를 끄덕인다. "나는 한 번도…… 한 번도 너희를 헷갈린 적 없어. 누가 누군지 갓난아기 때부터 알았어. 너희 둘이 옷이나 모자를 바꾸고 장난을 칠 때도, 난 알았어."

주디스의 눈에서 눈물이 흘러나온다. 수재나가 앞치마 한끝을 들어 눈물을 닦아준다. 훌쩍이며 빨래통으로 시선을 돌리고 방망이를 잡는다. "이제 이거 하자. 누가 오는 소리가 들려."

애그니스는 햄닛을 찾는다. 당연히 계속 찾는다. 아이가 죽은 뒤로 밤마다 주마다 달마다. 아이를 기다린다. 밤에 자지 않고 담요를 두른 채 앉아 초를 켜놓고. 아이의 침대가 있던 자리에서 기다린다. 아이가 죽은 자리에 아이 아빠의 의자를 두고 앉는다. 서리가 내려앉은 마당으로 나가 헐벗은 자두나무 아래에 서서 소리 내어 부른다. 햄닛, 햄닛, 거기 있니?

아무것도 없다. 아무도 없다.

이해할 수가 없다. 죽은 것, 말없는 것, 알려지지 않은 것의 소리를 듣는 자신이, 사람의 손을 만지면 혈관을 타고 흐르는 병의 소리를 들을 수 있고 허파나 간을 짓누르는 짙은 색 벨벳 같은 종양을 느낄 수 있고 책을 읽듯 사람의 눈과 마음을 읽을 수 있는 자신이, 자기 아이의 영은 찾을 수 없다니.

애그니스는 이런 곳들에서 기다린다. 귀를 세우고 다른 더 시끄러운 존재의 소리와 요구와 불평을 가려내보지만 아이의 소리만은, 유일하게 듣고 싶은 소리만은 들리지 않는다. 아무것도 없다. 침묵뿐.

주디스는 그러나 바닥을 쓰는 빗자루 소리에서 그의 목소리를 듣는다. 담 너머에 내려앉는 새의 날갯짓에서 본다. 조랑말의 흔들리는 갈기에서, 유리창을 두들기는 우박에서, 굴뚝 아래로 팔을 뻗는 바람에서, 은신처 지붕의 골풀이 바스락거리는 것에서 느낀다.

그러나 아무 말도 하지 않는다. 그 사실을 마음에 간직한다. 눈을 감고 마음속으로 조용히 말한다. 네가 보여, 소리가 들려, 어디에 있니?

수재나는 집에 있기가 괴롭다. 쓰지 않는 짚요가 벽에 기대어 있다. 옷은 의자에 여전히 걸려 있고 그 아래 벗어놓은 신발도 그대로다. 햄닛의 조약돌 단지는 아무도 건드리면 안 된다. 햄닛의 머리카락이 벽난로 위에 있다.

수재나는 빗, 시프트드레스, 잠옷을 챙겨서 옆집으로 간다. 일라이자 고모가 쓰던 침대를 차지한다. 아무도 아무 말 하지 않는다. 수재나는 엄마와 동생을 슬픔 속에 남겨두고 작업장 위쪽으로 방을 옮긴다.

애그니스는 전과 다른 사람이 되었다. 완전히 달라졌다. 애그니스는 삶에서 어떤 일이 벌어질지 확신하는 사람이었다. 아이들이 있었고, 남편이 있었고, 집이 있었다. 사람의 내면을 들여다보고 그 사람이 어떻게 될지 알았다. 어떻게 도와야 할지도 알았다. 자신 있고 우아한 걸음걸이로 땅 위를 누볐다.

그랬던 사람은 이제 영영 사라졌다. 삶에서 표류하며 삶을 알아보지 못하는 사람이 되었다. 정박할 곳을 잃고 헤맨다. 신발 한 짝이 사라지거나 수프를 너무 오래 끓였거나 냄비를 엎거나 하면 우는 사람이 되었다. 사소한 일에 무너진다. 이제 어떤 것도 확실하지 않다.

애그니스는 창문에 빗장을 채운다. 문을 닫는다. 저녁이나 이른아침 문 두드리는 소리에도 응답하지 않는다.

거리에서 사람들이 붙잡고 염증, 잇몸 부기, 귀가 잘 안 들림, 다리에 생긴 발진, 가슴 통증, 기침 등에 대해 물어도 애그니스는 고개를 젓고 가던 길을 간다.

약초가 시들고 마르는데도 약초밭에 물을 주지 않는다. 찬장 위 단지와 병 위에 먼지가 엷게 쌓인다.

젖은 행주로 병을 닦고 서까래에서 바싹 말라 쓸모없어진 약초를 내려 불에 집어넣는 사람은 수재나다. 닭장 옆 작은 약초밭에 수재나가 직접 물을 주지는 않지만 주디스에게 하루에 한 번 물을 주라고 시키는 소리가 들린다. 빠짐없이 줘야 해, 수재나가 주디스의 등에 대고 외친다. 애그니스는 그 소리를 듣다가 수재나가 할머니가 하녀들에게 쓰는 목소리를 따라 한다는 걸 깨닫는다.

마리골드 꽃잎을 식초에 넣고 으깬 다음 꿀을 넣는 것도 수재나다. 혼합물을 날마다 한 번씩 흔들어주는 것도 수재나다.

주디스는 사람들이 문을 두드리면 창문을 열어준다. 까치발을 들고 밖에 있는 사람의 말을 듣는다. 엄마, 주디스가 말한다. 강 아래쪽에 사는 세탁부 아주머니래. 타운 밖에 사는 아저씨가 왔어. 아이가 엄마 대신 왔대. 목장에 사는 할머니래. 만나볼래?

수재나는 문을 두드린다고 열어주지는 않지만 누가 창가로 오면 보고 귀기울이고 있다가 주디스에게 손짓을 한다.

애그니스는 한동안 거절한다. 고개를 젓는다. 딸들이 간청하는데도 듣지 않는다. 난롯불 쪽으로 고개를 돌린다. 그러나 목장에 사는 할머니가 세번째로 찾아왔을 때는 고개를 끄덕인다. 할머니가 집안으로 들어와 팔걸이가 낡은 커다란 나무의자에 앉고, 애그니스는 관절이 쑤시고 목에 가래가 끼고 정신이 왔다갔다하고 이름과 날짜와 할일을 잊어버린다는 할머니의 얘기를 듣는다.

애그니스가 일어서서 작업대로 간다. 찬장에서 막자와 막자사발을 꺼낸다. 마지막으로 이걸 햄닛을 위해 썼다는 사실은 생각하지 않으려 애쓴다. 마지막으로 막자를 잡고 차가운 무게를 느꼈을 때가 그때, 그 직전이었으며 그 행동이 얼마나 무용하고 무익했는지 떠올리지 않으려 한다. 아무 생각도 하지 않고 머리로 피를 보내는 데 쓰는 로즈메리 줄기를 빻고 컴프리와 히솝을 넣는다.

애그니스는 목장 할머니에게 꾸러미를 준다. 하루에 세 번, 뜨거운 물에 타서 식은 다음에 드세요, 애그니스가 말한다.

애그니스는 할머니가 허리춤을 뒤져 머뭇거리며 꺼낸 동전을 받지 않으려 한다. 그러나 식탁 위에 올려둔 치즈와 진한 크림 단지는 못 본 척한다.

딸들이 할머니를 배웅한다. 아이들의 목소리가 반짝이는 새 같다. 날개를 펼치고 방을 한 바퀴 돌아 저 밖 하늘로 날아가는 새들.

이 아이들, 이 아가씨들이 어떻게 애그니스에게서 나왔을까? 이애들이 한때 애그니스가 젖을 먹이고 어르고 씻겼던 작은 존재와 무슨 관계가 있는 걸까? 애그니스에게 삶은 점점 낯설고 알아볼 수 없는 것이 되어간다.

가끔 자정이 지난 시간에 애그니스는 숄로 몸을 감싸고 거리로 나간다. 가볍고 빠르고 익숙한 리듬의 발소리에 잠에서 깼다.

발소리가 창가로 다가오는 소리에, 누군가가 문밖에 있는 뚜렷한 느낌에 잠에서 깼다. 그래서 애그니스는 혼자 거리로 나와 기다린다.

"나 여기 있어." 애그니스가 고개를 이쪽저쪽으로 돌리며 말한다. "너도 있니?"

바로 그 순간 애그니스의 남편은 같은 하늘 아래, 강물 굽이를 도는 배에 앉아 있다. 강물을 거슬러오르는데 조석이 바뀌는 것이 느껴진다. 강이 동시에 두 방향으로 흐르려 하며 혼란스러워하고 망설이는 듯하다.

그는 몸을 부르르 떨고 외투를 단단히 여민다(그러다 감기 걸리겠어, 머릿속에서 부드럽고 다정한 목소리가 나무란다). 아까 흘린 땀이 식어 피부와 모직 옷 사이에 불편하고 축축하게 남아 있다.

다른 단원들은 거의 다 잠들었다. 모자로 얼굴을 덮고 뱃바닥에 누운 채로. 그는 자지 않는다. 이런 저녁에는 잘 수가 없다. 피가 아직 질주하고 심장이 뛰고 귀에는 고함 경악 정적 등 온갖 소리가 여전히 울린다. 자기 침대, 고즈넉한 방이 그립다. 정신이 고요해지고 몸도 이제 다 끝났으니 자야 한다는 걸 느끼는 그 순간이 간절하다.

그는 배의 딱딱한 바닥에 웅송그리고 앉아 강물과 옆으로 지나가는 집들, 다른 배의 흔들리는 불빛, 복잡한 물살을 헤치며 배를 몰고 가는 사공의 어깨, 물방울을 떨구며 솟는 노, 입에서 흘러나오는 흰 스카프 같은 입김을 본다.

템스강이 이제 녹아서(지난번 편지에는 강이 얼었다고 썼는데) 왕궁에 한번 더 갈 수 있다. 그는 다시, 얼핏, 무대 가장자리 너머, 그와 친구들을 둘러싸고 있는 세계 너머의 눈들, 촛불에 아른거리는 눈들을 본다. 그 순간 그를 보는 얼굴들은 젖은 붓으로 뭉갠 색채다. 그들의 함성, 박수, 열렬한 표정, 벌어진 입, 드러난 치아, 그를 집어삼킬 듯한 시선(그럴 수 있다면 그러겠지만 그럴 수 없다, 그는 쇠고둥처럼 의상으로 덮여 보호받고 있어서 아무도 진짜 그를 볼 수 없으니까).

그와 친구들은 왕궁에서 오래전에 죽은 왕이 나오는 역사극을 공연하고 오는 길이다. 그런 주제가 그에게는 안전하다. 이런 이야기에서는 뜻하지 않은 함정, 암시, 불안한 지점을 맞닥뜨릴 일이 없다. 과거의 전투와 오래전 궁정 장면을 상연하거나 옛날에 살았던 통치자들의 대사를 쓸 때는, 매복하고 있다가 그를 붙들어 생각할 수 없는 것(천으로 싸인 형체, 의자에 벗어놓은 옷, 돼지우리 옆에서 우는 여자, 문간에서 사과를 깎는 아이, 단지에 담긴 노란 머리카락)을 돌아보게끔 끌고 가는 것이 없다. 사극과 희극은 할 수 있다. 해나갈 수 있다. 사극과 희극을 다룰 때만 자기가 누구인지 무슨 일이 있었는지 잊을 수 있다. 정신을 쏟기에 안전한 곳이다(그와 같이 무대 위에 있는 사람 가운데 누구도, 가장 가까운 배우들도 그가 저녁마다 관객 사이에서 어떤 얼굴을 찾는다는 사실은 모를 것이다. 약간 삐뚜름하게 웃고 늘 놀란 듯한 표정인 남자아이의 얼굴. 그는 관객들을 자세히 차근차근 살핀다. 여전히 아들이 떠났다는 걸 납득하지 못하기 때문이다. 아들이 어딘가에 있는 게 틀림없다. 그러니 찾기만 하면 된다).

그는 처음엔 이쪽 눈, 그다음엔 다른 쪽 눈을 가리고 도시를 바라본다. 그가 하는 놀이다. 그의 이쪽 눈은 멀리 있는 것을 볼 수 있고 다른 쪽 눈은 가까운 것을 볼 수 있다. 합하면 거의 모든 걸 볼 수 있지만, 각각 볼 수 있는 것만 본다. 첫번째 눈은 멀리 있는 것, 두번째 눈은 가까운 것.

가까이에는 콘델이 입은 망토의 서로 맞물린 바늘땀, 물살이 찰랑이는 뱃전, 소용돌이를 만들며 움직이는 노. 멀리에는 검은 실크 위에 뿌려진 유릿조각처럼 얼어붙어 빛나는 별, 영원히 사냥중인 오리온, 무심하게 물살을 가르는 바지선, 부두 가장자리에 쭈그리고 앉은 사람들—여자와 아이들, 한 아이는 제 엄마만큼 크고(지금 수재나가 저 정도일까?), 막내는 모자를 쓴 아기다(그에게도 저런 귀여운 아기가 셋 있었는데 지금은 둘뿐이다). 그가 얼른 눈을 돌리자 (물 가까이서, 너무 가까이서) 밤낚시를 하는 여자와 아이들이 흐릿한 형체, 무의미한 낙서처럼 보인다.

그가 하품을 하자 턱에서 호두 껍데기 깨지는 소리가 난다. 편지를 써야겠다, 내일쯤. 시간이 나면. 새로 써야 할 대본이 있고, 강 건너에서 온 사람을 만나야 하고, 집주인에게 집세를 치러야 하고, 새로 들어온 아이를 테스트해봐야 하지만. 다른 아이가 키가 너무 커지고 목소리가 걸걸해지고 수염이 거뭇해지기 시작했으므로(그렇게 소년이 성인으로 아무 수고도 노력도 없이 자라는 것을 보는 게 그에게는 남모를 고통이지만 그런 말은 하지 않는다. 그가 그렇게 자란 소년을 피하고 말을 걸지 않고 쳐다보지 않으려 한다는 사실은 아무도 모른다).

그는 갑자기 더워져서 외투를 벗어던지고 눈을 질끈 감는다. 이제 집으로 가는 길이 뚫렸을 것이다. 가야 한다는 걸 안다. 그러나 무언가가 발목에 찬 족쇄처럼 그를 붙든다. 이곳에서 하는 일의 속도가—대본을 쓰고 리허설을 하고 공연을 올리고 다시 글을 쓰는 일이 쉼없이 끊이지 않고 이루어지다보니 정신을 차리고 보면 서너 달이 훅 지나 있곤 한다. 게다가 마구 돌아가는 바퀴에서 내려서는 순간 다시는 올라타지 못하는 게 아닐까 하는 두려움이 늘 도사린다. 언제 자리를 잃을지 모른다. 다른 사람도 그렇게 되는 걸 보았다. 그런데 아들의 죽음을 슬퍼하는 아내의 비탄이 치명적인 힘으로 그를 끌어당긴다. 너무 가까이 다가가면 물밑으로 끌려들어가고 말 위험한 물살이다. 다시는 밖으로 나오지 못할 것이다. 살아남으려면 거리를 두어야만 한다. 그가 물밑으로 들어간다면 다른 사람들도 같이 끌려들어가고 말 테니까.

런던에서 바쁜 삶의 중심에 있기만 하면 어떤 것도 그를 건드릴 수 없다. 여기, 이 배 안, 이 도시, 이 삶 속에 있는 동안에는 집에 돌아가면 가족들이 예전 그대로 고스란히 변함없이 존재하리라고, 침대에 세 아이가 잠들어 있으리라고 믿을 수도 있을 것 같다.

그는 눈을 뜨고 쉼없이 들썩이는 강수면 너머 얼쑹덜쑹한 지붕들이 어두운 형체를 이루는 것을 본다. 먼 곳을 보는 눈을 감고 뿌옇고 흐린 눈으로 도시를 본다.

수재나와 할머니는 거실에 앉아 침대보를 작게 자르고 가장자리를 감쳐 행주를 만드는 중이다. 오후가 한없이 길다. 바늘로 천을 뚫고 실을 뽑아낼 때마다 수재나는 하루가 끝날 때가 조금 더 가까워졌다고 스스로를 달랜다. 바늘이 손끝에서 미끄러진다. 난롯불이 나지막하게 탄다. 잠이 다가왔다가, 물러갔다가, 다시 다가온다.

죽는다는 게 이런 느낌일까? 피할 수 없는 뭔가가 다가오는 느낌? 이런 생각이 느닷없이 머리에 떠오르더니 포도주 한 방울이 물에 떨어진 것처럼 생각에 진한 물을 들인다.

수재나는 자세를 고쳐 앉고 헛기침을 하고 바느질감으로 몸을 숙인다.

"너 괜찮니?" 할머니가 묻는다.

"네, 괜찮아요." 수재나가 고개를 숙인 채 말한다. 바느질을 얼마나 더 해야 하는지 알고 싶다. 한낮에 시작했는데 아무리 해도 끝이 안 날 것 같다. 아까는 엄마도 여기 있고 주디스도 있었는데, 엄마는 궤양 약을 원하는 손님이 와서 옆집으로 가고 주디스는 뭔지 모를 일을 하러 사라졌다. 돌하고 얘기하거나 왼손으로 분필을 쥐고 바닥에 알아볼 수 없는 형체를 그리거나 비둘기집에서 떨어진 깃털을 모아 끈에 엮고 있겠지.

애그니스가 뒤에서 들어온다.

"약 줬니?" 메리가 묻는다.

"네."

"돈 내던?"

수재나는 고개를 숙인 채 눈초리로 어머니가 어깨를 으쓱하고 창문으로 고개를 돌리는 걸 본다. 메리는 한숨을 쉬고 손에 쥔 천에 바늘을 꽂는다.

애그니스는 한 손을 허리에 얹은 채 창가에 서 있다. 애그니스가 입은 옷이 올봄에는 헐거워 보인다. 손목도 가늘어지고 손톱은 물어뜯겼다.

수재나는 할머니가 슬퍼하는 것도 적당히 해야 한다고 생각한다는 걸 안다. 슬픔을 다지려고 애써야 하는 때가 있다고. 너무 과한 사람이 있다고. 산 사람은 살아야 한다고.

수재나는 바느질을 한다. 꿰매고 또 꿰맨다. 할머니가 엄마에게 묻는다. 주디스는 어디 있냐고, 하녀들이 빨래는 잘하고 있냐고, 비가 오냐고, 낮이 길어지는 것 같냐고, 도망간 닭을 돌려준 이웃 사람이 참 친절하지 않냐고.

애그니스는 말없이 창밖만 본다.

메리는 계속 얘기한다. 수재나의 아빠가 편지에 적어 보낸, 다시 극단과 같이 순회공연을 떠나게 되었다는, 강바람을 맞아 기침감기에 걸렸다가 회복했다는 이야기.

애그니스는 숨을 헉 들이마시며 긴장한 얼굴로 그들을 돌아본다.

"아." 메리가 손을 얼굴에 갖다대며 말한다. "놀랐네. 대체 왜—"

"저 소리 들려요?" 애그니스가 말한다.

세 사람은 동작을 멈추고 고개를 갸웃하며 귀를 기울인다.

"무슨 소리?" 메리가 눈살을 찌푸리며 묻는다.

"저기……" 애그니스가 손가락을 든다. "……저 소리요! 들려요?"

"아무 소리도 안 들려." 메리가 쏘아붙인다.

"두드리는 소리요." 애그니스는 불가로 걸어가 굴뚝에 손을 댄다. "부스럭거리는 소리." 애그니스는 난롯가에서 긴 의자 쪽으로 걸어가며 위쪽을 쳐다본다. "확실히 들렸어요. 못 들었어요?"

메리는 한참 말이 없다. "못 들었어. 갈까마귀가 굴뚝으로 들어왔나보지."

애그니스가 방에서 나간다.

수재나는 한 손으로 천을, 다른 손으로 바늘을 꽉 쥔다. 똑같은 크기의 바늘땀을 계속 만들어갈 수만 있다면, 이것도 다 지나갈 거라고 생각한다.

주디스는 거리에 나와 있다. 에드먼드 삼촌의 개와 함께. 개는 햇볕 아래 누워 한 발을 들고 있고 주디스는 녹색 리본을 개의 긴 목털과 같이 엮어 땋는다. 개는 주디스를 믿고 인내심 있게 올려다본다.

햇살이 몸에 따뜻하게 내리쬐고 눈에 빛이 들어온다. 아마 그래서 헨리 스트리트를 따라 걸어오는 형체를 보지 못했을 것이다. 한 남자가, 주디스를 향해, 손에 모자를 들고 등에 짐을 메고 걸어온다.

그가 주디스의 이름을 부른다. 주디스는 고개를 든다. 그가 손을 흔든다. 주디스는 그를 부르기도 전에 달리기 시작한다. 개도 리본 놀이보다 더 재미있을 것 같은지 옆에서 같이 뛴다. 그가 주디스를 팔로 안아 공중으로 들어올리며 말한다. 내 딸, 우리 주드. 주디스는 웃느라 숨이 넘어갈 것 같은데, 그때 이후로 그를 못 봤다는 게 떠오르고—

"어디 있었어?" 주디스가 갑자기 화가 나서 그를 밀어내며 말한다. 어느새 울고 있다. "너무 오래 떠나 있었잖아."

주디스가 화가 났다는 걸 알아차렸는지 아닌지 그는 티를 내지 않는다. 바닥에 내려놓은 짐을 들고 개의 귀 뒤를 쓰다듬어주고 주디스의 손을 잡고 집으로 끌고 간다.

"다들 어디 있어?" 그가 크고 우렁찬 목소리로 부른다.

저녁식사. 동생들, 부모님, 일라이자와 남편, 애그니스와 두 딸이 다 같이 식탁에 둘러앉았다. 메리가 아들 준다고 거위 한 마리를 잡았다. 꽥꽥거리는 소리가 끔찍했다. 털을 뜯기고 해체된 죽은 몸이 지금 그들 앞에 놓여 있다.

그는 여관 주인, 말, 물방앗간에 얽힌 이야기를 들려준다. 동생들이 웃음을 터뜨리고 그의 아버지는 주먹으로 식탁을 탕탕 친다. 에드먼드는 주디스를 간지럽혀 웃음을 터뜨리게 한다. 메리는 일라이자에게 뭔가 불만을 늘어놓는다. 개는 리처드가 던져주는 음식 찌꺼기에 달려드는 사이사이에 컹컹거린다. 이야기가 절정에 다다르고—뭔가 문을 열어놓은 것과 관련이 있는 듯한데 애그니스는 잘 모르겠다—다 같이 웃음을 터뜨린다. 애그니스는 식탁 너머 남편을 본다.

무언가가 있다. 무언가 달라진 것이. 정확히 알 수 없지만. 머리카락이 길어졌지만, 그건 아니다. 다른 쪽 귀에도 귀고리를 달았지만, 그것도 아니다. 피부가 햇볕에 타고 소맷부리가 길고 나풀거리는 못 보던 셔츠를 입었지만, 그런 것 때문도 아니다.

이제 일라이자가 얘기하고 애그니스는 일라이자를 잠깐 보았다가 다시 남편에게로 눈을 돌린다. 남편은 일라이자가 하는 말을 듣고 있다. 거위 기름으로 번들거리는 손가락으로 접시에 놓인 빵 껍질을 만지작거린다. 거위가 꽥꽥거리며 저항하던 모습, 그리고 잠깐 머리 없이 달리던 모습을 애그니스는 생각한다. 도망갈 수 있을 거라고, 운명을 바꿀 수 있을 거라고 확신하는 듯이. 남편은 진지하게 동생의 말을 듣는다. 몸을 살짝 앞으로 숙였다. 한 팔을 주디스의 의자에 걸쳤다.

그가 집에 온 건 거의 일 년 만이다. 여름이 다시 오고 아들이 죽은 지 한 해가 거의 다 지났다. 어떻게 그럴 수 있는지 모르겠지만 그렇다.

애그니스는 그를 쳐다보고 또 쳐다본다. 그가 돌아와서 모두를 끌어안고 이름을 부르고 가방에서 선물을 꺼냈다. 빗, 담배 파이프, 손수건, 밝은색 털실 한 타래. 애그니스에게는 걸쇠 부분에 루비가 박힌, 얇게 두드려 편 은팔찌를 주었다.

팔찌는 애그니스가 지금껏 가져보지 못한 고급 물건이다. 매끈한 표면에 동그란 무늬가 정교하게 새겨져 있고 보석이 박힌 자리가 돋을새김되어 있다. 돈이 얼마나 들었을지 상상도 가지 않는다. 대체 왜 이런 것에 돈을 썼는지도. 절대 한푼도 허투루 쓰지 않고 아버지가 재산을 잃은 뒤로 지갑을 꽉 졸라매온 그가. 애그니스는 남편 맞은편에 앉아 팔찌를 만지작거리며 빙빙 돌리고 또 돌린다.

팔찌에서 무언가 나쁜 기운이 증기처럼 뿜어나온다는 걸 깨닫는다. 처음에는 얼음처럼 무심하게 피부를 감싸 너무 차갑게 느껴졌다. 지금은 너무 뜨겁고 너무 조인다. 한 개뿐인 붉은 눈이 독기를 품고 노려본다. 누군가 불행한 사람이 이걸 지녔었다는 게 느껴진다. 애그니스를 싫어하고 미워하는 사람이. 나쁜 운, 나쁜 느낌에 푹 담가 문지른 듯 광택이 흐릿하다. 이걸 지녔던 사람이 누구든 애그니스가 불행해지길 바란다.

이야기를 마친 일라이자는 웃으며 앉아 있다. 개는 열린 창문 앞에 자리를 잡았다. 존은 에일 병을 들고 잔을 다시 채운다.

애그니스는 남편을 쳐다보고, 눈으로 느낌으로 냄새로 느닷없이 알아차린다. 그의 몸 전체에, 피부 전체에, 머리카락, 얼굴, 손에 짐승이 수도 없이 덮친 것처럼 작은 발자국이 남아 있다. 애그니스는 그가 다른 여자의 손길로 뒤덮여 있다는 걸 깨닫는다.

애그니스는 자기 접시, 손, 손가락, 거칠어진 손끝, 나선과 고리 모양 지문, 손마디와 흉터와 혈관, 자라날 때마다 물어뜯는 손톱을 내려다본다. 순간 구토할 것 같다.

팔찌를 쥐고 손목에서 빼낸다. 루비를 얼굴에 가까이 대고 들여다보며 그게 무얼 보았을지, 어디서 왔을지, 어떻게 남편 손에 들어갔을지 궁리한다. 저 깊은 속까지 붉은색이다. 얼어붙은 피한 방울. 애그니스가 고개를 들어보니 남편이 애그니스를 쳐다보고 있다.

애그니스는 그의 눈을 보며 팔찌를 식탁에 내려놓는다. 한순간 남편은 혼란스러워 보인다. 팔찌를 보았다가, 애그니스를 보았다가, 다시 팔찌를 본다. 무슨 말을 하려는 듯 반쯤 몸을 일으킨다. 그러다가 그의 얼굴이, 목까지 시뻘게진다. 그는 애그니스를 잡으려는 듯 한 손을 들었다가 떨어뜨린다.

애그니스는 아무 말 없이 일어나 방에서 나간다.

그날 저녁, 해가 지기 직전에 그가 애그니스를 찾으러 온다. 애그니스는 휼랜즈에서 벌을 돌보고 잡초를 뽑고 캐모마일꽃을 따고 있다.

그가 길을 따라 걸어오는 모습이 보인다. 고급 셔츠와 꼰사 장식 모자는 벗어두고 집 문 뒤에 걸려 있던 낡은 조끼를 걸쳤다.

애그니스는 걸어오는 그를 보지 않는다. 계속 고개를 돌리고 있다. 꽃술이 노란 꽃송이를 손으로 따서 발치에 놓인 바구니에 떨어뜨린다.

그는 줄줄이 놓인 벌통 끝에 선다.

"이거 가져왔어." 그가 말하며 숄을 내민다.

애그니스는 고개를 돌려 잠시 보지만 아무 말도 하지 않는다.

"추울까봐."

"안 추워."

"그럼." 그는 숄을 가까운 벌통 위에 조심스레 올려놓는다. "여기 둘게. 필요하면 써."

애그니스는 꽃으로 다시 몸을 돌린다. 한 송이를 따고, 두 송이, 세 송이, 넷.

그가 풀을 헤치고 가까이 다가온다. 위쪽에 서서 애그니스를 내려다본다. 곁눈으로 그의 신발이 보인다. 그의 발가락을 찌르고 싶은 충동이 솟는다. 그 아래 피부가 찢기고 쓰릴 때까지 칼끝으로 되풀이해 찌르는 거다. 울부짖으며 겅중겅중 뛰겠지.

"컴프리야?" 그가 말한다.

무슨 뜻인지, 무슨 말을 하는지 알 수가 없다. 어떻게 감히 여기 와서 꽃 이름을 입에 올리는 거지? 무식한 소리 집어치워, 당신 팔찌하고 반짝이는 고급 부츠도 런던으로 치워버려. 다시는 오지 마, 애그니스는 말하고 싶다.

그는 이제 바구니에 담긴 꽃을 가리키며 컴프리인지 제비꽃인지 묻는다.

"캐모마일." 애그니스가 겨우 입을 떼는데 자기 목소리가 무겁고 둔하게 들린다.

"아, 그렇지. 저게 컴프리지?" 작은쑥국화 덤불을 가리키며 그가 묻는다.

애그니스는 고개를 젓고는 머리가 어찌나 어지러운지 놀란다. 이렇게 작은 동작만으로도 정신을 잃고 풀밭에 고꾸라질 것 같다.

"아니." 애그니스는 노란 풀물이 든 손가락으로 가리킨다. "저거."

그는 열심히 고개를 끄덕이고 라벤더 한 송이를 손끝으로 문지르더니 코에 손을 갖다대고 과장된 감탄을 내뱉는다.

"벌은 잘되고?"

애그니스는 고개를 한 번 끄덕인다.

"꿀이 많이 나왔어?"

"봐야 알지."

"또……" 그가 휼랜즈 농가 쪽으로 손짓을 한다.

"……처남은? 잘 지내?"

애그니스는 고개를 들어 그가 여기 온 뒤 처음으로 그를 쳐다본다. 도저히 이 대화를 더는 지속할 수가 없다. 그가 꽃이나 휼랜즈나 벌에 대해 한마디만 더 하면 어떻게 할지 애그니스도 알 수 없다. 칼을 신발에 찔러넣을지. 벌통 쪽으로 그를 밀어 넘어뜨릴지. 휼랜즈로, 바살러뮤한테로 달아나거나 짙은 녹색 숲으로 들어가 다시는 나오지 않을지.

그는 애그니스의 시선을 숨 한 번 쉴 동안만큼 마주보다가 눈길을 돌린다.

"내 눈을 똑바로 못 보겠어?" 애그니스가 말한다.

그는 턱을 문지르고 한숨을 쉬고 비틀거리듯 애그니스 옆 땅에 주저앉아 두 손으로 머리를 감싼다. 애그니스는 손에서 칼을 떨어뜨린다. 더 들고 있다가 무슨 일을 저지를지 자신을 믿을 수 없다.

두 사람은 그렇게 같이, 서로 다른 방향을 보고 한동안 앉아 있는다. 애그니스는 먼저 입을 열지 않을 생각이다. 무슨 말을 해야 할지 그 사람이 정하도록 내버려둘 작정이다. 그렇게 말재주가 좋으니까. 멋진 말로 환호받고 칭송받으니까. 애그니스는 잠자코 있을 것이다. 문제를 일으킨 사람은, 결혼 서약을 깨뜨린 사람은 그 사람이니, 해결도 그가 해야 할 것이다.

두 사람 사이에 침묵이 커진다. 침묵이 부풀어올라 둘을 감싼다. 형체와 모양과 촉수가 생기고 공중에서 끊어진 거미줄이 흩날리듯 흔들린다. 그의 몸안으로 숨이 들어갔다가 빠져나오는 게, 그가 팔짱을 끼고 팔꿈치를 긁고 이마에 흘러내린 머리카락을 쓸어넘기는 게 느껴진다.

애그니스는 다리를 접은 채 꿈쩍도 않고 앉아 있다. 몸안에서 불이 타올라 남아 있는 것을 태워 없애는 느낌이다. 처음으로 그를 만지고 팔을 두르고 싶다는 생각이 전혀 안 든다. 그 반대다. 그의 몸에서 애그니스를 밀어내고 움츠러들게 하는 기운이 뿜어 나오는 것 같다. 다른 여자의 손이 닿았던 자리에 자기 손을 놓는다는 건 상상도 할 수 없는 일이다. 어떻게 그럴 수가 있나? 어떻게 아들이 죽은 뒤 훌쩍 떠나서는 다른 사람 품에서 위안을 찾을 수 있나? 어떻게 그 자국이 그대로 남은 채로 돌아올 수 있나?

어떻게 다른 여자에게 갈 수 있는지 이해가 가지 않는다. 애그니스는 자신이 다른 남자, 다른 몸, 다른 피부, 다른 목소리와 한 침대에 드는 것은 상상도 할 수 없다. 생각만으로도 욕지기가 치민다. 애그니스는 거기 그렇게 앉아, 다시 그와 살을 맞댈 일이 있을까, 이제 영영 갈라지는 건가, 런던의 누군가가 그의 마음을 사로잡아 제 것으로 만든 건가 생각한다. 그가 이런 얘기를 과연 어떻게 꺼낼지, 무슨 단어를 고를지 궁금하다.

옆에서 그가 헛기침을 한다. 그가 입을 열려고 숨을 들이마시는 소리를 듣고 애그니스는 마음의 준비를 한다. 그가 입을 연다.

"얼마나 자주 그애 생각 해?" 그가 말한다.

순간 애그니스는 당황한다. 있었던 일에 대한 해명, 변명, 어쩌면 사죄를 기대하고 있었다. 이렇게는 살 수 없어, 다른 사람을 마음에 두게 되었어, 런던에 가면 돌아오지 않을 거야, 그가 이렇게 말할 것에 대비해 마음을 다잡고 있었다. 그애? 얼마나 자주 생각하냐고? 무슨 말을 하는 건지 알 수가 없다.

그러다가 무슨 뜻인지 깨닫고 애그니스는 그를 돌아본다. 팔로 숙인 머리를 감싸고 있어 얼굴이 잘 보이지 않는다. 극심한 비탄, 슬픔, 통렬한 아픔에 절은 모습이라 자리에서 일어나 끌어안고 달래주고 싶은 생각마저 든다. 그러나 그럴 수 없다는 걸, 그러면 안 된다는 걸 떠올린다.

대신 제비 한 마리가 급강하해 풀 위를 스치며 벌레를 훑다가 나무 쪽으로 날아가는 모습을 지켜본다. 옆에서 나무가 부풀었다가 숨을 내쉬며 잎이 무성한 가지를 바람에 부르르 떤다.

"언제나," 애그니스가 말한다. "언제나 여기 있지, 하지만 물론," 애그니스는 가슴뼈를 주먹으로 누른다. "없어."

아무 대꾸도 들리지 않지만 곁눈으로 보니 고개를 끄덕이고 있다.

"나는," 그가 웅얼거리는 목소리로 말한다. "그애가 어디에 있는지 늘 궁금해. 얘가 어디로 갔을까. 머릿속에서 바퀴 하나가 쉴새없이 도는 느낌이야. 무슨 일을 하던 중이든, 어디에 있든, 생각하는 거야. 어디에 있지, 어디에 있지? 그냥 사라져버릴 수는 없으니까. 어딘가에 있어야 하잖아. 내가 찾아내기만 하면 돼. 사방에서, 거리마다, 사람들이 모인 데마다, 관객들 사이에서도 그애를 찾아. 사람들을 볼 때마다 그래. 그애를, 혹은 그애의 어떤 형태를 찾으려고 해."

애그니스는 고개를 끄덕인다. 제비가 빙빙 돌다가 무언가 중요한 할말이 있는 듯 되돌아온다. 그 말을 알아들을 수만 있다면. 제비의 붉은 뺨이 언뜻 스쳐지나가고 청보라색 머리가 눈에 들어온다. 애그니스 옆에 놓인 물그릇 수면 위로 구름 몇 점이 천천히 무심하게 흘러간다.

그가 나직하고 거친 목소리로 무어라 말한다.

"뭐라 했어?" 애그니스가 묻는다.

그가 다시 말한다.

"안 들려."

그가 고개를 든다. 그의 얼굴에 눈물 자국이 보인다. "그래서 미쳐버릴 것 같다고 했어. 지금도, 일 년이 지났는데도."

"일 년은 아무것도 아니야." 애그니스가 땅에 떨어진 캐모마일 꽃송이를 주우며 말한다. "한 시간이나 하루나 마찬가지야. 평생 그 아이를 찾아야 할 수도 있어. 나는 그만하고 싶지 않은 것 같아."

그가 두 사람 사이의 공간으로 손을 뻗어 애그니스의 손을 잡자 꽃송이가 손바닥에 짓눌린다. 진한 꽃가루 냄새가 공중에 감돈다. 애그니스가 손을 빼려 하자 그가 더 꽉 쥔다.

"미안해." 그가 말한다.

애그니스는 그의 손아귀에서 손을 빼려고 손목을 비튼다. 그의 아귀힘과 고집이 뜻밖이다.

그가 애그니스의 이름을 말꼬리를 올려 부른다. "내 말 들었어? 미안하다고."

"뭐가?" 애그니스는 다시 팔을 당겨보지만 소용이 없자 그의 손에 잡힌 팔에 힘을 놓아버린다.

"모든 게." 그가 불규칙하게 떨리는 한숨을 내쉰다. "런던으로 이사 안 올 거야?"

애그니스가 그를 본다. 자기 손을 붙들고 있는 사람, 아이들의 아버지. 애그니스는 고개를 젓는다. "못 가. 주디스가 못 버틸 거야. 당신도 알잖아."

"버틸 수 있을지도 모르지."

멀리서 양이 매에 우는 소리가 바람을 타고 들려온다. 둘이 같이 그쪽을 향해 고개를 돌린다.

"당신이라면 그런 위험을 무릅쓰겠어?" 애그니스가 말한다.

그는 아무 말 없이 두 손으로 애그니스의 손을 잡는다. 애그니스는 그의 손 안에서 손이 위쪽으로 향하게 비틀고는 엄지와 검지 사이 살을 쥐고 그의 눈을 똑바로 본다. 그는 희미한 미소를 띠지만 손을 빼지는 않는다. 그의 눈이 젖어 속눈썹이 뾰족뾰족하다.

애그니스는 그의 손 근육을 누르고, 누르고, 마치 즙을 짜듯 또 누른다. 처음에는 주로 소음 같은 것만 느껴진다. 다양한 목소리가 크거나 작거나 위협적이거나 달래는 어조로 부른다. 머릿속에 불협화음, 갈등, 서로 겹치는 말들과 비명과 고함과 울음과 속삭임이 가득한데, 그가 어떻게 견디는지 알 수가 없다. 다른 여자들의 존재도 느껴진다. 풀어헤친 머리카락, 땀에 젖은 손자국에 구역질이 나지만, 손을 놓고 그를 밀어내고 싶지만, 그래도 애그니스는 계속 누른다. 거기에는 두려움, 엄청나게 큰 두려움도 있다. 또 여행, 무언가 물과 관련된 것, 바다, 머나먼 땅을 찾아 떠나 시야를 넓히고 싶은 욕구가 있고, 이 모든 것 아래, 이 모든 것 너머에서 애그니스는 무언가를 발견한다. 어떤 틈, 공백, 어둡고 공허한 심연, 심연의 바닥에 전에 한 번도 느껴보지 못한 것이 있다. 그의 심장, 커다랗고 붉은 심장이 가슴 안에서 꾸준히 서둘며 급박하게 뛴다. 너무나 가깝고 너무나 생생하게 느껴져 손만 뻗으면 만질 수 있을 것 같다.

애그니스가 손을 놓았을 때 그는 여전히 애그니스를 보고 있다. 애그니스의 손이 그의 손 안에서 힘없이 늘어진다.

"뭘 찾았어?" 그가 묻는다.

"아무것도." 애그니스가 답한다. "당신 심장."

"그게 아무것도 아니야?" 그가 화난 척하며 말한다. "아무것도 아니라고? 어떻게 그런 말을?"

애그니스는 희미하게 웃음을 짓는다. 그가 애그니스의 손을 확 당겨 자기 가슴에 갖다댄다.

"이건 당신 심장이야." 그가 말한다. "내 것이 아니라."

그날 밤 그가 애그니스를 깨웠을 때, 애그니스는 맑은 시냇물 바닥에 아주 큰 알이 놓여 있는 꿈을 꾸고 있었다. 애그니스는 다리 위에서 알을 내려다보았다. 알 모양을 따라 물살이 둥글게 돌아갔다.

꿈이 너무 생생해서 정신을 차리고 무슨 일이 일어나는지 파악하는 데 시간이 걸린다. 남편이 애그니스를 꽉 끌어안고 머리카락에 머리를 묻고 허리에 팔을 두르고 되풀이해서 미안하다고 말하고 있다.

애그니스는 대답하지 않는다. 남편의 애무에도 반응하지 않는다. 그는 멈추지 못한다. 말이 그에게서 물처럼 철철 흘러나온다. 애그니스는 강바닥의 알처럼 물살 속에서도 꿈쩍 않는다.

그러다 애그니스가 한 손을 그의 어깨에 올린다. 어깨 위에 얹힌 손바닥 아래 생긴 공간, 동굴 같은 것이 느껴진다. 그가 다른 손을 잡아 자기 얼굴에 댄다. 고집스러운 수염, 집요하고 완강한 입맞춤을 느낀다.

그를 멈출 수도 주의를 다른 데로 돌릴 수도 없다. 그는 한 가지 목표, 한 가지 일에만 몰두한다. 그가 애그니스의 시프트드레스를 잡아당기고 긴 치맛자락과 주름을 손으로 모아쥐며 잘 안 된다고 욕설을 내뱉더니 마침내 옷을 벗기는 데 성공하고, 애그니스가 어처구니없어 웃음을 터뜨리자 그는 애그니스의 몸을 덮치고 놓아주지 않으려 한다. 애그니스는 자기가 분리된 것 같은 느낌이다. 몸이 분리되고 녹아내려 이게 누구 살인지 누구 다리인지 입안에 들어온 게 누구 머리카락인지 누구의 숨이 누구의 입으로 들어가는지 모르게 된다.

"제안할 게 있어." 일을 마치고 내려가 옆에 누운 뒤 그가 말한다.

애그니스는 그의 머리카락 한 가닥을 잡아서 꼬고 또 꼰다. 다른 여자들이 있다는 사실을 그 행위를 하는 동안에는 잊었지만 이제 다시 여자들이 돌아와서 침대 커튼 바로 바깥쪽에 서서 서로 밀치고 커튼을 만지작거리고 바닥에 치맛자락을 끌며 돌아다닌다.

"결혼하자고?" 애그니스가 말한다.

"맞아." 그가 애그니스의 목, 어깨, 가슴에 입을 맞추며 말한다. "조금 늦긴 했지만—아! 내 머리. 잡아뽑을 셈이야?"

"그럴 수도." 애그니스가 머리를 계속 당긴다. "당신이 결혼했다는 사실을 기억하는 게 좋을걸. 가끔은."

그가 고개를 들며 한숨을 쉰다. "알아. 그럴 거야. 그럴게." 그가 손가락으로 애그니스의 얼굴을 쓰다듬는다. "무슨 제안인지 듣고 싶어?"

"아니." 애그니스가 말한다. 그가 하려는 말을 막고 싶은 심술궂은 욕구가 솟는다. 그렇게 쉽게 풀어주지는 않을 것이다. 자기한테 별 의미 없는 일이라고 해서 애그니스한테도 그럴 거라 생각하게 하지는 않을 것이다.

"흠, 듣고 싶지 않으면 귀 막아. 허락하든 안 하든 난 말할 테니까. 자—"

애그니스가 손을 귀로 가져가려 하지만 그가 한 손으로 애그니스의 두 손을 꽉 잡는다.

"놔." 애그니스가 성질을 낸다.

"싫어."

"놓으라니까."

"내 말을 들어주면 좋겠어."

"난 싫은데."

그가 손을 놓고 애그니스를 자기 쪽으로 끌어당기면서 말한다. "집을 살까 생각했어."

애그니스가 그를 보려고 몸을 돌리지만 주위에 짙고 완전하고 뚫을 수 없는 어둠이 내려앉아 있다. "집?"

"당신을 위해서. 우리를 위해서."

"런던에?"

"아니." 그가 답답한 듯 말한다. "당연히 스트랫퍼드에. 당신이 애들하고 여기 살겠다고 했잖아."

"집?" 애그니스가 다시 말한다.

"그래."

"여기?"

"응."

"집을 살 돈이 있어?"

그가 옆에서 웃는 소리가 들린다. 입이 벌어지며 치아가 드러나는 소리. 그가 애그니스의 손을 잡고 한마디 말할 때마다 입을 맞춘다. "있어. 사고도 남을 만큼."

"뭐?" 애그니스가 손을 뺀다. "정말이야?"

"응."

"어떻게 그럴 수가 있어?"

"그게," 그가 뒤로 털썩 누우면서 말한다. "당신을 깜짝 놀래는 게 나한테는 큰 기쁨이거든. 아주 드물고 특별한 기쁨이지."

"무슨 소리야?"

"당신은 당신 같은 사람과 결혼해서 사는 게 어떤지 전혀 모르지."

"나 같은 사람?"

"나에 대해 모든 걸 아는 사람. 나도 몰랐던 것까지. 쳐다보기만 해도 가장 내밀한 비밀을 알아내는 사람. 말을 하기도 전에 내가 무슨 말을 할지 혹은 하지 않을지 아는 사람. 그래서 좋기도 하지만 괴로울 때도 있어."

애그니스는 어깨를 으쓱한다. "내가 어쩔 수 있는 일이 아냐. 난 한 번도—"

"돈은 있어." 그가 말을 끊고 귀에 입을 갖다대며 속삭인다. "아주 많이."

"정말?" 애그니스가 놀라서 일어나 앉는다. 그의 사업이 잘된다는 것은 알았지만 돈을 벌었다고는 생각해보지 않았다. 값비싼 팔찌가 떠오른다. 재와 뼛조각으로 덮고 가죽으로 싸서 닭장 옆에 묻어놓은 팔찌. "그 돈을 어떻게 벌었어?"

"아버지한테 말하지 마."

"당신 아버지?" 애그니스가 되묻는다. "아니—당연히 말 안 하지. 하지만—"

"여길 떠날 수 있어?" 그가 묻는다. 애그니스의 척추 위에 손을 얹는다. "당신이랑 애들을 여기 밖으로 데려가고 싶어. 들어내서 다른 곳에 심고 싶어. 이곳을 떠나서…… 여기는…… 새로운 곳에서 살면 좋겠어. 당신 여길 떠날 수 있겠어?"

애그니스는 잠시 생각에 잠긴다. 이렇게 저렇게 굴려본다. 새로운 집, 타운 가장자리의 방이 한두 개 딸린 오두막집에서 딸들과 같이 사는 상상을 해본다. 텃밭을 가꿀 작은 땅이 있고 밖이 내다보이는 창문이 있는.

"그애는 여기 없어." 애그니스가 드디어 입을 연다. 등을 쓸던 그의 손이 멈춘다. 애그니스는 목소리가 떨리지 않게 애써 억누르지만 말 사이사이로 고통이 새어나온다. "사방을 찾아봤어. 기다렸어. 지켜봤어. 어디 있는지는 모르겠지만 아무튼 여기엔 없어."

그가 애그니스를 다정하게, 깨어지기 쉬운 물건 다루듯이 살살 끌어당기고 담요를 덮어준다.

"알아볼게." 그가 말한다.

살 만한 집을 알아봐달라고 그는 바살러뮤에게 부탁한다. 편지를 보내서 설명한다. 동생들에게는 부탁할 수 없다, 그러면 아버지가 알게 될 테니. 그러니 바살러뮤가 도와줄 수 있을지?

바살러뮤는 편지를 읽고 고심한다. 벽난로 위에 올려놓고 이따금 눈길을 주면서 아침을 먹는다.

조운은 편지가 집에 도착한 순간부터 예민해져서는 방안에서 안절부절못하며 무슨 편지냐, (애그니스의 남편을 가리켜) '그 인간'한테 온 편지냐고 묻는다. 자기도 알아야겠다면서. 돈을 빌려달라는 건가? 그런 건가? 런던에서 사업이 망했나? 자기는 그럴 줄 알았다. 처음 본 순간부터 쓸모없는 인간이라고 생각했다. 애그니스가 좋은 기회를 다 걷어차고 그런 건달한테 간 게 아직까지 속이 쓰리다. 바살러뮤한테 돈을 빌려달라고 하는 건가? 바살러뮤가 돈을 빌려줄 생각은 단 한 순간도 하지 않기를 바란다. 농장 생각을 해야지, 애들이나 동생들은 말할 것도 없고. 이 문제에 대해서는 자기 말에 귀를 기울여야 한다. 듣고 있니? 응?

바살러뮤는 조운의 말이 안 들리는 것처럼 아무 말 없이 죽만 먹는다. 숟가락이 죽그릇으로 들어갔다 올라가고 또 들어갔다 올라간다. 아내가 불안해져서 우유를 바닥에 절반 불 위에 절반 쏟는다. 조운은 타박하며 바닥에 엎드려 우유를 닦는다. 아이가 울기 시작한다. 아내는 불을 되살리려고 부채질을 한다.

바살러뮤는 남은 아침을 밀어낸다. 조운의 목소리가 뒤쪽에서 여전히 찌르레기처럼 짹짹거리는 가운데 일어서서 모자를 쓰고 집밖으로 나간다.

바살러뮤는 최근에 땅이 늪처럼 질어진 훌랜즈 동쪽 땅으로 걸어간다. 그러다 돌아온다.

아내, 새어머니, 아이들이 다시 바살러뮤 주위에 모여들어 묻는다. 런던에서 나쁜 소식이 온 거야? 무슨 일이 있어? 조운이 물론 편지를 열어보았고 다들 돌려 읽었지만, 조운도 바살러뮤의 아내도 글을 모른다. 애들 중 몇은 읽을 줄 알지만 고모부가 쓴 비밀스러운 흘림체는 못 알아본다.

바살러뮤는 여자들의 질문을 무시하고 종이와 깃펜을 꺼낸다. 정성스레 펜에 잉크를 찍고 혀를 이로 문 채 매부에게 답장을 쓴다. 알겠다, 그렇게 하겠다.

몇 주 뒤, 바살러뮤는 누나를 찾아 나선다. 처음에는 집에 갔다가, 그다음엔 시장에 갔다가, 그다음엔 빵집 아주머니가 일러준 오두막집으로 간다. 방앗간 옆길을 따라가면 나오는 좁고 어두운 집이다.

바살러뮤가 문을 밀자 애그니스가 골풀 매트 위에 누운 노인의 가슴에 찜질약을 대주고 있다. 방안이 어둑하다. 누나의 앞치마, 하얀 모자가 보인다. 축축한 흙바닥에서 풍기는 선연한 흙냄새, 그리고 다른 어떤 냄새—무르익은 병의 냄새가 난다.

"밖에서 기다려." 애그니스가 낮은 목소리로 말한다. "금방 나갈게."

바살러뮤는 거리에서 장갑으로 자기 다리를 찰싹찰싹 치며 서 있다. 애그니스가 나오자 바살러뮤는 아픈 사람의 집을 뒤로하고 성큼성큼 걷는다.

타운을 향해 걸어가는 동안 애그니스는 동생을 쳐다본다. 바살러뮤는 애그니스가 자기 속을 읽고 기분을 파악하는 걸 느낀다. 잠시 뒤 바살러뮤가 손을 뻗어 애그니스의 바구니를 받아든다. 슬쩍 들여다보니 마른 풀이 든 천주머니, 밀봉된 병, 버섯과 반쯤 탄 초가 들어 있다. 바살러뮤는 한숨이 나오는 걸 억누른다. "저런 곳에 가면 안 돼." 시장이 가까워질 무렵 바살러뮤가 말한다.

애그니스는 아무 말 없이 소매를 바로 한다.

"그러면 안 된다고." 바살러뮤는 헛수고라는 걸 알면서도 말한다. "자기 건강도 챙겨야지."

"그 사람 죽어가고 있어." 애그니스는 덤덤하게 말한다. "식구도 없고. 아내도, 애들도. 다 죽었어."

"죽어가고 있다면서 왜 고치려고 해?"

"고치려는 거 아니야." 애그니스의 눈이 순간 번뜩한다. "하지만 고통을 덜고 가는 길을 편하게 해줄 순 있지. 누구든 마지막 순간에 그 정도 누릴 자격은 있지 않아?"

애그니스가 손을 내밀어 바구니를 받아들려고 하지만 바살러뮤는 놓지 않는다.

"오늘 왜 이렇게 기분이 뚱해?" 애그니스가 묻는다.

"무슨 소리야?"

"조운이지." 애그니스는 바구니를 되가져오기를 포기하고 송곳 같은 눈으로 바살러뮤를 보며 묻는다. "아냐?"

바살러뮤는 숨을 들이마시며 바구니를 아예 애그니스의 손이 닿지 않게 다른 손으로 옮긴다. 조운 이야기를 하러 온 것은 아니지만 애그니스가 우울한 기분을 알아차리지 못할 리가 없었다. 아침식사 때 새어머니와 말다툼이 있었다. 바살러뮤는 여러 해 전부터 집을 확장하려고 돈을 모았다. 집을 한 층 더 높이고 뒤쪽에 방을 더 만들 생각이었다. 바글거리는 아이들, 끝내주는 새어머니, 짐승 여럿하고 한방에서 얽혀 지내는 데 신물이 났다. 조운은 처음부터 그 계획에 반대했다. 아버지는 이 집에 아무 불만이 없었는데, 조운이 오늘 아침에 죽을 내오면서 소리를 질렀다. 왜 만족을 못해? 왜 굳이 이엉을 들어내고 지붕을 머리 위에서 치우려고 해?

"조언해줄까?" 애그니스가 묻는다.

바살러뮤는 입을 다문 채 어깨를 으쓱한다.

"조운한테는 아닌 척해야 해." 시장의 첫번째 가판대가 눈에 들어올 즈음 애그니스가 말한다. "네가 원하는 걸 원하지 않는 척해야 한다고."

"뭐?"

애그니스는 잠시 걸음을 멈추고 진열된 치즈를 살펴보며 노란 숄을 두른 여자에게 인사한 다음 다시 걸음을 뗀다.

"네가 마음을 바꿨다고 생각하게 만들어." 애그니스가 시장의 북적이는 사람들 사이를 누비며 앞서가면서 말한다. "집을 새로 짓기 싫어졌다고 생각하게 하라고. 너무 힘들고 돈도 많이 들어서." 애그니스는 어깨 너머로 동생을 돌아본다. "내가 장담하는데, 일주일만 지나면 조운이 집이 너무 비좁다고, 방이 더 필요하다고, 네가 게을러서 집을 다시 지을 생각을 안 하는 거라고 할 거야."

시장 끝에 다다를 즈음 바살러뮤는 그 말을 곰곰이 생각해본다. "그러면 된다고?"

애그니스는 바살러뮤가 따라올 때까지 기다렸다가 다시 나란히 걷는다. "조운은 절대 만족할 수가 없는 사람이고 다른 사람이 만족하는 것도 못 견뎌. 다른 사람도 자기만큼 불행해야 기분이 좋지. 영원한 불만을 친구로 삼았으니까. 그러니 뭐가 널 행복하게 만드는지를 감춰. 그 반대의 것을 원한다고 생각하게 만들어. 그러면 전부 네가 원하는 대로 될 거야. 두고 봐."

애그니스가 막 헨리 스트리트로 들어서려는데 바살러뮤가 팔을 잡고 자기 팔에 낀 다음 다른 거리로 끌고 간다. 길드 집회소와 강이 있는 쪽으로.

“이쪽으로 가자.” 바살러뮤가 말한다.

애그니스는 잠시 머뭇거리며 어리둥절한 눈으로 바살러뮤를 보더니 말없이 따른다.

두 사람은 문법학교 창 앞을 지나간다. 아이들이 배운 것을 읊는 소리가 들린다. 수학 공식인지, 동사 변화인지, 시구절인지 알 수 없다. 먼 습지의 새들이 우는 것처럼 리듬감 있는 소리가 흘러나온다. 누나를 보니 우박을 맞는 사람처럼 고개를 숙이고 어깨를 움츠렸다. 바살러뮤의 팔을 잡은 손에 힘이 들어가는 게 길을 건너가고 싶은 모양이라 바살러뮤는 얼른 길을 건넌다.

“누나 남편이,” 바살러뮤가 걸음을 멈추고 말이 지나가기를 기다리며 말한다. “편지를 썼어.”

애그니스가 고개를 든다. “편지를? 언제?”

“나한테 집을 사라고 했고, 그래서—”

“왜 나한테 말 안 했어?”

“지금 말하잖아.”

“아니, 왜 미리 말을 안 했냐고. 내가—”

“보고 싶어?”

애그니스는 입을 꾹 다문다. 싫다고 말하고 싶지만, 동시에 호기심이 솟는다.

애그니스는 관심 없는 척하면서 어깨를 으쓱한다. “보여주고 싶으면.”

“아니, 누나가 보고 싶으면.” 바살러뮤가 말한다.

애그니스가 다시 어깨를 으쓱한다. “다음에 보든가—”

바살러뮤가 한 손을 들어 그들이 서 있는 곳 건너편 건물을 가리킨다. 거대한 집, 타운에서 가장 큰 집이다. 가운데 넓은 출입구가 있는 삼층집으로, 길모퉁이에 있어 앞쪽은 그들 쪽을 향하고 옆쪽은 뒤로 쭉 뻗었다.

애그니스는 바살러뮤의 손가락이 가리키는 방향을 따라간다. 바살러뮤는 집을 보는 애그니스를 지켜본다. 양옆을 돌아보는 모습을 본다. 애그니스가 얼굴을 찌푸린다.

“어디?” 애그니스가 묻는다.

“저기.”

“저 집?”

“응.”

애그니스의 얼굴이 혼란스러운 듯 일그러진다. “저 집 어디? 어느 방?”

바살러뮤는 손에 들고 있던 바구니를 내려놓고 몸을 일으킨 다음 말한다. “전부.”

“무슨 소리야?”

"저 집 전체가 누나 거야." 바살러뮤가 말한다.

새집은 소리의 공간이다. 조용한 법이 없다. 밤이면 애그니스는 맨발로 복도와 계단과 방과 통로를 헤매며 귀를 기울인다.

새집에서는 창문이 창틀 안에서 바르르 떨린다. 바람 한 점이 굴뚝을 피리삼아 길고 구슬픈 소리를 낸다. 목재 징두리가 밤이 되어 잠자리에 드는 소리. 개가 개집에서 뒤척이며 한숨을 쉬는 소리. 벽 안에서 보이지 않는 생쥐가 발톱이 난 작은 발로 후두두 뛰는 소리. 뒤쪽 길쭉한 정원에서 나뭇가지가 휘적이는 소리.

새집에서, 수재나는 복도 끝에 있는 방에서 잔다. 엄마가 밤에 돌아다니다 들어오지 못하게 방문을 잠근다. 주디스는 애그니스의 옆방을 쓴다. 주디스는 잠의 표면에서 떠다니며 자주 깨고 깊게 잠들지 못한다. 애그니스가 문을 열면 경첩이 삐걱거리는 소리만 듣고도 일어나 앉는다. 누구예요? 주디스의 담요 위에서 고양이 두 마리가 양옆으로 자리잡고 잔다.

새집에서, 애그니스는 길을 따라 걸어가면, 시장을 가로질러 헨리 스트리트를 따라 예전 집 문으로 들어가면, 식구들이 전부 그대로 있을 거라는 상상에 빠진다. 여자와 딸 둘과 아들 하나가. 일라이자와 여성 모자 장인 남편이 사는 게 아니라 그들이, 마땅히 그래야 하듯 그들이 거기 살고 있을 거라고. 아들은 이제

나이가 더 들어 키가 더 크고 목소리는 더 굵어지고 자신감이 생겼겠지. 식탁에 앉아 의자 위에 발을 올리고, 애그니스에게 뭐라 말하고 있을 것이다—종알종알 말하기를 얼마나 좋아했던지—학교에서 무슨 일이 있었는지, 선생님이 무슨 말을 했는지, 누가 회초리를 맞고 누가 칭찬을 들었는지. 아이가 그 자리에 그렇게 앉아 있고 문 뒤에는 모자가 걸려 있고 아이가 배가 고프다고, 먹을 게 있냐고 묻겠지.

애그니스는 그 생각에 푹 빠진다. 그 생각을 고이 싸서 보물처럼 마음에 간직해두었다가 혼자 있을 때, 거대한 집에서 밤에 돌아다닐 때 꺼내어 윤을 내고 감탄하며 들여다본다.

애그니스는 텃밭을 자신의 땅, 자신의 영역으로 생각한다. 집이 너무 커서 갖은 말을 이끌어낸다. 감탄하는 말, 질시하는 말, 남편이 어떤 사람인지, 무슨 일을 하는지, 사업이 잘되는지, 궁정에도 종종 간다는 게 사실인지 같은 질문들. 사람들은 집을 보고 찬탄하는 동시에 역겨워한다. 남편이 이 집을 산 이래로 사람들은 집 애기만 한다. 애그니스 앞에서는 놀랐다고만 하지만 등 뒤에서는 무슨 말을 하는지 애그니스도 안다. 어떻게 이런 집을 살 수 있었을까, 아무짝에도 쓸모없는 나사 빠진 인간이었는데, 구름 위를 떠다니는 양 맹하던 사람이 대체 어디서 이 많은 돈을 벌었나, 런던에서 불법 거래라도 하는 거 아닌가? 아버지를 보면 그렇더라도 놀랄 일이 아니지, 그런 큰돈을 어떻게 극장에서 벌 수 있단 말인가? 말도 안 된다.

애그니스는 이런 말을 전부 듣는다. 새집은 파리를 끌어들이는 잼단지다. 이 집에서 살긴 할 테지만 이 집은 영영 애그니스의 집이 되지는 않을 것이다.

그렇지만 뒷문으로 나오면 숨을 쉴 수 있다. 높은 벽돌담을 따라 사과나무를 죽 심는다. 중앙로 양옆으로는 배나무를 두 줄로 심고, 자두나무, 딱총나무, 자작나무, 구스베리 관목, 줄기가 붉은 대황도 심는다. 강가에 자라는 들장미 가지를 꺾어다 맥아 저장실의 따뜻한 벽을 타고 자라게 심는다. 뒷문 근처에는 마가목 묘목을 한 그루 심는다. 텃밭에는 캐모마일, 마리골드, 히숍, 세이지, 보리지, 안젤리카, 산쑥, 작은쑥국화를 심는다. 텃밭 가장자리에는 벌집 일곱 개를 놓는다. 더운 7월 낮이면 쉼없이 붕붕거리는 꿀벌 소리를 집안에서도 들을 수 있다.

애그니스는 오래된 양조장을 식물을 말리고 약초를 혼합하고 사람들이 옆문으로 찾아와 약을 달라고 하는 곳으로 바꾼다. 안마당에 있는 오래된 우물을 청소한다. 매듭처럼 엮은 산울타리 안에서 보라색 라벤더가 자라는 장식 정원을 꾸민다.

아버지는 새집에 한 해에 두 번 혹은 세 번 온다. 이사하고 두 번째 해에는 집에 한 달 동안 머문다. 도시에서 식량 폭동이 일어나 도제들이 서더크로 행진하며 상점을 약탈한다고 아버지가 말한다. 런던에 역병이 다시 돌아 극장이 문을 닫기도 했다. 이 말은 입 밖에 내지 않는다.

주디스는 아버지가 머무는 동안 그 단어를 입에 올리지 않는다는 걸 알아차린다. 아버지가 새집을 좋아한다는 것도 알게 된다. 천천히 느린 걸음으로 돌아다니면서 굴뚝과 상인방을 올려다보고 문을 하나씩 열었다 닫는다. 아버지가 개라면 내내 꼬리를 살랑살랑 흔들고 있을 듯하다. 아버지는 아침 일찍 안마당에 나가 우물에서 첫 물을 떠서 마신다. 여기 물이 지금껏 마셔본 물 중에서 최고로 신선하고 달콤하다고 말한다.

주디스는 또 아버지가 돌아오고 며칠 동안은 엄마가 아버지를 쳐다보지 않는다는 걸 알아챈다. 아버지가 다가가면 엄마는 옆으로 몸을 피한다. 아버지가 방안에 들어오면 엄마는 나간다.

아버지는 방에 틀어박혀 일할 때를 빼면 종일 엄마를 졸졸 따라다닌다. 양조장으로, 텃밭으로. 엄마의 소맷부리에 손가락을 하나 건다. 엄마가 별채에서 일하는 동안 옆에 서서 고개를 숙여 모자 아래를 들여다본다. 주디스는 캐모마일 오솔길에 쭈그리고 앉아 잡초를 뽑는 척하면서 아버지가 사과를 한 바구니 따서 웃는 얼굴로 엄마에게 건네는 걸 본다. 엄마는 말없이 받아 옆에 놓는다.

그렇지만 며칠이 지나면 얼음이 녹는다. 엄마가 앉은 의자 뒤로 지나가면서 아버지가 엄마 어깨에 손을 올려도 내버려둔다. 텃밭에서 아버지가 이게 무슨 꽃이냐, 저건 뭐냐, 어디에 쓰는 거냐며 끝없이 물어도 엄마는 대꾸하며 비위를 맞춰준다. 엄마가 아주 오래되어 보이는 책을 들고 있으면 아버지는 엄마가 부르는 식물 이름과 라틴어 이름을 맞추어 비교해준다. 엄마는 세이지로 아버지가 마실 약을 만들고 러비지와 금작화로 차를 끓인다. 찻잔을 들고 계단을 올라가 아버지가 책상 위에 엎드려 일하는 방으로 들어가 문을 닫는다. 거리에서는 두 사람이 팔짱을 끼고 함께 걷는다. 별채에서 나는 웃음소리와 말소리가 주디스의 귀에 들린다.

엄마는 아버지에게서 런던과 런던의 삶이 씻겨나가고 나서야 그를 다시 받아들일 수 있는 것 같다.

정원은 가만히 있지를 않는다. 언제나 변한다. 사과나무는 가지를 쭉쭉 뻗어서 우듬지가 담보다 높아진다. 배나무는 첫해에 열매가 열리고 이듬해에 해거리를 하더니 세번째 해에 다시 열린다. 마리골드는 해마다 변함없이 화려한 꽃잎을 펼치고, 벌은 벌집에서 나와 드넓은 꽃밭에서 돌아다니며 꽃 안팎을 들락거린다. 장식 정원의 라벤더가 웃자라고 목질화되지만 애그니스는 뽑지 않는다. 줄기는 남겨두고 위쪽만 베어내자 손이 꽃향기로 푹 젖는다.

주디스의 고양이가 새끼를 낳고, 시간이 흘러 새끼들이 또 새끼를 낳는다. 요리사가 새끼를 잡아 물에 빠뜨리려 하지만 주디스가 못하게 막는다. 몇 마리는 휼랜즈로 보내고 몇 마리는 헨리 스트리트로 보내고 몇 마리는 마을 여기저기 나누어주지만, 그래도 정원에 크고 작고 늙고 어린 고양이들이 바글거린다. 전부 길고 가는 꼬리, 흰 목털, 녹색 눈을 가졌고 하나같이 유연하고 실팍하고 튼튼하다.

집에는 쥐가 없다. 요리사도 고양이떼와 같이 사는 것에 이점이 있음을 인정하지 않을 수 없다.

수재나는 엄마보다 키가 더 큰다. 수재나가 집안 살림을 맡아 집 열쇠를 허리에 찬다. 회계장부를 쓰고 하인들에게 급료를 주고 어머니의 약 판매와 새로 시작한 양조와 맥아 사업에서 들고 나는 돈을 기록한다. 사람들이 줄 돈을 안 주면 받아오라고 삼촌을 보낸다. 아버지와 편지로 수입, 투자, 토지에서 나오는 지세, 소작료를 안 내거나 늦게 내는 소작인을 두고 상의한다. 아버지에게 돈을 어디로 얼마 보내고 런던에 얼마 둘지를 조언한다. 밭이나 집이나 토지가 매물로 나오면 아버지에게 알린다. 아버지의 부탁을 받아 새집에 쓸 가구를 사는 일을 맡는다. 의자, 깔요, 아마포장, 벽걸이 천, 새 침대를 산다. 그러나 어머니는 결혼했을 때부터 썼다며 원래 쓰던 침대를 버리지 않겠다고 한다. 그래서 새로 산 멋진 침대는 손님방에 놓는다.

주디스는 어머니 곁을 떠나지 않고 주위에서 맴돈다. 어머니 가까이에 있으면 뭐가 보장되기에 그러는 건지, 수재나는 알 수 없다. 안전? 생존? 목적?

주디스는 텃밭의 잡초를 뽑고 심부름을 가고 어머니 작업대를 정리한다. 어머니가 월계수 잎 세 장이나 마저럼 꽃송이를 따오라고 하면 주디스는 그게 어디에 있는지 정확히 알고 가져온다. 수재나 눈에는 다 똑같은 식물인데. 주디스는 고양이랑 한참 놀면서 빗질을 해주고 어르듯 높은 목소리로 얘기를 나눈다. 봄마다 새끼 고양이를 판다. 쥐를 아주 잘 잡아요, 주디스가 사람들에게 말한다. 주디스는 사람들의 믿음을 사는 얼굴이라고 수재나는 생각한다. 넓은 미간, 다정하게 잘 웃는 얼굴, 총명하지만 속일 줄 모르는 눈빛.

정원에서 이루어지는 모든 활동이 수재나한테는 신경에 거슬린다. 그래서 웬만하면 정원으로 안 나간다. 끝없이 김을 매고 돌봐주고 물을 줘야 하는 식물, 웅웅거리고 쏘아대고 달려드는

지긋지긋한 벌, 옆문으로 종일 수시로 드나드는 사람들. 정신이 나갈 지경이다.

수재나는 하루에 한 번 일부러 시간을 내어 주디스에게 글을 가르친다. 아버지한테 그렇게 하겠다고 약속했다. 수재나는 책임감 있게 뒷마당에 있는 동생을 거실로 불러 낡은 석판을 앞에 놓고 앉힌다. 정말 보람 없는 일이다. 주디스는 앉은 자리에서 꼼지락거리며 창밖을 내다보고, 오른손으로 글씨를 쓰라고 하면 느낌이 이상해서 싫다고 하고, 소맷단에서 풀린 실밥을 잡아당기고, 수재나가 하는 말을 흘려듣고, 듣다가도 거리에서 케이크 사라고 외치는 소리에 반쯤 정신이 팔려버린다. 주디스는 글자를 깨치려 하지 않고, 글자가 모여서 뜻을 이루는 원리를 터득하려고 하지도 않고, 햄닛이 이 석판에 적은 무언가의 흔적이 남아 있을까 같은 소리나 하고, 어떤 게 a이고 어떤 게 c인지 다음날이 되면 까먹어버리고, d하고 b는 똑같이 생겼는데 어떻게 구분하냐고 하고, 너무 따분하고 너무 어렵다고 한다. 주디스는 글자의 동그란 부분마다 눈과 입을 그려 죄다 다른 얼굴로 만들어버린다. 어떤 것은 슬프고, 어떤 것은 행복하고, 어떤 것은 귀엽다. 주디스가 서명이라도 할 수 있게 만드는 데만 일 년이 걸린다. 겨우 이름의 첫 글자를 쓰는데 그나마도 비뚤비뚤 뒤집힌 모양이고 돼지 꼬리처럼 말려 있다. 결국 수재나는 포기한다.

수재나가 어머니에게 주디스가 글을 익히려 하지 않는다고, 장부 정리도 도와주지 않는다고, 집안 살림에 조금도 책임을 떠맡으려 하지 않는다고 불평하지만 어머니는 넌지시 웃으며 말한다. 주디스는 너랑 다른 재주를 가졌지만 어쨌든 그것도 재주야.

수재나는 발을 쿵쾅거리며 다시 집으로 들어가면서 생각한다. 내가 얼마나 힘든지 왜 아무도 알아주지 않지? 아버지는 멀리 있을뿐더러 오지도 않고, 남동생은 죽었고, 집안 전체를 돌보고 하인들을 감시하는 이 모든 일을 자기가 떠맡은데다 같이 사는 두 사람은…… 수재나는 '바보'라고 하려다가 망설인다. 어머니는 바보가 아니다. 그저 다른 사람들하고 다를 뿐. 어머니는 구식이고 시골 사람이다. 자기만의 방식이 있다. 어머니는 여기가 자기가 태어난 집, 양떼로 둘러싸인 작은 집과 다를 바 없다는 듯이 군다. 아직도 농부의 딸처럼 시골길과 들판을 누비며 바구니에 잡초를 따 모은다. 치마는 젖고 흙투성이에 뺨은 빨갛게 달아오르고 햇볕에 그을리는데도.

아무도 자기 생각은 안 해준다고 수재나는 방으로 올라가면서 생각한다. 수재나가 얼마나 고생하고 힘들어하는지 아무도 모른다. 어머니는 정원에서 낙엽퇴비에 팔꿈치까지 담그고 있고, 아버지는 런던에서 연극을 하는데 사람들 말로는 지극히 저속한

극이라 하고, 동생은 집구석 어디서 숨소리 섞인 피리 같은 목소리로 자기가 지어낸 노래를 끝도 없이 부르고 있으니. 누가 나에게 청혼하러 오겠어, 수재나는 문을 활짝 열었다가 쾅 닫으며 허공에 대고 묻는다. 이런 집으로? 어떻게 이 집에서 탈출하겠어? 누가 우리하고 엮이고 싶어하겠느냐고?

애그니스는 어깨에서 망토가 흘러내리듯 작은딸에게서 아이의 모습이 사라지는 것을 본다. 키가 더 크고 버들가지처럼 늘씬해지고 몸매가 잡힌다. 깡충깡충 뛰고 방으로 마당으로 부지런히 날래게 돌아다니고 싶은 충동이 사라진다. 어른처럼 무겁게 걷기 시작한다. 이목구비가 더 또렷해지고 광대가 높아지고 코는 뾰족해지고 입도 모양을 갖춘다.

애그니스는 이 얼굴을 본다. 보고 또 본다. 주디스의 지금 모습, 앞으로의 모습을 보려 하지만, 그러다가 이런 의문이 떠오르는 순간이 있다. 그 아이도 이런 얼굴이 되었을까, 남자아이한테서는 이 얼굴이 어떻게 보였을까, 수염과 남자다운 턱이 있는 건장한 남자아이는 어떤 모습이 되었을까?

타운에 한밤이 찾아온다. 깊고 검은 침묵이 거리에 내려앉고, 들리는 건 짝을 찾는 부엉이의 공허한 울음소리뿐이다. 보이지 않는 바람이 들어갈 곳을 찾는 강도처럼 집요하게 거리를 훑는다. 나무 꼭대기를 건드리고 이쪽저쪽으로 휘어박는다. 교회 종 안에서 바르르 떨며 놋쇠를 울려 나지막한 음을 낸다. 교회 근처 지붕 꼭대기에 앉은 외로운 부엉이의 깃털을 흩뜨린다. 바람이 몇 집 건너에 있는 집의 느슨한 여닫이창을 흔들자 안에서 자는 사람들은 침대에서 뒤척이고, 덜덜 떨리는 뼈와 다가오는 발걸음과 말발굽 소리가 나오는 꿈을 꾼다.

여우 한 마리가 빈 수레 뒤에서 튀어나와 어둡고 텅 빈 거리를 따라 모로 움직인다. 여우는 한 발을 땅에서 뗀 채 잠시 멈춘다. 길드 집회소 바깥, 햄닛이 그리고 그 이전에 햄닛의 아버지가 공부했던 학교 근처에서 무슨 소리라도 들은 것처럼 선다. 그러다가 종종거리며 달려 왼쪽으로 방향을 틀더니 두 집 사이 빈틈으로 사라진다.

이곳 땅은 한때 습지였다. 축축하고 물이 많고 반은 강이고 반은 땅인 곳이었다. 집을 지으려고 사람들이 물을 빼고 바다 위의 배처럼 건물을 떠받칠 골풀과 가지를 땅에 덮었다. 축축한 날이면 집은 기억한다. 오래된 부름에 이끌리듯 아래쪽으로 기운다. 징두리가 삐걱거리고 굴뚝이 갈라지고 문틀이 느슨해지고 터진다. 사라지는 것은 아무것도 없다.

타운은 고요히 숨을 멈추고 있다. 한 시간 정도 지나면 어둠이 수그러들고 빛이 깨어나고 사람들이 잠자리에서 일어나 준비가 되었건 아니건 또 하루를 맞을 것이다. 그러나 지금은, 모두들 잠들어 있다.

주디스만 빼고. 주디스는 망토를 두르고 머리에 후드를 쓰고 길을 따라 걷는다. 조금 전에 여우가 있었던 학교를 지나친다. 주디스는 여우를 보지 못하지만 여우는 골목에 숨어서 주디스를 본다. 밤의 세계에 나타난 뜻밖의 생명체에 놀라 동그래진 동공으로 망토, 재게 놀리는 발, 서두르는 걸음걸이를 지켜본다.

주디스는 건물에 붙어 걸으며 시장 광장을 바삐 가로질러 헨리 스트리트로 접어든다.

가을에 한 여자가 손마디가 붓고 손목이 아프다고 어머니를 찾아온 일이 있었다. 주디스가 옆문을 열어주었는데, 여자는 자기가 산파라고 했다. 어머니는 그 사람을 아는 듯했다. 어머니는 여자를 한참 쳐다보더니 미소를 지었다. 여자의 손을 잡고 살살 돌려보았다. 손마디가 붓고 뒤틀리고 보라색이었다. 애그니스는 손을 컴프리 잎으로 감싸고 천으로 묶은 다음 연고를 가져오겠다며 방에서 나갔다.

여자는 붕대를 감은 손을 무릎에 올려놓았다. 한동안 손을 들여다보다가 고개를 들지 않은 채 입을 열었다.

"가끔," 여자는 자기 손에 대고 얘기하듯 말했다. "한밤중에 길을 나서야 할 때가 있어. 아기들이 시간을 보고 나오지는 않으니까."

주디스는 예의바르게 고개를 끄덕였다.

여자가 주디스를 보며 웃음을 지었다. "네가 나왔을 때 기억해. 다들 네가 살지 못할 거라 생각했지. 그런데 이렇게 살아 있구나."

"살아 있어요." 주디스가 웅얼거렸다.

"헨리 스트리트를 따라가다 너희가 태어난 집 앞을 지날 때면 뭔가를 여러 번 봤어."

주디스는 잠시 여자를 빤히 쳐다보았다. 무얼 보았느냐고 묻고 싶었지만 두렵기도 했다. "뭘 보셨는데요?" 주디스가 결국 물었다.

"뭔가, 어쩌면 누군가라고 해야 할지도 모르겠구나."

"누구요?" 주디스는 물었지만 알았다. 이미 알았다.

"뛰어가."

"뛰어가요?"

늙은 산파가 고개를 끄덕였다. "큰 집 문에서 그 옆의 작고 귀여운 집으로. 또렷하게 보여. 어떤 형체가, 바람처럼 달려. 마치 악마가 뒤에서 쫓아오는 것처럼."

주디스는 가슴이 마구 뛰는 걸 느꼈다. 헨리 스트리트에서 영원히 달려야 하는 운명에 처한 이가 그애가 아니라 자기인 것처럼.

"언제나 밤에만." 여자가 한 손을 다른 손 위에 겹치면서 말했다. "낮에는 안 보여."

그래서 주디스는 그뒤로 밤마다 늦은 시간에 집에서 빠져나와 여기에 서서 기다리며 지켜본다. 엄마에게도 언니에게도 아무 말 하지 않았다. 산파는 주디스한테, 주디스한테만 말했다. 주디스의 비밀이고 주디스의 연결고리이고 주디스의 쌍둥이다. 아침에 어머니가 주디스의 피곤하고 기운 없는 얼굴을 쳐다볼 때면 혹시 아나 싶기도 한다. 어머니가 안다 해도 놀라운 일은 아니다. 그렇지만 자기가 말하고 싶지는 않다. 그 일이 일어나지 않을까봐, 그애를 찾지 못할까봐, 그애가 나타나지 않을까봐.

이 좁은 집에, 햄닛이 몸을 떨며 경련을 일으키고 열병의 독기가 온몸을 타고 흘러 마침내 죽은 그 방에, 요새는 모자 장인이 쓰는 두상이 죽 놓여 있다. 말없고 무표정한 나무로 된 관찰자들이 전부 문 쪽을 보고 모여 있다. 주디스는 그 문을 지켜본다. 보고 또 본다.

제발, 주디스는 생각한다. 제발 와줘. 한 번만. 날 이렇게 혼자 두지 말고, 제발. 네가 나 대신 갔다는 걸 알지만, 네가 없으면 난 반쪽이야. 마지막으로 한 번만 보게 해줘.

그를 다시 보면 어떨지 상상할 수가 없다. 주디스는 이제 자라 어른이 다 되었는데, 그애는 아직 아이일 것이다. 그애가 어떻게 생각할까? 거리에서 스친다면 주디스를 알아볼까? 그애는 영원히 소년으로 남아 있을 텐데.

몇 길 너머 부엉이가 앉아 있던 자리에서 날아올라 찬 밤바람에 몸을 맡긴다. 날개로 조용히 바람을 받으며 눈을 또렷이 뜬다. 부엉이의 눈으로 보면 이곳 타운은 줄줄이 늘어선 지붕과 그 사이에 도랑처럼 흐르는 거리로 이루어진 곳, 방향을 읽어야 하는 곳이다. 부엉이는 날아가며 무성한 나뭇잎을 덮어쓴 나무, 타도록 내버려둔 불에서 흘러나오는 한줄기 연기를 본다. 길을 건너가는 여우를 본다. 설치류, 아마도 쥐가 마당을 가로질러 구덩이 속으로 사라지는 것을 본다. 선술집 문간에서 잠든 남자가 벼룩에 물린 정강이를 긁는 것을 본다. 어떤 집 뒷마당의 우리 안에 있는 토끼들을 본다. 여관 옆 방목장에 서 있는 말, 그리고 길을 따라 걷는 주디스를 본다.

주디스는 머리 위 하늘에서 날아가는 부엉이를 알아차리지 못한다. 주디스는 얕고 가쁘게 숨을 들이마신다. 무언가를 보았다. 언뜻 스치는 무엇, 알아차리기 힘든 움직임, 그러나 분명히 거기에 있었다. 옥수수밭을 스치는 산들바람처럼, 창을 당겨 열 때 유리에 비친 모습처럼—뜻밖의 무언가가 스치고 지나간다.

주디스가 길을 건너는데 후드가 머리에서 벗겨진다. 주디스는 예전에 살던 집 바깥에 서 있다. 그 집 문에서 조부모가 사는 집 문으로 간다. 공기가 마치 폭풍 전야처럼 묵직하고 격앙된 느낌이다. 주디스는 눈을 감는다. 그애를 느낄 수 있다. 뚜렷하게. 팔과 목 살갗이 움츠러든다. 주디스는 손을 뻗어 그애를 만지고 손을 잡고 싶지만 차마 그러지 못한다. 자기 맥박이 마구 뛰는 소리, 거친 숨소리를 듣다가 주디스는 알아챈다. 자기 숨소리 아래서 다른 누군가의 숨소리를 듣는다. 듣는다. 정말로.

주디스는 고개를 숙이고 눈을 질끈 감고 몸을 덜덜 떤다. 머릿속에 이런 생각이 떠오른다. 보고 싶어, 보고 싶어, 네가 돌아올 수만 있다면 난 뭐든 내놓을 거야, 어떤 것이라도.

그러고는 끝이다. 그 순간이 지나간다. 압박감이 커튼처럼 툭 떨어진다. 주디스는 눈을 뜨고 쓰러지지 않으려고 손으로 벽을 짚는다. 그는 가버렸다. 또다시.

메리는 아침 일찍 개들을 내보내려고 현관문을 열었다가 집 앞에서 무릎에 머리를 묻고 푹 주저앉아 있는 사람을 발견한다. 처음에는 술주정뱅이가 밤에 그 자리에서 쓰러져 잠든 거라 생각한다. 그러다가 손녀 주디스의 신발과 치맛자락을 알아본다.

메리는 부산을 떨고 혀를 차면서 반쯤 얼어붙은 아이를 집안으로 데리고 들어온 뒤 담요와 뜨거운 수프를 가져오라고 소리를 친다.

애그니스가 뒷마당 텃밭에서 허리를 숙이고 일하는데 하녀가 나타나 새어머니 조운이 왔다고 전한다.

거친 바람이 부는 날씨다. 바람이 높은 담을 넘어 정원으로 휘몰아치며 내려와 무언가에 분노한 양 사방을 강타하고 비와 우박을 흩뿌린다. 애그니스는 새벽부터 마당에 나와 줄기가 약한 식물이 강풍에 버틸 수 있게 지지대를 대주고 있다.

애그니스는 칼과 노끈을 쥔 채 동작을 멈추고 하녀를 돌아본다. "뭐라고 했어?"

"조운 부인이오." 하녀는 바람이 머리에서 벗겨내고 말겠다는 듯이 집요하게 잡아당기는 모자를 한 손으로 누르고 얼굴을 찡그리며 다시 말한다. "거실에서 기다리고 계세요."

수재나가 고개를 숙이고 길을 따라 그들 쪽으로 달려온다. 어머니에게 뭐라고 소리치는데 단어가 바람에 날려 하늘로 흩어지는 통에 들리지 않는다. 수재나는 집을 가리킨다. 처음에는 이쪽 손으로, 이어 다른 손으로.

애그니스는 한숨을 내쉬고 상황을 잠시 더 생각해본 다음 칼을 주머니에 넣는다. 바살러뮤나 애들 중 누구나 농장이나 집수리와 관련해 무슨 일이 있나보다. 조운이 애그니스더러 개입해 달라고 할 테지만 단호해져야 한다. 휼랜즈의 일에는 끼어들고 싶지 않다. 애그니스한테도 건사해야 할 집과 가족이 있으니.

애그니스가 집으로 들어오자마자 수재나가 모자와 앞치마를 털어주고 흘러내린 머리카락을 매만진다. 애그니스는 됐다고 손사래를 친다. 복도를 지나 현관홀을 통과하는 내내 수재나가 뒤에서 따라오며 그런 모습으로 손님을 맞을 수는 없다, 가서 매무새를 가다듬는 게 좋지 않겠냐, 조운 할머니는 내가 맞겠다고 한다.

애그니스는 수재나의 말을 무시한다. 빠르고 확고한 걸음으로 홀을 가로지른 뒤 문을 연다.

새어머니가 애그니스 남편의 의자에 꼿꼿이 앉아 있는 모습이 보인다. 주디스가 맞은편 바닥에 앉아 있다. 고양이 두 마리가 주디스의 무릎에 앉아 있고, 세 마리는 주위를 맴돌며 주디스의 옆구리와 등과 손에 몸을 비빈다. 주디스는 각 고양이의 이름, 좋아하는 음식, 어디서 자길 좋아하는지 등등을 평소와 다르게 술술 재잘재잘 얘기하고 있다.

조운이 고양이를 특히 싫어한다는 걸 아는 애그니스는—고양이가 자기 숨을 빼앗아가고 몸을 근지럽게 만든다고 늘 말하곤 했다—웃음이 나는 걸 감추며 방으로 들어온다.

"……가장 놀라운 건요," 주디스가 말한다. "얘랑 쟤가 형제라는 거예요. 멀리서 보면 전혀 안 그렇게 생겼잖아요. 그런데 가까이서 보면 둘이 눈 색깔이 완벽하게 똑같아요. 완벽하게. 보이세요?"

"으응." 조운이 손으로 입을 가리고 말하더니 일어서서 애그니스를 맞는다.

두 여자는 방 한가운데서 만난다. 조운이 의붓딸의 팔을 재빠르고 단호하게 잡는다. 눈을 살짝 감으며 뺨에 입을 맞춘다. 애그니스는 몸을 떼고 싶은 충동을 억누른다. 서로 어떻게 지냈는지, 건강한지, 식구들은 별일 없는지 묻는다.

"일하는데 방해한 거 아니야……?" 조운이 의자로 돌아가며 말한다. 애그니스의 흙 묻은 앞치마와 진흙이 달라붙어 굳은 치맛자락을 부러 눈여겨본다.

"아녜요." 애그니스가 지나가며 주디스의 어깨에 한 손을 얹고 자리에 앉는다. "마당에서 식물들을 건사하고 있었어요. 이런 험한 날씨에 어쩐 일로 타운에 오셨어요?"

조운은 이런 질문은 예상하지 못했는지 순간 당황한다. 치마 주름을 펴며 입을 앙다문다. "친구…… 만나려고. 몸이 안 좋다고 해서."

"그래요? 안됐네요. 어디가 아픈데요?"

조운이 손을 젓는다. "별거 아니야…… 그냥 기침감기. 걱정할 정도는 아니—"

"친구분한테 소나무하고 딱총나무 팅크제를 좀 드릴게요. 새로 만든 게 있어요. 허파에 아주 좋아요. 특히 겨울하고—"

"그럴 필요 없어." 조운이 얼른 말한다. "어쨌든 고맙구나." 조운이 헛기침하며 방을 둘러본다. 애그니스는 조운의 눈이 천장, 벽난로 선반, 부지깽이, 벽걸이 천을 훑어보는 걸 본다. 숲, 나뭇잎, 무성한 나뭇가지와 뛰어오르는 사슴이 그려진 벽걸이 천은 남편이 런던에서 주문 제작해 보낸 것이다. 애그니스가 최근 갑자기 부유해진 것이 조운은 거슬린다. 의붓딸이 이렇게 좋은 집에서 사는 게 어쩐지 아니꼽다.

애그니스의 생각의 줄기를 따라오기라도 한 듯 조운이 묻는다. "남편은 잘 있어?"

애그니스는 새어머니를 잠시 바라보다가 대답한다. "네, 그럴 거예요."

"연극 때문에 계속 런던에 있는 거야?"

애그니스는 무릎 위에 손을 모으고 조운에게 살짝 웃어 보인 다음 고개를 끄덕인다.

"편지는 자주 오지?"

애그니스는 몸안에서 무언가가 아주 살짝 움직이는 미묘한 느낌을 받는다. 작고 겁 많은 동물이 몸을 돌리는 것처럼. "그럼요." 애그니스가 말한다.

그러나 주디스와 수재나는 속을 들킨다. 두 아이는 바로, 지나치게 빨리 고개를 돌려 엄마를 쳐다본다. 주인의 신호를 기다리는 강아지처럼.

조운은 당연히 그걸 놓치지 않는다. 애그니스는 새어머니가 맛좋고 달콤한 무언가를 맛보듯 혀를 핥는 모습을 본다. 몇 해 전 시장에서 자신이 바살러뮤에게 했던 말이 다시 떠오른다. 조운은 영원한 불만을 친구로 삼았으니까. 조운은 지금 어떻게 애그니스를 무너뜨리려는 것일까? 어떤 정보를 칼처럼 휘둘러 이 집, 이 방, 애그니스와 딸들이 그토록 막대하고 강력한 부재를 안고 어떻게든 살아가려고 애쓰는 이 공간을 베려고 하는 것일까? 조운이 무얼 알기에?

사실 애그니스의 남편이 편지를 보낸 지 몇 달이 지났다. 잘 있다고만 적은 짧은 편지 한 통, 수재나에게 다른 땅을 또 사라고 지시하는 편지 한 통을 제외하면. 애그니스는 자기 자신에게, 딸들에게 아무 문제 없다고, 그는 바쁠 거라고, 가끔 편지가 오가는 길에 분실되기도 한다고, 그는 열심히 일하고 있다고, 금세라도 집에 올 거라고 말하지만, 그래도 이런 생각이 계속 애그니스를 괴롭힌다. 그는 어디서 무얼 하고 있으며, 왜 편지를 보내지 않나?

애그니스는 손가락을 서로 꼬아 앞치맛자락에 감춘다. "한두 주 전에 소식을 들었어요. 아주 바쁘고 새 희극을 준비하고 있다고—"

"새 연극은 희극이 아니잖아." 조운이 말을 끊는다. "당연히 너도 알겠지만."

애그니스는 말이 없다. 몸안의 동물이 쉴새없이 움찔거리며 뱃속을 뾰족한 발톱으로 긁는다.

"비극이지." 조운이 이를 드러내고 웃으면서 말한다. "연극 제목도 물론 너한테 말해줬겠지. 편지로. 너한테 먼저 말하지 않고, 허락도 구하지 않고 그런 제목을 붙였을 리 없잖아? 전단지도 봤겠지. 아마 너한테 보냈을 거야. 동네 사람들이 다들 그 얘기만 하던데. 어제 런던에서 돌아온 내 사촌이 가져왔어. 너도 봤을 테지만 어쨌든 그래도 가지고 왔어. 너 주려고."

조운이 자리에서 일어나 순풍을 만나 돛을 활짝 펼친 배처럼 방을 가로질러온다. 구겨진 종이 한 장을 애그니스의 무릎 위에 놓는다.

애그니스는 그걸 보고 두 손가락으로 집어 흙 묻은 앞치마 위에 평평하게 편다. 처음에는 이게 뭔지 모른다. 인쇄된 종이다. 글자가 많이, 아주 많이 줄줄이 무리 지어 단어를 이루고 있다.

맨 위에 남편의 이름이 있고, '비극'이라는 단어가 있다. 그리고 거기, 종이 한가운데에, 가장 큰 글자로 애그니스 아들의 이름이, 아들이 세례를 받을 때 교회에 울려퍼진 이름이, 묘비에 적힌 이름이, 쌍둥이가 태어난 직후 남편이 돌아와 아기를 안기 전에 애그니스 자신이 지어준 이름이 있다.

애그니스는 이게 무슨 의미인지, 무슨 일이 일어난 건지 이해할 수가 없다. 어떻게 아들의 이름이 런던의 연극 전단에 있나? 뭔가 기이하고 희한한 착오가 있었던 게 분명하다. 그 아이는 죽었다. 이 이름은 아들의 이름이고 아이는 죽은 지 사 년이 좀 못 되었다. 그애는 아이였고 이제는 어른이 되었을 테지만 죽고 말았다. 그애는 그애일 뿐, 연극이 아니고, 종이 한 장도 아니고, 입에 올리고 연기하고 전시할 무언가도 아니다. 그애는 죽었다. 남편도 알고, 조운도 안다. 애그니스는 이해할 수가 없다.

주디스가 어깨 너머에서 몸을 숙이고 말하는 게 들린다, 뭐야, 이게 뭐야? 물론 주디스는 글자를 읽지도, 글자들을 연결해 의미를 만들지도 못한다. 주디스가 자기 쌍둥이의 이름을 알아보지 못한다니 이상한 일이다. 그러나 수재나가 전단 끄트머리를 붙들고 있다. 수재나는 밖에서 불어온 바람을 맞은 듯 떨리는 손가락으로 전단을 붙들고 있다가 다 읽고 나자 어머니의 손에서 전단을 빼내려 한다. 하지만 애그니스는 놓지 않는다. 절대로 놓을 수 없다. 이 종이는, 이 이름은. 조운은 입을 벌리고 애그니스를 쳐다본다. 자신의 방문이 미친 뜻밖의 여파에 놀랐다. 이 전단이 가져올 충격을 과소평가했고, 설마 이 정도의 반응을 보이리라고는 생각 못했던 듯하다. 애그니스의 딸들이 조운을 방밖으로 데리고 나가며 어머니의 상태가 안 좋으니 다음에 다시 오시는 게 좋겠다고 말한다. 애그니스는, 그 전단을 보았음에도, 그 이름을 보았음에도, 이 모든 일이 일어났음에도, 작별인사를 하는 조운의 목소리에 어린 걱정하는 기색이 거짓으로 꾸민 것임을 알아차린다.

애그니스는 태어나서 처음으로 자리에 눕는다. 자기 방으로 가서 침대에 누워 밥때가 되어도, 손님이 와도, 환자가 찾아와 문을 두드려도 일어나지 않는다. 옷을 갈아입지도 않고 담요 위에 그냥 누워 있다. 빛이 격자창을 통해 들어와 침대 커튼 틈새로 새어든다. 애그니스는 손에 전단을 쥐고 있다.

바깥 거리에서 들리는 소리, 집안의 소음, 복도에서 오가는 하인들의 발소리, 소리를 죽여 대화하는 딸들의 목소리가 들린다. 애그니스는 물밑에 있고 그들은 위쪽에서 애그니스를 내려다보는 것 같다.

밤이 되자 침대에서 일어나 밖으로 나간다. 삼끈을 엮어 만든 거칠거칠한 벌집 사이에 앉는다. 벌집 안에서 새벽 동틀 직후에 시작되는 웅웅거리는 소리가 애그니스에게는 가장 유려하고 명료하고 완벽한 언어처럼 느껴진다.

수재나는 분노에 불타 책상에 앉아 종이 한 장을 꺼낸다. 어떻게 그러실 수 있어요? 수재나는 아버지에게 편지를 쓴다. 왜, 어떻게 우리한테 말도 없이?

주디스는 수프 한 그릇을 어머니에게 가져간다. 라벤더 한 다발, 꽃병에 꽂은 장미 한 송이, 단단한 껍데기에 싸인 갓 딴 호두 한 바구니도.

빵집 아주머니가 온다. 롤빵과 꿀케이크를 가져왔다. 애그니스의 흐트러진 머리, 잠을 못 자 수척해진 얼굴을 못 본 척한다. 치마를 펼치며 침대 옆에 앉아 애그니스의 손을 따스하고 건조한 손으로 잡고 말한다. 그가 원래 엉뚱한 사람인 건 너도 알잖니. 애그니스는 아무 말 없이 침대 위쪽 태피스트리 지붕을 본다. 거기에도 나무가 있다. 가지에 사과가 점점이 박혀 있다.

"뭐가 나오는지 궁금하지 않아?" 빵집 아주머니가 빵을 뜯어 애그니스에게 건네며 묻는다.

“어디에요?” 애그니스가 빵을 못 본 척하고 말도 듣는 둥 마는 둥 하며 대꾸한다.

빵집 아주머니가 빵을 자기 입안에 넣고 씹어 삼키고는 다른 조각을 뜯어낸 다음 대답한다. “연극에.”

애그니스가 처음으로 빵집 아주머니를 쳐다본다.

그렇다면, 런던으로.

애그니스는 아무도 데려가지 않겠다고 한다. 딸들도, 친구도, 누이들도, 시동생들도, 바살러뮤조차도.

메리는 미친 짓이라고, 가는 길에 습격을 당하거나 여관 침대에서 살해당할 거라고 한다. 주디스가 그 말을 듣고 울자 수재나는 조용히 하라고 하면서도 얼굴에 걱정이 가득하다. 존은 고개를 저으며 애그니스에게 바보짓 말라고 말한다. 애그니스는 시집 식탁에, 이런 말들이 하나도 들리지 않는 양 무릎 위에 손을 얹고 편안하게 앉아 있다.

“갈 거예요.” 그걸로 끝이다.

바살러뮤가 불려온다. 바살러뮤와 애그니스는 정원 주변을 몇 바퀴 돈다. 사과나무를 지나고, 벽에 붙어 자라는 배나무를 지나고, 벌집 사이를 통과하고, 마리골드 화단을 지나 다시 또 한 바퀴. 수재나와 주디스와 메리는 수재나의 방 창문에서 지켜본다.

애그니스의 손이 동생의 팔꿈치 안쪽에 얹혀 있다. 두 사람 다 고개를 숙이고 걷는다. 양조장 앞에서 잠깐 걸음을 멈추고 길바닥의 무언가를 살피는 듯하더니 다시 걷기 시작한다.

"동생 말은 들을 거야." 메리의 입에서 솔직한 심정보다 더 단호하게 말이 나온다. "바살러뮤는 절대로 그냥 가도록 내버려두지 않을걸."

주디스는 물이 맺힌 유리창에 손가락을 갖다댄다. 엄지 하나만으로 어찌나 쉽게 두 사람의 모습이 지워지는지.

뒷문이 쾅 닫히는 소리에 아래층으로 달려내려가지만 통로에는 바살러뮤 혼자 서서 모자를 쓰며 떠날 채비를 하고 있다.

"어떻게 됐어요?" 메리가 묻는다.

바살러뮤는 고개를 들어 계단 위에 있는 사람들을 본다.

"설득했어요?"

"뭘 설득해요?"

"런던에 가지 말라고. 미친 짓은 포기하라고."

바살러뮤가 모자 꼭대기를 만지작거린다. "우리는 내일 떠나요. 타고 갈 말을 구하려고요."

메리가 "뭐라고요?"라고 말하고 주디스는 다시 울음을 터뜨리고 수재나는 두 손을 맞잡고 말한다. "우리라고요? 삼촌이 같이 갈 거예요?"

"그래."

세 여자가 구름이 달을 둘러싸듯 그를 둘러싸고는 반대하고 질문하고 부탁하는 말들을 쏟아붓지만, 바살러뮤는 빠져나와 문 쪽으로 걸어간다. "내일 아침 일찍 올게요." 그러더니 거리로 나간다.

애그니스는 말타기를 즐기지는 않지만 그래도 능숙하게 말을 탄다. 동물을 좋아하지만 동물을 타는 것은 편안한 경험이 아니다. 땅이 빠르게 지나가며 현기증을 일으키고 엉덩이 아래 짐승이 움찔거리며 들썩이는데다 가죽 안장이 삐걱삐걱 끽끽거리고 갈기에서 마른 먼지 냄새가 풍겨, 애그니스는 런던에 도착하기까지 말 위에서 보내야 하는 시간이 얼마나 남았나 자꾸 꼽아본다.

바살러뮤는 옥스퍼드를 통과해 가는 길이 더 안전하고 빠르다고 한다. 양고기 사업을 하는 사람이 말해주었다면서. 두 사람은 칠턴힐스의 완만한 구릉을 비와 따끔한 우박을 맞으며 오르내린다. 키들링턴에서 애그니스의 말이 다리를 절기 시작해, 골반이 좁고 새가 날아들면 겁에 질려 겅중거리는 얼룩무늬 암말로 갈아탄다. 옥스퍼드에 있는 여관에서 밤을 보낸다. 애그니스는 벽 안에서 나는 쥐소리와 옆방에서 코 고는 소리 때문에 잠을 거의 자지 못한다.

사흘째 오전 중반에 접어들어 처음으로, 분지 위에서 흩날리는 회색 천 같은 연기를 본다. 저기다, 애그니스가 말하자 바살러뮤가 고개를 끄덕인다. 가까이 가자 종소리가 들리고 젖은 푸성귀, 짐승, 석회, 애그니스가 모르는 무언가의 냄새가 나고, 방대하게 흩어져 뻗은 도시가 보인다. 강이 도시 사이를 누비고 구름이 연기 줄기를 빨아들인다.

'양치기의 숲'이라는 마을을 통과한다. 마을 이름을 듣고 바살러뮤가 웃음을 짓는다. 이어 켄싱턴의 채석장을 지나 메리번의 개울을 건넌다. 타이번 교수대 근방에서 바살러뮤는 말을 탄 채 몸을 숙여 지나가는 사람에게 비숍스게이트의 세인트헬렌 교구로 가는 길을 묻는다. 대꾸 없이 그냥 지나가는 사람도 있고, 한 젊은이는 웃으며 상처 난 맨발로 뛰어 문안으로 들어가버린다.

홀번이 가까워지자 거리가 더 좁고 어두운데다 소음과 악취가 어찌나 심한지 애그니스는 놀란다. 주위 사방에 상점, 마당, 선술집이 있고 문가에 사람들이 바글거린다. 장사꾼들이 다가와 물건을 내민다. 감자, 케이크, 단단한 돌능금, 밤 한 사발. 사람들이 거리에서 서로 소리치고 부른다. 애그니스는 건물 사이 좁은 틈에서 남자가 여자와 몸을 섞는 걸 틀림없이 본 것 같다. 조금 더 가자 남자가 도랑에 소변을 보고 있다. 애그니스가 고개를 돌리기 전에 쭈글쭈글하고 허옇고 덜렁거리는 것이 눈에 들어온다. 도제인 듯한 젊은이들이 상점 밖에 서서 지나가는 사람들을 호객한다. 아직 젖니가 빠지지 않은 아이들이 수레를 밀며 물건을 사라고 외치고, 꼬부랑 노인들이 뒤틀린 당근, 껍질을 깐 견과류, 빵을 늘어놓고 판다.

양배추와 불탄 가죽, 빵 반죽, 거리의 쓰레기 냄새가 두 손으로 고삐를 꽉 쥐고 말을 모는 애그니스의 코를 찌른다. 바살러뮤가 손을 뻗어 굴레를 잡는다. 인파 속에서 헤어지는 일이 없도록.

동생 옆에서 말을 타고 가는 애그니스의 머릿속에 여러 생각이 몰려든다. 그를 못 찾으면 어떡하나, 길을 잃으면 어쩌나, 밤이 오기 전에 그의 하숙집을 못 찾으면 어쩌나, 어떻게 하나, 어디로 가나, 방을 구할 수 있을까, 왜 여기 왔을까, 이 무슨 미친 짓이며 미친 생각인가, 모두 내 잘못이다.

남편이 사는 교구에 들어왔다 싶을 즈음 바살러뮤가 케이크 장수에게 남편의 하숙집이 어디에 있는지 묻는다. 주소를 종이에 써가지고 왔지만 케이크 장수는 종이를 밀어내고 벌어진 앞니를 드러내며 웃더니, 저쪽으로 갔다가 이쪽으로 가서, 죽 가다가 교회를 지나 옆으로 꺾으라고 말한다.

애그니스는 말고삐를 단단히 쥐고 안장에 꼿꼿이 앉는다. 말에서 내렸으면, 이 여행이 끝났으면 하는 생각이 간절하다. 등,

발, 손, 어깨가 쑤신다. 목이 마르고 배가 고프지만 막상 이곳에 오니, 곧 그를 만난다고 생각하니, 굴레를 당겨 말 머리를 돌려서 바로 스트랫퍼드로 돌아가고 싶다. 무슨 생각을 하고 있었던 건가? 바살러뮤와 같이 그냥 그의 집에 들이닥쳐도 될 거라고 생각했나? 끔찍한 생각이고 처참한 계획이었다.

"바살러뮤." 애그니스가 부르지만 바살러뮤는 앞서가서 벌써 말에서 내린다. 말을 말뚝에 매고 문으로 걸어간다.

애그니스는 바살러뮤의 이름을 다시 부르지만 바살러뮤는 문을 두드리느라 못 듣는다. 애그니스는 심장이 가슴뼈 안쪽에서 두방망이질하는 걸 느낀다. 그에게 무어라 말하나? 그는 뭐라고 말할까? 그에게 무얼 묻고 싶었던 건지 이제 기억도 안 난다. 애그니스는 안장주머니에 들어 있는 전단을 다시 만져보고 고개를 들어 집을 본다. 삼층인지 사층 건물에 얼룩덜룩한 창문이 불규칙하게 나 있다. 길이 좁고 집은 서로 맞붙어 있다. 한 여자가 문간에 기대어 서서 호기심을 감추지 않고 쳐다본다. 저 아래쪽에서는 아이 둘이서 긴 밧줄을 가지고 놀고 있다.

이 사람들이 날마다 그가 왔다갔다하고 아침에 집을 나서는 모습을 보리란 생각을 하니 기분이 묘하다. 그가 이 사람들하고 말을 나눌까? 집에 초대받아 가기도 할까?

위쪽에서 창문이 열린다. 애그니스와 바살러뮤가 올려다본다.

아홉 살이나 열 살쯤 되어 보이는, 누렇게 뜬 얼굴에 머리카락을 양옆으로 단정하게 갈라 빗은 여자아이가 아기를 안은 채 내다본다.

바살러뮤가 남편의 이름을 말하자 여자아이는 어깨를 으쓱하고 우는 아기를 어르며 말한다. “문 밀고 들어오세요. 계단을 죽 올라가면 다락방에 있어요.”

바살러뮤는 고갯짓을 하며 애그니스한테 올라가보라고, 자기는 밖에서 기다리겠다고 말한다. 애그니스가 말에서 내리는 동안 바살러뮤가 말굴레를 잡아준다.

좁은 계단으로 올라가는 애그니스의 다리가 덜덜 떨린다. 말을 너무 오래 타서인지 이 상황이 너무 이상해서인지 알 수 없다. 애그니스는 난간을 잡고 겨우 몸을 위로 끌어올린다.

꼭대기에서 잠시 서서 숨을 고른다. 눈앞에 문이 있다. 옹이가 사방에 박힌 나무문이다. 손을 뻗어 문을 두드린다. 그의 이름을 부른다. 다시 부른다.

조용하다. 아무 대답이 없다. 몸을 돌려 계단을 보자 내려가고 싶어진다. 이 문 너머에 뭐가 있는지 보고 싶지 않은 것 같기도 하다. 그의 다른 삶, 다른 여자들의 흔적이 있지 않을까? 여기에는 애그니스가 알고 싶지 않은 것들이 있을지 모른다.

애그니스는 다시 몸을 돌려 빗장을 들어올리고 안으로 들어간다. 천장이 낮고 기울어져 있다. 낮은 침대 하나가 벽에 붙어 있고 조그만 러그, 찬장이 있다. 궤 위에 올려둔 모자, 침대에 놓인 조끼는 애그니스가 아는 것이다. 창문으로 햇빛이 들어오는 자리에 사각형 탁자와 그 아래 밀어넣은 의자가 있다. 탁자 위에 집필 상자가 놓여 있고 뚜껑이 열려 있어 필통, 잉크병, 펜나이프가 보인다. 여러 가지 깃펜이 나란히 놓여 있고 그 옆에 그가 직접 제본한 책 서너 권이 있다. 그가 좋아하는 매듭과 사철 방식을 알아본다. 의자 앞에 종이 한 장이 놓여 있다.

무얼 기대했는지는 모르겠으나 이런 것은 아니었다. 이토록 검소하고 금욕적일 줄은. 흡사 수도승의 방이나 학자의 서재다. 다른 누구도 여기에 오지 않는다는 것, 이 방을 본 사람이 아무도 없다는 것이 공기에서 강하게 느껴진다. 스트랫퍼드에서 가장 큰 집에 넓은 토지까지 가진 사람이 어떻게 이런 곳에 살 수가 있나?

애그니스는 손으로 침대 위에 놓인 조끼와 베개를 만져본다. 방을 둘러보며 전부 머리에 담는다. 책상으로 걸어가 종이 위로 고개를 숙이자 머리로 피가 몰려 마구 쿵쾅거린다. 종이 맨 위에 이런 단어가 보인다.

나의 사랑하는—

애그니스는 불에 덴 듯 뒤로 물러서려다가, 다음 줄을 본다.

애그니스

더는 아무 말도 없다. 단 세 마디, 그리고 빈 공간.

그는 무어라 쓰려 했을까? 애그니스는 그가 기회가 있었다면 무슨 말을 썼을지 알아내려는 듯 종이의 빈자리에 손가락을 갖다댄다. 종이의 결, 햇살에 따뜻해진 나무탁자의 온기가 느껴진다. 자기 이름을 이루는 글자들을 엄지로 훑으며 그의 깃펜이 만든 미세한 자국을 느낀다.

외쳐 부르는 소리에 흠칫 놀란다. 몸을 일으키며 종이에서 손을 뗀다. 바살러뮤가 애그니스의 이름을 부르고 있다.

애그니스는 방을 가로질러 문밖으로 나가 계단을 내려간다. 동생이 열린 현관문 앞에서 기다리고 있다. 길 건넛집에 사는 여자가 애그니스의 남편은 집에 없다고, 밤이 되기 전에는 안 돌아올 거라고 말했다고 한다.

애그니스는 건넛집 문간에 기대어 있는 여자를 쳐다본다. 여자가 애그니스를 보며 고개를 젓는다. "여기 없다니까요. 만나고 싶으면 극장으로 가봐요." 여자가 손으로 가리킨다. "강 건너에. 저기. 거기 있을 거예요."

여자는 자기 집으로 들어가 문을 쾅 닫는다.

애그니스와 바살러뮤는 잠시 마주본다. 그러다 바살러뮤가 말을 가지러 간다.

이웃 여자가 한 말이 맞았다. 그 여자 말대로 그는 극장에 있다.

그는 분장실 안에 서 있다. 악단석 바로 뒤쪽, 극장 전체가 보이는 작은 창 앞에 있다. 다른 배우들도 그의 이런 버릇을 알아서 창문 근처 그 자리에는 의상이나 소품을 절대 놓지 않고 비워 둔다.

사람들은 그가 관객이 들어오는 걸 보려고 거기 서 있는 줄 안다. 사람이 얼마나 많이 오는지, 관객이 얼마나 되는지, 수입이 어느 정도일지 가늠해보려는 거라고 생각한다.

그러나 그런 이유가 아니다. 그에게는 그저 여기가 연극이 시작되기 전에 있기에 가장 좋은 곳일 뿐이다. 아래에 무대가 있고, 관객들이 속속 들어와 무대 아래 둥그런 공간을 채우고, 다른 배우들은 그의 뒤에서 요정이나 왕자나 군인이나 여자나 괴물로 변신하고 있다. 이렇게 많은 사람들 가운데 혼자 있을 수 있는 유일한 장소가 여기다. 그는 땅에서 벗어나 공기에 몸을 맡긴 새가 된 기분이다. 이곳을 벗어나 이곳에 속하지 않은 채 그 위에서 관찰한다. 아내가 기르던 황조롱이가 바람을 타고 날던 모습이 떠오른다. 높은 곳의 기류를 타고, 나무 꼭대기보다 더 높은 곳에서, 날개를 펼치고 사방 모든 것을 내려다보던 모습.

그는 상인방을 두 손으로 짚고 서서 기다린다. 아래쪽에, 저 아래쪽에 사람들이 모여든다. 사람들이 외치고 웅성거리고 부르고 인사하고 땅콩이나 사탕을 달라고 하고 순식간에 말다툼이 벌어졌다가 사그라지는 걸 본다.

뒤쪽에서 쿵 하는 소리, 욕설, 웃음이 터진다. 누군가가 다른 사람 발에 걸려 넘어졌다. 넘어지는 게 어떻고 처녀성이 어떻고 하는 야한 농담이 오간다. 또 웃음이 터진다. 누군가가 계단으로 달려올라오며 묻는다. 누구 내 칼 봤어, 칼을 잃어버렸어, 대체 어떤 놈이 가져간 거야?

잠시 후면 그도 옷을 벗어야 한다. 일상의 옷, 현실의 옷, 평상의 옷을 벗고 무대의상을 입어야 한다. 거울에서 자신의 모습을 마주하고 다른 존재로 만들어야 한다. 백악과 석회 반죽을 뺨, 코, 수염에 바를 것이다. 숯으로 눈두덩과 눈썹을 짙게 칠할 것이다. 가슴에 철갑을 두르고 머리에 투구를 쓰고 어깨에 치렁한 천을 달 것이다. 그러고 기다리며 귀기울이고 대사를 따라가다 큐 사인을 들으면 밖으로, 조명 아래로 나가 다른 사람의 모습으로 살 것이다. 숨을 들이마시고, 그 사람의 대사를 읊을 것이다.

그는 이 새 극이 잘 쓰였는지 아닌지 모르겠다는 생각을 한다. 때로 단원들이 읊는 대사를 들으면 자기가 이루고 싶은 것에 가까이 왔다는 생각이 든다. 어떤 때는 의도한 표적에 전혀 못 미쳤다 싶다. 좋은 것 같기도 하고, 나쁜 것 같기도 하고, 그 사이의 무엇인 것 같기도 하다. 그걸 어떻게 아나? 그가 할 수 있는 일이라고는 종이에 글을 쓰고—몇 주 동안 방밖으로 나가지도 않고, 거의 먹지도 않고, 누구와 얘기도 나누지 않고 오직 쓰기만 한다—화살 중 몇 개라도 정곡을 찌르기를 기대할 뿐이다. 연극 전체가 그의 머리를 꽉 채운다. 음식이 담긴 접시를 손끝으로 받치듯 위태한 균형 상태를 이루고 있다. 극이 그의 몸을 타고 흐른다. 특히 이 작품은 지금껏 쓴 어떤 것보다도 더 피처럼 혈관을 타고 흐른다.

강이 희미한 안개의 그물을 던진다. 바람에서 안개 냄새를 맡을 수 있다. 물풀냄새가 풍기는 축축한 안개가 퍼진다.

강물을 머금은 안개 때문인지 몰라도, 오늘 왠지 기분이 좋지 않다. 어떤 불안감, 불길한 느낌이 가슴에 가득하다. 무언가가 다가오는 느낌. 공연 때문인가? 무언가가 잘못될 것 같나? 그는 눈을 찌푸리고 머릿속으로 연습이 덜 되었거나 준비가 부족한 부분이 있는지 짚어본다. 아무것도 없다. 완벽하게 준비하고 대기하고 있다. 자기가 직접 반복하고 또 반복해 시켰기 때문에 안다.

그러면 뭘까? 왜 무언가가 다가오는 느낌, 어떤 심판이 기다리는 느낌이 들어 자꾸 어깨 너머를 돌아보게 될까?

방이 무덥고 답답한데도 그는 몸을 부르르 떤다. 손가락으로 머리카락을 쓸고 귀에 달린 귀고리를 잡아당긴다.

그는 갑자기 마음을 먹는다. 오늘밤엔 바로 방으로 돌아가겠다고. 친구들과 같이 술 마시러 가지 않을 것이다. 바로 하숙집으로 돌아갈 것이다. 촛불을 켜고 펜을 깎을 것이다. 극단 사람들이 술집에 가자고 해도 거절할 것이다. 확고하게. 억지로 끌고 가려 하면 팔을 붙든 손을 떨쳐낼 것이다. 강을 건너 비숍스게이트의 하숙집으로 가서 아내에게 편지를 쓸 것이다. 오래전부터 쓰려 했는데 쓰지 못했다. 해야 할 일을 이제 더는 미루지 않을 것이다. 이 연극에 대해 아내에게 말할 것이다. 전부. 오늘밤에. 확실하게.

다리를 반쯤 건넜을 즈음 애그니스는 더 못 가겠다는 생각이 든다. 무엇을 예상했는지 확실치는 않지만—아마도 물위에 단순한 아치 모양의 목재 다리가 있을 거라고 생각했는지—이런 것은 아니다. 런던브리지는 그 자체로 하나의 마을이나 다름없고, 그것도 아주 유해하고 숨막히는 마을이다. 양쪽으로 집과 상점이 있고 어떤 건물은 강 위로 튀어나가 있다. 통로 위쪽이 건물로 뒤덮여 한밤중처럼 캄캄한 곳도 있다. 건물 사이로 언뜻언뜻 보이는 강은 상상했던 것보다 훨씬 더 넓고 깊고 위험하다. 애그니스와 바살러뮤가 사람들 사이를 헤치며 다리를 건너는 지금도 발아래서, 말발굽 아래서 강이 흐른다.

문마다 상점마다 장사치들이 나와 부르고 소리치고 천이나 빵이나 구슬이나 구운 족발을 들고 달린다. 바살러뮤는 말고삐를 당겨 무뚝뚝하게 사람들을 피한다. 바살러뮤의 얼굴은 여느 때나 다름없이 무표정하지만 애그니스는 바살러뮤도 자기만큼 속이 불편하다는 걸 안다.

"아마도," 똥 무더기처럼 보이는 것을 지나치며 애그니스가 말한다. "배를 탔어야 했나봐."

바살러뮤가 툴툴거린다. "그럴지도. 하지만 그랬다면—" 바살러뮤가 말을 멈춘다. 하려던 말이 쑥 들어가버린다. "보지 마." 바살러뮤가 위쪽을 보더니 애그니스 쪽으로 고개를 돌리며 말한다.

애그니스는 눈을 크게 뜨고 바살러뮤의 표정을 살핀다. "왜?" 애그니스가 속삭인다. "그 사람이야? 그 사람을 봤어? 다른 사람하고 같이 있어?"

"아니." 바살러뮤가 그 무언가를 다시 흘긋 보며 말한다. "그게…… 신경쓰지 마. 그냥 보지 마."

애그니스는 참을 수가 없다. 몸을 돌려서 본다. 기다란 장대가 늘어진 회색 구름을 뚫고 솟아 바람에 흔들리는데, 장대 끝에 얼핏 돌이나 순무처럼 보이는 것이 꽂혀 있다. 애그니스는 눈을 가늘게 뜨고 본다. 시커멓고 울퉁불퉁하고 이상한 덩어리 같은 모양이다. 우리에 갇힌 짐승이 낼 법한 가늘고 소리 없는 울부짖음이 애그니스에게 전해진다. 저게 뭐지? 그러다 애그니스는 가장 가까이에 있는 덩어리에 치아가 한 줄로 있는 것을 본다. 입이 있고, 콧구멍이 있고, 한때 눈이 있었던 빈 구멍이 있다는 걸 깨닫는다.

애그니스는 비명을 지르고 손으로 입을 가리며 동생을 본다.

바살러뮤는 어깨를 으쓱한다. "보지 말라니까."

강 건너편에 도달한 다음 애그니스는 안장주머니에 손을 넣어 조운이 준 전단을 꺼낸다.

거기에, 역시, 아들의 이름이 있다. 순서대로 배열된 검은색 글자가 처음 보았을 때와 다를 바 없이 충격적이다.

애그니스는 전단을 돌려서 손에 꽉 쥐고 말 옆으로 걸어오는 사람에게 흔들어 보인다. 수염을 뾰족하게 빗고 어깨에 망토를 걸친 남자가 옆길을 가리킨다. 저 길로 가서 왼쪽으로 꺾고, 또 왼쪽으로 가면 보일 거요.

애그니스는 남편이 편지에서 묘사했던 그 극장을 알아본다. 강 옆에 있는 둥그런 목조 건물. 애그니스는 말 등에서 내리고 바살러뮤가 말고삐를 잡는다. 두 다리가 오는 길에 뼈를 잃어버린 듯 흐물거린다. 거리, 강둑, 말, 극장, 주위 광경이 흔들리고 출렁이며 흐릿해졌다 또렷해졌다 한다. 바살러뮤가 말한다. 여기서 기다리겠다고, 애그니스가 다시 올 때까지 이 자리에서 꿈쩍도 안 하겠다고. 알아들었어? 바살러뮤가 애그니스의 얼굴 바로 앞에 얼굴을 들이민다. 뭔가 대답을 기다리는 것 같아 애그니스는 고개를 끄덕인다. 애그니스는 바살러뮤를 뒤로하고 큰 문으로 걸어들어가며 입장료를 치른다.

높은 문을 지나 안으로 들어가자 사람들의 얼굴이 줄줄이 층을 이루고 있는 게 보인다. 수백 명이 저마다 얘기하며 소리친다. 높은 벽으로 둘러싸인 공간에 사람들이 촘촘히 들어찬다. 모여드는 사람들 사이로 무대가 튀어나와 있고 그 위쪽에는 둥근 하늘이 있다. 빠르게 흘러가는 구름, 한쪽 가장자리에서 다른 쪽으로 날아가는 새의 모습이 보인다.

애그니스는 어깨와 몸 사이를 헤치고 남자와 여자 사이를 비집고 들어간다. 어떤 사람은 옆구리에 닭을 끼고 있고, 어떤 여자는 가슴팍에 아기를 숄로 감싸안고 있고, 어떤 남자는 파이를 쟁반에 담아 판다. 애그니스는 몸을 옆으로 돌려 사람들 사이를 뚫고 최대한 무대 가까이 간다.

사방에서 몸과 팔꿈치와 팔이 밀쳐댄다. 점점 더 많은 사람이 문으로 들어온다. 일층에 있는 사람이 위쪽 발코니에 있는 사람들에게 손짓하며 소리친다. 사람이 점점 밀집하고 이쪽저쪽으로 파도처럼 떠밀린다. 애그니스는 뒤쪽으로 또 앞쪽으로 밀리면서 버틴다. 흐름에 저항하지 않고 흐름을 따라 움직이는 게 요령인 듯싶다. 마치 강 위에 서 있는 것하고 비슷하다. 물살에 맞서지 말고 몸을 맡겨야 한다. 가장 높은 층 좌석에 있는 사람들이 긴 밧줄을 내리느라 야단법석이다. 고함, 함성, 웃음이 터진다. 파이 장수가 밧줄 끝에 파이가 든 바구니를 묶자 위쪽 사람들이 끌어올린다. 몇몇 사람들이 장난 반 배고픔 반으로 바구니를 낚아채려고 뛰어오른다. 파이 장수가 그 사람들을 빠르게 한 대씩 친다. 위쪽 사람이 동전 하나를 던져주자 파이 장수가 그걸 받으려고 달려든다. 방금 맞은 사람 중 하나가 먼저 동전을 낚아채자 파이 장수가 멱살을 잡는다. 멱살을 잡힌 사람이 파이 장수의 턱에 주먹을 날린다. 두 사람이 바닥에 쓰러져 사람들 사이에 묻히고 환호성과 왁자한 소음이 터져나온다.

애그니스의 옆에 있는 여자가 어깨를 으쓱하더니 검고 비뚜름한 치아를 드러내며 애그니스에게 웃어 보인다. 어린 남자아이가 여자의 어깨에 얹혀 있다. 아이는 한 손으로 엄마의 머리카락을 잡고 다른 손으로 양 정강이뼈처럼 보이는 것을 관심도 흥미도 없는 태도로 멍하니 물어뜯는다. 아이는 작고 뾰족한 이로 뼈를 물고 애그니스를 무표정하게 쳐다본다.

갑자기 요란한 소리가 나서 애그니스는 화들짝 놀란다. 어디선가 트럼펫소리가 울린다. 웅성거리던 사람들이 마구잡이로 환호성을 지르며 밀쳐대고 몰려든다. 사람들이 팔을 들어올린다. 박수, 환호성, 날카로운 휘파람소리가 산발적으로 터진다. 뒤쪽에서 거친 소리, 욕설, 제발 빨리 좀 시작하라는 고함이 들린다.

트럼펫이 같은 가락을 다시 연주하고 후렴구를 반복하더니 마지막 음을 길게 뽑는다. 관중이 조용해지고 두 사람이 무대로 걸어나온다.

애그니스는 눈을 깜박인다. 자기가 연극을 보러 왔다는 사실을 잠시 잊고 있었다. 그러나 애그니스는 여기, 남편의 극장 안에 있고, 연극이 시작된다.

두 배우가 나무무대 위에 서서 아무도 자기들을 보고 있지 않은 양, 세상에 두 사람만 있는 양 얘기를 나눈다.

애그니스는 두 사람의 말에 귀를 기울인다. 두 사람은 불안하고 초조해하며 여기저기를 둘러보고 칼자루를 꼭 쥔다. 거기 누구냐? 한 사람이 다른 사람에게 소리친다. 신분을 밝혀라, 다른 사람이 대꾸한다. 두 명의 배우가 더 무대에 등장하는데 다들 불안하고 조심스러운 기색이다.

주위에 있는 군중이 미동도 하지 않는다는 것을 애그니스는 알아차린다. 아무도 입을 열지 않는다. 움직이지도 않는다. 다들 배우들이 무얼 하고 무슨 말을 하는지에만 집중하고 있다. 조금 전까지 서로 밀치고 휘파람을 불고 드잡이를 하고 파이를 먹던 사람들은 사라지고 그 자리에 조용하고 경외에 사로잡힌 군중이 들어섰다. 마법사나 주술사가 지팡이를 휘둘러 사람들을 전부 돌로 만들어버린 것 같다.

이곳에 있고 또 연극이 시작되고 나니, 여행하는 동안 그리고 그의 방 안에 서 있는 동안 느꼈던, 마치 현실에서 분리된 것 같은 낯선 느낌이 검댕이 씻기듯 사라진다. 애그니스는 속으로 벼르며 분노를 도스른다. 해봐, 애그니스는 생각한다. 어떻게 했는지 보여봐.

무대 위의 배우들이 서로 대화를 한다. 손짓하고 가리키고 한 걸음씩 앞뒤로 왔다갔다하고 무기를 쥔다. 한 사람이 한 마디를 하고 다른 사람이 또 한 마디를 하고 다시 첫번째 사람이 말한다. 애그니스는 당혹스러운 심정으로 지켜본다. 무언가 익숙한 것, 자기 아들에 관한 것을 기대했다. 아니면 대체 이 극이 무엇에 관한 것이란 말인가? 그런데 이 사람들은 성에 있는 흉벽 위에 서서 아무것도 아닌 일을 가지고 입씨름을 하고 있다.

애그니스 혼자만 마법사의 주문에 걸려들지 않은 것 같다. 마법이 애그니스는 사로잡지 못했다. 애그니스는 조롱하고 야유하고 싶은 심정이다. 남편이 이 말들을, 대사를 썼다지만 그게 우리의 아이와 무슨 상관이 있나? 무대에 있는 사람들에게 외치고 싶다. 당신, 그리고 당신, 당신들은 아무것도 아니야, 이건 아무것도 아니야, 그 아이의 존재에 비하면. 감히 그 아이 이름을 입에 올리지 마.

엄청난 피로감이 닥쳐온다. 애그니스는 다리와 골반에 통증을 느낀다. 오랜 시간 말을 타고 잠을 자지 못한데다 조명이 눈을 찌르는 듯하다. 사방에서 밀쳐대는 몸, 기나긴 대사, 끝없이 이어지는 말을 참고 있을 기력도 의지도 없다. 여기에 더 있고 싶지 않다. 여기를 떠날 것이고 남편은 애그니스가 왔다 갔다는 사실도 모를 것이다.

불현듯, 무대 위에서 한 배우가 무시무시한 광경에 대해 말하자 애그니스는 퍼뜩 깨닫는다. 이 사람들이 논쟁하면서 찾고 기다리는 것은 어떤 환영, 유령이다. 사람들은 그걸 원하면서 동시에 두려워하고 있다.

애그니스는 얼어붙은 듯 서서 그들의 움직임을 보고 그들의 말에 귀를 기울인다. 옆 사람과 몸이 닿아 주의가 흐트러지는 일이 없도록 두 팔을 감싸안는다. 집중해야 한다. 한마디도 놓칠 수 없다.

유령이 등장하자 관객들이 동시에 헉하는 소리를 낸다. 애그니스는 움찔하지도 않고 유령을 노려본다. 갑옷을 갖춰 입고 투구의 면갑面甲을 내리고 수의로 몸을 반쯤 감쌌다. 성의 흉벽 위에 있는 사람들이 겁에 질려 고함을 지르고 우는소리를 하지만 애그니스의 귀에는 들리지 않다. 애그니스는 눈을 가늘게 뜨고 지켜본다.

애그니스는 유령에게 시선을 고정한다. 체구, 팔동작, 위쪽을 향한 손, 손가락이 구부러진 모양새, 어깨를 돌리는 자세. 유령이 면갑을 올렸을 때 애그니스는 알아보고 놀라는 게 아니라 이미 아는 것을 공허하게 확인할 뿐이다. 얼굴을 귀신처럼 허옇게 칠하고 수염은 잿빛으로 바꾸고 전투에 나가려는 사람처럼 갑옷과 투구를 갖추었지만 애그니스는 한순간도 속지 않는다. 그 의상, 그 변장 아래에 누가 있는지 명확히 안다.

애그니스는 생각한다. 좋아, 그래. 거기 있구나. 무얼 하려는 거야?

애그니스의 생각이 흉벽 위의 사람들에게 조심하라고 외치는 관중 사이를 뚫고 그에게 전달되기라도 한 듯, 유령의 머리가 홱 돌아간다. 열린 면갑 아래 눈이 관객들의 머리 너머를 응시한다.

그래, 애그니스가 그에게 말한다. 내가 왔어. 이제 어쩔 거지?

유령이 사라진다. 뭔지 몰라도 찾던 것을 찾지 못한 듯하다. 사람들이 실망한 듯 웅얼거린다. 무대 위의 남자들은 계속 무어라 떠든다. 애그니스는 유령이 언제 돌아올까 궁금해하며 까치

발로 서성인다. 그를 보고 싶다. 그가 돌아왔으면 좋겠다. 그가 해명하기를 바란다.

애그니스는 앞에 있는 남자의 머리와 어깨 너머로 목을 빼고 무대를 보려다 실수로 옆에 있는 여자의 발을 밟는다. 여자가 작게 소리를 지르며 옆으로 몸을 빼는 바람에 어깨 위에 앉은 아이가 양 뼈다귀를 떨어뜨린다. 애그니스가 사과하고 여자가 넘어지지 않게 팔을 붙들어 세운 뒤 바닥에 떨어진 뼈를 주우려고 몸을 숙이는데, 그때 무대에서 어떤 말이 들린다. 애그니스는 손에 쥔 뼈를 떨어뜨린다.

햄릿, 배우 중 한 명이 말했다.

애그니스는 멀리서 들리는 종소리처럼 또렷한 울림으로 그 단어를 들었다.

그리고 또 나온다. 햄릿.

애그니스는 피맛이 느껴질 때까지 입술을 깨문다. 두 손을 꽉 쥔다.

사람들이 그 이름을 말하고 있다. 무대 위의 남자들이 게임판의 말처럼 주고받는다. 햄릿, 햄릿, 햄릿. 그 유령, 죽은 남자, 사라진 형체를 가리키는 말인 듯하다.

애그니스가 알지도 못하고 앞으로도 알 일이 없는 사람들의 입에서 그 이름을 듣다니. 죽은 늙은 왕의 이름으로 입에 오르내리다니. 애그니스는 납득이 안 된다. 남편이 왜 이런 짓을 한 걸까? 왜 그 이름이 자기에게 아무 의미도 없는 척, 그냥 단순한 글자의 조합인 척하는 건가? 어떻게 그 이름을 훔쳐 거기 담긴 것을 벗겨내고 뜯어내고 그 이름이 지녔던 삶을 저버릴 수 있는가? 어떻게 펜을 들어 그 이름을 종이에 써서 아들과의 연관을 끊어버릴 수 있는가? 말이 안 된다. 이 사실이 가슴을 찌르고, 뱃속을 도려내고, 애그니스를 자기 자신으로부터, 그로부터, 그들이 공유했던 모든 것으로부터, 그들의 존재 자체로부터 끊어내는 듯하다. 애그니스는 다리에서 보았던 불쌍한 머리, 이를 드러내고 목이 잘려 공포로 얼어붙은 얼굴을 떠올리며 자기가 그중 하나가 된 것 같다고 생각한다. 떨리는 강물, 몸 없이 흔들리는 머리, 소리 없고 소용없는 후회를 느낀다.

갈 것이다. 이곳을 떠날 것이다. 바살러뮤를 찾아 지칠 대로 지친 말에 올라타고 스트랫퍼드로 돌아가 남편에게 편지를 쓸 것이다. 집에 오지 마, 다시는, 런던에서 살아, 우린 당신 필요 없어. 봐야 할 것은 다 보았다. 애그니스의 두려움이 현실이 되었다. 그는 가장 성스럽고 가장 소중한 이름을 가져다가 온갖 말의 잔치 속에, 연극이라는 볼거리 한가운데에 내던져버렸다.

애그니스는 여기 와서 이걸 보면 남편의 마음을 조금은 알 수 있을 거라고 생각했다. 다시 남편에게 돌아갈 수 있는 길이 생길

지도 모른다고, 전단에 적힌 이름이 애그니스에게 무언가를 말하기 위한 수단일지도 모른다고 생각했다. 어떤 신호, 손짓, 앞으로 내민 손, 부름. 애그니스는 런던으로 말을 달려 오면서 어쩌면 아들이 죽은 뒤 남편이 거리를 두고 침묵을 지켰던 이유를 이해할 수 있게 될지 모른다고 생각했다. 그러나 이제 남편의 마음에 이해할 만한 것은 아무것도 없다 싶다. 남편의 마음속에는 오직 나무무대, 열변을 토하는 배우, 암기한 대사, 경탄하는 관객, 분장한 광대밖에 없으니까. 애그니스는 내내 환영을, 도깨비불을 쫓고 있었다.

애그니스가 치맛자락을 모으고 숄을 두르고 남편과 극단을 뒤로하고 떠나려는데, 무대 위로 한 소년이 올라와 주의를 사로잡는다. 남자아이야, 애그니스는 숄을 풀었다가 다시 묶으며 생각한다. 아니, 어른이야. 그러다가 다시 아냐, 청년—아이에서 어른이 되어가는 청년이야.

살갗을 채찍으로 세게 얻어맞은 기분이다. 이마에 노란 머리카락이 솟구친 젊은이는 가볍고 튀는 듯한 걸음으로 걷고 고개를 초조하게 까닥거린다. 애그니스는 손을 떨어뜨리고 만다. 숄이 어깨에서 흘러내리지만 주울 생각도 않는다. 애그니스는 눈을 떼지 못한다. 도저히 눈을 돌릴 수가 없어 보고 또 본다. 가슴에서 숨이 다 빠져나가고 혈관에서 피가 얼어붙는 것 같다. 머리

위 둥근 하늘이 난데없이 가마솥 뚜껑처럼 머리를 짓누르는 것 같다. 애그니스는 섬뜩한 추위를 느낀다. 숨막히는 열기를 느낀다. 밖으로 나가야 한다. 영원히 이 자리에 있을 것이다.

왕이 그를 "햄릿, 내 아들"이라고 부르는 것을 듣고도 애그니스는 전혀 놀라지 않는다. 당연히 그렇겠지. 당연하다. 아니면 누구겠나? 아들을 지난 사 년 동안 쉼없이 사방으로 찾아 헤맸는데, 바로 여기에 있었다.

이 아이가 그애다. 아니, 그애가 아니다. 그애다. 아니다. 이런 생각이 머릿속에서 망치처럼 왔다갔다한다. 애그니스의 아들, 햄닛 혹은 햄릿은 죽어 교회 묘지에 묻혔다. 아직 어린 나이에 죽었다. 지금 그 아이는 무덤 안에서 헐벗은 백골이 되었을 것이다. 그런데 여기 그애가 있다. 거의 어른으로 자라나, 그애가 살았다면 되었을 모습으로, 무대 위에서, 아들의 걸음걸이로 걷고 아들의 목소리로 말하고 제 아비가 쓴 대사를 읊는다.

애그니스는 두 손으로 옆머리를 꽉 누른다. 이건 지나치다. 이걸 어떻게 견딜지, 어떻게 이해할지 알 수가 없다. 너무 과하다. 순간 자기가 쓰러져 머리와 몸들의 바다 아래로 가라앉아 다져진 땅에 누워 수백의 발에 밟힐 수도 있겠다는 생각이 든다.

그런데 그때 유령이 돌아오고 햄릿이라는 젊은이와 얘기를 한다. 젊은이는 겁에 질리고 화가 나고 동요하고 있다. 오래되고 익숙한 충동이 마른 강바닥에 물이 들 듯 애그니스의 마음속에 밀려온다. 애그니스는 그 아이에게 손을 얹고 싶다. 품에 안고 위로하고 달래고 싶다. 그걸로 세상이 끝나더라도 그래야만 할 것 같은 충동이 솟는다.

무대 위의 젊은 햄릿은, 늙은 햄릿인 유령이 자기가 어떻게 죽었는지 얘기하는 걸 듣는다. 유령은 독이 "마치 수은처럼" 몸을 타고 흘렀다고 말하고, 젊은이는 꼭 애그니스의 햄닛처럼 귀를 기울인다. 똑같이 머리를 갸웃하고, 얼른 이해가 안 되는 말을 들었을 때 그러듯이 주먹을 입에 대고 듣는다. 어떻게 그럴 수가 있지? 이해가 안 간다. 말이 안 된다. 이 배우가, 이 젊은이가, 애그니스의 햄닛을 본 적도 만난 적도 없으면서 어떻게 그 아이가 되는 법을 알지?

애그니스가 밀집한 군중을 뚫고 무대 쪽을 향해서 앞으로 나아가는데 고운 비가 내리듯이 깨달음이 내려앉는다. 남편이 연금술을 부린 것이다. 이 아이를 찾아서 어떻게 말하고 어떻게 서고 어떻게 턱을 드는지 가르치고 보여준 것이다. 이렇게 저렇게. 연습을 시키고 준비를 시키고 가다듬은 것이다. 아이가 말하고 들을 대사를 쓴 것이다. 애그니스는 그 리허설을 상상해본다. 남편이 어떻게 세밀하고 정확하게 이 아이를 가르쳤을지, 아이가 그걸 해냈을 때, 처음으로 그 걸음걸이로 걷고 그 가슴 아픈 고갯짓을 하는 것을 보았을 때 어떤 느낌이었을지. 남편이 이렇게 말했을까? 더블릿 단추를 풀고 타이를 늘어뜨려. 발을 끌면서 걷고, 머리카락에 물을 묻혀 이렇게 세워.

햄릿은, 여기 무대에서, 두 사람이다. 살아 있는 젊은이, 죽은 아버지. 죽었으면서 살아 있다. 남편은 아이를 자기가 할 수 있는 유일한 방법으로 되살렸다. 애그니스는 유령의 대사를 들으며 남편이 이 극을 쓰고 유령 역을 맡으면서 자기 아들과 자리를 바꾸었음을 깨닫는다. 아들의 죽음을 자기 것으로 삼았다. 자신을 죽음의 수중에 넣고 대신 아이를 되살렸다. "오 끔찍하다! 오 끔찍해! 너무나 끔찍해!" 남편이 죽음의 고통을 상기하며 무시무시한 목소리로 말한다. 남편은 세상 모든 아버지가 하고 싶어 할 일을 했다. 아이의 고통을 자기가 지고, 아이와 자리를 바꾸고, 아이 대신 자신을 내주어 아이를 살리려 한 것이다.

애그니스는 이 모든 이야기를, 나중에, 남편에게 할 것이다. 연극이 끝난 다음에, 마지막 정적이 내려앉은 다음에, 죽은 자가 살아나 무대 가장자리에 다른 배우들과 같이 선 다음에. 남편과 아이가 손을 맞잡고 우레 같은 박수 속에서 고개를 숙이고 또 숙인 다음에. 무대가 텅 비고 더는 흉벽도 무덤도 성도 아니게 된 다음에. 그가 애그니스를 찾으러 회칠 흔적이 아직 남은 얼굴로 관객을 가까스로 뚫고 온 다음에. 그가 애그니스의 손을 잡고 버클과

가죽으로 연결된 갑옷 가슴팍에 끌어안은 다음에. 두 사람이 함께 서 있는 극장의 둥근 공간이 그 위 하늘처럼 텅 빈 다음에.

지금, 애그니스는 관객 맨 앞, 무대 가장자리에 있다. 애그니스는 두 손으로 나무 테두리를 붙든다. 팔을 뻗으면 닿을 듯한 거리에 햄릿이, 애그니스의 햄릿이, 만약 그애가 살았다면 되었을 모습으로, 그리고 남편의 손, 남편의 수염, 남편의 목소리를 지닌 유령이 있다.

애그니스는 그들에게 인사하듯, 세 사람 사이에 감도는 공기를 느끼듯, 관객과 배우 사이의 경계를, 현실과 극 사이의 경계를 뚫고 나가고 싶다는 듯 손을 뻗는다.

유령이 무대에서 나가려다가 애그니스 쪽으로 고개를 돌린다. 그는 애그니스를 똑바로 보고, 시선을 맞추고, 마지막 대사를 한다.

나를 잊지 마.

작가의 말

이 소설은 1596년 여름 워릭셔 스트랫퍼드에서 죽은 한 소년의 짧은 삶에서 영감을 받은 허구다. 실제 햄닛과 그의 가족에 관해 알려진 몇 안 되는 역사적 사실을 가능하면 그대로 고수하려 했으나, 이름 등 몇몇 세부사항은 고치거나 생략했다.

이 소년의 어머니 이름은 '앤'이라고 널리 알려졌으나 외할아버지 리처드 해서웨이의 유언장에는 '애그니스'라고 기록되어 있어서 그 이름을 따랐다. 조운 해서웨이가 애그니스의 어머니라고 하는 사람도 있고 새어머니라고 하는 사람도 있는데, 어느 쪽이 맞는지 확정할 수 있는 증거는 없다.

햄닛의 살아 있는 고모의 이름은 일라이자가 아니라 조운이지만(그전에 죽은 언니 이름과 같다) 내가 바꾸었다. 당시 교구 기록을 보면 겹치는 이름이 흔히 나타나지만 그대로 쓰면 소설 독자들이 혼란스러울 수 있어 바꾸었다.

셰익스피어 생가 관리위원회 안내인들은 햄닛과 주디스와 수재나가 헨리 스트리트에 있는 조부모의 집에서 자랐다고 했다. 반면 이웃에 살았다고 확고히 주장하는 사람도 있다. 어느 쪽이든 두 집이 생활 공간을 공유했을 텐데, 나는 후자를 택했다.

마지막으로, 햄닛 셰익스피어가 왜 죽었는지는 알려지지 않았다. 장례 기록은 있으나 사망 원인은 적혀 있지 않다. 그런데 '흑사병Black Death'이나 16세기 후반에 쓰이던 '역병pestilence'이라는 말을 셰익스피어는 희곡에서든 시에서든 거의 쓰지 않았다. 나는 그 까닭과 의미가 늘 궁금했다. 이 소설은 그 의문을 둘러싼 한가한 몽상의 결과다.

감사의 글

고마워요, 메리앤 해링턴.

고마워요, 빅토리아 홉스.

고마워요, 조던 패블린.

고마워요, 조지나 무어.

고마워요, 헤이즐 옴, 예티 램브레그츠, 에이미 퍼킨스, 비키 애벗 등 팅더 프레스 여러분.

무수한 질문에 너그럽고 인내심 있게 답해준 셰익스피어 생가 관리위원회 여러분, 스트랫퍼드 홀리트리니티교회 안내인 여러분께 감사합니다.

부엌 식탁을 빌려준 브리짓 오패럴, 고마워요.

약초와 식물에 관해 조언해준 샬럿 멘델슨과 줄스 브래드버리에게도 감사합니다.

다음의 책이 이 소설을 쓰는 데 큰 도움이 되었습니다. 존 제라드의 *The Herball or General Historie of Plantes*(1597)(마커스 우드워드 편, ©Bodley Head, 1927), 닐 맥그리거의 *Shakespeare's Restless World*(Allen Lane, 2012), 마거릿 윌즈의 *A Shakespeare Botanical*(Bodleian Library, 2015), 조지 터버빌의 *The Book of Faulconrie or Hauking*(London, 1575), 저메인 그리어의 *Shakespeare's Wife*(Bloomsbury, 2007), 『빌 브라이슨의 셰익스피어 순례』(까치, 2009), 피터 애크로이드의 *Shakespeare: The Biography*(Vintage, 2006), 루스 굿맨의 *How To Be a Tudor*(Penguin, 2015), 제임스 셔피로의 *1599: A Year in the Life of William Shakespeare*(Faber & Faber, 2005), 웹사이트 Shakespeare Documented, shakespearedocumented.folger.edu/.

헨더슨 선생님께 특별히 감사드립니다. 선생님의 1989년 영문학 수업에서 햄닛의 존재에 대해 처음 들었습니다. 선생님이 이 책을 '나쁘지 않음'으로 채점해주시면 좋겠네요.

고마워, SS, IZ 그리고 JA.

그리고 모든 것에 대해 고마워, 윌 섯클리프.

HAMNET

MAGGIE O'FARRELL

옮긴이 **홍한별**
글을 읽고 쓰고 옮기면서 살려고 한다. 옮긴 책으로 『우리, 이토록 작은 존재들을 위하여』 『노 본스』 『클라라와 태양』 『도시를 걷는 여자들』 『밀크맨』 『달빛 마신 소녀』 『나는 가해자의 엄마입니다』 등이 있고, 지은 책으로 『우리는 아름답게 어긋나지』(공저)가 있다. 『밀크맨』으로 제14회 유영번역상을 수상했다.

문학동네 세계문학
햄닛

초판 인쇄 2022년 8월 11일 | 초판 발행 2022년 8월 24일

지은이 매기 오패럴 | 옮긴이 홍한별
기획 박인숙 | 책임편집 고선향 | 편집 류현영 양수현 이희연 이현자
디자인 김이정 최미영 | 저작권 박지영 형소진 이영은 김하림
마케팅 정민호 이숙재 박치우 한민아 이민경 안남영 김수현 정경주
브랜딩 함유지 함근아 김희숙 박민재 박진희 정승민
제작 강신은 김동욱 임현식 | 제작처 한영문화사

펴낸곳 (주)문학동네 | 펴낸이 김소영
출판등록 1993년 10월 22일 제2003-000045호
주소 10881 경기도 파주시 회동길 210
전자우편 editor@munhak.com | 대표전화 031) 955-8888 | 팩스 031) 955-8855
문의전화 031) 955-3578(마케팅) 031) 955-1917(편집)
문학동네카페 http://cafe.naver.com/mhdn
인스타그램 @munhakdongne | 트위터 @munhakdongne
북클럽문학동네 http://bookclubmunhak.com

ISBN 978-89-546-9986-0 03840

잘못된 책은 구입하신 서점에서 교환해드립니다.
기타 교환 문의 031) 955-2661, 3580

www.munhak.com